Ellen Barksdale

Tee? Kaffee? Mord!

DIE BLAUEN PUDEL DES SIR THEODORE
DER BESUCH DES LÄCHELNDEN BELGIERS

lübbe

Dieser Titel ist auch als Hörbuch und E-Book erschienen

Vollständige Taschenbuchausgabe
der bei Bastei Lübbe erschienenen E-Book-Ausgabe

Umschlaggestaltung: Kirstin Osenau unter Verwendung von Illustrationen von © shutterstock: SJ Travel Photo and Video | Mary Ro | Protasov AN | Tony Brindley
Satz: 3w+p GmbH, Rimpar (www.3wplusp.de)
Gesetzt aus der Palatino
Druck und Verarbeitung: GGP Media GmbH, Pößneck
Printed in Germany
ISBN 978-3-404-18531-3

5 4 3 2 1

Sie finden uns im Internet unter luebbe.de
Bitte beachten Sie auch: lesejury.de

FSC www.fsc.org
MIX
Papier aus verantwortungsvollen Quellen
FSC® C014496

Ellen Barksdale

Tee? Kaffee? Mord!
Die blauen Pudel des Sir Theodore/
Der Besuch des lächelnden Belgiers

Weitere Titel der Autorin

Tee? Kaffee? Mord! – Der doppelte Monet / Die letzten Worte des Ian O'Shelley

Titel auch als Hörbuch erhältlich

Über die Autorin

Geboren wurde Ellen Barksdale im englischen Seebad Brighton, wo ihre Eltern eine kleine Pension betrieben. Von Kindheit an war sie eine Leseratte und begann auch schon früh, sich für Krimis zu interessieren. Ihre ersten Krimierfahrungen sammelte sie mit den Maigret-Romanen von Georges Simenon. Nach dem jahrelangen Lesen von Krimis beschloss sie, selbst unter die Autorinnen zu gehen. „Tee? Kaffee? Mord!" ist ihre erste Krimireihe.

Ellen Barksdale

Tee? Kaffee? Mord!

DIE BLAUEN PUDEL
DES SIR THEODORE

Prolog, in dem die Vorbereitungen für einen Anschlag getroffen werden

»Guten Abend, kommen Sie rein«, sagte die junge Frau zu ihrem Besucher, nachdem sie die Tür zu ihrem kleinen Labor im Untergeschoss geöffnet hatte. »Ich habe Sie schon früher erwartet.«

»Ich wollte auch viel früher hier sein«, erwiderte der ältere Mann. »Aber unsere lieben Ordnungshüter haben wohl die Chance gewittert und versucht, auf der Strecke, die ich nehmen musste, einen Weltrekord in Sachen Radarfallen aufzustellen. Dadurch hat die Fahrt fast doppelt so lange gedauert.«

Die Frau grinste ihn an. »Das heißt, normalerweise wären Sie doppelt so schnell gefahren? Da können Sie ja froh sein, dass Sie nicht geblitzt wurden.«

»Ja, das stimmt. Zumindest hoffe ich, dass sie bei der ersten Radarfalle diesen noch schnelleren Porsche erwischt haben, der mich in dem Moment überholt hat, als es blitzte.« Er schüttelte den Kopf. »Moderne Wegelagerei ist das. So was gehört eigentlich verboten.«

»Kommen Sie, ich habe etwas, das Sie aufmuntern wird«, sagte die Frau, obwohl es einen Moment lang so schien, als wollte sie widersprechen.

Aber einem Kunden widersprach man nicht, wenn man mit ihm später auch noch Geschäfte machen wollte. Er wusste das, und auch sie hatte das bereits verinnerlicht, obwohl sie so jung war.

Er ging vorbei an einer Reihe von Vitrinenschränken, in denen auf mehreren Etagen braune Glasflaschen dicht gedrängt aneinanderstanden. Jede war akribisch mit ihrem Inhalt und ergänzenden Hinweisen beschriftet worden. Auf manchen klebten zusätzlich kleine orangefarbene oder rote Etiketten, die vor einer tödlichen oder ätzenden Wirkung warnten.

»Hm«, machte der Mann. »Chemie war für mich immer ein Buch mit sieben Siegeln. Diese unzähligen Kürzel für tausend verschiedene Elemente waren mir von dem Tag an ein Rätsel, an dem wir das erste Mal Chemieunterricht hatten.«

»Schade, dabei ist es eine so interessante Materie, die unendlich viele Möglichkeiten bietet«, meinte die junge Frau und griff nach einer Sprühflasche. »Wie zum Beispiel dieses hier.«

»Ist es das?«

»Das ist Ihr kleines Zaubermittel, mit dem Sie die Damen, wie gewünscht, in Panik versetzen können.«

Er lächelte zufrieden. Sollte die junge Frau ruhig glauben, dass es um einen harmlosen Streich ging. Ob sie ihm andernfalls das Spray ausgehändigt hätte, war keineswegs sicher. »Und wie funktioniert das genau?«

Die Frau zog ihre Mundwinkel leicht nach unten. »Wenn Sie mit Chemie nichts zu schaffen haben, ist Ihnen nicht geholfen, wenn ich Ihnen die Bestandteile aufzähle und erkläre, welche Substanz mit welcher wie reagiert.«

»Mir reicht die Laienversion«, gab er ein wenig ungeduldig zurück. Er wollte nur wissen, wie das Mittel wirkte und worauf er zu achten hatte.

»Okay. Also, da ist zum einen der Farbstoff, der das Haar einfärbt, aber der ist zusätzlich von einem Hemmstoff umschlossen, der den Farbstoff davon abhält, seine eigentliche Aufgabe zu erledigen.« Während sie redete, betrachtete sie mit stolzer Miene die Flasche in ihrer Hand. »Dazu kommt ein Lösungsmittel, das seine Wirkung erst entfaltet, wenn es ungefähr zehn bis fünfzehn Minuten lang mit Sauerstoff in Berührung kommt. Das Lösungsmittel spaltet sozusagen den Hemmstoff, und dann kommt der Farbstoff zum Einsatz. Das ist, vereinfacht gesagt, das, was dann passiert.«

Der ältere Mann nickte zufrieden. Das war genau das, was er haben wollte. »Sehr gut, das kann sogar ich verstehen. Vielen Dank.« Er streckte die Hand nach der Flasche aus.

»Erst das Geld«, machte sie ihm klar.

»Hier sind Ihre dreißig Pfund«, erwiderte er, nachdem er die Brieftasche aus der Jacke geholt hatte.

»Fünfzig.«

»Wie?«

»Wir hatten fünfzig vereinbart«, betonte sie.

»Tatsächlich?«

»Für die Arbeit, die ich damit hatte, könnte ich sogar hundert verlangen«, sagte sie. »Und jetzt antworten Sie lieber nicht, dass Sie es für den Preis selbst machen könnten. Das könnten Sie nämlich nicht, weil Sie nicht mal wüssten, welche Grundsubstanzen Sie brauchen.«

»Schon gut, Sie haben ja recht«, gab er hastig zurück.

»Heute will jeder nur noch handeln, da dachte ich … na, auch egal. Hier haben Sie die fünfzig.«

»Danke.« Die junge Frau sah ihr Gegenüber skeptisch an, schließlich händigte sie ihm die Sprühflasche aus. »Denken Sie daran, es darf keine Luft an den Inhalt gelangen, sonst verwandelt sich die Mischung innerhalb von Minuten in stinknormale Sprühfarbe.«

»Ja, schon klar. Vielen Dank für Ihre Bemühungen.« entgegnete er und wandte sich zum Gehen. Sie folgte ihm zur Tür, die sie abgeschlossen hatte, nachdem er hereingekommen war, und entriegelte sie wieder.

»Gern wieder«, sagte sie. »Vielleicht haben Sie ja beim nächsten Mal etwas richtig Kompliziertes für mich.«

Er nickte ihr zu und ging zu seinem Wagen. Als er eingestiegen war, fiel ihm auf, dass sie jetzt wusste, welchen Wagen er fuhr und welches Kennzeichen er hatte. Er stöhnte leise auf, weil er nicht daran gedacht hatte, woanders zu parken. Aber die Frau würde vermutlich ohnehin nie erfahren, wozu ihr kleines Meisterwerk in Wahrheit dienen sollte. Die Meldung würde nicht bis zu ihr vordringen, weil der Vorfall zu unbedeutend war. Und selbst wenn, würde die Frau keinen Zusammenhang zwischen ihrer Mixtur und den Folgen für die nichtsahnenden Opfer erkennen – weil sie nach ganz anderen Opfern Ausschau halten würde.

Bislang lief alles nach Plan, jetzt musste er nur noch den richtigen Moment abpassen. Dann würden die Dinge unweigerlich auf einen großen Knall hinauslaufen, mit dem alles erledigt sein sollte …

Erstes Kapitel, in dem Nathalie einen Ratschlag braucht, aber nicht bekommt

»Das nächste Mal übernehme ich aber die Rechnung«, erklärte Rob Dinkmore, als Nathalie ihn nach draußen auf den Parkplatz vor dem Black Feather begleitete, wo er seinen kleinen Transporter abgestellt hatte.

»Aber nicht in meinem eigenen Pub«, gab sie amüsiert zurück. »Wie würde das denn aussehen?«

»Hm, vielleicht würde ja ein großzügiges Trinkgeld dabei herausspringen«, sagte Rob und lachte.

»Oh, das hätten Sie früher sagen sollen.« Sie zwinkerte ihm zu. »Das nächste Mal werden wir einfach woanders essen.«

Er rieb sich über seinen Dreitagebart. »Gibt es denn hier irgendwo noch einen anderen Pub, in dem wir essen können?«

»Am Marktplatz von Earlsraven gibt es das Jim's Old Chair, da kann man auch gut essen«, erklärte Nathalie und fuhr sich durchs Haar, das ihr nur vier Wochen seit ihrem letzten Friseurbesuch in Liverpool schon wieder viel zu lang erschien. »Der neue Wirt versucht den Leuten hier die amerikanische Burger-Küche schmackhaft zu machen, und ich muss sagen, das ist Lichtjahre von dem entfernt, was einem in den üblichen Burger-Ketten als ›Essen‹ hingestellt wird.« Sie machte eine vage Geste. »Die Idee ist nicht schlecht, weil er damit ein ganz anderes Angebot hat als mein Lokal. Aber in einem Dorf wie diesem ist es nicht so leicht, den Menschen etwas Neues vorzusetzen. In den Großstädten gibt es alle fünf Minuten einen neuen Trend, was Restaurants angeht, da kann man viel eher mit Ungewöhnlichem auf sich aufmerksam machen. Hier dagegen …«

»Ich weiß, das ist drüben in Blade's Edge nicht anders«, stimmte Rob ihr zu. »Als Vegetarier in dieser Gegend zu überleben ist gar nicht so einfach, weil es kein Geschäft gibt, das ein entsprechendes Sortiment führt. Vor einem halben Jahr ist dann auf dem Wochenmarkt plötzlich ein Stand aufgetaucht, der alles für Vegetarier und sogar für Veganer im Angebot hatte …«

»Lassen Sie mich raten: Nach vier Wochen war der Stand wieder weg, weil Sie so ziemlich der einzige Kunde waren«, warf Nathalie ein.

»Sechs Wochen, ansonsten stimmt alles«, bestätigte er. »Das einzig Positive ist, dass mir der Händler einmal in der Woche meine Bestellung nach Hause liefert. Aber schade für ihn. Sein Angebot hat einfach so gut wie niemanden interessiert«

Er schloss die Fahrertür auf und nickte. »Also gut, dann scannen Sie die Fotos, und schicken sie mir rüber, und wenn ich mir alles genau angesehen habe, machen wir einen Termin aus, damit ich mir ein Stück Wand vornehmen kann.«

Er drückte ihr die Hand, was für Nathalies Empfinden eine Spur länger dauerte, als es eigentlich normal gewesen wäre. Nicht, dass es sie gestört hatte, schließlich war dieser Rob Dinkmore ihr sympathisch – und mit seinem Dreitagebart und den eigentlich etwas zu langen pechschwarzen Haaren, die bis weit in den Nacken reichten und ein wenig die Ohren bedeckten, sah er eigentlich verdammt gut aus.

So völlig anders als … Glenn.

»Hm«, machte sie so leise, dass Rob sie nicht hören konnte, da er bereits in seinen Wagen eingestiegen war und mit zu viel Schwung die Tür zuschlug. Sie war mit Glenn zusammen, was also brachte sie auf die Idee, diesen Mann überhaupt danach zu beurteilen, ob er attraktiv war oder nicht? Er sollte für sie einen Auftrag erledigen, bei dem es nur darauf ankam, dass er ihn ordentlich und fachmännisch anging. Ob er dabei gut aussah oder ob er eine tolle Figur machte, war völlig unwichtig. Obwohl …

»Himmel«, fluchte sie im Flüsterton, während sie Rob zuwinkte, der den Wagen aus der Lücke gesetzt hatte und nun abfuhr. »Ich werde mich gleich an den Schreibtisch setzen und hundertmal *Glenn ist mein Freund!* schreiben.«

Vergiss das *noch* nicht, merkte eine Stimme in ihrem Hinterkopf an.

»Haben sich eigentlich alle gegen mich verschworen?«, murmelte Nathalie und stöhnte auf, als sie dann auch noch ihre Köchin Louise sah, die gegen den Türrahmen gelehnt dastand und sie angrinste. Die ältere Dame war erst vor ein paar Minuten zur Arbeit erschienen und einmal durchs Lokal gehuscht, als Nathalie noch mit Rob am Tisch gesessen hatte. Da war Nathalie bereits der zweite Blick aufgefallen, den Louise ihnen zugeworfen hatte.

»Netter Kerl«, meinte sie, als Nathalie schließlich an

der Eingangstür ankam. »Haben Sie sich extra heute mit einem interessanten Mann verabredet, weil Sie wussten, dass ich Mrs. Ealing im Krankenhaus besuche? Wollten Sie, dass ich davon nichts mitbekomme?«

»Wie leicht Sie mich doch durchschauen, Louise«, gab Nathalie mit unverhohlener Ironie zurück. »Das ist schon erschreckend.«

»So bin ich eben. Also?«

»Sie haben recht, dass er ein interessanter Mann ist, aber was den Rest angeht, liegen Sie grundlegend falsch. Das war Rob Dinkmore, ein Restaurator aus Blade's Edge«, erklärte sie.

»Aus Blade's Edge? Wo will der Mann denn hin, dass er dann ausgerechnet hier einen Zwischenstopp macht?«

»Er wollte genau hierhin«, betonte Nathalie. »Wir waren verabredet …«

»Ha! Also doch!«, rief die ältere Frau mit der grauen Kurzhaarfriseur, die schon fast etwas Militärisches hatte. Das war vermutlich aber auch kein Wunder, schließlich hatte Louise nach eigener Aussage für einen Geheimdienst gearbeitet.

»Also doch? Was ›also doch‹?«

»Sie hatten sich mit ihm verabredet.«

»Ja, aber das habe ich letzte Woche gemacht, noch bevor Mrs. Ealing in ihrer Küche gestürzt war – und damit auch bevor einer von uns wissen konnte, dass Sie sie heute Mittag im Krankenhaus besuchen würden.«

»Und? Wo haben Sie ihn kennengelernt?«

Nathalie ging an ihr vorbei nach drinnen in den Pub, wo jetzt, um kurz nach zwei, nur wenige Gäste anwesend waren. »Da, wo man heutzutage Männer eben kennenlernt – im Internet.«

Louise folgte ihr in den Gang zwischen dem Pub auf der einen und dem Café auf der anderen Seite. Er zog sich durch das gesamte Haus, verband alle Räume miteinander und führte weiter hinten ins Büro und zur Wohnung, in der bis zu ihrem Tod vor wenigen Monaten Nathalies Tante Henrietta gelebt hatte.

»Aber ganz im Ernst«, fuhr sie fort und schloss die Tür zu ihrem Büro auf. »Ich bin da auf einen Schuhkarton voll mit alten Fotos gestoßen, und auf einigen ist der Pub um 1880 zu sehen, und zwar von innen.« Nathalie griff nach einem dünnen Stapel alter Fotos und hielt sie Louise hin. »Sehen Sie sich die Wände an.«

Louise hielt die Fotos unter die Schreibtischlampe, um die blassen Motive besser erkennen zu können. »Sind das Wandmalereien?«, fragte sie schließlich.

»Die Bilder sind leider etwas düster«, antwortete Nathalie und nahm am Schreibtisch Platz. »Ich habe versuchsweise zwei von diesen Fotos eingescannt und dann mit Helligkeit und Kontrast gespielt. Dabei wurde dann etwas deutlicher, dass es sich um Landschaftsbilder und mindestens in dem einen Fall um die Darstellung von Schlachtengetümmel handelt. Wenn Sie sich alle Fotos ansehen, können Sie feststellen, dass sich an jeder Fläche zwischen den Stützbalken ein solches Gemälde befindet. Die meisten davon sind auf den Fotos leider zu klein, als dass man sagen könnte, was sie darstellen. Auf jeden Fall hat mich das neugierig gemacht und mich auf die Idee gebracht, einen Fachmann kommen zu lassen, um zu prüfen, ob diese Bilder noch da sind. Möglicherweise sind sie nur unter immer neuen Lagen Putz verschwunden, und man kann sie wieder ans Tageslicht holen. Falls das geht, könnten wir etwas wirklich Kostbares zutage fördern, was uns Publicity bringen würde. Gut hundertvierzig Jahre alte Wandgemälde wird man wohl nicht in jedem Pub finden.«

»Und Dinkmore ist dafür Experte?«

»Na ja, er ist zunächst mal der einzige Restaurator in der näheren Umgebung, der kurzfristig Zeit hatte, um einen ersten Blick auf die Wände zu werfen«, erwiderte Nathalie. »Er wird sich die Fotos genauer ansehen und dann an einer versteckten Stelle vorsichtig eine Putzschicht nach der anderen entfernen, um herauszufinden, ob diese Lage überhaupt noch existiert. Es kann ebenso gut sein, dass die Oberfläche abgeschlagen wurde und keines der Bilder mehr vorhanden ist.«

»Und wenn er fündig wird?«, fragte Louise und nahm auf dem Hocker vor dem Schreibtisch Platz.

»Dann hängt alles davon ab, mit wie viel Aufwand und Kosten eine solche Restauration verbunden ist. Es ist ja nicht so, als hätte ich einen übermalten Rembrandt in der Ecke stehen, von dem nur die oberste Farbschicht abgetragen werden müsste, um mich zur Multimillionärin zu machen.«

»Er ist an Ihnen interessiert«, sagte Louise unvermittelt, ohne auf Nathalies letzte Äußerung einzugehen.

Nathalie schaute ihre Köchin verdutzt an. »Was?«

»Dinkmore ist an Ihnen interessiert«, erklärte sie.

»Nein, er ist an dem Job interessiert, weiter nichts.«

Louise schüttelte beharrlich den Kopf. »Er ist mehr an Ihnen als an diesem Job interessiert. Haben Sie nicht gemerkt, wie er Sie angesehen hat? Wie er Ihre Hand gehalten hat?«

»Da war nichts!«, protestierte Nathalie, obwohl ihr das mit der Hand ja auch sofort aufgefallen war.

»Da war was, aber es hat Sie nicht gestört«, betonte die ältere Frau schmunzelnd. »Wäre der Mann zwar fachlich erstklassig, Ihnen aber vom Wesen her nicht sympathisch, hätten Sie ihn schon längst als so aufdringlich eingestuft, dass er den Auftrag vergessen könnte.«

Einen Moment lang saß Nathalie da und überlegte,

was sie bloß sagen sollte. Gerade als sie zu einem »Ähm« ansetzen wollte, um wenigstens einen Anfang zu machen und dann immer noch improvisieren zu können, kam ihr Louise zuvor.

»Außerdem habe ich Sie noch nie in Rock und Bluse gesehen«, sagte die Köchin schmunzelnd.

»Na ja, ich wollte ihm als Geschäftsfrau gegenübertreten«, verteidigte Nathalie sich. »In T-Shirt und Jeans hätte er mich doch für eine blutige Anfängerin gehalten, der man alles weismachen kann ...«

»Außerdem liegt diese Bluse viel enger an als eines von Ihren drei Nummern zu großen T-Shirts, und der Rock betont Ihre Beine viel mehr als jede Jeans. Entspricht Mr. Dinkmore denn in natura wenigstens dem Foto auf seiner Website?«

»Ja, er ist ... Moment mal«, unterbrach sich Nathalie. »Woher wissen Sie, dass es ein Foto auf seiner Seite gibt?«

»Wusste ich nicht«, gab Louise triumphierend zurück. »Aber jetzt haben Sie meine Vermutung ja bestätigt.« Sie legte den Kopf schräg. »Und? Finden Sie ihn nett?«

»Ich finde, er macht einen vernünftigen Eindruck«, sagte Nathalie ausweichend. »Ich habe das Gefühl, dass er seine Arbeit gut machen dürfte.«

»Aber ... ist er nett?«, beharrte Louise.

»Das tut nichts zur Sache, meine Liebe«, sagte Nathalie etwas energischer als beabsichtigt. »Solange er seine Arbeit zu meiner Zufriedenheit erledigt und das Projekt nicht Kosten verursacht, die ich nie wieder reinholen kann, ist es nicht wichtig, ob ich ihn für nett oder hinreißend oder was auch immer halte. Haben Sie vergessen, dass ich mit ...«

Ihr Smartphone fiel ihr mit lautem Klingeln ins Wort.

Sie sah auf das Display und verzog den Mund zu einem ironischen Lächeln. »Gerade wenn man vom Teufel spricht …«

»Glenn?«, fragte Louise.

Nathalie nickte. »Einen Zehner, dass er wieder absagt.«

»Ich halte dagegen. Irgendwann muss meine Glücks- und Ihre Pechsträhne mal ein Ende nehmen«, meinte die Köchin und zwinkerte ihr zu. »Jetzt gehen Sie ran, bevor er auflegt.«

»Ja?«, meldete sich Nathalie und versuchte, so zu klingen, als hätte sie eben nicht gerade noch an ihn gedacht. »Oh … Glenn … ja, gut. Und dir? Mhm … mhm … so früh schon? Das ist schön, dann haben wir …« Sie unterbrach sich, weil Glenn so überschäumend auf sie einredete. »Ja, genau … und den Samstag habe ich mir für uns frei gehalten, da können wir beide mal ganz in Ruhe … Was?« Sie stutzte, als sie Louise hochschrecken und mit den Händen fuchteln sah, aber sie konnte nicht auf sie achten, wenn Glenn nicht den Eindruck bekommen sollte, dass sie ihm gar nicht zuhörte. Schließlich war es das, was sie ihm schon einige Male vorgehalten hatte. Sie drehte sich so, dass sie Louise und deren Hampeleien nicht sehen konnte. »Ich weiß nicht, das … das können wir uns ja immer noch überlegen, wenn du hier bist. … Ja, richtig … okay, dann sehen wir uns am Freitag.«

Sie legte auf und wandte sich wieder Louise zu. »Was ist denn?«

»Sie halten sich den kommenden Samstag für Glenn frei? Haben Sie vergessen, dass am Samstag die große Hundeshow stattfindet und dass Sie zur Jury gehören?«, fragte die ältere Frau kopfschüttelnd.

»Die Hundeshow?«, wiederholte Nathalie erschrocken. »Warum haben Sie denn nicht … oh, Entschuldigung. Genau das haben Sie ja. Ich hab's nur nicht begriffen.« Sie starrte auf ihr Smartphone, das sie immer noch in der Hand hielt. »Ich werde Glenn anrufen müssen und ihn vorwarnen.« Sie zögerte und sah zu Louise. »Oder … was meinen Sie, was ich machen soll?«

Die Köchin hob abwehrend die Hände. »Da halte ich es so wie jeder gute Therapeut und frage Sie: Was wollen *Sie* denn machen?«

»Das ist es ja. Ich habe keine Ahnung!«

»Nathalie, jeder Ratschlag kann nach hinten losgehen«, erklärte Louise. »Ich möchte außerdem, dass Sie ehrlich zu sich sind und auf ihr Herz hören. Ich kann Ihnen empfehlen, dass Sie ihn erst einmal herkommen lassen und ihm dann eröffnen, dass Sie Samstag keine Zeit haben werden. Ihr Verhältnis ist allerdings eh schon recht angespannt – vielleicht kommt es dann endgültig zum Bruch zwischen ihnen beiden. Oder ich rate Ihnen, die Hundeshow abzusagen, und helfe Ihnen damit vielleicht, den Riss in Ihrem Verhältnis zu kitten. Vielleicht heiraten Sie beide dann sogar irgendwann und sind anschließend unglücklich in Ihrer Ehe. In beiden Fällen möchte ich mir keine Vorwürfe machen müssen. Die für Sie richtige Entscheidung können Sie nur treffen, wenn Sie ehrlich zu sich selbst sind und nicht, indem Sie auf die Ratschläge alter Frauen hören.«

»Ist das nicht ein bisschen weit vorgegriffen?«, fragte Nathalie verdutzt.

»Das ist es keineswegs, wenn man früher einmal nahezu blind Befehle ausführen musste und dann die Konsequenzen zu sehen bekommen hat«, sagte Louise leise. »Darum bin ich letztlich auch ausgestiegen. Ich fing an zu überlegen, welche Folgen es für das Umfeld einer

Person haben würde, wenn diese Person eliminiert werden sollte.«

»Ich will aber doch nicht, dass Sie jemanden eliminieren«, wandte Nathalie ein und lächelte Louise ein wenig verlegen an.

»Sie wissen, wie ich das meine, Nathalie.«

Nathalie nickte verständnisvoll, musste aber grinsen. »Ich werde Sie nicht zu einem Ratschlag überreden. Ich glaube, Sie könnte ich sowieso zu gar nichts zwingen.«

»Da haben Sie wohl recht«, stimmte Louise ihr amüsiert zu. »Die Methode müsste erst noch erfunden werden.«

Nach kurzem Zögern legte Nathalie das Smartphone zur Seite. »Ich werde es Glenn nicht sagen, sondern erst, wenn er hier ist. Wir werden sehen, welche Ihrer Voraussagen dann eintrifft.«

Zweites Kapitel, in dem Nathalie mit einer unerfreulichen Neuigkeit konfrontiert wird

Zum x-ten Mal sah Nathalie auf die Uhr und verzog missmutig den Mund.

»Noch immer nichts von Glenn gehört?«, fragte Louise, die sich durch die Durchreiche beugte, um einen Blick in den gut besuchten Pub zu werfen.

»Nein, und ich dachte, er wollte früh abfahren, damit wir noch was vom Tag haben«, murmelte sie.

»Wenn etwas dazwischengekommen wäre, hätte er sich sicher längst gemeldet«, meinte die Köchin besänftigend. »Vielleicht hat er irgendeine Überraschung vorbereitet.«

»Ja, vielleicht«, sagte Nathalie, auch wenn sie das nicht so recht glauben wollte. Und wenn es wirklich eine Überraschung sein sollte, war sie sich bei ihrem Freund längst nicht mehr so sicher, dass es etwas Gutes sein würde. Dafür war in den letzten Wochen zu viel zwischen ihnen passiert. Sie seufzte und griff nach dem nächsten Glas auf dem Tresen, das poliert werden musste. Vermutlich würde er ihr freudestrahlend verkünden, dass er nächste Woche zum Hauptsitz seiner Bank nach New York versetzt werden würde. Andererseits: Womöglich wäre es gar nicht so verkehrt, wenn sie selbst keine Entscheidung treffen musste, ob und wie es mit ihnen beiden weitergehen sollte. Dann musste sie sich später wenigstens nie Vorwürfe machen, vielleicht doch den falschen Weg gegangen zu sein – weder, weil sie sich wider besseren Wissens an die Beziehung geklammert hatte, noch, weil sie sie beendet hatte, ohne sich genug um eine Rettung bemüht zu haben.

Ja, so ein Fingerzeig von höherer Ebene wäre wirklich eine hilfreiche Sache. Allerdings fürchtete sie, dass der nicht kommen würde, erst recht nicht, wenn man darauf hoffte ... weil man selbst zu feige war, einen Schlussstrich zu ziehen, wenn er erforderlich war, meldete sich wieder diese Stimme irgendwo in ihrem Hinterkopf zu Wort.

Sie stellte das auf Hochglanz polierte Glas in das Regal hinter dem Tresen.

»Wie läuft das eigentlich genau mit der Hundeshow?«, fragte sie, an Louise gewandt, um sich auf andere Gedanken zu bringen.

»Sie wollen zur Hundeshow?«, warf Harold Dean ein, der Barkeeper des Black Feather, der gerade von der anderen Seite des Tresens zu ihr kam. »Für eine Anmeldung ist es jetzt aber zu spät. Das hätten Sie mindestens vor einem halben Jahr machen müssen, und ... oh, Augenblick ... vor einem halben Jahr waren Sie ja noch gar nicht hier, und ... ähm ... einen Hund haben Sie doch auch nicht, soweit ich weiß. Oder habe ich da etwas nicht mitbekommen?«

»Dann haben Sie meinen imaginären Bernhardiner wohl noch nicht gesehen«, gab Nathalie lächelnd zurück.

»Nein, daran würde ich mich erinnern«, sagte der Mann todernst. »Allerdings erklärt das, warum der Schwund beim Rum so stark zugenommen hat. Da leert wohl jemand regelmäßig das imaginäre Fässchen, das der imaginäre Hund um den Hals trägt, und füllt es hinterher an der Theke wieder auf.«

»Schuldig im Sinne der Anklage«, entgegnete Nathalie lachend und hob kapitulierend die Hände.

»Miss Ames sitzt in der Jury«, erklärte Louise dem Barkeeper. »Sie ist für ihre verstorbene Tante nachgerückt.«

»Oh, das wusste ich gar nicht. Meinen Glückwunsch.« Er nickte Nathalie zu, während er einen Drink aus dem Mixer in ein Cocktailglas umfüllte, das er dann mit Kirschen dekorierte. »Darf ich mir denn Hoffnung darauf machen, dass Sie meinem Richard Stenson III. die volle Punktzahl geben werden?«

»Richard wer?«, gab sie zurück.

»Richard Stenson III. ist ein Chihuahua«, erklärte Harold.

»Also gar kein richtiger Hund«, warf Louise mit einem Augenzwinkern ein.

»Er ist sehr wohl ein richtiger Hund!«

»Er kann kein richtiger Hund sein, wenn das Namensschild an seinem Halsband größer ist als das Tier selbst«, hielt sie dagegen.

»Louise, ich lasse mich nicht von dir ärgern«, sagte er mit gespieltem Trotz.

»Tust du doch, Herzchen.«

»Tu ich nicht.«

»Tust du …«

»Wenn wir dann mal zu meiner ursprünglichen Frage zurückkommen könnten«, ging Nathalie schmunzelnd dazwischen. »Wie läuft diese Show ab?«

»Also, es gibt verschiedene Kategorien, in die die Hunde eingeteilt werden. Die richten sich nach der Schulterhöhe. Innerhalb der Kategorie treten zunächst immer zwei Hunde mit ihren Besitzern gegeneinander an. Der Gewinner kommt in die nächste Runde, der Verlierer … tja, der hat halt verloren und kann dem Spektakel von der Tribüne aus zusehen«, erklärte ihr Harold. »In der zweiten Runde …«

»Da bin ich!«

Nathalie zuckte zusammen, als sie die laute, ausgelassene Stimme hörte, die von der Eingangstür durch den Pub schallte und alle Gäste dazu veranlasste, sich umzudrehen.

»Glenn«, sagte sie, nachdem sie selbst auch erst hatte hinsehen müssen, wer da so lautstark auf sich aufmerksam machte. Dieser fast schon überdrehte Tonfall war für ihn so untypisch, dass er sich für ihre Ohren völlig fremd angehört hatte. Das »Glenn«, das ihr bei seinem Anblick über die Lippen gekommen war, hatte nicht einmal annähernd etwas von seinem Enthusiasmus, sondern es klang eher so, als hätte sie beim Anblick des Postboten gesagt: »Der Postbote.«

Glenn schien sich daran nicht zu stören, da er freudestrahlend auf seine Freundin zuschoss, sich über die Theke beugte und Nathalie einen Begrüßungskuss gab, der ihr allem Überschwang zum Trotz mehr wie ein Kuss unter Geschwistern vorkam.

»Hallo, Lisa«, sagte er beiläufig, nahm das korrigierende »Louise« nicht zur Kenntnis, das von Nathalie und der Köchin gleichzeitig kam, und nickte dem Barkeeper nur zu.

Ihr Freund war noch keine zwei Minuten da, und schon hatte er es geschafft, ihre zugegebenermaßen verhaltene Wiedersehensfreude in Richtung Nullpunkt wandern zu lassen. War es denn wirklich so schwer, sich ein paar Namen zu merken? Bei den wichtigen Kunden in seiner Bank konnte er es sich auch nicht erlauben, die steinreiche Mrs. Maycott mit Mrs. Mayflower anzusprechen.

»Es gibt grandiose Neuigkeiten, Nathalie«, redete er unbeirrt weiter. »Komm mit nach draußen!«

Das konnte eigentlich nur bedeuten, dass er sein Vorhaben wahr gemacht hatte, den BMW-SUV gegen ein ähnliches Monstrum von Porsche einzutauschen.

»Okay, ich komme schon«, sagte sie und ging um die Theke herum, dann verließen sie den Pub. Auf dem Parkplatz davor entdeckte sie nach wenigen Schritten Glenns BMW. Sie stutzte. »Ich dachte, du willst mir dein neues Auto zeigen.«

»Mein Auto? Nein, ich habe was viel Besseres«, erwiderte er und holte sein Smartphone aus der Tasche, rief ein Foto auf und hielt es ihr hin.

»Und?«, fragte sie beim Anblick des Hochhauses.

»Erkennst du das nicht?«, gab er ungläubig zurück.

»Hm … das müsste der Vermilion Tower sein«, sagte sie.

»Das *ist* der Vermilion Tower«, bestätigte er begeistert. »Und weißt du was? Ganz oben im fünfzehnten Stock ist seit gestern Abend eine riesige Wohnung frei! Ich habe sie mir heute Morgen noch ansehen können, und sie ist grandios!«

»Der Vermilion Tower steht doch unten am alten Hafen, oder?«

»Ja, und man hat eine grandiose Aussicht auf die Mersey«, fuhr er fort. »Du wirst davon begeistert sein!«

Nathalie stand eine Zeit lang da und kniff die Augen zu, während sie tief und gleichmäßig durchatmete, um zur Ruhe zu kommen. Sie ahnte … nein, sie wusste, was Glenn sich in den Kopf gesetzt hatte, und trotzdem wollte sie nicht glauben, dass er sich tatsächlich so wenig für das interessierte, was sie mit ihrem Leben anzufangen gedachte.

»Erzähl mir doch bitte von Anfang an, worum es hier eigentlich geht«, bat sie ihn leicht genervt.

»Also, der bisherige Eigentümer … ein Mr. Graham … ist vor einer Weile spurlos verschwunden«, berichtete Glenn freudestrahlend, als sei dieser Umstand etwas durchweg Gutes. »Man hat ihn schließlich irgendwo oben in den Highlands entdeckt, wo er ohne Strom und Wasser in einer verfallenen Hütte haust. Er hat sich da so gut eingelebt, dass es der Polizei in mehreren Anläufen nicht gelungen ist, ihn zu fassen zu bekommen. Der Mann scheint da in der Gegend tausend Verstecke zu kennen.« Glenn zuckte mit den Schultern und machte eine wegwerfende Geste, als sei ihm das Schicksal dieses Mannes ganz egal. »Jedenfalls ist er seit so vielen Monaten im Rückstand mit seinen Raten, dass meine Bank ihm jetzt die Wohnung weggenommen hat und sie in der nächsten Woche zwangsversteigern will.«

»Aha«, machte Nathalie nur.

»Bevor das aber passiert, haben alle Angestellten unserer Bank ein Vorkaufsrecht zu einem besonders günstigen Preis«, fuhr er fort, »und genau da kommen wir ins Spiel. Stephen, der für den Vorgang zuständig ist, ist ja ein guter Freund von mir, wie du weißt.«

»Stephen Ryder, nicht wahr?«, entgegnete sie, auch um Glenn zu zeigen, dass *sie* sehr wohl die Namen seiner Kollegen wusste.

»Genau«, bestätigte er nur. »Er hat mich heute Morgen in diese Wohnung gelassen, und wenn ich ihm am Montagmorgen gleich um acht Uhr Bescheid gebe, dass wir sie nehmen, wird sie garantiert niemandem sonst angeboten. Das heißt, uns kann auch niemand überbieten. Die Wohnung kann uns gehören. Ich will gleich morgen früh mit dir nach Hause fahren, dann treffen wir uns mit Stephen, und du kannst dir dieses Schmuckstück auch noch ganz in Ruhe ansehen. Obwohl das eigentlich gar nicht nötig ist. Ich habe bestimmt hundert Fotos von jedem Winkel der Wohnung gemacht, selbstverständlich auch von der atemberaubenden Aussicht. Das ist im Prinzip das Gleiche, als wärst du mit dabei gewesen.«

Er sah Nathalie abwartend an.

»Und wenn mir das alles gefällt, dann kaufst du diese Wohnung?«, fragte sie.

»Ja, richtig. Also, *wir* kaufen dann diese Wohnung.« Wieder schaute er sie ungeduldig an, als könnte er ihre Zustimmung kaum erwarten. »Na? Was sagst du?«

Nathalie schüttelte den Kopf und ging zu einem der Stehtische vor dem Pub und stellte sich in den Schatten des Sonnenschirms, da es ihr mitten auf dem Parkplatz zu warm geworden war. »Ich … weiß gar nicht, wo ich anfangen soll.«

»So ging es mir auch, Nathalie. Aber Stephen hat das Darlehen mit deinem und meinem Gehalt ausgerechnet und ist sich sicher, dass wir immer noch ein bequemes Polster haben werden, wenn du noch ein paar Überstunden machst.«

»Wie aufmerksam von deinem Kollegen«, gab sie zynisch zurück. »Hat er auch vorgeschlagen, dass wir uns dann nur noch vom Discounter ernähren sollen? Und nur von dem Essen, das am gleichen Tag abläuft und deswegen auf den halben Preis runtergesetzt worden ist? Soll ich dann besser auch nur noch gebrauchte Kleidung kaufen?«

Glenn stutzte und fuhr sich irritiert durch sein glatt nach hinten gekämmtes Haar, das auf den Millimeter genau geschnitten war. Mit einem Mal wünschte sich Nathalie, sie hätte Rob vor sich, den Mann mit den langen, ein bisschen zerzausten Haaren und den Bartstoppeln, die ihm Charakter verliehen. Bei Glenns Anblick wurde ihr bewusst, dass er eigentlich so auf Hochglanz poliert aussah wie jeder andere Banker auch.

»Ich … ähm … ich weiß nicht, was jetzt in dich gefahren ist, Nathalie«, sagte er und klang ehrlich verwundert. »Kannst du mir auf die Sprünge helfen?«

»Gern«, sagte sie. »Wenn ich wüsste, wo ich anfangen soll … ah, ja, ich hab's. Fangen wir doch da an, wo wir das letzte Mal aufgehört haben, als ich in Liverpool war. Nämlich bei unserem Streit.«

»Streit? Was für ein Streit?«

»Glenn, prallt an dir eigentlich neuerdings alles ab, was dir nicht passt?«, fragte sie aufgebracht. »Ich war sauer auf dich, weil du dich übers Wochenende nach London davongemacht hast, ohne mir ein Wort zu sagen.«

»Ich war doch sowieso den ganzen Tag mit Seminaren beschäftigt, was hättest …«

»Ich hätte in der Zwischenzeit in der Stadt shoppen gehen können, und *nachts* hattest du ja wohl keine Seminare, nicht wahr?«

»Natürlich nicht. Aber du hattest mir doch gesagt, dass du dich meldest, wenn du Zeit hast«, wandte er ein.

»Da wusste ich ja auch nicht, dass du nach London fliegen würdest!«

»Ja, okay, war wohl nicht sehr geschickt von mir«, räumte er ein, was sich aber nicht so zerknirscht anhörte, wie es nach Nathalies Meinung angemessen gewesen wäre. »Aber wir haben seitdem ein paar Mal telefoniert, warum hast du das nicht schon längst gesagt?«

»Weil ich mich mit dir nicht am Telefon streiten will«, antwortete sie. »Ich will zu einer Antwort auch deinen Gesichtsausdruck sehen!«

Glenn klatschte in die Hände und strahlte Nathalie an. »Okay, dann ist das Problem doch erledigt. Es tut mir leid, und es wird nicht wieder vorkommen.«

»Dass du über meinen Kopf hinweg entscheidest?«, hakte sie nach und sah ihn aufmerksam an.

»Ja, genau.«

»Und trotzdem hast du das Gleiche jetzt schon wieder gemacht, Glenn«, hielt sie ihm vor. »Du suchst für uns eine Wohnung in einem Haus aus, in das mich keine zehn Pferde reinkriegen. Ich will nicht im fünfzehnten Stock wohnen und Tag für Tag auf eine der hektischsten und gefährlichsten Kreuzungen der Stadt blicken müssen. Und ich will nicht jeden Tag auf einen Aufzug angewiesen sein, weil ich sonst fünfzehn Etagen rauflaufen muss, wenn er mal ausfällt ...«

»Es gibt da drei Aufzüge«, warf er ein.

»Und wenn es einen Stromausfall gibt, helfen dir auch zehn Aufzüge nicht weiter!«, konterte sie, und ihre Stimme veränderte sich zunehmend. »Außerdem finde ich es eine Unverschämtheit von dir, einfach davon auszugehen, dass ich bereit bin, meine Ersparnisse und einen Großteil meines Gehalts für diese oder irgendeine andere Wohnung herzugeben. Nicht zu vergessen natürlich die Überstunden, die ich dazu noch machen soll.«

»Ich kann ja auch noch mehr Überstunden machen, wenn es das ist, was dich stört«, versuchte er, ihr entgegenzukommen.

»Nein, das ist nicht das, was mich stört!«, fuhr sie ihn

an und sah zu spät, dass eine Familie auf dem Parkplatz angehalten hatte und vom Wagen zum Pub ging. Die Eltern und die drei Kinder sahen irritiert zu ihnen. Nathalies Wut verrauchte dadurch aber nicht. »Was mich stört, ist die Tatsache, dass du mich nicht erst einmal fragen kannst, ob mich das interessiert. Du hättest gestern Abend anrufen können und mir sagen, was los ist, und du hättest spätestens heute Morgen anrufen können, als du dir die Wohnung ansehen konntest.«

»Ich wollte dich überraschen, sonst nichts«, beteuerte er ein wenig verstimmt. »Ich wusste nicht, dass du das so in den falschen Hals kriegen würdest.«

»Abgesehen davon, Glenn«, ging Nathalie über seinen Einwand hinweg, »weißt du doch genau, dass ich zurzeit kein Gehalt beziehe, weil ich mich für ein Jahr habe freistellen lassen. Ich könnte noch gut neun Monate keinen Cent zu dieser Wohnung beisteuern, selbst wenn ich es wollte.«

»Wieso? Du kannst doch deine Wohnung aufgeben. Die Miete, die du dafür zahlst, können wir für die andere Wohnung nehmen …«

»… in die ich nicht einziehen will!«, unterbrach sie ihn. »Glenn, verstehst du nicht? Ich fühle mich hier in Earlsraven wohl. Inzwischen viel wohler als in Liverpool. Ich weiß nicht, ob ich jemals dorthin zurückkehren werde. Ich habe hier eine Arbeit, die mich erfüllt und mir Spaß macht. Es gefällt mir hier auf dem Land. Hier herrschen nachts wirklich noch Ruhe und Dunkelheit, nicht so wie in Liverpool oder London oder wo auch immer, wo die ganze Stadt rund um die Uhr auf den Beinen zu sein scheint. Wo es nachts nie dunkel wird, weil die Straßenlampen und die Ampeln und die Leuchtreklamen die ganze Nacht mit ihrem Licht verpesten.«

Glenn stand eine Weile einfach nur da und schaute

drein, als wäre die ganze Welt um ihn herum zusammengebrochen. »Das hättest du mir vielleicht etwas eher sagen sollen«, war sein darauf folgender Kommentar, der ihm mit einem vorwurfsvollen Unterton über die Lippen kam.

Nathalie stöhnte auf und ließ die Stirn auf die Tischplatte sinken. »Das *habe* ich dir gesagt«, erwiderte sie und bemühte sich um Geduld. »Sogar bei mehreren Telefonaten in den letzten vier Wochen. Es ist nicht meine Schuld, wenn du dann gleichzeitig Börsenkurse verfolgst oder im Internet irgendwelche Aliens jagst.«

»Ich würde doch nicht …«, begann er zu protestieren.

»Ich weiß nicht, was du in der Zeit machst, auf jeden Fall hörst du mir nicht zu«, sagte sie so ruhig, wie sie konnte. Wenn er wenigstens einmal irgendetwas zugegeben hätte! Wenn er doch nur einmal die Verantwortung übernommen hätte! »Ich habe dir gesagt, dass ich mir gut vorstellen kann, nicht nur das eine Jahr hier zu bleiben, damit ich das Erbe meiner Tante antreten kann. Ich habe dir gesagt, dass ich mir beim letzten Mal in Liverpool wie in einer völlig fremden Stadt vorgekommen bin.«

»Ach so, das meinst du. Dann war es dir wohl wirklich ernst«, murmelte er sichtlich perplex.

»Warum sollte ich das sonst gesagt haben?«

»Ich dachte, das hing vor allem mit unserem verkorksten Wochenende zusammen. Dass du in deinem Ärger gleich auf die ganze Stadt geschimpft hast. Und dass du mir eins auswischen wolltest, weil du sauer warst … Ist ja auch egal. Auf jeden Fall habe ich dich dann aber doch richtig verstanden, dass du erst mal nicht an der Wohnung interessiert bist, oder?«

»Nicht nur *erst mal* nicht, sondern *gar* nicht«, betonte sie und atmete durch. »Wenn das Jahr um ist und ich weiß, was ich machen werde, ist es noch früh genug, nach einer neuen Wohnung Ausschau zu halten. So hatten wir das vereinbart, und dabei bleibt es.«

»Tja, dann werde ich Stephen anrufen und ihm sagen, dass er die Wohnung ruhig der Nummer zwei auf seiner Liste anbieten kann«, überlegte er. »Damit fällt der Termin morgen früh dann ja auch flach.«

»Das wäre er sowieso, weil ich morgen bei einer Hundeausstellung mitmachen werde«, erklärte sie und erntete prompt einen erstaunten Gesichtsausdruck.

»Eine Hundeausstellung? Seit wann hast du einen Hund?«

»Habe ich nicht, aber ich gehöre zur Jury.«

»Hast du dich freiwillig gemeldet?«, fragte er und grinste sie an: »Oder müssen immer die Leute für so was ran, die erst seit Kurzem im Dorf leben?«

»Weder noch.« Es überraschte sie, dass Glenn sich nicht wunderte, wieso sie den Samstag in der Show verbrachte, obwohl sie ihm doch gesagt hatte, dass sie sich den Tag extra für ihn frei halten wollte. Vermutlich hatte er das auch schon wieder vergessen. »Tante Henrietta hat mir ihren Platz in der Jury vererbt.«

»Geht so was denn?«

»Offensichtlich ja, immerhin hat niemand dagegen protestiert«, sagte sie. »Das wird sicher aufregend. So was habe ich noch nie gemacht.«

»Du schaffst das schon«, erwiderte er, dann folgte betretenes Schweigen. Wie sollten sie jetzt weitermachen?

Nathalie ließ den Blick über den gut ausgelasteten Parkplatz schweifen. Mindestens zwei Drittel der Plätze waren belegt, aber wenn sie an die wenigen belegten Plätze im Pub dachte, mussten die meisten Besucher wohl das Café aufgesucht haben. Das befand sich auf der dem Dorf zugewandten Seite des Gebäudes und verfügte über eine weitläufige Terrasse, die bei so gutem Wetter wie heute auch unter der Woche gut besucht war. An sonnigen Wochenenden hätte diese Terrasse auch zwei- oder dreimal so groß sein können, sie wäre immer noch aus allen Nähten geplatzt.

Das Black Feather war wirklich eine Goldgrube, und auch nach gut drei Monaten war Nathalie auf keinen Hinweis gestoßen, dass sich das Ganze doch noch als Seifenblase entpuppen und sie auf einmal auf einem Berg Schulden sitzen könnte. Es sprach nichts dagegen, dem letzten Willen Ihrer Tante nachzukommen und die Kombination aus Pub, Café und Pension in Eigenregie weiterzuführen.

Wenn Glenn das doch bloß einsehen und respektieren würde, anstatt stur davon auszugehen, dass sie spätestens nach einem Jahr nach Liverpool zurückkehren und das Black Feather verpachten würde.

Sie sah wieder zu Glenn, der so wie sie verlegen dastand und nicht wusste, was er tun oder sagen sollte.

»Ich …«, begann sie auf gut Glück, da sie hoffte, dass ihr schon was einfallen würde, wenn sie erst einmal zu reden anfing.

»Nathalie!«, rief Louise, die auf einmal in der Tür stand. »Telefon für Sie. Rob Dinkmore hat noch eine Frage wegen des Auftrags.«

»Ja, ich komme sofort«, erwiderte sie. »Glenn, ich …«

»Ich weiß, ich weiß«, sagte er und lächelte sie an. »Die Arbeit ruft.«

»Richtig, aber in dem Fall ist es etwas wirklich Aufregendes«, antwortete sie. »Wenn ich mit R… ähm … Mr. Dinkmore telefoniert habe, werde ich dir ein paar Fotos vom Pub zeigen, wie er früher ausgesehen hat.«

Glenn nickte ihr zu, als würde er ihre Freude teilen, aber während sie zur Eingangstür lief, beschlich sie das

Gefühl, dass ihn diese Fotos vermutlich überhaupt nicht interessierten.

Drittes Kapitel, in dem Nathalie überraschende Erkenntnisse gewinnt

Er sah auf seine Uhr. Kurz vor sieben. Alles war fertig. Die Sprühflasche war einsatzbereit. Er durfte den richtigen Moment nicht verpassen – alles hing davon ab, nicht zu früh und nicht zu spät zuzuschlagen. Zu früh wäre nicht ganz so schlimm, das würde letztlich den Plan nicht zunichtemachen. Aber zu spät ... das gäbe ein Problem, denn wenn das Rennen erst einmal gelaufen war, würde sein kleiner »Zauber« allenfalls für ein paar Lacher sorgen, aber am Ergebnis nichts mehr ändern können.

Auf den Erfolg seiner Aktion hatte er letztlich kaum einen Einfluss, wie ihm erst später bewusst geworden war, denn die angegebenen zehn Minuten waren ein Mittelwert, der insbesondere von der Raumtemperatur, der Luftfeuchtigkeit und der Körpertemperatur abhing. Vielleicht hätte er dieser Chemikerin doch sagen sollen, wann und bei wem und unter welchen Umständen er das Spray einsetzen wollte. Dann hätte sie womöglich eine andere Mischung zusammenstellen können, die viel genauer ihre Wirkung entfaltet hätte.

Aber solange die Wirkung nicht schon einsetzte, wenn die Flüssigkeit aus dem Zerstäuber austrat, würde es wohl irgendwie klappen. Er packte die Sprühflasche in die Tasche und machte sich auf den Weg.

Als Nathalie am Samstagmorgen um sieben Uhr von ihrem Wecker aus dem Schlaf geholt wurde, brauchte sie eine Weile, ehe ihr klar wurde, was nicht stimmte. Sie lag auf dem Sofa, und Glenn war nicht aufgetaucht! Am Abend zuvor hatte er die Bekanntschaft von drei Mittzwanzigern gemacht, die auf der Durchreise nach London waren und eigentlich nur auf die Schnelle etwas hatten essen wollen.

Sie wusste nicht, wieso Glenn mit den jungen Männern ins Gespräch gekommen waren, auf jeden Fall saßen sie um zehn Uhr immer noch zusammen an einem Tisch und unterhielten sich angeregt. Glenn hatte sein Tablet aus dem Wagen geholt und angefangen zu rechnen, was erfahrungsgemäß eine langwierige Angelegenheit war. Er entwickelte die optimale Finanzierung für irgendein Projekt, legte dann aber auch noch die zehn oder notfalls sogar zwanzig Alternativen daneben, die sich ergaben, wenn er die Laufzeit oder das Eigenkapital oder eine der vielen anderen Variablen veränderte. Glenn bezeichnete es als Service, Nathalie hielt es eher für eine unmoralische Taktik, auch wenn sie das nicht sagte. Sie war den Umgang mit Zahlen gewöhnt, aber spätestens nach der vierten Alternative verlor selbst sie die Übersicht.

Gegen Mitternacht hatten die vier noch immer im Pub gesessen, obwohl die drei jungen Männer beim Betreten des Lokals noch betont hatten, sie wollte nur etwas essen, das schnell zubereitet war, weil sie spätestens um acht Uhr weiterfahren wollten, um nicht zu spät in

London zu sein. Glenn war dabei so in seinem Element gewesen, dass er außer seinen drei faszinierten Zuhörern nichts mehr um sich herum wahrgenommen hatte.

Nachdem sie sich wortlos in die ehemalige Wohnung ihrer Tante am anderen Ende des Gebäudes zurückgezogen hatte, schrieb sie Glenn eine SMS mit dem Hinweis, wo sie zu finden sei – und dass sie die Wohnungstür für ihn unverschlossen lassen würde, damit er einfach hereinkommen könnte, sobald er sich von der Gruppe verabschiedet hätte.

Sie war auf dem Sofa eingeschlafen, auf dem sie gesessen und auf ihn gewartet hatte. Und Glenn war gar nicht erst hergekommen. Aber wo war er hin? Er konnte ja nicht im Pub geschlafen haben. Aber vielleicht in seinem Wagen? Ja, das wäre denkbar, schließlich waren die Sitze bequem genug. Nur ... warum sollte er lieber im Wagen schlafen, anstatt herzukommen? Oder war er noch in der Nacht abgefahren? Nein, sie hatte ihn zu viel Alkohol trinken sehen, und trotz aller Fehler und Schwächen, die für sie erst in der letzten Zeit offensichtlich geworden waren, ließ er seinen Wagen rigoros stehen, wenn er getrunken hatte.

Aber ... wo war er dann?

Sie sah auf ihr Telefon und bemerkte, dass eine SMS von Glenn auf sie wartete, abgeschickt um sieben Minuten nach drei in der Nacht.

Gute Nacht, stand da nur, gefolgt von einem Smiley.

Nathalie stand auf und ging zum Fenster, um einen Blick auf den Parkplatz zu werfen. Glenns Wagen war noch da. Verwundert ging sie ins Badezimmer, um zu duschen, dann zog sie sich an, warf einen letzten Blick auf ihre Frisur, betrachtete ihr Gesicht und beschloss, auf Make-up zu verzichten. Die Hundeshow fand im Gemeindesaal statt, der für seine miserabel arbeitende Klimaanlage berüchtigt war, und das bedeutete, dass es dort unangenehm warm werden konnte. Nach den ersten Tagen im Pub hatte sie eingesehen, dass sich Schweiß und Make-up zumindest in ihrem Fall nicht allzu gut vertrugen. Anstatt das Risiko einzugehen, die nächsten drei bis vier Tage wieder mit einem hartnäckigen Ausschlag zu verbringen, verzichtete sie lieber darauf, sich zu schminken.

»Warum auch? Ich *bin* ja schließlich die Jury, ich muss nicht irgendjemanden beeindrucken«, redete sie leise vor sich hin und verließ die Wohnung.

»Ah, da bist du ja. Du kommst genau rechtzeitig«, rief Glenn, als sie nach einem Blick in den verwaisten und dunklen Pub den Kopf durch die Tür zum Café steckte.

Glenn stand links von ihr am Buffet und bediente sich sehr großzügig beim Rührei und beim gebratenen Speck.

»Wo warst du?«, fragte sie. »Ich habe auf dich gewartet.«

»Es ist ziemlich spät geworden gestern Nacht«, erwiderte er. »Und als ich dich dann auf dem Sofa liegen sah, so fest eingeschlafen und so … so … ich weiß nicht … zufrieden, würde ich sagen … da hab ich es nicht übers Herz gebracht, dich aufzuwecken. Harry, der Barkeeper, hat mir den Schlüssel für eines eurer Zimmer gegeben, er meinte, das ginge schon in Ordnung.«

Nathalie nickte. »Natürlich geht das in Ordnung. Aber ich dachte … sag mal, was hattest du mit den dreien so Wichtiges zu bereden, dass du keine Zeit mehr für mich gefunden hast?«

»Das wollte ich dir gerade sagen«, antwortete Glenn und zog sie hinter sich her zu seinem Tisch. Er dirigierte sie zu einem der Stühle, stellte seinen Teller ab und eilte zurück zum Buffet, um ihr eine Tasse Kaffee zu bringen. »Die drei sind im Begriff, ein Unternehmen zu gründen, etwas mit 3-D-Projektionen für medizinische Zwecke. Ein Knaller, sag ich dir. Wenn das auf den Markt kommt, das wird locker die Hälfte der Behandlungsmethoden über den Haufen werfen, wie wir sie heute kennen. Dieses System wird wie eine Lizenz zum Gelddrucken sein, einfach genial.«

»Du kennst dich mit so etwas aus?«, fragte Nathalie verwundert.

»Zufälligerweise ja, weil wir erst letzte Woche ein ziemlich ähnliches Projekt abgelehnt haben, für das eine Forschergruppe einen unglaublich hohen Kredit von uns haben wollte«, erklärte er. »Das Projekt wurde von uns auf Herz und Nieren geprüft, was in dem Fall sogar fast noch buchstäblich zu verstehen ist«, fügte er lachend hinzu. »Dadurch bin ich mit allen Schwachstellen vertraut, und von genau den Schwachstellen ist bei diesem Projekt nichts vorhanden. Das ist komplett durchdacht.«

Nathalie trank einen Schluck Kaffee und fragte: »Und was hat das Ganze mit dir zu tun?«

»Die drei sind so glücklich darüber, dass sie eine Bank gefunden haben, die sie bei der Finanzierung unterstützen will, dass sie irgendwem unbedingt davon erzählen mussten. Na ja, und als sie dann auch noch gemerkt haben, dass ich weiß, worum es geht, haben sie mir einfach alles anvertraut, auch die Finanzierung, die ihnen ihr Berater bei der Bank vorgeschlagen hat und die sie heute früh unterschreiben wollen.«

»Lass mich raten, die Finanzierung ist … tja … wie soll ich das formulieren …?«, warf Nathalie ein.

»Der letzte Dreck. Eine Unverschämtheit!«, formulierte Glenn es an ihrer Stelle. »Dieser Kerl will sie nicht nur dazu verpflichten, ihr gesamtes Eigenkapital einzubringen, obwohl ein Zehntel genügen würde. Er verlangt auch noch, dass sie eine Gesellschaftsform wählen, bei der sie bis an ihr Lebensende für alle entstandenen Kosten haften. Und er hat eine kleine, aber hässliche Formulierung in den Vertrag eingebaut, durch die die Bank sich komplett den Rücken frei hält und gleichzeitig sämtliche Urheber- und Patentrechte für sich beanspruchen kann, wenn die drei Schiffbruch erleiden.«

»Ich war der Meinung, dass sich Banken immer den Rücken frei halten und sich gleichzeitig alles einverleiben, was sie kriegen können«, sagte sie mit ironischem Unterton.

Glenn hob abwehrend die Hände. »Ja, ich weiß, es gibt genug Fälle, in denen eine Bank einen Kunden ganz bewusst im Stich lässt, aber das wäre hier die falsche Vorgehensweise, weil die Bank durch die Anteile an der Gesellschaft weitaus mehr verdienen würde als mit Patentrechten.«

»Ich nehme an, du hast ihnen das vorgerechnet«, folgerte Nathalie schmunzelnd, »und sie haben ihren Ohren nicht getraut.«

»Kann man so sagen.« Er lächelte seine Freundin strahlend an. »Sie waren so begeistert, dass sie mich in ihre Gesellschaft aufnehmen wollen, um den gesamten Finanzbereich abzudecken, von dem die drei keine Ahnung haben.«

»Sie … was?«

Er nickte bestätigend. »Du hast richtig gehört.«

»Aber … was bedeutet das dann für deinen Job bei der Bank? Kannst du das parallel handhaben? Darfst du das überhaupt? Gibt es da nicht einen Interessenkonflikt?«

Glenn zuckte flüchtig mit den Schultern. »Ich schätze, in den ersten vier, fünf Monaten wird der Aufwand so groß sein, dass ich mich beurlauben lassen müsste, um das in den Griff zu bekommen. Danach müsste ich mir halt die Situation sehr genau ansehen und überlegen, ob es genügt, wenn ich ab da nur noch in beratender Funktion tätig werde, oder ob es dann immer noch ein Vollzeitjob sein wird. Dann muss ich eben entscheiden, wo ich weitermachen will.«

»Das heißt, du würdest deine Anstellung bei der Bank aufgeben«, sagte sie bedächtig, atmete tief durch und fragte schließlich. »Und woher kommt dieser plötzliche Sinneswandel?«

»Nathalie«, sagte er und legte seine Hand auf ihre. »Ich habe gestern Abend gemerkt, dass das etwas ist, was ich tun will. Was ich fast schon tun muss. Da kann ich mein Wissen über die Finanzwelt nutzen und selbst davon profitieren, anstatt immer nur das Beste für meine Kunden herauszuholen. Ich habe das Gefühl, wenn ich diese Gelegenheit nicht nutze, dann kommt so etwas vielleicht nie wieder, und ich werde mich womöglich mein Leben lang ärgern, dass ich das an mir habe vorüberziehen lassen.«

Abrupt brach er ab und stürzte sich auf seinen Teller.

»Tja, Glenn, wenn ich dich so reden höre, dann kommt es mir so vor, als hätte ich das alles vor Kurzem schon mal gehört, nur nicht aus deinem Mund.«

Er nickte und antwortete kauend: »Ja, ich weiß. Als mir das gestern Abend durch den Kopf ging, wurde mir auf einmal bewusst, dass ich die ganzen letzten Monate über nicht verstanden habe, was in dich gefahren war, als du auf die Idee kamst, das Erbe deiner Tante antreten und das Black Feather weiterführen zu wollen. Ich dachte, du hast doch alles, was du brauchst, warum willst du dich auf ein solches Wagnis einlassen? Was, wenn es schiefgeht? Was, wenn du nach drei Wochen alles hinschmeißt und zu Tode betrübt bist, dass du dich überhaupt einer solchen Hoffnung hingegeben hast, die dann bitter enttäuscht wird?«

»Und jetzt verstehst du es?«, hakte Nathalie zögerlich nach, da sie sich nicht sicher war, worauf seine Ausführungen eigentlich hinauslaufen würden.

»Oh ja, jetzt verstehe ich das. Und ich verstehe dich«, fuhr er fort, während er immer wieder einen Happen Rührei und Speck in den Mund nahm und hastig kaute. »Ich konnte dich nicht verstehen, weil mir das hier« – er machte eine ausholende Geste – »nichts bietet, was mein Leben interessanter oder aufregender machen könnte. Hier möchte ich nicht mal begraben sein, weil ich mich sogar als Leiche in diesem Kaff noch zu Tode langweilen würde. Die paar Mal, die ich hier war, haben mir gereicht. Wenn ich nachts aufgewacht bin, musste ich dicht an meinen Ohren mit den Fingern schnipsen, damit ich wusste, dass ich nicht taub geworden war. Ich musste auf mein Handy tippen, damit das Display aufleuchtete und ich mich vergewissern konnte, dass ich noch sehen konnte. Denn wenn ich zum Fenster gesehen habe, dann habe ich eben kein Fenster gesehen, weil der Himmel pechschwarz war und sich nicht von der Schwärze unterschied, die in meinem Zimmer herrschte. Ich konnte hier nur bei Licht und laufendem Radio durchschlafen.«

»Das wusste ich nicht«, sagte Nathalie leise.

»Macht auch keinen guten Eindruck, das zu erzählen«, gab Glenn schmunzelnd zurück. »Viel wichtiger ist aber, dass *du* dich hier wohlfühlst. Du bist hier schon zu Hause, so sehr sogar, dass du nur noch von zu Hause redest, wenn du Earlsraven meinst, nicht, wenn es um Liverpool geht.«

»Das habe ich vor Kurzem schon mal gehört«, murmelte Nathalie.

»Dann sollte es doch wohl auch stimmen, oder meinst du nicht?«

»Ja, das sollte es wohl. Aber …« Sie sah ihn lange an. »Was bedeutet das für uns?«

Glenn atmete tief durch, schob den leeren Teller zur Seite und trank von seinem Kaffee. »Ich glaube, es ist egal, wie ich das formuliere, es wird immer so klingen, als würde ich das aus einem unglaublich kitschigen Liebesroman vorlesen, aber … aber ein ›Wir‹ gibt es doch schon seit einer Weile nicht mehr. Ich vermute, das ist schon an dem Tag aus unserem Leben verschwunden, als wir das erste Mal hergekommen sind, damit du dir das Black Feather in Ruhe ansehen konntest.«

»Kann gut sein«, stimmte sie ihm zu.

»Du hättest da schon schreiend weglaufen müssen, damit ich mir Hoffnungen hätte machen können«, sagte er. »Aber du verbindest zu viele schöne Erinnerungen mit diesem Ort, du konntest gar nicht anders, als das Erbe anzunehmen. Da hätte schon die Buchhaltung der letzten zehn Jahre komplett erfunden sein müssen. Das war nicht der Fall, und darum bist du jetzt hier.«

»Dann … dann ist das für uns das Ende?«, fragte sie, weil sie immer noch nicht restlos davon überzeugt war, dass er nicht doch noch eine komplette Kehrtwende vollzog und eine Pointe folgen ließ, indem er ihr womöglich einen Heiratsantrag machte, um ihren Verdacht zu bestätigen, dass er ihr eigentlich gar nicht zugehört hatte.

»Wäre es dir lieber, wenn wir uns im Streit trennen würden, weil ich nicht begreife, was du hier am Ende der Welt willst, und weil du nicht verstehst, warum ich mit dir fast überall leben würde, nur nicht hier?«

»Natürlich nicht«, sagte sie. »Aber das hier fühlt sich an wie … wie eine Kündigung oder etwas in dieser Art.

So, als würden wir uns anschließend noch ein Zeugnis schreiben.«

Glenn musste lachen. »Das wäre gar nicht so schlecht. Hoffe ich jedenfalls, auch wenn ich mich in den letzten Wochen wohl eher wie ein Idiot aufgeführt habe.«

»Na ja, ich habe aber auch ein bisschen überreagiert, anstatt mit dir zu reden und dich so lange mit Fragen zu löchern, bis du mir endlich gesagt hättest, was dich so gestört hat.«

Er winkte ab. »Nein, Nathalie, das hier war wirklich mein Problem. Ich habe gar nicht erst versucht zu verstehen, was das Black Feather dir bedeutet. Ich habe mir eingeredet, dass du schon irgendwann ›Vernunft‹ annehmen und nach Liverpool zurückkehren würdest. Aber ich war derjenige, der Vernunft annehmen musste.« Er nickte ihr zu. »Das ist gestern Abend passiert, und ich glaube, darüber sollten wir beide froh und erleichtert sein.«

Die Tür zum Café ging auf, einer der drei jungen Männer kam herein. »Bist du fertig, Glenn? Können wir fahren?«

»Ich bin gleich da. Zwei Minuten noch.«

Nathalie schaute verwundert drein. »Du fährst schon wieder ab?«

»Es ist besser so, Nathalie. Für jeden von uns. Außerdem will ich mir das Treffen mit diesem Finanzberater nicht entgehen lassen.«

Unwillkürlich musste sie grinsen. »Ich nehme an, du wirst ihn in der Luft zerreißen.«

»Vermutlich ja«, entgegnete er und stand auf.

Auch Nathalie erhob sich von ihrem Platz und ging mit ihm bis zur Tür. Glenn blieb stehen und sah sie fragend an. »Ein Abschiedskuss?«, fragte er leise.

Sie zögerte sekundenlang, dann schüttelte sie den Kopf. »Das würde in die falsche Richtung führen, glaub mir.«

Glenn nickte und sah für einen Moment sehr traurig aus. Dann gab er sich einen Ruck. »Ja, das fürchte ich auch.« Er machte die Tür auf und verließ das Café, um zu seinem Wagen zu gehen.

Nathalie sah ihm hinterher. Eigentlich hätte sie jetzt gern ein paar Tränen vergossen, aber er hatte das Ganze so verdammt vernünftig gelöst, dass sie ihren Gefühlen gerade einfach keinen freien Lauf lassen konnte.

»Es wird Zeit«, ertönte auf einmal eine Stimme hinter ihr.

Sie drehte sich um und sah, dass Louise in der Tür zum Verbindungsgang stand und auf ihre Armbanduhr zeigte. »Sie wollen doch nicht bei Ihrem ersten Einsatz als Preisrichterin zu spät erscheinen, oder?«, fragte die ältere Frau.

»Nein, natürlich nicht«, sagte Nathalie. »Ich muss nur noch ins Büro zurück. Die Arbeitsmappe für meinen neuen Job liegt nämlich noch auf dem Schreibtisch.«

»Ist gut, ich warte draußen. Das Wetter ist einfach zu schön, um sich in einem geschlossenen Raum aufzuhalten«, rief Louise ihr nach. »Obwohl wir genau das ja für den Rest des Tages machen werden.«

Auf dem Weg zu ihrem Büro fragte sich Nathalie, wie viel ihre Köchin wohl von der Unterhaltung mit Glenn mitbekommen hatte.

Viertes Kapitel, in dem Nathalie einige seltsame Leute kennenlernt

Der Gemeindesaal lag hinter der alten Kirche mit ihrem beengten Friedhof, der noch zu einer Zeit angelegt worden war, als man geglaubt haben musste, dass man mit schätzungsweise sechzig bis siebzig Gräbern auf lange Sicht auskommen würde. Der Irrtum musste schon bald aufgefallen sein, denn im Vorbeigehen konnte Nathalie auf keinem der Grabsteine ein Sterbedatum sehen, das nach 1820 lag. Zu der Zeit waren neben der Kirche längst zwei Cottages errichtet worden, sodass die weiteren Beisetzungen erst auf der nächsten freien Fläche vorgenommen werden konnten. Hinzu kam das Problem, dass man es damals mit dem Anpflanzen von Bäumen viel zu gut gemeint hatte. Womöglich hatte man etwas ganz anderes wachsen und gedeihen lassen wollen, aber keine Eichen, die so in den Himmel geschossen waren, dass sie den ganzen Friedhof mit ihren Wurzeln unterwandert hatten, um genug Halt zu haben. Als Folge davon wirkte der Friedhof so, als hätte man ihn auf einem erstarrten Ozean angelegt und den Wellengang exakt übernommen. Überall standen Steine schief, und die Wege folgten einem beständigen Auf und Ab zwischen den Wurzeln der Bäume.

Entweder hatte man aus den Fehlern bei der Anlage des ersten Friedhofs nichts gelernt, oder auch hier war der Platz von vornherein durch angrenzende Gebäude vorgegeben gewesen. Es gab nämlich noch einen dritten Teil, der an einen Wald angrenzte – allerdings so großzügig bemessen, dass man dem Wald in absehbarer Zeit nicht zu Leibe rücken musste.

»Ich finde, diese alten Grabsteine haben etwas Geheimnisvolles an sich«, sagte Nathalie, nachdem sie in die Gasse eingebogen waren, die zwischen dem alten Friedhof und dem ersten Cottage verlief.

Ein paar Amseln waren damit beschäftigt, in der Erde zu wühlen und sie zu lockern, um Würmer und anderes Getier aus dem Boden zu picken. Hin und wieder kam Hektik auf, wenn einer der Vögel auf die anderen losging, sobald die fündig geworden waren. Offenbar betrachtete er den Friedhof als sein Revier, auf dem niemand sonst etwas zu suchen hatte. Leider umsonst, denn es tummelten sich einfach zu viele Artgenossen zwischen den Grabsteinen.

Nathalie zeigte auf ein besonders ausladendes Exemplar, das so verwittert und mit Moos überzogen war, dass man keinen Namen und kein Datum mehr entziffern konnte. Oben auf dem Grabstein saß ein steinerner Engel – oder besser gesagt das, was noch von ihm übrig war. Von den Flügeln sah man nur noch Stümpfe, die linke Hand fehlte, der rechte Unterarm war abgeschlagen. Nach der Kopfhaltung zu urteilen, schien die Figur ursprünglich einmal in eine Trompete geschmettert zu haben.

»Geheimnisvoll?«, fragte Louise, die ein wenig in Gedanken versunken zu sein schien – entweder weil sie selbst mit irgendetwas beschäftigt war oder weil sie auf eine passende Gelegenheit wartete, um sie auf Glenn anzusprechen. Nathalie vermutete Letzteres, aber sie würde sich alle Mühe geben, ihr keine solche Gelegenheit zu bieten. Wenn Louise etwas zu dem Thema sagen wollte, musste sie schon selbst einen Weg finden.

»Na ja, sehen Sie, es lebt niemand mehr, der den Verstorbenen persönlich gekannt hat«, erklärte Nathalie. »Wer weiß, was es mit all diesen Leuten wirklich auf sich hatte. Vielleicht war jemand zu Lebzeiten ein Tyrann gegenüber seiner Familie und wurde dennoch von den anderen Leuten für den gütigsten Vater des ganzen Dorfes gehalten?«

»Meistens gibt es noch irgendwelche Dorfchroniken«, wandte Louise ein. »Aber ich habe keine Ahnung, wer solche Chroniken geführt hat … also mir ist schon klar, dass so was von einem Stadtschreiber oder Dorfschreiber erledigt wurde … aber ob der in seiner Arbeit objektiv gewesen war oder ob er den Leuten etwas angedichtet hat, die er nicht mochte … wer kann das schon sagen?«, fuhr sie fort, während sie am Ende des Friedhofs ankamen und um die nächste Ecke bogen. »So, da wären wir.«

Vor ihnen befand sich die Gemeindehalle, die aus den Fünfzigerjahren stammen musste, wenn Nathalie das Design mit der sich über Erdgeschoss und ersten Stock erstreckenden Glasfront und die verschnörkelte Neonschrift *Earlsraven Public Hall* zeitlich richtig zuordnete. Es war eine nüchterne, aber zugleich elegante Architektur, wie sie sie von alten Fotos kannte, die meist Liverpool oder London zeigten. Gerade die Nachtaufnahmen hatten es ihr angetan. Dann waren die Straßen in den Schein des Neonlichts getaucht, hinter dem alles andere in fast völliger Dunkelheit versank. Das verlieh den Fotos etwas Unwirkliches, so als würde in den Städten in der Nacht nur das existieren, was von den Abertausenden Neonröhren beschienen wurde.

Vor dem Haupteingang drängten sich bestimmt hundert Frauen, Männer und Kinder, die alle darauf warteten, dass die Hundeausstellung eröffnet wurde. Vor dem Kassenfenster stand eine lange Schlange, und aus allen Richtungen strömten noch mehr Leute herbei. Die schmale Straße vor der Gemeindehalle war hoffnungslos zugeparkt, aber von ihren Spaziergängen durch Earlsraven kannte Nathalie inzwischen recht viele Autos, die Leuten aus dem Ort gehörten, sodass sie mit Gewissheit sagen konnte, dass diese Fahrzeuge alle aus den umliegenden Ortschaften stammten. Es hätte sich auch außer den Teilnehmern der Ausstellung, die neben ihren Hunden noch alle möglichen Utensilien mitbrachten, niemand in Earlsraven die Mühe gemacht, den Weg von daheim bis hierher mit dem Auto zurückzulegen.

»Es wird doch erst um neun Uhr aufgemacht«, sagte Nathalie beim Näherkommen. »Warum wollen die Leute denn jetzt schon am liebsten die Halle stürmen? Es ist doch kein freier Eintritt, wenn ich das richtig sehe.«

»Das ist ganz einfach erklärt«, erwiderte Louise. »Alle bekannten Produzenten von Hundefutter sind auf diesen Ausstellungen vertreten, und raten Sie mal, was die an die Besucher verteilen?«

»Proben?«

»Richtig, und das gleiche säckeweise«, bestätigte sie. »Der Eintritt für die Ausstellung kann nur deshalb zwölf Pfund betragen, weil diese Futterproben deutlich mehr wert sind. Für die Hersteller ist das Kleinkram, den sie da an Werbemitteln unters Volk bringen, für die Veranstalter ist das eine ideale Kombination. Schließlich zahlen die Hersteller ihnen auch noch Standmiete.«

»Schlau«, fand Nathalie. »Und die Einnahmen?«

»Die gehen komplett an das Tierheim in Osgorne. Die Kirche stellt den Saal kostenlos zur Verfügung, alle arbeiten ehrenamtlich, und die Preisgelder werden auch von den Futtermittelproduzenten gezahlt. Dafür tauchen die Namen ihrer Produkte in allen Texten und auf sämtlichen Fotos auf. Bei Dutzenden dieser Ausstellungen überall im Land kommt so eine Menge Werbung zusammen, die insgesamt relativ wenig Geld kostet.«

»Müssen wir zur Kasse? Oder wo sage ich Bescheid, dass ich da bin?«, wollte Nathalie wissen, als sie die Menschenmenge fast erreicht hatten.

»Nein, nein, wir nehmen den Hintereingang. Sozusagen die Hundeklappe«, antwortete die Köchin und musste über ihre eigene Bemerkung lachen.

Als sie durch eine schmale Gasse zwischen der Halle und einem Reihenhaus gingen, schlug Nathalie eine ganz andere Art von Hektik entgegen. Wollte man am Haupteingang nur so schnell wie möglich zu den Futterproben gelangen, bevor ein anderer einem etwas wegschnappen konnte, war hier jene Nervosität spürbar, wie man sie in jeder Wettkampfarena wahrnehmen konnte. Aber unter diese Nervosität, hoffentlich zu gewinnen, mischte sich auch eine gewisse Hilflosigkeit, weil alles davon abhing, dass der Hund sich durch nichts ablenken ließ und nur das tat, was er tun sollte.

Nathalie fragte sich, wie es wohl gelang, dass diese Unruhe nicht auch auf die Vierbeiner übersprang, die normalerweise sehr empfindlich reagierten, was die Gemütslage ihrer Besitzer anging.

»Hallo«, sagte Louise zu dem schmächtigen jungen Mann, der am Eingang stand und eine Baseballkappe mit der Aufschrift *Security* in großen Lettern trug. Seine Miene wirkte entschlossen, entpuppte sich aber als gespielt, da er mit offenen Augen träumen musste. Anders ließ es sich nicht erklären, wieso er so zusammenzuckte und abwehrend einen Arm vor sein Gesicht hielt, als hätte die Köchin ihm grundlos Prügel angedroht.

»Was?«, fragte er verunsichert.

»Ich bin Louise Cartham, das ist Nathalie Ames, wir stehen auf der Liste der Mitwirkenden.«

Der junge Mann griff nach einem Klemmbrett, das auf einem Hocker gleich neben ihm lag, und durchsuchte. »Cartham … oookay«, murmelte er und strich mit dem Finger auf dem Blatt nach unten. »Und … Ames … Ames … hm.«

Louise warf Nathalie einen vielsagenden Blick zu. »Ames kommt in der Liste wahrscheinlich vor Cartham«, gab sie schmunzelnd zu bedenken.

Der junge Mann zog die Augenbrauen zusammen und hob abwehrend die Hand. »Nicht unterbrechen, bitte … ich bin gleich … tut mir leid, eine Nathalie Ames ist nicht auf der Liste.«

»Suchen Sie doch noch mal ganz oben, über Cartham«, schlug Louise mit sanftem Tonfall vor.

»Ganz oben?«, wiederholte er ungläubig, begann zu suchen und stutzte gleich darauf. »Ames … da haben wir Sie ja, gleich an zweiter Stelle … hm, ich kann mir zwar nicht erklären, wie der Name auf einmal *da* hinkommt … na, egal. Auf jeden Fall können Sie jetzt beide rein. Falls Sie die Halle zwischendurch verlassen wollen, sagen Sie mir Bescheid, damit ich Sie austragen kann.«

Nickend gingen die beiden an ihm vorbei und fanden sich inmitten von aufgeregten Hundehaltern nebst ihren

Hunden, deren Zustand von übernervös bis fast lethargisch reichte.

»Wo müssen wir hin?«, fragte Nathalie, als sie einen Vorraum durchquerten, von dem in alle Richtungen Türen und Gänge abzweigten.

»Ich muss nach vorn zur Einlasskontrolle«, antwortete Louise, »und Sie müssen nach dahinten, in die rechte Ecke. Da, wo ›Info‹ steht. Ich weiß nicht, wer den Schalter aktuell besetzt, aber da sagen Sie einfach, wer Sie sind und warum Sie hier sind, und dann bringt man Sie schon zu den anderen Juroren.«

»Okay, ich werde mich erst noch ein wenig umsehen«, erwiderte Nathalie. »Es ist ja noch ein wenig Zeit, und ich vermute, wenn erst mal die Meute hereingelassen wurde, die vor den Türen lauert, wird so schnell sowieso noch kein Hund von der Jury begutachtet.«

»Nein, die Juroren schlendern normalerweise erst einmal durch die Reihen und halten mit dem ein oder anderen Teilnehmer ein Schwätzchen, vor allem mit denjenigen, die zum ersten Mal hier sind.«

»Gut, dann weiß ich das auch«, murmelte Nathalie. »Ich werde …«

»Guten Morgen, die Damen«, ertönte in dem Moment eine Stimme hinter ihnen.

»Constable Strutner«, erwiderte Nathalie. »Ebenfalls einen guten Morgen.«

»Ronald?«, fragte Louise verwundert. »Wieso bist du in Uniform hier? Und wo ist Colonel Jackson?«

»Der ist zu Hause, weil ich Dienst habe.«

Colonel Jackson war der Zwergschnauzer des Polizisten, Nathalie kannte beide inzwischen gut, und wenn der Hund sie irgendwo im Dorf entdeckte, fing er an zu bellen und zerrte den Constable hinter sich her, weil er sie begrüßen und sich ein paar Streicheleinheiten abholen wollte.

»Du hast doch noch nie am Tag der Hundeausstellung Dienst gehabt, Ronald.«

Er zuckte mit den Schultern. »Mir tut's ja auch für Colonel Jackson leid, weil er immer seinen Spaß daran hatte, den Artgenossen zuzusehen, wie sie sich für einen lächerlichen Pokal zum Narren machen. Wenn es wenigstens einen Sack Trockenfutter gäbe. Aber die Zeiten ändern sich nun mal, und Sicherheitsvorschriften müssen beachtet werden. Die Größe der Halle und die Zahl der Besucher machen es notwendig, dass zusätzlich zum Sicherheitspersonal auch ein Polizist anwesend ist.«

»Ist denn schon jemals etwas vorgefallen?«, wollte Nathalie wissen.

»Noch nie, Miss Ames, nicht mal jemand, der ohne Karte reinkommen wollte«, versicherte er ihr.

»Wenn sämtliches Sicherheitspersonal so fähig ist wie der Knabe am Hintereingang, dann kann ich dieser Regelung nur zustimmen«, sagte Louise.

»Wieso? Was ist mit ihm?«, wollte der Constable wissen.

»Der scheint mir nicht mal fünfzehn zu sein, und das Alphabet ist für ihn ein Buch mit sieben Siegeln. Und er ist wohl ein Tagträumer. Als wir hergekommen sind, habe ich ihn angesprochen, dabei stand ich mindestens einen halben Meter von ihm entfernt. Er ist vor Schreck fast umgefallen. Hätte ich ihm was antun wollen, wäre er nicht mal in der Lage gewesen, anschließend eine Personenbeschreibung zu liefern, weil er völlig weggetreten war.«

»Hm«, machte Strutner ungehalten. »Ich werde mir den Burschen mal ansehen und notfalls mit seinem Chef reden.« Mit diesen Worten wandte er sich zum Gehen.

»Viel Spaß, Louise«, rief er ihnen im Weggehen zu. »Und viel Erfolg, Miss Ames.«

»Danke«, erwiderten die beiden Damen.

»Von mir auch viel Glück«, fügte Louise an, winkte ihrer Chefin zu und ging in Richtung der Eingangstüren.

Nathalie sah ihr nach, dann betrachtete sie den Trubel, der sich um sie herum abspielte. Eigentlich sollte sie traurig sein, kam es ihr in den Sinn, aber eine seltsame Leichtigkeit hatte sie ergriffen, seit Glenn sein Auto vom Parkplatz des Black Feather gefahren hatte. Vielleicht hatte ja alles doch sein Gutes …

Nathalie konzentrierte sich wieder auf ihre Aufgabe, und ihr fiel ein, dass sie ja bei dieser Veranstaltung noch völlig inkognito war. Sie konnte diese seltene Gelegenheit nutzen, dem ein oder anderen seine Meinung über die Juroren zu entlocken, damit sie einen Eindruck davon bekam, wie ihre Arbeit überhaupt von den Teilnehmern eingeschätzt wurde – beziehungsweise, welche Meinung sie von der Arbeit ihrer Tante hatten. Das war ihr wichtig, denn auch wenn sie nicht im Schatten ihrer Tante stehen wollte, hatte sie ganz sicher nicht vor, nach dem Prinzip der neuen Besen vorzugehen, die gut kehrten und absolut alles auf den Kopf stellten.

Sie betrat den Saal und war von der hektischen Betriebsamkeit zuerst einmal wie erschlagen. An den Werbeständen der Futterfabrikanten wurden säckeweise Dosen, Tütchen und Beutel in Schütten verteilt, aus denen sich in Kürze die gierige Meute vor den Eingangstüren bedienen würde. In der Saalmitte waren in langen Reihen die Tische für die Hunde angeordnet worden, jeder Tisch war mit einem Tier belegt, die zusammen einen Querschnitt durch alle nur denkbaren Rassen zu bilden schienen. Schäferhunde, Pudel, Dackel und noch etliches mehr erkannte Nathalie auf Anhieb, bei manchen Tieren lag ihr die Bezeichnung auf der Zunge, während sie bei einigen anderen davon überzeugt war, dass sie solche seltsamen Fellknäuel noch nie gesehen hatte.

Ein Riesenschnauzer saß auf seiner roten Samtdecke und schien es förmlich zu genießen, wie noch in letzter Minute die grauen Haare über seine Augen gekämmt wurden. Anschließend trug die Besitzerin ein Spray aus einer Pumpflasche auf, offenbar, um diesem Fransenpony Halt zu geben. Sie und ihr Mann waren so mit dem Tier befasst, dass keiner von beiden Nathalies interessierte Blicke bemerkte.

Sie ging weiter, vorbei an einem Mann, der sich ganz allein um drei schneeweiße Königspudel kümmerte. Die drei Grazien saßen kerzengerade hintereinander aufgereiht da und schauten stur nach vorn, während der Mann mit leichten Berührungen und leisen Befehlen die Haltung noch ein wenig perfektionierte. Mit einer kleinen Bürste strich er hauchzart über das präzise geschorene Fell, um auch noch das letzte aus der Reihe tanzende Härchen zu bändigen.

Der Mann, der sich solche Mühe gab, seine Pudel in Bestform zu bringen, war selbst von einer solchen aber weit entfernt. Seine wenigen, sonst wohl quer über die Glatze gekämmten Haare flogen wild durch die Gegend, sein Kopf war rot angelaufen, das Hemd unter den Armen weitläufig durchgeschwitzt und zum Teil aus der Hose gerutscht. Der Mann gab offenbar alles, um seine Hunde im besten Licht dastehen zu lassen.

Da er genauso wie das Ehepaar eben in die Hege und Pflege seiner Lieblinge vertieft war und Nathalie ihn auch nicht stören wollte, schlenderte sie weiter. Sie wollte nicht riskieren, einen der Teilnehmer aus seiner Routine zu reißen und damit aus dem Takt zu bringen.

Nathalie wechselte in einen anderen Gang, in dem

eine Frau vermutlich von ihrem Mann eine Flasche gereicht bekam und dann ihren Rauhaardackel mit einer Flüssigkeit besprühte, ehe sie erst mit einem Kamm und dann auch noch mit den Fingern das Fell gegen den Strich ausrichtete. Die Frau bemerkte Nathalies fragenden Blick und lächelte sie an.

»Wenn die Natur nicht so will, wie sie soll, muss man manchmal ein bisschen nachhelfen«, erklärte die Frau.

»Und wie soll die Natur?«, fragte Nathalie scheinbar arglos.

»Na ja, rau halt«, sagte die Frau. »Aber unser Papillon meint, ihm sei glatteres Fell lieber. Wenn man es anfeuchtet und gegen den Strich bürstet, dann bleibt das mindestens vier Stunden in der Form, die die Jury sehen will.« Die Frau verzog den Mund. »Ich habe hier schon wegen Nichtigkeiten wertvolle Punkte lassen müssen, während Sir ›Ich-bin-der-Größte‹ mit seinen drei Wattebäuschchen die ganze Hundezunft lächerlich macht, wenn er mal wieder die ersten drei Plätze belegt und mit diesen Hundefratzen in allen Zeitungen auftaucht. Dann denken die Leute noch in dreißig Jahren, dass alle Hunde solche hässlichen Kreaturen sind. Man sollte wirklich etwas gegen ihn unternehmen, damit diese Siegesserie ein Ende hat.«

»Sie meinen die weißen Königspudel?«

»Ja, so was war vielleicht vor fünfzig Jahren mal modern, aber diese Jury ist ja derart vorsintflutlich, dass sie das noch gar nicht mitbekommen hat!«, schimpfte die Frau.

»Wirklich?«, fragte Nathalie. Das passte gar nicht zu ihrer Tante.

»Ja, aber das hat auch seine guten Seiten, nicht wahr, Tammy?«, warf ihr Mann ein und zwinkerte seiner Frau zu.

»Max, nicht«, ermahnte sie ihn.

»Kommen Sie«, neckte Nathalie mit einem schelmischen Lächeln, das ihn fast dahinschmelzen ließ, von dem seine Frau aber zum Glück nichts mitbekam. »Sie können doch nicht einfach eine Andeutung machen und mir dann nichts weiter dazu sagen.« Dabei zog sie einen Schmollmund.

»Haben Sie überhaupt einen Hund?«, erkundigte sich Tammy argwöhnisch.

»Ich habe einen ganz süßen Yorkshireterrier, Sandwich heißt er«, behauptete Nathalie. Da sie nach einem Blick auf die auffallend starren Augen und die winzigen Pupillen des Dackels ahnte, worauf das hier hinauslaufen würde, fügte sie hinzu: »Aber leider ist der Kleine schrecklich unruhig. Auf so einem Tisch würde der keine zwei Minuten lang Ruhe geben.«

»Kennen Sie *EazyDreem?*«, fragte der Mann fast beiläufig.

Nathalie legte die Stirn in Falten. Sie hatte den Namen in ihrer Jury-Arbeitsmappe gesehen, er stand auf der sehr langen Liste der verbotenen Substanzen und war ihr sofort aufgefallen, weil er so ganz anders klang als übliche Medikamente. »Klingt nach einen Schlafmittel.« Plötzlich stutzte sie. Wo war die Arbeitsmappe? Sie hielt sie nicht in der Hand, das wusste sie auch ohne hinzusehen, sonst hätten die beiden das Thema überhaupt nicht bei ihr angeschnitten.

»Besser als das«, sagte er. »Das lässt einen Hund nicht schlafen, sondern nur träumen und – das ist das Beste – immer noch jeden Befehl ausführen!«

»Es ist so, als hätten Sie Ihren Hund hypnotisieren lassen«, schwärmte seine Frau und nickte bestätigend. »Das ist ein Wundermittel. Damit wird Ihr Sandwich mit Freuden hier mitmachen.«

»Ist das denn nicht schädlich?«, fragte Nathalie zögerlich.

Der Mann winkte ab. »Wenn wir alle nur das essen oder trinken würden, was nicht schädlich ist, dann würde die Menschheit innerhalb von zwei Wochen verhungern. Es ist alles nur eine Frage der Dosierung. Als kleine Belohnung getarnt geben Sie ihm jede halbe Stunde eine Tablette, und Ihr nervöser Schatz wird die Ruhe selbst sein.«

»Aber ...« Nathalie beugte sich vor, um leise zu fragen: »Ist so ein Mittel überhaupt gestattet? So wie Sie das schildern, könnte man meinen, dass die Jury davon bloß nichts mitbekommt und nicht weiß, wonach sie suchen soll. Das würde aber doch bedeuten ...«

»Ach, kommen Sie, wir sind hier nicht bei der *Tour de France.* Hier geht's nicht um Millionenbeträge, und es wird ja kein Hund auf den Mont Sonstwas hochgejagt. Es geht ja nur darum, dass die kleinen Schätzchen in den entscheidenden fünf Minuten Ruhe bewahren und nicht nach dem Juror schnappen«, redete die Frau auf Nathalie ein, die sich eben mit Tammy bei ihr vorgestellt hatte. »Sie können es ja mal versuchen, und wenn Sie mit dem Ergebnis zufrieden sind, dann bestellen Sie es am besten direkt bei uns.« Mit diesen Worten drückte sie ihr eine Visitenkarte in die Hand.

»Danke, ich werde mir das mal durch den Kopf gehen lassen«, sagte Nathalie. »Und das Mittel, das nehmen noch andere hier, sagten Sie?«

»Ja. Sie müssen sich Papillons Augen gut einprägen und darauf achten, ob der Hund Sie ansieht, wenn Sie in sein Blickfeld treten«, erklärte Tammy und stieß ihren Mann mit dem Ellbogen an, als wollte sie sagen: *Haben wir das nicht gut gemacht? Schon wieder ein Kunde mehr.*

Nathalie bedankte sich und ging weiter. Nachdem sie

sich einige andere Hunde genauer angesehen und sich mit einer Mischung aus maßloser Wut und Ohnmacht abgewandt hatte, ging eine SMS von Louise ein.

Arbeitsmappe an der Info abgegeben. Hatte sie versehentlich an mich genommen.

Sie schickte ein *Danke* zurück, dann ließ sie noch einmal einen Blick durch den Saal schweifen und schüttelte den Kopf, weil sie nicht fassen konnte, was manche dieser Leute ihren Tieren zumuteten.

Noch fünfzehn Minuten bis zur Öffnung der Eingangstüren. Die Zeit wurde knapp. Am Eingang, durch den sie die Halle betreten hatte, entdeckte Nathalie Constable Strutner und lief ihm entgegen. Sie sagte ihm in aller Eile, was er über das entsetzliche Beruhigungsmittel wissen musste, von dem sie gerade gehört hatte, und was er ihrer Meinung nach tun sollte, dann lief sie zur Infotheke und nannte ihren Namen.

»Ah, Miss Ames«, sagte die Helferin und lächelte sie strahlend an. »Schön, dass Sie da sind. Wir hatten schon befürchtet, Sie würden doch nicht kommen.«

»Ja, tut mir leid, aber ich bin aufgehalten worden«, erklärte Nathalie und nahm die Arbeitsmappe an sich, die die junge Frau ihr hinhielt.

»Die hat Louise für Sie abgegeben.«

Nathalie atmete erleichtert auf. »Ohne die wäre ich jetzt aufgeschmissen gewesen.«

»Kommen Sie, ich bringe Sie nach hinten.«

Sie folgte der Helferin hinter den Vorhang auf eine kleine Bühne, wo ein Mann um die achtzig mit weißem Vollbart und streng nach hinten gekämmten Haaren und eine ungefähr gleich alte, zierliche Frau in hellgrünen Kitteln zusammenstanden und sich unterhielten.

»Hier ist übrigens Ihr Kittel«, sagte die junge Frau lächelnd und überreichte Nathalie ein genauso grünes Kleidungsstück.

»Muss das sein?«, fragte sie, da sie wenig Lust hatte, so etwas über ihrer Kleidung zu tragen. Der Stoff fühlte sich dick und schwer an, und wenn es in zwei oder drei Stunden in den Halle erst einmal richtig warm geworden war, würde sie in dem Ding vermutlich sehr stark schwitzen. Sofern sie in zwei oder drei Stunden überhaupt noch dieses Amt bekleiden würde …

»Das sind die Vorschriften, tut mir leid«, antwortete die junge Frau. »Sie müssen jederzeit als Mitglied der Jury erkennbar sein.«

»Sie sind Miss Ames?«, fragte der ältere Mann und kam ihr entgegen, um ihr die Hand zu drücken. »Henrietta hat immer nur Gutes von Ihnen berichtet. Ich bin Arthur Heywood, und das ist Valery Bentley.«

»Sehr angenehm«, erwiderte Nathalie und gab beiden die Hand. »Es freut mich, Sie kennenzulernen.«

»Haben Sie eigentlich schon Mr. Mayfield kennengelernt? Den Veranstalter?«, erkundigte sich Mrs. Bentley.

»Nein, bislang noch nicht«, sagte Nathalie. »Seine Sekretärin hatte mir vorgestern die Unterlagen gebracht, das war auch schon alles. Ich habe mir das gestern in Ruhe angesehen, aber ehrlich gesagt habe ich erhebliche Bedenken, dass ich für dieses Amt geeignet bin. Ich meine, ich habe keine Ahnung, wie hoch die Schulterhöhe sein muss, damit ein Zwergpudel auch wirklich ein Zwergpudel ist.«

»Das müssen Sie auch nicht wissen«, beschwichtigte Heywood sie. »Jeder von uns hat nämlich seinen eigenen Bereich. Valery und ich sind für die Rassemerkmale, Gebiss, Schleimhäute, Knochenbau, Färbung, Statur und so weiter zuständig. Sie kümmern sich nur um den optischen Aspekt. Wie sieht der Hund aus? Welchen Eindruck macht das Fell auf Sie? Deutet es auf einen gesunden oder vielleicht doch auf einen kranken Hund hin? Wie steht der Hund? Sind die Beine gerade? Wie wirkt der Hund auf Sie? Lebendig oder nervös, fröhlich oder unter Druck? Wie sehen seine Augen aus? Klar oder matt? All diese rein subjektiven Dinge, die für uns eine zweit- oder drittrangige Rolle spielen. Verstehen Sie?«

»Also beurteile ich, ganz vereinfacht gesagt, ob der Hund so gesund aussieht, dass ich ihn kaufen würde? Meinen Sie das so?«

Mrs. Bentley nickte begeistert. »Ganz genau. Das ist ein guter Vergleich. Das ist so, als wollten Sie ein Auto kaufen und nur danach entscheiden, ob der Lack gut aussieht, ob er keine Beulen hat und die Scheiben keinen Sprung. Für alles, was sich unter der Motorhaube und hinter dem Armaturenbrett befindet, sind wir dann zuständig.«

Nathalie nickte zufrieden. »Ja, das klingt nach etwas, das ich hinkriegen werde.«

»Genau so hat es Ihre Tante auch gemacht, und wir sind immer gut damit gefahren«, sagte Heywood.

»Es gibt aber keinen ... na ja, sagen wir Gruppenzwang, dass für ein bestimmtes Tier gestimmt werden muss, damit es auch sicher gewinnt?«, fragte Nathalie vorsichtig.

»Oh, Sie denken da an die drei Pudel von Sir Theodore Prodder, nicht wahr?«, erwiderte die Frau.

»Jedenfalls wurde mir von einem Teilnehmerpaar zu verstehen gegeben, dass die Siegesserie von Sir Theodore allmählich enden sollte«, sagte sie, ohne Namen zu nennen.

Heywood nickte amüsiert. »Sie hätten mit noch mehr Teilnehmern reden sollen, dann wüssten Sie, dass hier jeder den anderen hasst, aber wirklich *hasst.* Niemand gönnt hier dem anderen einen Zehntelpunkt mehr, wenn ihn das den Sieg kostet. Wir können schon froh sein, dass es in erster Linie um die Trophäe und nur um ein ganz bescheidenes Preisgeld geht. Ansonsten hätte es hier garantiert schon Mord und Totschlag gegeben. Jeder bringt sein eigenes Futter mit, weil niemand von einem anderen etwas annehmen würde. Niemand lässt sein Tier aus den Augen, auch nicht für die berühmten zwei Minuten.«

»Tatsächlich? Ist das denn nötig?«, wollte Nathalie wissen.

»Passiert ist noch nie etwas«, antwortete Mrs. Bentley und klang dabei fast ein wenig enttäuscht.

»Mr. Mayfield hatte vorhin schon nach Ihnen gefragt, Miss Ames«, warf Heywood ein. »Er wollte sich vergewissern, dass Sie auch wirklich dabei sein werden.«

»Hm, dann sollte ich wohl besser mal zu ihm gehen und ihn beruhigen, dass ich ihn nicht im Stich lassen werde«, meinte Nathalie. »Wo finde ich ihn? Wissen Sie das zufällig?«

»Durch die Tür dahinten links, und dann die letzte Tür auf der rechten Seite. ›Künstlergarderobe‹ steht dran. Er nutzt den Raum als sein Büro, wenn er hier ist.«

»Gut, danke.« Nathalie lächelte die beiden Juroren an, dann folgte sie dem beschriebenen Weg und näherte sich der Tür zur Garderobe. Auf einmal hörte sie Stimmen, die aus dem Raum kommen mussten, in dem sich Mayfield aufhalten sollte.

»… alles weg, absolut alles«, brüllte ein Mann. Auch wenn die Tür die Lautstärke wohl dämpfte, klang es nach einer lauten, aufgebrachten Stimme. »Und das ist nur Ihre Schuld!«

»Mich trifft keine Schuld«, erwiderte ein anderer Mann. »Ich habe Sie und alle anderen auf die Risiken aufmerksam gemacht. Sie wussten, dass so etwas immer mit Gefahren verbunden ist.«

»Sie haben …«, mischte sich eine Frauenstimme ein.

»Ich habe gar nichts«, fiel die zweite Männerstimme ihr ins Wort. »Jeder von Ihnen ist alt genug, um einen Warnhinweis lesen und verstehen zu können!«

Nathalie wollte eigentlich kehrtmachen, weil sie das Gefühl hatte, im falschen Moment hergekommen zu sein. Aber bis zur Eröffnung der Ausstellung blieb nicht mehr viel Zeit, also klopfte sie und rief: »Mr. Mayfield? Ich bin's, Nathalie Ames.«

In der Garderobe kehrte Ruhe ein, dann waren Schritte zu hören, und die Tür wurde geöffnet.

»Sie sind Miss Ames?«, fragte ein dunkelhaariger Endfünfziger mit einem Schnäuzer, wie er in den Sechzigern oder Siebzigern modern war. Nathalie kam sofort der Schauspieler Peter Wyngarde in Erinnerung, auch wenn der lange vor ihrer Zeit seine größten Erfolge im Fernsehen gefeiert hatte. Es war die Art von Schnauzbart, die sie aus unerfindlichen Gründen für einfach nur furchtbar hielt.

»Mayfield«, sagte er. »Mason Mayfield.«

Sie setzte ein Lächeln auf und begrüßte den Mann, dessen Händedruck sich anfühlte, als würde man einen kalten, nassen Waschlappen umfassen. Der Mann war zu gebräunt, Hemdkragen und Manschetten waren zu gestärkt und die Revers seines Jacketts viel zu breit, um halbwegs modern zu sein.

Um den Hals trug er zu viele und zu protzige Goldketten. Der ganze Mann wirkte wie eine Inszenierung oder eine Parodie.

Ehe sie noch etwas sagen konnte, drehte er sich so zur Seite, dass Nathalie eine bunt zusammengewürfelte Truppe aus Jung und Alt, aus Frauen und Männern sehen konnte, von denen einige standen, während andere am Schminktisch Platz genommen hatten. Alle schauten sie aufgebracht drein, ganz so wie es zu den lautstarken Worten passte, die eben noch den Raum erfüllt hatten.

»Okay, Leute, die Szene war jetzt schon besser«, sagte Mayfield ein wenig mürrisch. »Aber Steve muss so gespielt werden, wie ich das eben gezeigt habe. Steve ist kein Schurke, der boshaft lachend durch die Gegend läuft, sondern ein Mann, der einfach nur von der Richtigkeit seiner Handlungen und Entscheidungen überzeugt ist. Mike, Sie müssen unbedingt noch feilen, sonst zerreißen die Kritiker Sie schon während der Generalprobe in der Luft!«

Wen von den Leuten er angesprochen hatte, konnte Nathalie nicht sagen, da sie nicht alle Reaktionen sah. Mayfield selbst wartete nicht ab, bis Mike sich dazu äußerte, sondern sagte: »Ich bin in einer Viertelstunde wieder hier. Dann fangen wir noch mal mit dieser Szene an.«

Mit einer Kopfbewegung deutete er in die Richtung, in die Nathalie gehen sollte, dann fügte er noch hinzu: »Diese Schauspieler können einem noch den letzten Nerv rauben. In drei Tagen geht es in Leeds los, und der liebe Mike will seiner Figur immer noch eine Vorgeschichte andichten, die niemanden interessiert. Ich meine, wenn in der Geschichte kein Wort darüber verloren wird, ob sein Vater ihn geschlagen hat oder vielleicht doch seine Mutter, dann muss ich nicht stundenlang darüber diskutieren, sondern ich sollte lieber meinen Text auswendig lernen.«

Nathalie überlegte, was sie darauf erwidern sollte, hatte sie doch vom üblichen Gebaren eines Schauspielers keine Ahnung. Somit konnte sie auch nicht beurteilen, ob dieser Mike es nun übertrieb oder nicht.«Na ja, auf jeden Fall ist schön, Sie kennenzulernen, Miss Ames«, fuhr Mayfield fort und ging mit ihr zügig in Richtung Bühne. »Ich bin der Veranstalter dieser Show, das da draußen ist mein Baby.«

Sogar seine Art zu reden klang nach gestern oder vielmehr nach vorvorgestern.

»Ich habe noch keine Zeit gefunden, mich ausführlicher mit Ihnen zu unterhalten«, redete er weiter, als sie auf die Bühne kamen. »Aber wenn das hier vorbei ist, würde ich Sie gern zum Abendessen einladen. Was sagen Sie dazu?«

»Tja, das werden wir wohl um ein paar Tage verschieben müssen«, entgegnete Nathalie mit einem aufgesetzten und trotzdem überzeugend bedauernden Lächeln, während sie den Kittel anzog, der nicht nur zu dick und zu schwer, sondern auch noch so unvorteilhaft geschnitten war, dass sie sich in dem knallgrünen Ding einfach nur albern vorkam. Dabei war es egal, ob sie den Kittel auf- oder zugeknöpft trug, er war unglaublich starr. »Das Black Feather wartet im Grunde jetzt schon auf mich, und sobald meine Arbeit hier getan ist, muss ich mich erst einmal um mein Lokal kümmern.«

»Dann aber morgen Abend«, beharrte er. »Am Montag habe ich Earlsraven längst wieder verlassen und widme mich dem nächsten Projekt.«

»Na, wir werden sehen, was sich machen lässt.«

Er lächelte sie an, nicht ein einziger strahlend weißer Zahn war echt. »Das klingt schon besser. Okay, dann kurz zum Ablauf. Bevor die Türen für die Besucher aufgehen, fällt der Vorhang, und ich werde die Teilnehmer begrüßen, so wie ich das jedes Jahr mache. Dann stelle ich Sie vor, und Sie kommen ans Mikro und reden ein paar Worte – wer Sie sind, warum Sie hier sind und warum Sie schon immer bei einer Hundeausstellung Jurorin sein wollten.« Er sah sie abwartend an. »Alles klar bis dahin?«

»Ja, ja, schon klar«, sagte sie und kratzte sich verlegen am Kopf. »Auch wenn ich mir ein wenig überrumpelt vorkomme. Ich hatte noch nie den Wunsch, Jurorin zu sein. Ich weiß gar nicht, was ich da sagen soll.«

Mayfield winkte ab. »Halb so schlimm. Erzählen Sie den Leuten, dass es für Sie eine große Ehre ist, und wünschen Sie ihnen einen fairen Wettkampf. Okay?«

Bis zu diesem Moment hatte Nathalie nicht gewusst, wie sie das Problem zur Sprache bringen sollte, auf das sie bei dem armen, ruhiggestellten Rauhaardackel Papillon gestoßen war. »Was den fairen Wettkampf angeht … da gibt es ein Problem.«

Trotz der intensiven Bräune war Mayfield anzusehen, dass er rot anlief. Aus dem Augenwinkel bekam sie mit, dass ihre beiden Mitjuroren erschrocken dreinschauten und den Kopf schüttelten, als wollten sie Nathalie am Weiterreden hindern.

»Was für ein Problem?«, fragte Mayfield seltsam abgehackt. Wieso regte der Mann sich so auf, wenn sie ihn auf einen Missstand hinwies? Sie hatte ja noch nicht einmal angefangen.

»Das Problem, dass ein Ehepaar da unten offenbar einen schwunghaften Handel mit dem verbotenen Medikament *EazyDreem* betreibt und gleich mehrere Hunde mit diesem Mittel praktisch unter Drogen gesetzt werden, was eindeutig Tierquälerei ist«, antwortete sie weiterhin in einem ruhigen Tonfall.

»Fangen Sie jetzt auch noch damit an?«, herrschte Mayfield sie an.

»Wieso auch?«, gab sie verdutzt zurück. Etwas bewegte sich rechts von ihr, aber sie konnte nicht feststellen, was es war, weil sie den Blick nicht von Mayfield abwenden wollte. Der starrte sie auf eine Weise an, als wollte er sie in die Knie zwingen, und genau das wäre im übertragenen Sinn auch passiert, wenn sie irgendwo anders hingesehen hätte.

»Letztes Jahr hatte Ihre reizende Tante auch schon damit angefangen und Max und Tammy beschuldigt, sie würden ihrem Köter ganz entsetzliche Medikamente geben und die sogar auch heimlich an andere Teilnehmer weiterverkaufen! So was lasse ich nicht auf Ausstellungsteilnehmern sitzen, die mir seit Jahren die Treue halten«, redete er energisch auf sie ein. »Ich weiß nicht, Miss Ames, wer Ihnen diesen Floh ins Ohr gesetzt hat, aber Sie werden diesen Unsinn nicht auch noch unters Volk bringen.«

Nathalie hielt warnend einen Finger hoch. »Die beiden –Tammy und Max – haben es mir vorhin persönlich angeboten, damit mein hyperaktiver, zum Glück nur erfundener Yorkshireterrier endlich mal zur Ruhe kommt!«

»Miststück!«, hörte sie von rechts jemanden rufen. Als sie zur Seite sah, wurde ihr klar, welche Bewegung sie eben wahrgenommen hatte. Der Vorhang! Er war aufgezogen worden, während Mayfield auf sie eingeredet hatte, nur hatte das keiner von ihnen bemerkt.

Jetzt standen sie auf der leicht erhöhten Bühne und wurden von allen Leuten im Saal angestarrt, von den Teilnehmern genauso wie von den Helfern. Tammy war diejenige, von der die Beleidigung gekommen war, was zumindest aus Sicht dieser Frau eine verständliche Reaktion war. Sie und ihr Mann waren im Begriff, ihre Sachen zusammenzupacken, um den Saal zu verlassen, bevor jemand auf die Idee kommen konnte, sie aufzuhalten. Leider hatten sie sich verkalkuliert.

»Darf ich Ihnen behilflich sein?«, fragte nur Augenblicke später Constable Strutner, der sich ihnen unbemerkt genähert hatte. Dadurch gelang es ihm, der völlig überrumpelten Tammy die Materialtasche aus der Hand zu nehmen, die sie ihm genau genommen sogar hinhielt. Er winkte zwei Helfer zu sich – eine davon war Louise –, damit sie ihm halfen, den unverändert teilnahmslosen Hund in eine Transportbox zu setzen, ohne dass er Frauchen und Herrchen aus den Augen lassen musste.

Nathalie staunte, als sie beobachtete, wie souverän der Dorfpolizist soeben eingeschritten war. Von seiner liebenswerten Trotteligkeit, die ihre Tante so an ihm gemocht hatte, war, zumindest im Moment, nichts übrig geblieben. Sie begann sich zu fragen, ob er wirklich so begriffsstutzig war, wie er sich in manchen Situationen gab, oder ob er vielleicht damals nur schnell gemerkt hatte, dass Henrietta ihm einiges an Arbeit ersparen würde, wenn sie für ihn recherchierte. Insgeheim musste Nathalie schmunzeln, wenn sie sich vorstellte, dass da jemand womöglich noch pfiffiger als ihre Tante gewesen war.

»Ihre Tasche ist genauso beschlagnahmt wie Ihr Hund«, verkündete Strutner gerade. »Ihre Personalien habe ich, ich werde mich mit Ihnen in Verbindung setzen, sobald erste Untersuchungsergebnisse vorliegen.«

»Sie beschlagnahmen unseren Papillon?«, empörte sich Tammy. »Was fällt Ih…?«

Weiter kam sie nicht, da ihr in diesem Moment ein Entsetzensschrei das Wort abschnitt. Dann hörte Nathalie einen Mann entsetzt brüllen: »Meine Pudel! Meine Pudel … sie … sind … blau!«

Fünftes Kapitel, in dem Worte gesprochen werden, die besser nicht gesprochen worden wären

»Die Pudel sind tatsächlich blau«, murmelte Louise, als sie alle ein paar Minuten später um den Tisch von Sir Theodore versammelt standen und die Tiere anstarrten. »Königsblau«, fügte sie hinzu. »Königsblaue Königspudel.«

Nathalie wollte ihren Augen nicht trauen. »Ich habe eben noch gesehen, dass diese Tiere ein schneeweißes Fell hatten«, beharrte sie. »Sir Theodore stand bei ihnen und hatte noch Korrekturen an den geschorenen Stellen vorgenommen. Das war vor zehn oder fünfzehn Minuten. Da war der Saal bereits voll.«

»Außerdem habe ich die ganze Zeit über meine drei Goldstücke nicht aus den Augen gelassen!«, erklärte der aufgebrachte Sir Theodore. »Selbst wenn es jemand mit einer Sprühdose bis zu meinem Tisch geschafft hätte, wäre er nicht in der Lage gewesen, mehr als einen Farbstrich auf höchstens einem meiner Tiere zu hinterlassen!« Er ballte die Fäuste und schnaubte vor Wut, dann drehte er sich um und richtete anklagend den Finger auf jemanden, der irgendwo hinter Nathalie stehen musste. Als sie einen flüchtigen Blick über ihre Schulter warf, konnte sie nur ein bekanntes Gesicht entdecken, und selbst das war ihr erst seit zehn Minuten vertraut. »Das war Ihr Werk, Mr. Mayfield! Sie sind es doch leid, dass meine Hunde Jahr für Jahr die ersten drei Plätze belegen! Letztes Jahr wollten Sie mir Geld geben, damit ich gar nicht erst teilnehme, und als ich nicht darauf eingegangen bin, da sagten Sie zu mir – und das habe ich noch Wort für Wort im Ohr: *Sie werden sich noch wünschen, Sie wären auf mein Angebot eingegangen.* Tja, Mr. Mayfield, dann weiß ich ja jetzt, wie Sie das gemeint haben!« Er kam auf Mayfield zu: »Sie werden von meinem Anwalt hören, der wird Ihnen das Fell über die Ohren ziehen! Sie werden sich noch wünschen, sich diese alberne Aktion niemals ausgedacht zu haben!«

Mayfield machte eine völlig unbeeindruckte Miene und erwiderte nur: »Dann wird es dieses Jahr ja wohl endlich mal drei neue Preisträger geben. Ich nehme ja nicht an, dass Sie mit diesem … Kuriositätenkabinett noch antreten werden.«

»Das nehmen Sie richtig an«, bestätigte Sir Theodore. »Ich brauche Ihre Hundeausstellung nicht. Aber Sie, Sie brauchen Leute wie mich, die mit ihren Hunden herkommen wollen. Und nachdem die anderen ja jetzt wissen, wie Sie mich hier rausmanövriert haben, werden die im nächsten Jahr vielleicht gar nicht so versessen darauf sein, wieder herzukommen. Tja, und wenn sich dann auch noch herumspricht, dass Sie beide Augen zumachen, obwohl dieses Teufelszeug *EazyDreem* auf Ihrer Ausstellung die Runde macht, weiß ich nicht, ob hier in Zukunft noch alles so gut besucht sein wird, wie Sie es gewohnt sind.«

»Sie können mir nicht drohen«, meinte Mayfield gelassen, doch Nathalie nahm ihm die Coolness nicht ab. Es kam ihr vor, als hätte der Veranstalter in dem Moment eine Maske aufgesetzt, als ihm auf der Bühne aufgefallen war, dass der ganze Saal seine Äußerungen hatte hören können. »Niemand außer mir veranstaltet hier solche Ausstellungen. Wohin wollen Sie mit Ihren Pudeln denn gehen, falls die bis nächstes Jahr überhaupt wieder weiß sind?«

»Vielleicht wird ja das hier einen Skandal auslösen, der Sie zwingt, sich aus der Branche zurückzuziehen«, gab Sir Theodore zu bedenken, während er seine Sachen einpackte und einen Stuhl an den Tisch schob, damit die drei Pudel herunterspringen konnten.

»Aus der Branche zurückziehen? Nur über meine Leiche!«, meinte Mayfield und lachte unbekümmert auf.

»Dann sollten Sie aber gut darauf achten, dass sich Ihre Worte nicht bewahrheiten«, warnte Sir Theodore und lief mit den Pudeln zum Hinterausgang.

Nachdem die Tür hinter ihm und den Tieren zugefallen war, herrschte im Saal betretenes Schweigen. Der einzige Lärm kam von draußen, weil die Menge vor den Eingangstüren unruhig wurde. Nathalie warf einen Blick auf ihre Uhr. Bereits Viertel nach neun. Die Besucher wurden unruhig.

»Mr. Mayfield, wir müssen die Leute hereinlassen«, meldete sich Arthur Heywood plötzlich zu Wort. »Einlass ist um neun.«

»Ja, ich weiß, aber ich brauche hier noch fünf Minuten. Sagen Sie ihnen, dass die Klimaanlage noch nicht richtig läuft und die Sicherheitsvorschriften bestimmen, dass wir vorläufig keine weiteren Personen hereinlassen können. Wir … wir müssen hier erst mal alles zum Laufen bringen.« Er sah Nathalie missmutig an, dann wandte er sich an Strutner. »Constable, tun Sie Ihre Pflicht, was Max und Tammy angeht.«

»Aber unser Hund«, protestierte die Frau in einem fast weinerlichen Tonfall, der einfach nur aufgesetzt klang.

»Ich habe Ihnen doch bereits erklärt, dass Ihr Hund von einem Tierarzt untersucht werden muss«, beharrte der Constable. »Danach wird entschieden, was aus ihm wird … und was aus *Ihnen* wird. Sie werden von mir hören.«

Wieder wunderte sich Nathalie über Strutners rigoroses Verhalten. Was hatte den Mann so energisch werden lassen? Sie warf Louise einen fragenden Blick zu, aber die zuckte nur ahnungslos mit den Schultern, wobei nicht klar war, ob sie damit sagen wollte, dass sie auch keine Erklärung dafür hatte, oder ob sie nicht mal wusste, was Nathalie eigentlich meinte.

Als Max und Tammy ohne Hund und ohne Utensilien wortlos den Saal verlassen hatten, drehte sich Mayfield zu Nathalie um. »Wenn ich durch Ihre Showeinlage da oben auf der Bühne Verluste machen sollte, werde ich mir das Geld von Ihnen zurückholen«, raunte er ihr zu.

Nathalie schüttelte unbeeindruckt den Kopf. »Sie wissen, dass man sich strafbar macht, wenn man einem Tier dieses Medikament verabreicht«, gab sie genauso leise zurück. »Ich sage Ihnen, was ich machen werde. Ich werde den Ablauf Ihrer Veranstaltung nicht stören, aber ich werde jedem Hund, der meiner Meinung nach unter diese Droge gesetzt worden ist, null Punkte geben, um sicherzustellen, dass keiner von diesen Besitzern gewinnen kann. Und ich werde mir die Namen der betreffenden Teilnehmer notieren und diese Liste noch während der Veranstaltung dem Constable übergeben, damit der sofort die Anzeigen in die Wege leiten und die Halter in

Empfang nehmen kann, wenn heute Abend alle mit ihren Tieren das Haus hier verlassen und zu ihren Wagen spazieren.«

»Es geht hier um ein paar Köter, die mal für ein paar Stunden zu kläffen aufhören sollen«, konterte er. »Da werden Sie wohl Ihrem Gewissen sagen können, dass es Sie mit solchen Bedenken verschonen soll.«

»Nein, Mr. Mayfield, es geht um Tiere, die unter Drogen gesetzt werden, ohne zu wissen, wie ihnen geschieht – und ohne dass einer von uns sagen kann, wie die Tiere selbst diesen Zustand wahrnehmen. Wenn ich …«

»Wen kümmert das?«, fiel Mayfield ihr zischend ins Wort, immer darauf bedacht, dass niemand sonst etwas von dieser Unterhaltung mitbekam. »Das sind bloß … Hunde!«

»Dass es Sie nicht kümmert, ist mir jetzt klar«, sagte sie, »und ich muss sagen, ich bin von Ihrer Einstellung entsetzt. Aber es kümmert mich, und deshalb werde ich das nicht mitmachen. Entweder Sie lassen mich so vorgehen, wie ich es Ihnen gerade eben erklärt habe, oder ich werde Constable Strutner bitten, mich von Teilnehmer zu Teilnehmer zu begleiten, um die betreffenden Damen und Herren sofort anzuzeigen und die Hunde direkt sicherzustellen. Dann wird es hier ziemlich leer werden, vermute ich. Und für die drei Journalisten da drüben wird es ein gefundenes Fressen sein, über einen Skandal zu berichten, der hier in Earlsraven und Umgebung ja eher selten vorkommt.« Sie zuckte beiläufig mit den Schultern. »Sie haben die Wahl, Mr. Mayfield.«

»Und ich hatte gedacht, es wäre eine gute Idee gewesen, endlich mal ein junges Jurymitglied mit an Bord zu holen«, murmelte er. »Aber stattdessen bekomme ich eine Mutter Teresa vorgesetzt, die sich für noch wichtiger hält als ihre Tante.«

»Ich nehme an, das soll heißen, dass Sie mit meinem ersten Vorschlag einverstanden sind«, sagte Nathalie und war sich sicher, dass Tante Henrietta jetzt aus dem Himmel zu ihr hinuntersah und begeistert applaudierte. »Richtig?«

Mayfields Blick hätte nicht abweisender und kälter sein können, als er nickte und ihr zuflüsterte: »Ja, damit bin ich voll und ganz einverstanden.« Seine Stimme klang sehr angestrengt, als würde es ihn große Mühe kosten, die paar Worte zu sprechen.

Nathalie nickte zufrieden. »Tja, dann sollten wir uns jetzt aber ein wenig beeilen, immerhin halten es die Leute da draußen ja kaum noch aus, dass endlich die Türen aufgemacht werden.«

Als Nathalie am Sonntagmorgen auf der Terrasse ihres Cafés saß und ein Glas frisch gepressten Orangensaft trank, um im Schatten der dicht an dicht stehenden Sonnenschirme die noch kühle Morgenluft zu genießen, hatte sie das Gefühl, dass ihre Ohren immer noch brummten. Es war inzwischen deutlich schwächer als am Abend zuvor, aber es handelte sich eindeutig um eine Nachwirkung der Geräuschkulisse in der Gemeindehalle. Die vielen Menschen, die unablässig redeten und sich nach und nach gegenseitig hochschaukelten, waren so gar nicht nach Nathalies Geschmack gewesen, aber wirklich leidgetan hatten ihr die Hunde, die sich dem Ganzen nicht einfach entziehen konnten. Die Teilnehmer und Besucher hätten wenigstens frische Luft schnappen gehen und eine Runde um den Block drehen können.

Zumindest hatte sie kaum an Glenn gedacht. Dafür war einfach keine Zeit gewesen.

»Ah, Sie haben es ja doch noch lebend überstanden«, hörte sie Louise rufen, die mit einem Kaffeebecher in der

Hand aus dem Café und auf die Terrasse geschlendert kam, auf der gut ein halbes Dutzend Tische bereits mit Besuchern besetzt war. Das Frühstücksbuffet des Black Feather hatte sich unter der Leitung ihrer Tante einen guten Namen machen können, weshalb Nathalie daran auch nichts verändern wollte. Der kleine Fragebogen, den sie den Cafégästen mitgegeben hatte, damit die Auskunft darüber gaben, was genau ihnen am Buffet besonders gut gefiel, war ebenfalls hervorragend aufgenommen worden. Das hing sicher auch damit zusammen, dass sie unter allen Teilnehmern drei Frühstücksbuffets für je vier Personen verlost hatte. Die Antworten waren so unterschiedlich und zum Teil so vage ausgefallen, dass sie keinen Deut schlauer gewesen war als zuvor und alles so belassen hatte, wie es schon zu Zeiten ihrer Tante war. Dank des Preisausschreibens war sie aber auch an die Adressen der Teilnehmer gelangt, von denen gut neunzig Prozent in Earlsraven lebten. Es war schon erstaunlich, dass so viele ihrer Nachbarn zum Frühstücken herkamen. Besaßen sie doch alle ein eigenes Haus mit großer Küche und noch größerer Terrasse, auf der sie Kaffee, Brötchen und Co. genauso gut hätten genießen können.

Aber sie alle gingen trotzdem ins Black Feather, weil nicht jeder für sich daheim am Tisch sitzen, sondern die Nachbarn aus der übernächsten Straße oder vom anderen Ende des Dorfes treffen und sich mit ihnen unterhalten wollte.

Nathalie konnte das nur recht sein, es brachte Gäste ins Lokal und damit Geld in die Kasse. Sollte sich irgendwann ein Nachlassen der Besucherzahlen bemerkbar machen, konnte sie immer noch nachforschen und gegensteuern. Immerhin hatte sie jahrelang von morgens bis abends als Statistikerin mit Zahlen gearbeitet und die

Chefetage auf diese Weise früh auf mögliche Entwicklungen hingewiesen, sodass umgehend Gegenmaßnahmen eingeleitet werden konnten.

»Ja, Louise, ich habe es tatsächlich überlebt«, bestätigte sie und lächelte schwach, während Louise sich zu ihr setzte. »Würde Mayfield allerdings die Fähigkeit besitzen, mit Blicken zu töten, dann könnten wir diese Unterhaltung jetzt nicht mehr führen. Spätestens als die Rosewoods laut protestierend den Saal verlassen haben, weil sie von mir keinen Punkt bekommen hatten, hätte mich Mayfield mit seinem Blick vernichten können.«

»Dabei sollte er seine Augen lieber dafür benutzen, sich diese ruhiggestellten Hunde näher anzusehen«, erwiderte Louise. »Diese Leute sollten sich schämen, und er sich erst recht! Aber ihm geht es ja nur ums Geld und um sein Saubermann-Image. Wissen Sie, ich dachte wirklich, Mayfield würde Ihnen vor allen Leuten den Hals umdrehen, als diese Journalistin Sie auf die blauen Pudel und auf das Pärchen ansprach, dem unser Constable den Hund weggenommen hatte. Ich war schon drauf und dran, dazwischenzugehen.«

»Danke, Louise, das höre ich gern. Aber ich glaube, letztlich hatte sich Mayfield genug unter Kontrolle. Wenn er mal in eine Situation kommt, in der er mit dem Rücken zur Wand steht, wird er es wahrscheinlich immer so machen wie gestern bei Sir Theodore. Er wird sagen: *Ich habe es doch gar nicht nötig, mich mit Ihnen abzugeben.* Und dann lässt er sein Gegenüber im Regen stehen. Wenn ihn heute ein Reporter anruft, der mit ihm über den kleinen Skandal von gestern reden will, wird er bestimmt sagen, dass das alles nur meine Hirngespinste waren oder dass ein Konkurrent mich auf ihn gehetzt hat, um seine Veranstaltung zu sabotieren und seinen Ruf zu ruinieren.«

Louise nickte nachdenklich. »Ist schon eigenartig, wie es manchen Leuten gelingt, sich immer herauszureden und alles von sich abprallen zu lassen.«

Nathalie nickte bestätigend und trank ihr Glas leer, gerade als Miss Beresford mit einem leeren Teller an ihrem Tisch vorbeikam, um sich noch mal am Buffet zu bedienen.

»Möchten Sie noch ein Glas Saft haben, Miss Ames?«, fragte die ältere Frau.

»Miss Beresford«, entgegnete Nathalie grinsend und zwinkerte ihr zu. »Ich kann mich gar nicht daran erinnern, dass ich Sie als Bedienung eingestellt habe.«

Miss Beresford lachte und nahm ihr das Glas ab. »Das haben Sie sich verdient, weil Sie gestern dafür gesorgt haben, dass diesem widerlichen Pärchen der Hund weggenommen wird. Wer seinem Tier so etwas antut, nur um irgendeine Trophäe abzustauben, soll meinetwegen in der Hölle schmoren!«, sagte die alte Dame entrüstet und fügte dann freundlich lächelnd an: »Noch mal Orangensaft?«

»Ähm ... ja, gern, Miss Beresford«, stammelte Nathalie vor sich hin und konnte nur verdutzt dreinschauen, wie die ältere Frau mit ihrem Glas in Richtung Café weiterging. Sie sah Louise an. »Und ich hatte schon befürchtet, dass man mich heute Morgen steinigen würde, weil ich als die Neue eine lieb gewonnene Tradition an den Rand eines kompletten Desasters gebracht habe.«

Louise legte besänftigend eine Hand auf ihre. »Wissen Sie, die meisten Menschen, die hier und anderswo auf dem Land leben, sind ziemlich naturverbunden, und sie mögen es nicht, wenn die Natur respektlos behandelt wird. Dafür mögen sie umso mehr, wenn jemand sieht, dass genau das geschieht, und er den Mund aufmacht, um den Missstand anzuprangern. Sie haben also genau das Richtige getan.«

Ein oder zwei Minuten lang saßen sie beide schweigend da und genossen die leichte Brise, die etwas von der Wärme vertrieb, für die die Sonne schon jetzt am Vormittag sorgte.

»Mayfield hat gestern etwas gesagt, das mich ins Grübeln gebracht hat«, sagte Nathalie, nachdem Miss Beresford mit einem gut beladenen Teller und dem Glas Orangensaft auf dem Rückweg zu ihrem Tisch vorbeigekommen war. Louise hatte ihr das Glas abgenommen und es Nathalie hingestellt.

»Und was hat er gesagt?«

»Sinngemäß. Er sagte, dass er nicht glauben könne, dass ich jetzt auch noch damit anfangen würde«, erklärte sie. »Er sprach davon, dass meine Tante ihn letztes Jahr auch schon auf die beiden aufmerksam gemacht hatte. Ich habe mich gefragt, ob das der Grund war, wieso sie mir ihren Platz in der Jury vermacht hatte. Wollte sie die Gewissheit haben, dass jemand an ihrer Stelle die Augen offen hielt, wenn sie mal nicht mehr da sein würde?«

Louise kniff leicht die Augen zusammen und durchforstete ihre Erinnerungen. »Ich kann mich erinnern: Henrietta hatte mal davon gesprochen, dass bei der Hundeshow irgendwas nicht mit rechten Dingen zuging, aber das war mehr so ein Gefühl gewesen. Sonst hätte sie mir Näheres gesagt, und wir hätten recherchieren können. Sie kann geahnt haben, dass die beiden da irgendwelche krummen Dinger drehen, aber das muss alles sehr vage gewesen sein. Sonst hätte sie Mayfield ja auch einen entsprechenden Beweis geliefert.«

»Denken Sie, sie hat mir deswegen den Platz vererbt?«, hakte Nathalie nach.

»Es würde jedenfalls zu Henrietta passen«, stimmte Louise ihr lächelnd zu. »Vielleicht wollte sie auch nur erreichen, dass Sie stärker in die Dorfgemeinschaft integriert werden, aber es ist eigentlich eher anzunehmen, dass Sie aus beiden Gründen ihre Nachfolge antreten sollten. Wir können uns ja mal bei Gelegenheit in den Unterlagen Ihrer Tante umsehen, ob sie womöglich etwas notiert hat, was uns weiterhelfen könnte.«

Nathalie betrachtete nachdenklich das Glas Orangensaft, das sie in ihrer Hand balancierte. »Was halten Sie eigentlich von Sir Theodores Anschuldigungen? Dass Mayfield ihn loswerden wollte, meine ich. Denken Sie, Sir Theodore weiß irgendetwas, und Mayfield wollte ihn aus dem Spiel haben?«

Sofort schüttelte Louise den Kopf. »Nein, dann hätte ihn Mayfield sicher nicht aus dem Wettbewerb drängen wollen. Das hätte ja genau den gegenteiligen Effekt zur Folge gehabt, weil Sir Theodore dann erst recht mit seinem Wissen an die Öffentlichkeit gegangen wäre. Nein, ich glaube, das ist hier das Gleiche wie in den meisten anderen Wettbewerben und Sportarten. Zuerst wird ein Sieger gefeiert, alle drücken ihm die Daumen, dass er seinen Titel verteidigen kann. Aber irgendwann schlägt die Stimmung um, entweder weil sich der Star durch überhebliche Bemerkungen oder Affären oder Drogengeschichten unbeliebt macht oder ganz einfach, weil der nächste Sieg ohnehin schon entschieden ist, bevor der Wettkampf begonnen hat. Dann wird es langweilig, und die Leute hoffen darauf, dass der Star endlich mal strauchelt und andere auch eine Chance bekommen.«

»Ja, stimmt eigentlich, wenn ich so darüber nachdenke«, pflichtete Nathalie ihrer Köchin bei. »Bei so etwas wie einer Hundeausstellung spielt sich das natürlich in einem viel kleineren Rahmen ab«, fügte Louise hinzu.

»Aber wenn Sie einen wunderschönen Hund haben und nehmen an einem Wettkampf teil, bei dem Sie bereits bei der Anmeldung wissen, dass die ersten drei Plätze so oder so an drei weiße Königspudel gehen, die schon seit Jahren gewinnen, dann kann keine echte Begeisterung aufkommen. Wer will schon bei einem Wettbewerb mitmachen, bei dem er unmöglich gewinnen kann, auch wenn er sich noch so anstrengt?«

»Dann ist Mayfield eigentlich nur einer von vielen Verdächtigen«, gab Nathalie zu bedenken. »Dass Mayfield ihn loswerden will, ist zwar plausibel, aber jeder andere Teilnehmer hätte auch ein Interesse daran, diese starke Konkurrenz aus dem Weg zu räumen. Und bei einem Saal voll mit Leuten, denen Sir Theodore ein Dorn im Auge war, wird es doch bestimmt einem von ihnen möglich gewesen sein, die Pudel blau zu färben – auch wenn ich mir nicht erklären kann, wie das überhaupt abgelaufen ist.«

Louise schob die leere Tasse weg und lehnte sich auf ihrem Stuhl nach hinten. »Ich habe mir auch wegen gestern den Kopf zerbrochen, aber mir will nur eines einfallen. Kennen Sie Zaubertinte?«

»Zaubertinte?«

»Ja, also ich kenne das noch aus meiner Schulzeit. Eine chemisch behandelte Tinte, die beim Schreiben unsichtbar ist, weshalb man meint, das Blatt sei unbeschrieben. Und wenn man mit einem anderen Stift darübermalt, wird die Tinte sichtbar. Eigentlich nur ein Spaß für Kinder, aber die schreiben ja heute kaum noch was, sondern tippen auf ihren Tablets oder Smartphones rum. Die können damit nichts mehr anfangen.«

»Hm«, machte Nathalie. »Interessante Idee. Dann müsste jemand die Tiere schon vorher mit einem Mittel besprüht haben, das wie diese unsichtbare Tinte funktioniert. Und irgendwann ist er hingegangen und hat das andere Mittel aufgesprüht, das die Tinte sichtbar macht.« Sie verzog den Mund. »Klingt nach einem ziemlich komplizierten Plan, weil ja gewährleistet sein muss, dass Sir Theodore gleich zweimal nicht aufpasst.«

»Sie machen sich mit dem Plan zu viel Arbeit, Nathalie. Sir Theodore kann beides selbst erledigt haben.«

»Er selbst? Warum sollte er seine Pudel absichtlich blau färben?«

»Nicht absichtlich«, stellte Louise klar. »Ich bin zwar keine Expertin für Hundefellpflege auf Ausstellungsniveau, aber ich gehe davon aus, dass man die diversen Mittelchen in einer bestimmten Reihenfolge aufträgt, damit sie richtig wirken, also so wie beim Friseur, wenn man sich die Haare färben und Strähnchen machen lässt. Da fängt auch niemand mit den Strähnchen an. Der Täter musste nur zwei Fläschchen austauschen, und dann ist Sir Theodore hingegangen, hat das eine Mittel aufgesprüht und eingerieben, und schließlich hat er auch die zweite Substanz aufgetragen, die die Farbe zum Vorschein bringen sollte. Vielleicht dauert es ein paar Minuten, bis das richtig wirkt, aber dann auf einmal macht es ›Plopp!‹, und die Pudel sind blau wie der strahlende Sommerhimmel.«

»Klingt überzeugend. Es wird sicher leichter sein, ein oder zwei Flaschen auf einem Tisch auszutauschen, als den Besitzer der Tiere zweimal abzulenken. Ich schätze, da wird jeder auf seine ganz speziellen Mittel schwören und immer zu den gleichen Sachen greifen«, überlegte Nathalie. »Wenn jemand im letzten Jahr ein paar Fotos von Sir Theodores Fellpflegeprodukten gemacht hat, konnte er sich in aller Ruhe überlegen, was er davon austauschen wollte. Und dieses Jahr kommt er gleich mit den richtigen Fläschchen an und tritt in Aktion, sobald

Sir Theodore in die andere Richtung guckt, vielleicht sogar, weil er von einem Komplizen abgelenkt wird.«

Louise fuhr sich durch die kurzen Haare und nickte bestätigend. »Ganz genau. Na ja, solange niemand zu Schaden gekommen ist, war das Ganze nicht mehr als ein dummer Streich. Sollte den Hunden aber durch die Farbe etwas passiert sein, dann ist das etwas anderes!«

»Das sehe ich genauso«, erklärte Nathalie entschlossen.

»Hallo, die Damen«, rief eine Männerstimme links von ihr.

»Sir Theodore«, erwiderte Nathalie überrascht, als sie sich umgedreht hatte. »Wie geht es Ihren Pudeln? Und Ihnen selbst?«

»Immer noch blau«, antwortete der ältere Mann, der durch eine Lücke in der Hecke auf die Terrasse kam und sein unfreiwillig verfärbtes Trio hinter sich herzog. »Die Pudel, meine ich. Ich bin natürlich nicht blau.«

»Setzen Sie sich doch«, bot Louise ihm an.

Sir Theodore nahm ihnen gegenüber Platz, die drei Königspudel setzten sich in einer Reihe zwischen ihm und Louise hin und schauten interessiert auf den Tisch, der aber außer der Tasse Kaffee und dem Glas Orangensaft nichts zu bieten hatte. Der Anblick der drei Hunde hatte etwas ungewollt Komisches an sich, was nicht mal mit dem königsblauen Fell zu tun hatte. Es lag einfach an der Art, wie sie dort saßen, als warteten sie darauf, bedient zu werden.

»Möchten Sie etwas trinken, Sir Theodore?«, fragte Nathalie.

»Höchstens ein Glas Wasser, ich will keine Umstände machen.«

»Megan«, rief sie der Bedienung zu, die ein Stück weiter damit beschäftigt war, das benutzte Geschirr einzusammeln und auf ein Tablett zu stellen. »Können Sie bitte ein Glas Wasser für Sir Theodore und einen Napf Wasser für seine Hunde bringen?«

»Bin gleich wieder da«, versprach sie, als sie mit dem vollen Tablett an Nathalies Tisch vorbeikam. »Och, sind das die drei armen Babys, die auf der Ausstellung angemalt worden sind?« Sie beugte sich vor, aber alle drei Pudel schauten nur flüchtig hinter sich und richteten den Blick dann wieder fast synchron auf den Tisch.

»Ich bin gestern noch zur Tierklinik nach Croydon gefahren, um die drei untersuchen zu lassen«, berichtete Sir Theodore, dem nichts mehr von der Hektik anzusehen war, die Nathalie noch am Tag zuvor während der Ausstellung bei ihm hatte beobachten können.

»Und?«, fragte Louise ehrlich besorgt nach.

»Die Farbe hat glücklicherweise nur die einzelnen Haare umschlossen, und es ist weder auf noch unter der Haut irgendetwas feststellbar. Also besteht keine Gesundheitsgefahr für meine drei Goldstücke.«

»Na, das ist ja wenigstens eine gute Botschaft«, meinte Nathalie. »Und wie lange werden die drei so blau bleiben?«

»Ich soll sie im gewohnten Rhythmus baden, die üblichen Shampoos nehmen und der Farbe etwas Zeit lassen, bis sie sich ablöst. Andere Mittel könnten sie zwar schneller auswaschen, aber da die drei recht empfindliche Haut haben, wären Hautreizungen möglich, und das will ich nach Möglichkeit vermeiden. Dann werden sie halt noch eine Weile blau herumlaufen müssen.«

»Sie wirken sehr gefasst, Sir Theodore«, sagte Louise und streichelte dem Pudel über den Kopf, der gleich neben ihrem Stuhl saß.

»Ich bin froh, dass dieser hinterhältige Anschlag so harmlos ausgegangen ist«, erklärte er. »Mayfield hätte ja auch auf die Idee kommen können, meine Hunde zu vergiften, um mich endlich loszuwerden.«

»Wissen Sie denn sicher, ob …«

»Guten Morgen zusammen«, ertönte eine vertraute Stimme.

»Constable Strutner«, sagte Nathalie und lächelte den Polizisten an. »Setzen Sie sich doch zu uns.«

Sir Theodore nickte ihm zu, Louise sagte: »Was führt dich denn an einem Sonntagmorgen her?«

»Die Arbeit«, antwortete er ernst. »Sir Theodore, ich muss Sie bitten, mitzukommen. Sie stehen unter dem dringenden Verdacht, Mason Mayfield ermordet zu haben.«

Sechstes Kapitel, in dem drei Königspudel in den Mittelpunkt des Geschehens rücken

»Mayfield ist tot?«, rief Sir Theodore verblüfft. »Das ist doch nicht Ihr Ernst, Constable!«

»Bedauerlicherweise ist es mein Ernst, Sir Theodore«, erwiderte er. »Mir wäre es lieber, wenn ich das nicht machen müsste, aber ich habe keine andere Wahl. Sie können kooperieren, und wir gehen einfach zu meinem Wagen, damit ich Sie zur Wache fahren kann. Wenn Sie nicht kooperieren, muss ich Ihnen Handschellen anlegen …«

»Glauben Sie ernsthaft, ich könnte vor Ihnen weglaufen?«, warf der schockiert dreinschauende Sir Theodore ein. »Wissen Sie, wie alt ich bin? Und wie *gut* zu Fuß?«

»Das sind meine Vorschriften, Sir Theodore, und an die muss ich mich halten.« Er sah den älteren Mann abwartend an. »Außerdem haben Sie ja die Möglichkeit zu kooperieren, und dann ist das alles kein Thema. Es wird sich nicht mal jemand etwas dabei denken, wenn Sie in meinen Wagen einsteigen und mit mir wegfahren. Es kommt immer wieder mal vor, dass ich eine Nachbarin hier abhole und nach Hause bringe, weil sie sich mit dem Spaziergang hierher zu viel zugemutet hat und die Kräfte für den Heimweg nicht reichen.«

Sir Theodore kratzte sich nachdenklich am Hals. »Aber … aber wie kommen Sie eigentlich darauf, dass ich etwas mit Mayfields Tod zu tun haben soll? Hat irgendjemand behauptet, dass er mich dabei beobachtet hat? Falls ja, sollten Sie denjenigen noch vor mir festnehmen, weil das nämlich eine faustdicke Lüge ist.«

Der Constable atmete tief durch und schürzte die Lippen. Ihm war anzusehen, dass er diese Situation als äußerst unangenehm empfand und er am liebsten auf der Stelle kehrtgemacht hätte, um diesen Mann in Ruhe zu lassen. Aber da war immer noch sein Pflichtgefühl, das ihm sagte, dass es egal war, wie gut man einen anderen persönlich kannte. Private Verbindungen genügten nie als Argument, um sich jemandem gegenüber nachlässig zu verhalten. »Zu den Einzelheiten kann ich momentan noch nichts sagen, aber ein entscheidender Grund für diese Festnahme ist das, was ich Sie gestern zu Mayfield habe sagen hören. Das waren eindeutige Drohungen …«

»Das war doch nur so dahingesagt, Constable!«, wandte Sir Theodore ein. »Ich wollte dem Kerl nur ein bisschen Angst machen.«

»Vielleicht aber wollten Sie ihm nicht nur ein bisschen Angst, sondern sehr viel Angst machen. Vielleicht wollten Sie ihn in Panik versetzen, und dann ist irgendetwas schiefgegangen.«

»Hör doch auf, Sir Theodore so einzuschüchtern!«,

ging Louise plötzlich dazwischen. »Ronald, so kenne ich dich gar nicht.«

»Louise, bitte, ich tue nur meine Arbeit«, erklärte der behäbige Polizist.

»Die tust du nicht, indem du Sir Theodore etwas unterstellst. Als Polizist ist das nicht deine Aufgabe. Du hast seine Äußerungen gehört, du reagierst auf der Grundlage dieser Äußerungen, weil es einen Zusammenhang zwischen diesen Worten und dem Mord an Mr. Mayfair geben *könnte.* Das ist noch nachvollziehbar, aber alles Weitere ist pure Spekulation.«

»Das mag ja für dich nach Spekulation klingen, aber es ist nun mal so, dass Sir Theodore momentan der Hauptverdächtige und auch der einzige Verdächtige ist. Außerdem halte ich eine akute Fluchtgefahr für gegeben. Sir Theodore verfügt zweifellos über die Mittel, um sich ins Ausland abzusetzen und sich einer Mordanklage zu entziehen. Mag sein, dass du das anders siehst, Louise, aber du musst nachher auch nicht den Kopf hinhalten, wenn er tatsächlich der Mörder ist und längst irgendwo unter einer neuen Identität ein neues Leben führt«, sagte Strutner und klang dabei fast ein wenig trotzig, so, als hätte er eigentlich viel lieber recht behalten, obwohl er wusste, dass er mit seiner Ansicht falschlag. »Fakt ist, ich muss Sie mitnehmen, Sir Theodore. Und Fakt ist, dass Sie die Wahl haben, wie es ablaufen soll.«

Der ältere Mann winkte ab. »Wenn die Alternative darin besteht, dass ich wie ein Schwerverbrecher angekettet und dann wohl von einer Hundertschaft abgeholt werde, komme ich lieber freiwillig mit. Allerdings werde ich während der Fahrt meinen Anwalt anrufen, nur damit Sie vorgewarnt sind, Constable.«

»Kein Problem, Sir«, versicherte Strutner ihm. »Solange Sie keinen Widerstand leisten.«

Sir Theodore stand auf und sah nach links. »Kommt, Jungs«, sagte er zu den drei Pudeln, die prompt aufstanden.

»Nein, die Hunde bleiben hier«, sagte der Constable. »Ich werde nur Sie mitnehmen.«

»Ich lasse doch meine Hunde nicht allein!«, protestierte der Mann und wurde kreidebleich. »Sie können mir nicht meine Lieblinge wegnehmen!«

»Ich nehme Ihnen Ihre Hunde nicht weg, ich kann sie nur nicht mitnehmen«, stellte der Polizist klar.

»Aber was soll aus ihnen werden? Meine … meine Babys …« Der Mann schien völlig aufgelöst zu sein.

»Ich werde die Feuerwehr benachrichtigen, die schickt den Tiertransporter her, damit sie abgeholt werden.«

»Und der bringt sie dann zu mir?«, fragte der verunsicherte Mann und klang ein wenig beruhigter.

Der Constable schüttelte den Kopf. »Nein, die bringen sie dann ins Tierheim nach Eastman.«

»Nein! Nein, Constable! Wenn Sie meine Jungs ins Tierheim stecken wollen, dann werde ich so viel Widerstand leisten, wie ich nur kann!«, fauchte Sir Theodore ihn an wie eine Löwin, die ihren Nachwuchs notfalls mit ihrem Leben verteidigen würde. Seine Miene war die eines Mannes, der für seine Tiere alles tat. Sogar die drei Pudel zuckten zusammen. Sie hatten ihr Herrchen wohl noch nie in einem solchen Tonfall reden hören.

»Dann … ich … dann …«, stammelte Strutner, der mit dieser aufgebrachten Reaktion nicht gerechnet hatte und im Moment sichtlich Mühe zu haben schien, seine Autorität zurückzuerlangen.

»Wir können doch die drei blauen Kerlchen so lange hier beaufsichtigen, bis das Ganze sich aufgeklärt hat«, ging Nathalie dazwischen, die selbst nicht so genau wusste, wem sie eigentlich in diesem Augenblick beistand: dem Constable, damit der sich nicht in seiner akuten Hilflosigkeit von Sir Theodore überrennen ließ? Sir Theodore, damit der keine Dummheit beging? Oder den Pudeln, weil sie sie vor einem Aufenthalt im Tierheim von Eastman bewahren wollte? Nein, sie wusste keine Antwort darauf. Sie wusste nur, dass sie sich zu etwas bereit erklärt hatte, ohne auch nur ein paar Sekunden lang darüber nachgedacht zu haben, was mit ihrem Angebot überhaupt verbunden war.

»Das würden Sie machen?«, fragte der ältere Mann und sah Louise so voller Hoffnung an, dass sie nicht mal dann einen Rückzieher hätte machen können, wenn ihr bereits ein Dutzend Gründe eingefallen wären, die gegen ihren Vorschlag sprachen. Sie wusste, es würde dem alten Mann das Herz brechen, wenn seine Goldstücke im Käfig des Tiertransporters landeten und sie dann, Gott weiß, wie lange, auf engstem Raum darauf warten mussten, zu ihrem Herrchen zurückzukommen.

Gott weiß, wie lange, wiederholte die Stimme in ihrem Hinterstübchen beunruhigt. Ja, das war eines der Probleme – und wohl mit das größte. Was, wenn Sir Theodore tatsächlich der Mörder war und für Jahre im Gefängnis landete? Was sollte sie mit drei königsblauen Königspudeln?

Vielleicht irgendwo einen zweiten Pub eröffnen und ihn Three Blue Poodles nennen, schlug die Stimme in ihrem Kopf zynisch vor.

»Ja, natürlich, Sir Theodore«, hörte Nathalie sich antworten, aber es kam ihr so vor, als hätten Außerirdische ihren Geist übernommen und würden mit ihrer Stimme Dinge sagen, die sie selbst gar nicht sagen wollte.

»Sie können sich nicht vorstellen, wie viel mir das bedeutet, Miss Ames. Ich weiß nicht, wie ich das wiedergutmachen kann.«

»Rufen Sie erst mal Ihren Anwalt an«, erwiderte sie. »Alles andere ergibt schon noch. Alles Gute, Sir Theodore.«

»Von mir auch, Sir Theodore«, ergänzte eine ungläubig dreinschauende Louise.

Die drei Pudel sahen ihrem Herrchen hinterher, wie er an Strutners Seite zu dessen Wagen ging. Als sie eingestiegen und abgefahren waren, drehte sich Nathalie zu ihrer Köchin um. »Er war es nicht.«

»Natürlich war er es nicht«, stimmte die ihr zu. »Aber dieser Trottel von Constable will das nicht wahrhaben. Er kennt Sir Theodore seit Jahren, der Mann ist ein unbeschriebenes Blatt. Der hinterzieht nicht mal zehn Pfund Steuern. Wie soll er diesen Mayfield umgebracht haben? Der Mann ist – wie viel? – dreißig Jahre jünger als Sir Theodore, und der soll sich nicht gegen ihn gewehrt haben können? Das ist doch Idiotie! Strutner hätte sich ja den Namen auf einen Zettel schreiben und erst mal den Mund halten können, um in Ruhe zu ermitteln. Was ist nur in ihn gefahren?«

Nathalie seufzte leise. »Ich glaube, ich weiß, was in ihn gefahren ist. Ihm fehlt Tante Henrietta. Sie haben doch selbst gesagt, dass sie ihn quasi an die Hand genommen hat, nur ist diese Hand jetzt auf einmal nicht mehr da. Er hat niemanden mehr, der ihm sagt, was er machen soll und wie er es machen soll. Und vielleicht reicht Ihre liebevolle Strenge nicht aus, Louise? Gestern bei der Ausstellung dachte ich noch, dass er mir so … so kompetent erschien. Ich hatte mich ernsthaft gefragt, ob meine Tante ihn vielleicht falsch eingeschätzt hatte, aber das muss ich jetzt zurücknehmen.«

»Stimmt, gestern hatte er auf mich auch den Eindruck gemacht, dass er ganz genau wusste, was er tat«, musste Louise ihr beipflichten. »Aber wie er gerade eben auf Sir Theodore losgegangen ist, das war ...«

Plötzlich begann Nathalie zu kichern. »Soll ich Ihnen mal sagen, wie das auf mich wirkt? Gestern hat er sich so verhalten, als hätte er Freitagabend eine Episode von *Inspector Barnaby* gesehen. Der ruhige, besonnen handelnde Polizist, der Selbstbewusstsein und Autorität ausstrahlt, wenn er dem Täter gegenübertritt. Heute Morgen könnte man allerdings meinen, dass er sich irgendeinen schlechten US-Krimi angesehen hat, in dem der Detective eine Cowboymentalität hat und sich entsprechend aufführt.«

Louise stöhnte leise auf. »Wenn das stimmt, können wir nur hoffen, dass er sich nicht nächste Woche *Die nackte Kanone* ansieht.«

Die Frauen sahen sich an und begannen zu lachen. Die drei Pudel, die noch immer kerzengerade dasaßen, schauten verdutzt zwischen den beiden hin und her, dann auf einmal fingen sie an zu bellen, wobei immer nur einer bellte, während die anderen zwei auf ihren Einsatz zu warten schienen.

»Was ist denn in euch gefahren?«, fragte Louise erstaunt und musterte die drei, die weiter lautstark anschlugen.

»Vielleicht wissen sie, dass ihr Herrchen von der Polizei einkassiert worden ist, und sie denken jetzt, dass sie die Sau rauslassen können«, überlegte Nathalie.

»Wie heißen die drei eigentlich?«, wollte die Köchin wissen. »Ich nehme an, das steht in dem Medaillon, das jeder von ihnen um den Hals trägt, aber da will ich jetzt noch nicht rangehen. Sonst meinen sie nachher noch, wir wollten ihnen etwas wegnehmen.«

»Richard III., Henry III. und Edward III.«, antwortete Nathalie.

»Ehrlich?« Louise schüttelte ungläubig den Kopf. »Ich bin dafür, dass wir sie Billy, Lenny und Rusty nennen. Das kann ich mir wenigstens merken.«

»Ich denke, bis heute Abend werden wir mit ihren richtigen Namen schon zurechtkommen«, meinte Nathalie und lächelte gelassen.

»Bis heute Abend? Was ist heute Abend? Passiert da etwas Besonderes?«

»Na, ich gehe mal davon aus, dass der Constable den armen Sir Theodore bis dahin wieder auf der Haft entlassen haben wird, weil er dann auch eingesehen hat, dass es ein Fehler war.«

Louise verdrehte die Augen. »Ich weiß nicht, ob ich Ihre Zuversicht amüsant oder erschreckend finden soll, Nathalie.«

Die Chefin des Black Feather reagierte mit einer ahnungslosen Miene, aber die war bloß aufgesetzt, weil sie in Wahrheit nur zu gut wusste, wovon Louise sprach.

»Nein, den Gesichtsausdruck kaufe ich Ihnen nicht ab«, machte Louise ihr klar, konnte sich aber ein Grinsen nicht verkneifen. »Sie wissen so gut wie ich, dass Sir Theodore heute Abend ganz sicher nicht rauskommen wird. Und Sie können auch davon ausgehen, dass es noch eine Weile dauern wird, bis sich abzeichnet, ob er vor Prozessbeginn überhaupt rauskommt. Das Hauptproblem ist, dass ein Polizist ihn gehört hat, wie er Mayfield bedroht hat. Die Aussage wiegt viel schwerer, als wenn das von irgendeinem Fremden gekommen wäre, auch wenn der Mayfield alles Unheil der Welt an den Hals gewünscht hätte. Das andere Problem ist tatsächlich, dass bei Sir Theodore auch noch Fluchtgefahr gegeben ist. Der Mann hat Geld genug, um schnell zum nächsten Flughafen zu fahren, eine Privatmaschine zu nehmen und sich außer Landes fliegen zu lassen.«

»Und genau da ist der Denkfehler, Louise«, sagte Nathalie. »Der Fehler, den Constable Strutner gemacht hat, als er Sir Theodore zum Hauptverdächtigen erklärt hat. Und der Fehler, den ein Richter genauso machen würde, wenn er die Möglichkeit hätte, den Mann bis zu einem möglichen Gerichtstermin auf freien Fuß zu setzen, und das nicht tut, weil er akute Fluchtgefahr befürchtet.«

»Wo soll da ein Denkfehler sein?«

»Es ist egal, womit er Mayfield gedroht hat«, sagte Nathalie voller Überzeugung, als würde sie den verdächtigten Mann schon seit Jahren kennen. »Das waren nur leere Worte. Sie haben doch eben gesehen, wie er fast ohnmächtig geworden ist, als der Constable ihm sagte, was mit den drei Süßen da drüben passieren wird.« Sie schüttelte nachdrücklich den Kopf. »Dieser Mann würde nichts tun, was ihn von seinen Hunden trennen würde. Er war außer sich, er fühlte sich reingelegt, und Mayfield war der einzige greifbare Feind in dem Moment. Ihm konnte er vorwerfen, dass er hinter der Farbattacke auf seine Hunde steckte, weil Mayfield ihn ja schon zuvor aus dem Wettbewerb hatte drängen wollen.«

Louise nickte nachdenklich. »Das ergibt einen Sinn«, stimmte sie ihr schließlich zu.

»Herzlichen Dank«, gab Nathalie ironisch zurück.

»Sie wissen, wie das gemeint war«, sagte die Köchin grinsend. »Hätte er sich allgemein gegen seine Konkurrenten so geäußert, wäre das wohl seltsam paranoid rübergekommen. Das hätte ihn in einem schlechten Licht dastehen lassen, während er so einen konkreten Schuldigen benannt hat, ganz gleich, ob Mayfield mit der blauen Farbe etwas zu tun hatte oder nicht.«

Nathalie stand auf und ging um den Tisch herum. »Kommen Sie, wir gehen mit der Dreierbande ein bisschen spazieren«, sagte sie und griff nach der Leine, die Sir Theodore um eines der Tischbeine gewickelt hatte. Nach gut einem Meter teilte sich die Leine in drei kürzere Stücke auf, an denen die Hunde festgemacht waren. »Los, Jungs, ihr dürft euch bewegen. Auf, auf.«

Die Pudel sahen erst Nathalie, dann sich untereinander an, als wollten sie ihren Augen nicht trauen. Sie erhoben sich und folgten ihr in einem seltsamen Trippelgang, fast so, als fürchteten sie eine Falle oder einen Trick.

Nathalie schüttelte den Kopf. »Was haben die drei denn?«

»Ich bin keine Expertin für Hunde«, entgegnete Louise, »aber ich würde sagen, dass sie dem Braten noch nicht so ganz trauen. Ich vermute, wenn sie gleich merken, dass alles in Ordnung ist, werden sie etwas lockerer werden.«

Als hätten sie verstanden, was Louise soeben gesagt hatte, schossen sie alle gleichzeitig los. Für Nathalie kam das so unverhofft, dass sie von der Kraft der drei Pudel förmlich mitgerissen wurde und Mühe hatte, die Leine festzuhalten, während sie hinter den Tieren herstolperte.

»Halt! Halt! Halt!«, rief sie, jedoch ohne erkennbares Ergebnis. Die Hunde stürmten einfach weiter, bis sie die Kiesfläche hinter sich gelassen hatten, auf der die Tische und Stühle angeordnet standen. Als sie Rasen unter ihren Pfoten spürten, blieben sie wie auf Kommando so plötzlich stehen, dass Nathalie Mühe hatte, selbst noch rechtzeitig anzuhalten, bevor sie über die Meute fallen konnte.

Die Pudel warfen sich zu Boden und rollten sich auf dem Rasen hin und her, soweit die kurze Leine das zuließ, und bellten ausgelassen. Zwischendurch unterbrachen sie ihr Treiben und sahen zwischen Nathalie und Louise hin und her, als wollten sie sich vergewissern, dass die beiden mit dieser Aktion einverstanden waren. Als ihnen klar wurde, dass niemand mit ihnen schimpfen wollte, weil sie etwas Verbotenes machten, setzten sie ihr Treiben kurzerhand fort.

»Man könnte meinen, die drei haben richtig Spaß«, sagte Louise erstaunt.

»Ich glaube, sie holen das nach, was ihnen der Anstand sonst verbietet«, stimmte sie der Köchin zu. »Wobei der Anstand sogar einen Namen hat.«

Louise nickte. »Sir Theodore Prodder.«

Plötzlich standen alle drei Pudel wieder auf und schüttelten sich, sodass kleine Bröckchen Erde und Grashalme umherflogen. Das änderte allerdings nur wenig daran, dass Erde und Gras in rauen Mengen am Fell festhingen, das durch diese Aktion viel von seiner Fülle verloren hatte, die zweifellos durch eine Kombination aus Föhn und Spray zustande gekommen war. Mit einem Mal wirkten die drei Pudel gar nicht mehr so königlich. »Gut, dass sie momentan nicht weiß sind«, meinte Nathalie. »Sir Theodore würde der Schlag treffen, wenn er seine gepflegte Rasselbande jetzt so sehen könnte.«

»Glaube ich auch«, sagte Louise amüsiert. »Aber Ihnen ist ja hoffentlich klar, was das auch bedeutet?«

Nathalie warf ihr einen fragenden Blick zu. »Was?«

»Bevor Sir Theodore sie zurückbekommen kann, müssen die erst noch in die Badewanne.«

»Oh«, machte sie erschrocken.

»Nicht so schlimm, Nathalie, ich werde Ihnen helfen«, versprach ihr Louise. »Aber erst mal werde ich rumtelefonieren, um drei von diesen Leinen aufzutreiben, bei denen der Hund dreißig oder vierzig Meter vorauslaufen kann, ohne dass man ihn von der Leine lassen muss. Die armen Kerle können sich ja kaum bewegen.« Sie sah auf die Uhr. »Viertel nach elf ... okay, sagen wir, wir treffen uns um zwölf im Büro, dann habe ich die Leinen, und wir können mit der Bande über die Felder spazieren. Das Wetter ist ideal dafür.«

»Um zwölf? Werden Sie um die Zeit nicht in der Küche erwartet?«

Louise winkte ab. »Die kommen auch mal ohne mich zurecht. Außerdem können sie mich jederzeit anrufen, dann koche ich halt per Telepathie.«

Nathalie musste über diese Bemerkung lachen. »Also gut, um zwölf. Dann werde ich in der Zwischenzeit mal sehen, was ich für die drei zu essen auftreiben kann.«

»Fragen Sie am besten Cathy, die hat selbst zwei Hunde«, schlug Louise ihr vor. »Sie nimmt manchmal von den Küchenresten etwas für die zwei mit. Sie weiß am ehesten, was gut für sie ist und was man nicht geben sollte.«

»Nathalie? Wo sind Sie?«, rief Louise eine Dreiviertelstunde später, während sie sich Nathalies Wohnräumen näherte.

»Hier!«, rief die Gesuchte, als sie Louises Stimme hörte. »In der Wohnung! Die Tür ist offen!«

»Kann ich reinkommen?«

»Ja, Sie werden nicht überrannt«, versicherte Nathalie ihr. »Die drei sind gerade im siebten Himmel.«

Die Tür ging auf, Louise kam herein und sah Nathalie quer auf der Couch sitzen, damit sie die Füße hochlegen konnte.

»Und? Erfolg gehabt?«, fragte sie ihre Köchin.

Die hielt drei von den aufrollbaren Leinen hoch und strahlte ihre Chefin triumphierend an. »Wir können losziehen.«

»Sagen Sie das nicht mir, sondern Billy, Lenny und Rusty«, gab sie mit einem spitzbübischen Grinsen zurück.

»Wenn Sie mir verraten, wo sie sind …«

»Wenn Sie sich einen Moment lang Zeit zum logischen Kombinieren nehmen wollen«, sagte Natalie geheimnisvoll, »werden Sie auf die Lösung kommen.«

Louise zog verwundert die Augenbrauen hoch. »Wie soll ich durch Kombinieren dahinterkommen, wo sich drei … oh, warten Sie. Wo würden sich drei ausgewachsene Königspudel so richtig wohlfühlen, wenn sie sich nicht zu Ihnen oder sogar noch vor Ihnen auf die Couch gelegt haben und auch nicht auf dem Teppich auszumachen sind? Auf dem Bett.«

»Richtig. Auf dem Bett. Kreuz und quer. Jeder Hund schätzungsweise fünf Meter lang. Mit einer kleinen Portion Kalbfleisch im Magen und einer bequemen Matratze unter sich.«

»Kalbfleisch?«

»Ja. Frisch zubereitet, weil Billy oder Lenny oder Rusty der armen Tonya genau vor die Füße lief, als sie gerade drei Kalbsschnitzel vom Kühlschrank zum Herd bringen wollte. Ich habe mit aller Macht versucht, die Hunde aus der Küche zu bringen, aber vergebens. Tonya konnte sich zwar noch gerade eben an der Kühlschranktür festklammern, um nicht der Länge nach auf dem Fußboden zu landen, aber genau da landeten dann eben die Schnitzel. Wir hatten die Wahl, sie wegzuwerfen oder den Hunden zu geben. Da keiner der drei auf Befragen irgendein Problem mit der Nichteinhaltung der Hygienevorschriften zu Protokoll gegeben hatte, hat Tonya das Fleisch für ein paar Minuten in den Kochtopf geworfen und dann hergebracht. Es waren zum Glück die kleinen Schnitzel für den Kinderteller, darum waren die drei nach nicht mal zwei Minuten mit ihrer jeweiligen Portion fertig. Sie haben mich fragend angesehen, ob es denn Nachschlag geben würde, woraufhin ich den Kopf geschüttelt habe. Dann sind sie zielstrebig ins Schlafzimmer getrottet, als wären sie hier zu Hause. Ich wollte sehen, was sie machen, und bin ihnen gefolgt …«

»Und sie hatten das Bett bereits erobert, richtig?«, warf Louise ein, während sich ein fröhliches Lächeln auf ihr Gesicht stahl.

»Tja, das sollte man meinen, aber das war nicht der Fall. Die drei standen am linken Bettrand und sahen mal das Bett an, mal mich. Die Köpfe gingen ständig hin und her, bis ich es nicht mehr ausgehalten habe. Ich habe nur einmal genickt, nur ein einziges Mal, und das auch noch so kurz und knapp, dass die meisten Menschen das gar nicht als Nicken gedeutet hätten. Aber die drei haben mich sofort verstanden, und im nächsten Augenblick sprangen sie drauf und warfen sich auf die Seite.«

»Das muss für sie wohl das Schlaraffenland sein«, überlegte die ältere Frau. »Auch wenn Sir Theodore sichtlich an seinen Hunden hängt, kann ich mir irgendwie nicht vorstellen, dass sie bei ihm so etwas machen dürfen.«

»Das dachte ich zuerst auch«, sagte Nathalie, »aber dann habe ich überlegt, dass wir uns womöglich in dem Mann täuschen. Vielleicht erlaubt er ihnen ja dieses Verhalten, und sie haben mich vorhin nur deshalb so abwartend angesehen, weil sie wissen wollten, ob ich auch damit einverstanden bin.«

»Wir werden ihn einfach fragen, wenn er sie abholt«, meinte Louise und ging zur Schlafzimmertür.

»Würde ich nicht machen«, hielt Nathalie dagegen. »Wenn sie es nicht dürfen, muss er nicht erfahren, wie ›skandalös‹ sie sich verhalten haben, als sie wussten, dass sie nicht von ihm beaufsichtigt werden.«

»Stimmt auch wieder. Na, dann versuche ich mal mein Glück mit den Leinen«, redete die Köchin weiter und verschwand nach nebenan.

Nathalie musste grinsen, als sie Sekunden später Louise rufen hörte: »Vor lauter Hund sehe ich ja kein Bett mehr!«

Nachdem sie das Black Feather ein Stück weit hinter sich gelassen hatten und sich vor ihnen eine weite Wiese erstreckte, ließ Nathalie für den einen der beiden Hunde die Leine locker. Da er ohnehin gezogen hatte, merkte er sofort, wie der Widerstand nachließ. Wie ein Pfeil schoss er davon, was den anderen Hund bei ihr und den dritten Hund bei Louise stutzen ließ, da sie beide immer noch dicht bei ihren menschlichen Begleitern herumtänzelten. Der vorausgeeilte Pudel blieb stehen und drehte sich um, dann bellte er, als wollte er seine Brüder auffordern, ihm zu folgen.

Nathalie sah Louise an und nickte, dann ließen sie die beiden anderen Leinen auch locker. Die zwei verbliebenen Pudel hetzten los, um ihren Kumpel einzuholen. Das Schauspiel, das die vor ekstatischer Freude herumtollenden Hunde darboten, war so unterhaltsam, dass beide erst viel zu spät bemerkten, wie sehr sich die drei Leinen bis dahin bereits verheddert hatten.

Die nächste Viertelstunde waren sie damit beschäftigt, das lebensgroße Ebenbild eines völlig verdrehten Wollknäuels zu entwirren, wobei sie aufpassen mussten, dass sie sich nicht selbst in das Durcheinander verstrickten. Die Pudel beobachteten interessiert das Geschehen, blieben aber zum Glück auf dem Platz sitzen, auf den Nathalie in der Hoffnung gezeigt hatte, dass sie ein weiteres Mal direkt gehorchen würden. Was sie auch taten.

»Den dreien scheint ihr Herrchen gar nicht zu fehlen«, sagte Louise, während sie mit einem Finger dem Verlauf der einen Leine folgte, die sie von den anderen befreien wollte.

»Das kommt sicher noch«, meinte Nathalie. »Im Augenblick gibt es für sie so viele neue Eindrücke zu verarbeiten, dass es wohl noch eine Weile dauern wird, bis ihnen einfällt, dass hier doch jemand ganz Bestimmtes fehlt.«

»Während ihr Herrchen garantiert an nichts anderes als an seine drei Lieblinge denken dürfte«, meinte die Köchin.

»Wir müssen unbedingt versuchen, Sir Theodore aus der Haft zu holen.« Nathalie seufzte leise.

»Aber dafür müssen wir dem Constable erst mal den wahren Mörder liefern!«, machte Louise ihr klar.

Nathalie unterbrach ihre Suche nach der Fortsetzung der Leine. Bedächtig schüttelte sie den Kopf. »Nein, wir müssen Strutner zuerst einmal belegen, dass Sir Theodore nicht der Täter ist. Danach können wir immer noch nach dem Mörder suchen, was für uns aber letztlich zweitrangig ist.«

»Wieso zweitrangig? Ich halte es für zweckmäßiger, sofort nach dem Täter zu suchen, denn damit ist ja dann klar, dass Sir Theodore unschuldig ist.«

Nathalie nickte. »Ja, ich verstehe schon, was Sie meinen. Aber ich sage Ihnen, dass der Mann da drin ohne seine Hunde verkümmern wird. Die Suche nach dem Täter kann langwierig werden, und es muss dann ja auch erst mal stichhaltig bewiesen werden, dass wir wirklich den Mörder gefunden haben. Danach erst wird Sir Theodore auf freien Fuß kommen. Wir können aber vermutlich schneller belegen, dass er es nicht war. Dann kommt er frei, und die Polizei darf sich wieder auf die Suche nach dem Täter begeben, was uns dann nicht mehr kümmern muss.«

»Aber wie belegen wir, dass Sir Theodore unschuldig ist, wenn wir nicht mal genau wissen, wie Mayfield ums Leben gekommen ist?«, gab Louise zu bedenken.

»Constable Strutner sagt nichts dazu?«

»Nein, er … er ziert sich ein wenig. Ich habe mit ihm telefoniert, als ich die Leinen besorgt habe«, berichtete sie. »Er sagt, er könne sich nicht dazu äußern. Falls unsere Vermutung stimmt, was seine momentanen Vorbilder angeht, dann hat er wohl auch noch einen Film gesehen, in dem es einem zu geschwätzigen Polizisten an den Kragen geht.« Sie schüttelte frustriert den Kopf. »Wenn er so weitermacht, weiß ich bald wirklich nicht mehr, wo ich bei ihm dran bin.«

»Vielleicht sollten wir uns ein paar Filme herauspicken, in denen es von hilfsbereiten und entgegenkommenden Polizisten nur so wimmelt, und ihm die entsprechenden DVDs schenken«, überlegte Nathalie. »Möglicherweise kommt er dann ja wieder zur Besinnung.«

»Einen Versuch wär's auf jeden Fall wert«, meinte die Köchin lachend. Dann atmete sie erleichtert auf, da auch noch die letzte Leine endlich entwirrt war. »Oh Mann, da löse ich ja lieber den gordischen Knoten, als noch einmal dieses Durcheinander entwirren zu müssen. Was halten Sie davon, wenn wir bis zum Cottage von O'Shelley gehen und von da zurück zum Pub?«

»Gute Idee. Das dürfte für die Bande genug Auslauf

sein, jedenfalls für heute«, fand Nathalie und ließ den abermals ziehenden Pudeln nur ein paar Meter Leine, damit sie nicht so weit vorauslaufen und wieder wild durcheinanderrennen konnten. Der Weg zum Cottage des vor wenigen Wochen ermordeten Schriftstellers führte über sanft ansteigende Hügel und lang gestreckte Täler, vorbei an hohen, dichten Hecken, die angrenzende Grundstücke abteilten, und vorbei an Baumgruppen, in denen es von Vögeln nur so wimmelte, die mit lautem Zwitschern den Sonnenschein und die Wärme zu begrüßen schienen.

Das hier war genau das, was ihre Heimatstadt Nathalie nicht bieten konnte. Hier hatte sie das Gefühl, Welten von der Hektik und dem Lärm entfernt zu sein. Hier fühlte sie sich tatsächlich zu Hause, hier wollte sie bleiben. Und das würde sie auch tun. Das Black Feather war erfolgreich, die Beziehung zu Glenn lag hinter ihr, und sie war ihr eigener Boss – und von Leuten umgeben, in deren Mitte sie sich wohlfühlte.

»Ich habe im Gemeindesaal übrigens mindestens eine Kamera gesehen«, sagte Nathalie, als vor ihnen das kleine, bescheidene Haus des toten Schriftstellers auftauchte. »Ich würde gern wissen, ob die funktioniert und was sie aufgenommen hat. Der Winkel könnte mit viel Glück so hinkommen, dass Sir Theodores Pudel zu sehen sein werden.«

Louise zog ihren Hund zurück, der soeben Anstalten machte, hinter seinen Brüdern vorbeizulaufen, womit das nächste Leinenchaos vorprogrammiert gewesen wäre. »Ich kann nachher Father Cochrane fragen, ob es Aufnahmen von der Hundeausstellung gibt.«

»Wenn wir wissen, wer ihm die blaue Farbe untergeschoben hat, könnten wir damit auch unseren Mörder ausfindig machen«, fuhr Nathalie fort. »Obwohl … das eine muss mit dem anderen nichts zu tun haben. Es ist ja nicht zwangsläufig so, dass Sir Theodore dieser dumme Streich nur deshalb gespielt wurde, damit er außer sich vor Wut ist und Mayfield Vorwürfe macht. Er hätte auch voller Entsetzen seine Hunde einpacken und zum Arzt fahren können, anstatt erst noch Mayfield zu beschimpfen und zu bedrohen.«

»Richtig, ein solcher Plan ist viel zu vage und viel zu riskant«, stimmte Louise ihr zu. »Ein durchdachter Plan baut auf Fakten, aber nicht auf der Annahme auf, dass die anderen schon alle so reagieren werden, wie man es braucht.«

»Aber es muss ja gar kein durchdachter Plan dahinterstehen«, legte Nathalie nach. »Vielleicht hat einer der Anwesenden spontan entschieden, dass der Streit zwischen Sir Theodore und Mayfield die ideale Gelegenheit ist, um den Mann aus dem Verkehr zu ziehen. Er wusste ja, dass der erste Verdacht auf Sir Theodore fallen würde.«

»Er konnte aber nicht wissen, ob Sir Theodore für die Tatzeit ein Alibi haben würde oder nicht«, wandte Louise ein.

»Darum ja auch eine spontane Aktion«, beharrte Nathalie. »Sollte Sir Theodore seine Unschuld beweisen können, müsste erneut nach einem Täter gesucht werden, und der hat bis dahin längst das Weite gesucht.«

Sie schlenderten weiter und genossen die warme Luft und den Sonnenschein, den Pudeln schien es nicht anders zu gehen. Sie tollten ausgelassen hin und her, jagten jedem Schmetterling nach, der ihnen in die Quere kam, vergaßen ihn aber schnell wieder, wenn sie ihn nach ein paar Versuchen doch nicht zu schnappen bekamen.

»Weiß eigentlich jemand, wo Mayfield übernachtet hat?«, fragte Nathalie auf einmal.

Louise hob die Schultern an. »Da müssten wir den Constable fragen. Wieso?«

»Na ja, ich frage mich, ob Strutner sich darum bereits gekümmert und einen Blick in Mayfields Zimmer geworfen hat. Es könnte ja sein, dass sich da noch irgendein Hinweis findet. Zum Beispiel ein Drohbrief oder etwas Ähnliches. Oder irgendwelche Notizen, dass er mit jemandem reden muss.«

Louise nickte nachdenklich. »Schaden könnte es nicht.« Sie zog ihr Smartphone aus der Tasche und wählte Strutners Nummer. Als sich der Constable meldete, erklärte sie ihm, was Nathalie eingefallen war.

»Guter Gedanke«, musste er zugeben, was Nathalie mithören konnte, da Louise auf Lautsprecher umgeschaltet hatte. »Aber die nächsten Stunden komme ich nicht dazu. Ich muss gerade einen größeren Unfall aufnehmen, da bin ich noch eine Weile beschäftigt.«

»Weißt du denn, wo Mayfield übernachtet hat? So viele Hotels gibt es in der Umgebung nun auch wieder nicht, in denen ein Mann wie er absteigen würde.«

Sie hörten den Constable lachen. »Der Mann hat zwar versucht, aus allem so viel Geld wie möglich rauszuholen, aber selbst hat er … na, sagen wir mal … sehr auf Sparflamme gekocht. In seiner Hosentasche befand sich ein Schlüssel von Kristy's Bed 'n' Breakfast.«

»Was?«, rief Louise ungläubig. »Ist das dein Ernst?«

»Das darfst du mir schon glauben, Louise«, gab er zurück.

»Würdest du da anrufen und unser Kommen ankündigen, damit wir uns in seinem Zimmer umsehen können?«, fragte sie dann. »Wir sind gerade mit den Hunden unterwegs und schätzungsweise eine Viertelstunde vom Kristy's entfernt.«

»Ähm … Ermittlungen sind eigentlich mein Job. Aber

ja, das werde ich gleich erledigen«, sagte er schnell. »Danke … ähm …, dass ihr das übernehmen wollt.«

»Machen wir doch gern, Ronald«, erwiderte Louise und verabschiedete sich von ihm. Dann sah sie Nathalie an.

»Eigentlich hätte er sich dafür bedanken müssen, dass Sie überhaupt daran gedacht haben. Ihm wäre das mit Sicherheit nicht in den Sinn gekommen. Kristy's Bed 'n' Breakfast«, murmelte Nathalie. »Das ist ja nur ein kleiner Schlenker, da können wir anschließend immer noch einen Blick auf O'Shelleys altes Cottage werfen.«

»Ja, der Constable hat Sie bereits angekündigt«, wurden sie von Kristy McCall empfangen. »Ich bringe Sie zu seinem Zimmer.« Die kleine pummelige Frau mit den offenbar sehr langen, zu einer Art Turban hochgesteckten roten Haaren kam mit dem Zimmerschlüssel aus der Küche und ging die schmale Treppe in dem recht beengten und betagten Einfamilienhaus hoch, in dem sich erstaunliche vier Gästezimmer befanden.

»Es ist ja schrecklich, dass der arme Mann einfach so ermordet wurde«, sagte sie, während sie vor ihnen den schmalen Gang zu den Zimmern entlangeilte. »Ich kann nur froh sein, dass er im Voraus bezahlt hat. Sonst wüsste ich nicht, wie ich an mein Geld kommen sollte.«

Das Mitleid der Frau hielt sich offenbar in Grenzen.

Sie schloss ihnen auf und ging zur Seite, dann hielt sie Louise den Schlüssel hin. »Schließen Sie einfach ab, wenn Sie fertig sind. Ich bin unten und nehme den Schlüssel dann in Empfang. Ich hoffe, Sie bekommen das alles getragen.« Mit diesen Worten stürmte sie davon und machte einen großen Bogen um die drei Pudel, fast so, als könnten die sie mit ihrer blauen Farbe anstecken.

»Was sollen wir denn tragen?«, fragte Nathalie, als Mrs. McCall nach unten verschwunden war.

»Entweder hat sie Ronald falsch verstanden, oder er hat angedeutet, wir würden Mayfields Sachen abholen, damit sie uns bereitwilliger ins Zimmer lässt«, antwortete Louise. »Außer einem echten Beweisstück werde ich aber garantiert nichts von Mayfields Sachen mitnehmen. Wir haben schließlich nur drei blaue Pudel, aber keine drei Lastenesel mitgebracht.«

Das Zimmer war sehr klein und mit einem bequemen Bett, einem Schrank und einem Schreibtisch so vollgestopft, dass man sich kaum umdrehen konnte. »Wenn ich hier übernachten müsste, wurde ich vermutlich laut schreiend das Weite suchen«, erklärte Nathalie und musste schon jetzt nach Luft schnappen. »Und das hat Mayfield freiwillig über sich ergehen lassen, nur um ein paar Pfund zu sparen?« Sie schüttelte fassungslos den Kopf. »Der Mann muss am Dagobert-Duck-Virus gelitten haben.«

Louise ging noch einmal zurück zur Treppe und machte die Hundeleinen am Geländer fest, damit die Tiere weder weglaufen noch sich zu ihnen in das ohnehin viel zu kleine Zimmer quetschen konnten. Dann stellte sie sich auf die eine Seite des Betts, da Nathalie bereits die andere Seite in Beschlag genommen hatte. Im Schrank hingen zwei Anzüge und ein paar Hemden, in ein Fach hatte Mayfield Strümpfe und Unterwäsche gelegt. Im Fach darunter befanden sich zwei Paar Schuhe. Louise durchsuchte alle Taschen seiner Anzüge, wurde aber nicht fündig.

Währenddessen schaute sich Nathalie auf dem Schreibtisch um, auf dem verschiedene Papiere zu einem kleinen Stapel zusammengelegt worden waren.

Den Koffer hatte Mayfield unter das Bett geschoben,

Louise holte ihn hervor, legte ihn aufs Bett und machte ihn auf. »Auch leer«, stellte sie enttäuscht fest. »Und bei Ihnen?«

»Fast alles nur Werbung«, antwortete Nathalie. »Sieht nach seinen Veranstaltungen aus, vermutlich die Wurfzettel, die er noch gegenlesen sollte. Ein paar Mitteilungen aus der Buchhaltung, dass noch nicht alle gemeldeten Händler ihre Standmiete bezahlt haben. Aber nichts, was uns weiterhelfen würde.«

»Na ja, etwas Vertrauliches hätte er vermutlich sowieso nicht einfach hier herumliegen lassen«, gab Louise zurück. »Wenn Mrs. McCall hier reinspaziert, um das Bett zu machen und zu putzen, würde ich meine Kontoauszüge auch nicht offen herumliegen lassen.«

»Ja, wahrscheinlich hat er alles Wichtige sowieso in seinem Computer«, überlegte Nathalie. »Zu schade. Jetzt können wir nur hoffen, dass unser Constable sich damit befassen wird.«

»Wird er nicht«, erklärte ihre Köchin und schob den Koffer zurück unters Bett.

»Nicht?«

»Nein, weil das Gerät garantiert mit einem Passwort geschützt ist und er an die Daten nicht herankommt. Das müssen dann die Spezialisten übernehmen, und das wird noch dauern.«

»Vielleicht sollten wir ihm vorschlagen, dass wir Laptop und Co. zu seinen Kollegen bringen, die sich damit auskennen«, überlegte Nathalie und sah ihre Köchin fragend an.

Louise schüttelte den Kopf. »Ronald hätte kein Problem damit, uns all die Sachen in die Hand zu drücken, damit er sie los ist. Aber seine Kollegen, die das in Empfang nehmen sollen, würden uns Ärger machen, weil der Constable möglicherweise wichtiges Beweismaterial Zivilpersonen überlassen hat. Wir könnten ja in der Lage sein, auf die Daten zuzugreifen und sie zu manipulieren.« Sie hob die Hände zu einer frustrierten Geste. »Wenn sich dann da tatsächlich etwas Entscheidendes finden lässt, kommt der Täter unter Umständen unbehelligt davon, weil niemand belegen kann, dass dieser Beweis nicht nachträglich auf dem Laptop hinterlassen wurde.«

»Hm«, schnaubte Nathalie. »Dann war das hier eigentlich ein vergeblicher Ausflug.«

»So würde ich das nicht bezeichnen«, meinte die ältere Frau. »Jetzt wissen wir wenigstens, dass hier nichts herumgelegen hat, das Sir Theodores Freilassung hätte bewirken können. Das ist mir lieber, als in drei oder vier Tagen davon zu hören, dass hier was gefunden wurde und Sir Theodore schon vor Tagen zu seinen Hunden hätte zurückkehren können.«

»Wissen Sie, Louise, eigentlich haben Sie recht«, stimmte Nathalie ihr zu. »Außerdem hätten wir ja durchaus auf eine Notiz oder einen Namen stoßen können, der der Polizei weitergeholfen hätte.«

Sie verließen das kleine Zimmer, machten die Hundeleinen los und gingen nach unten. Mrs. McCall kam aus der Küche und fragte freundlich: »Haben Sie alles?« Als Louise ihr den Zimmerschlüssel zurückgab, stutzte sie. »Sie haben seinen Koffer ja gar nicht mitgebracht.«

»Ja, stimmt«, sagte Louise und lächelte die Frau im Weitergehen an. »Constable Strutner wird sich darum kümmern. Unsere Pudel müssen unbedingt raus, sonst gibt es noch ein Unglück.«

»Aber … aber …«, stammelte Mrs. McCall. »Wie soll ich denn …?«

»Rufen Sie ihn einfach an«, schlug die Köchin ihr vor.

»Er macht das schon. So etwas muss schließlich von der Polizei sichergestellt werden.«

»Ich dachte, Sie … ähm …«

»Nochmals vielen Dank«, sagte Nathalie und folgte mit zwei von drei Pudeln Louise nach draußen, die wieder eines der Tiere übernommen hatte.

Auf der Straße angekommen, meinte Nathalie: »Das war ja gerade nicht sehr nett von uns.«

»Ich weiß«, bestätigte Louise. »Aber wenn wir nicht gegangen wären, hätten wir eine endlose Diskussion am Hals gehabt. Ich kenne Mrs. McCall lange genug, um mit ihrer Eigenart der Endlosdiskussion vertraut zu sein. So lieb und nett sie normalerweise ist, sollte man nicht in ihrer Nähe sein, wenn etwas nicht so läuft, wie sie es sich vorstellt. Ich habe sie einmal auf dem Markt erlebt, wo sie sich an einem Stand über eine andere Kundin ereiferte, die ihrer Meinung nach zu lange gebraucht hatte, um ihre Einkäufe einzupacken. Diese Kundin war längst gegangen, aber Mrs. McCall diskutierte eine Viertelstunde später immer noch mit jedem in der Schlange hinter ihr. So wäre es uns auch jetzt ergangen.«

»Na gut, dann geht es jetzt wie geplant noch bis zum Cottage von O'Shelley?«, vergewisserte sich Nathalie.

»Würde ich schon sagen. Dort drehen wir dann um und laufen zurück zum Black Feather.« Sie zeigte in die Richtung, in die sie gehen mussten, und marschierte los.

»Sehen Sie sich mal den Garten an«, sagte Louise erstaunt, als sie sich eine Viertelstunde später dem Cottage näherten, und hielt ihre freie Hand an die Stirn, um ihre Augen vor der Sonne abzuschirmen, der sie die ganze Zeit über entgegengegangen waren, um das Cottage zu erreichen. »Jemand hat sämtliche vertrocknete Pflanzen und alles Unkraut herausgerissen und umgegraben.

Möchte wissen, wer sich auf einmal für das Grundstück zuständig fühlt.«

»Vielleicht irgendwelche Fans«, überlegte Nathalie. »Nach seinem Tod wurde ja genug darüber geschrieben, wo er Zuflucht gesucht hatte, um angeblich ganz in Ruhe an seinen Büchern zu arbeiten. Mich wundert immer noch, dass sich die Medien bislang nicht auf die Affäre gestürzt haben. Dass alle Beteiligten so beharrlich schweigen, kommt ja nicht oft vor.«

»Stimmt, aber die Reporter versuchen doch immer wieder hier im Dorf ihr Glück«, sagte Louise. »Ich finde so was pietätlos.«

Nathalie stutzte, da auf einmal ein Tropfen auf ihrer Stirn landete. Sie wischte ihn weg und betrachtete verwundert die nasse Fingerkuppe. »Wo kommt denn ein einzelner Regentropfen her?«

Auf die Frage hin drehte sich Louise zu ihr um, doch dann sah sie aus dem Augenwinkel etwas, das ihr eine ungläubige Miene entlockte. »Wahrscheinlich haben ihn seine vielen, vielen Freunde als kleine Warnung vorausgeschickt«, murmelte sie und zeigte zum Himmel.

Als Nathalie in die gewiesene Richtung schaute, wollte sie ihren Augen kaum trauen. Eine fast pechschwarze Front aus Regenwolken war völlig unbemerkt hinter ihnen hergezogen und hatte sie innerhalb kürzester Zeit eingeholt.

»Wo kommen die denn her?«, fragte sie verständnislos, während sie zusehen konnte, wie die Wolken sich näher heranschoben und die ersten Ausläufer sie soeben überholten.

Louise verzog missmutig den Mund. »Wir haben jetzt Viertel nach eins, wir sind seit fast einer Stunde unterwegs. Aber wir sind immer nur in Richtung Sonne gelaufen, darum haben wir auch keinen Schatten gesehen, der uns hätte vorwarnen können.« Sie ging zum Cottage, aber alle Türen waren abgeschlossen. Damit fiel die Möglichkeit weg, sich dort unterzustellen, bis der Regenschauer vorbei war. »Solange es nicht blitzt und donnert, ist das alles halb so schlimm«, meinte sie beschwichtigend.

Nur Sekunden später brach ein Unwetter über sie herein, wie Nathalie es noch nie erlebt hatte. Es vergingen nur Augenblicke, dann waren sie beide bis auf die Haut durchnässt und standen da wie in einer schlechten Komödie, in der die Hauptpersonen unter einem defekten Rohr stehen blieben und zuschauten, wie immer mehr Wasser auf sie niederging, anstatt einen Schritt zur Seite zu machen.

Nur konnten sie hier so viele Schritte zur Seite machen, wie sie wollten, diesem Wolkenbruch konnten sie nicht entgehen. Und da sie ohnehin schon völlig durchnässt waren, ergab es keinen Sinn, loszulaufen und irgendwo Schutz zu suchen.

»Da haben wir wohl was nicht kommen sehen«, kommentierte Louise mit todernster Miene, während ihr der Regen von der Nasenspitze und vom Kinn tropfte. »Aber wenigstens sehen nicht nur wir beide aus wie die sprichwörtlichen begossenen Pudel.« Dabei deutete sie auf die blaue Dreierbande.

Die drei Hunde hatten sich neben den beiden Frauen hingesetzt und ließen den Regen über sich ergehen. Die Feuchtigkeit verwandelte sie in seltsame Wesen, die mit Pudeln nicht mehr viel Ähnlichkeit hatten, da das lockige Fell komplett platt gedrückt unmittelbar auf der Haut klebte. Das ließ den Kopf extrem klein erschienen, und zugleich verlieh ihr Aussehen ihnen etwas sehr Hippiehaftes, da die nassen Haare auf dem Kopf und rund um die Schnauze glatt herunterhingen.

»Ich muss gestehen, ich habe tatsächlich noch nie zuvor einen klatschnassen Pudel gesehen«, sagte Nathalie und wunderte sich, wie völlig anders diese Tiere jetzt wirkten. Dass sie dazu auch noch komplett blau eingefärbt waren, machte das Ganze nur noch absurder.

»Da sehen Sie mal, wofür das Leben auf dem Land gut sein kann«, scherzte die Köchin und wischte sich übers Gesicht, was sie sich aber auch hätte sparen können, da der Regen nicht nachließ.

»Nehmen wir den gleichen Weg zurück?«, fragte Nathalie. »Oder ist es sinnvoller, die Straße entlangzulaufen, die irgendwo dahinten verläuft?«

»Die Straße macht einen riesigen Bogen«, sagte Louise und winkte ab. »Da brauchen wir viel länger. Und vergessen Sie nicht die zahlreichen unübersichtlichen Kurven. Wenn da einer bei dem Wetter zu schnell unterwegs ist, sind wir am Ende nicht nur verdammt nass, sondern auch verdammt tot.«

»Na ja, nass sind wir sowieso, und aufs Totsein kann ich noch eine Weile verzichten. Dann nehmen wir den Weg, den wir gekommen sind.« Nathalie machte einen Schritt, der ungewöhnlich viel Kraft erforderte und von einem schmatzenden Geräusch begleitet wurde, und sah nach unten. Der Boden hatte sich in den wenigen Minuten seit Einsetzen des Wolkenbruchs in Morast verwandelt, der an ihren Schuhen klebte. »Wow, und ich dachte, es könnte nicht noch schlimmer kommen.« Sie machte noch einen Schritt, wurde dann aber von den Leinen »ihrer« beiden Pudel zurückgehalten. Sie drehte sich um und sah, dass alle drei blauen Hunde noch immer dasaßen, als würden sie auf eine Belohnung warten. »Was ist los mit euch? Wollt ihr bei dem Wetter nicht unterwegs sein? Tja, da habt ihr leider schlechte Karten. Euch bleibt nämlich keine andere Wahl, weil uns auch keine andere Wahl bleibt.«

Die Pudel sahen sie und Louise an, rührten sich aber weiterhin nicht von der Stelle.

»Glaubt ja nicht, dass wir euch zum Pub tragen«, ergänzte Louise. »Eure edlen Pfoten stecken sowieso schon im Morast, also könnt ihr euch auch in Bewegung setzen. Los, Jungs, lauft!«

Der energische Tonfall der Köchin zeigte tatsächlich Wirkung, allerdings nicht in der erhofften Form, denn anstatt aufzustehen und ihnen zu folgen oder wie auf dem Hinweg vor ihnen herzulaufen, warfen sich die drei Pudel zu Boden und begannen, sich im Morast zu wälzen.

»Sie haben den Befehl ›Los, Jungs!‹ wohl irgendwie falsch verstanden«, meinte Nathalie, während bei allen drei Hunden immer mehr von dem blauen Fell unter einer braunen Schlammschicht verschwand.

Ein paar Minuten lang ging das so weiter, dann hatten sie offenbar genug, erhoben sich vom morastigen Untergrund, stellten sich hin und …

»Nicht schütteln!«, rief Louise, so laut sie konnte, aber es war bereits zu spät …

»Nicht schütteln!«, rief diesmal Nathalie, als sie eineinhalb Stunden später endlich am Black Feather angekommen waren. Auf dem Weg dorthin hatte der Regen nicht nachgelassen, was zumindest für eines gut gewesen war: Der Morast war weggespült worden, und zwar sowohl vom Fell der Pudel als auch von ihrer und von Louises Kleidung. Dummerweise hatte der Dauerregen vor dem Eingang zum Café einen kleinen See entstehen lassen, der für die drei Pudel eine unwiderstehliche Versuchung dargestellt hatte, um noch einmal ein Schlammbad zu nehmen.

So wie zuvor Louise kam auch Nathalie mit ihrem Warnruf Sekundenbruchteile zu spät. Da sich alle drei Hunde gleichzeitig schüttelten, konnten Nathalie und ihre Köchin sich drehen, wohin sie wollten – aus irgendeiner Richtung wurden sie garantiert getroffen. Während die Hunde zwar durchnässt und blau, aber weitgehend sauber dastanden, waren Nathalie und Louise nicht nur bis auf die Haut nass, sondern auch von Kopf bis Fuß mit Schlammspritzern überzogen.

Nathalie schüttelte den Kopf. »Am besten bleiben wir noch so lange im Regen stehen, bis wenigstens der Dreck abgespült worden ist«, schlug sie vor. »Nasser können wir ja sowieso nicht mehr werden.«

Als wäre ein Schalter umgelegt worden, hörte es von einer Sekunde zur nächsten auf zu regnen. Die Sonne kam zum Vorschein, und sofort wurde es unangenehm schwül, da die Wärme sich mit der immer noch fast hundertprozentigen Luftfeuchtigkeit zusammentat, um Verhältnisse wie in der Sauna entstehen zu lassen.

»Na gut, dann trocknen wir eben an der Luft wie ein guter Schinken«, erwiderte Louise, zwinkerte Nathalie zu, ging dann aber zur Tür. »Kommen Sie, wir müssen die Hunde ins Bad schaffen.«

Nathalie folgte ihr nach drinnen, durchquerte das Café und war im Korridor schon auf dem Weg zu ihrer Wohnung, als einer der Kellner ihr im Vorbeihuschen zurief: »Miss Ames! Miss Ames! Warten Sie, hier ist Besuch für Sie!«

Sie ging zwei Schritte zurück, um dem Kellner ein Zeichen zu geben, dass er zu ihr kommen sollte. Doch als sie um die Ecke blickte, stand vor ihr nicht der Kellner, sondern … Rob Dinkmore.

Nathalie konnte sich nur in etwa vorstellen, wie sie in diesem Moment aussehen musste. Es war sicherlich noch viel schlimmer, als ihre Fantasie es sich ausmalen konnte, denn Rob stand da und musste sich mindestens ein Grinsen verkneifen, vermutlich aber sogar ein lautes Lachen.

»Nathalie?«, fragte er, als sei er sich nicht ganz sicher, ob die Frau vor ihm tatsächlich sie war.

»Ja«, brachte sie nur leise heraus.

Siebtes Kapitel, in dem eine Einladung zum Abendessen wenig Neues ergibt

»Das ist also der Aufzug, in dem er mich gesehen hat«, murmelte Nathalie gut zwei Stunden später, nachdem die Hunde gebadet und getrocknet waren und sie selbst sich auch wieder in einer vorzeigbaren Verfassung befand. In der Hand hielt sie ihr Smartphone, auf dem Display war das Selfie zu sehen, das sie nach ihrer unerwarteten Begegnung mit Rob Dinkmore geschossen hatte, um einen Eindruck davon zu bekommen, welchen Anblick sie in dem Moment geboten hatte.

Jetzt trug sie einen Jogginganzug und hatte es sich auf dem Sofa in ihrer Wohnung bequem gemacht. Die drei Pudel hatten sich zunächst wieder ins Schlafzimmer begeben, waren dann aber zu ihr gekommen, um ihr auf dem Sofa Gesellschaft zu leisten, was zur Folge hatte, dass sie nun von drei glücklich schnarchenden Hunden so belagert wurde, dass an Aufstehen gar nicht zu denken war.

Es klopfte an der Tür. »Ich bin's, Louise«, rief die ältere Frau zögerlich.

»Kommen Sie rein.«

Louise betrat die Wohnung, sah ihre Arbeitgeberin in der Gewalt von drei blauen Königspudeln und zog als Erstes das Smartphone aus der Tasche, um ein paar Fotos von dieser Szene zu machen.

»Ich nehme an, dass das, von da drüben betrachtet, völlig dekadent aussieht, oder?«, fragte Nathalie amüsiert.

»Na ja, es fehlen links und rechts die Sklaven mit den Palmwedeln, die Ihnen Luft zufächeln«, sagte Louise. »Aber für so etwas gibt's ja heute Photoshop.«

»Die Abmahnung ist schon vorbereitet, Louise, ich muss sie nur noch ausdrucken und unterschreiben«, gab Nathalie todernst zurück, zwinkerte ihrer Angestellten dann aber zu. »Wie fühlen Sie sich?«

»Nach einer heißen Dusche mitten im Sommer erstaunlich gut«, antwortete sie. »In so ein Wetter bin ich auch noch nie reingeraten. Das war ja so, als würde man im Cabrio durch eine Waschanlage fahren.«

»Mit einem entscheidenden Unterschied«, betonte Nathalie. »Im Cabrio in einer Waschanlage haben Sie wenigstens keinen Hund neben sich, der Sie mit Schlammspritzern bombardiert.«

»Zumindest haben die drei Herrschaften ihren Spaß gehabt«, meinte die Köchin und deutete mit einer Kopfbewegung auf die kreuz und quer verdreht liegenden Pudel, deren Schnarchen von Zeit zu Zeit völlig synchron war, dann aber allmählich wieder aus dem Rhythmus geriet.

»Das können Sie laut sagen. Bestimmt haben die heute alles nachgeholt, was Sir Theodore ihnen seit Jahren verbietet.« Kopfschüttelnd betrachtete Nathalie die Bande.

»Was wollte eigentlich Rob Dinkmore?«, fragte Louise und versuchte gar nicht erst, unschuldig auszusehen.

»Er wollte wissen, ob ich damit einverstanden bin, dass er eine Kollegin mitbringt, damit sie sich die Wände ebenfalls einmal ansieht«, erklärte sie. »Diese Kollegin ist eine Chemikerin, die öfter für ihn arbeitet, wenn es darum geht, irgendwelche Objekte, die er restaurieren soll, von Farben und Lacken zu befreien. Sie liefert ihm spezielle Lösungen, die die Farbe entfernen, ohne den Untergrund anzugreifen. Ihm wäre es recht, wenn sie sich die Wände im Pub ansehen könnte. Er hofft, dass sie ihm irgendein Mittel zaubern kann, mit dem sich Putz ablösen lässt, ohne ihn abschlagen zu müssen. Das würde das Risiko minimieren, dass den Bildern etwas zustößt, sofern sie noch da sind.«

»Und dafür kommt er extra her? Hätte er nicht anrufen können? So als Geschäftsmann sieht man doch eigentlich zu, dass man unnötige Kosten vermeidet. Mindestens zwei Stunden Fahrt für Hin- und Rückweg, Benzin – und das alles für etwas, das man in zweieinhalb Minuten am Telefon erledigen könnte. Merkwürdig. Und sehr unrentabel.« Louise schaute nachdenklich drein, dann zog sie eine Augenbraue hoch. »Es sei denn natürlich, er wollte *Sie* sehen.«

»Wenn er das wollte, hat er sich dafür den denkbar schlechtesten Tag ausgesucht«, gab sie lachend zurück. »Schrecklicher als nach dieser Höllentour mit drei Pudeln kann ich gar nicht aussehen, und ausgerechnet dann muss er vor mir stehen.«

»Was ist daran so schlimm?«, fragte die Köchin mit unüberhörbar gespielter Ahnungslosigkeit. »Er soll doch nur seine Arbeit erledigen und Ihnen dafür nicht zu viel in Rechnung stellen. So unwichtig, wie es ist, ob Sie ihn für nett oder hinreißend halten, so unwichtig ist es, was er von Ihnen hält und wie Sie sich ihm präsentieren. So ist es doch, nicht wahr, Nathalie?«

»Ja. So und nicht anders«, gab die junge Frau knapp zurück.

Nach einer kurzen Pause fügte Louise dann aber hinzu: »Es sei denn …«

»Es sei denn … was?«, konterte Nathalie.

»Ach, nichts!«

Nathalie kniff die Augen zusammen und sah ihre Köchin auffordernd. »Ein ›Ach, nichts!‹ gibt es bei Ihnen nicht, Louise. So gut kenne ich Sie mittlerweile.«

Louise nahm im rechten Sessel Platz, da sie dafür nur ein Hundebein zur Seite schieben musste, nicht aber gleich einen halben Hund wie beim linken Sessel. »Wenn Sie mich so gut kennen, dann müssen Sie auch wissen, was ich nach dem ›Es sei denn‹ sagen wollte.«

Nach langem Schweigen atmete Nathalie tief durch und erwiderte: »Ja, ich weiß, was Sie sagen wollten. Aber es ist völlig egal, wer wen für interessant oder auch nicht interessant hält.«

»Wieso?«

»Weil es noch zu früh ist.«

Louise sagte nichts.

»Sie fragen nicht, wieso es überhaupt zu früh sein kann?«, wunderte sich Nathalie, als keine Reaktion kam.

Louise schüttelte den Kopf. »Nein. Ich hätte mir nämlich an dem Tag schon die Ohren zuhalten müssen, damit ich nichts mitbekommen konnte, als ich in der Küche stand und die Einkaufsliste zusammenstellte. Sie und Glenn haben sich zwar leise unterhalten, aber diese Räume haben eine ganze eigene Akustik. Was in einer Ecke getuschelt wird, kann in einer anderen Ecke laut und deutlich ankommen.«

»Oh.«

»Wenn Sie über dieses Thema hätten reden wollen, hätten Sie das schon gemacht«, sagte Louise ihr auf den Kopf zu. »Dass Sie es nicht getan haben, respektiere ich, trotzdem möchte ich Ihnen beiden dafür gratulieren, wie vernünftig Sie miteinander umgegangen sind. Von Ihnen hätte ich auch gar nichts anderes erwartet, aber dass Glenn doch noch so einsichtig geworden ist, das … das lässt ihn in einem ganz anderen Licht dastehen.«

»Ja, das muss ich auch sagen«, stimmte Nathalie ihr zu. »Ich war sehr überrascht. Angenehm überrascht. Und froh darüber, dass nicht doch noch die Fetzen geflogen sind.« Sie seufzte leise. »Und genau deshalb ist es noch zu früh.«

»Und trotzdem stört es Sie, dass Rob Sie so gesehen hat.«

Nathalie verdrehte die Augen. »Wem würde es gefallen, bis auf die Haut durchnässt und mit Schlamm bespritzt dazustehen?«

Louise lächelte amüsiert. »Sie wissen, was ich meine. Aber zu einem anderen Thema: Haben Sie mit ihm etwas vereinbart, wann er mit dieser Chemikerin herkommt?«

»Ja, die beiden wollen versuchen, das gleich morgen früh zu erledigen, wenn im Pub noch Ruhe herrscht.«

»Okay, dann weiß ich Bescheid, für den Fall, dass Sie mit der Dreierbande unterwegs sein sollten.«

Gedankenverloren streichelte Nathalie einem der Pudel über den Kopf. Nachdem alle drei von ihr und Louise geföhnt worden waren, sahen sie immerhin wieder so aus, wie man es von einem Pudel erwartete.

»Ich habe übrigens eine kleine Überraschung für uns

beide«, sagte Louise, nachdem sie beide sich eine Weile den schnarchenden Hunden gewidmet hatten. »Father Cochrane will mir eine Datei schicken.«

»Father Cochrane?«, wiederholte Nathalie ungläubig. »Er will Ihnen eine *Datei* schicken?«

Louise stutzte. »Was ist daran so ungewöhnlich?«

»Warten Sie. Wie alt ist er?«

»Sechsunddreißig, wieso?«

Nathalie winkte ab. »Okay, dann habe ich nichts gesagt. Es ist nur so, wenn ich an Geistliche denke, egal, in welcher Funktion, dann stelle ich mir immer Achtzigjährige und älter vor. Und da ist es zumindest aus meiner Erfahrung eher die Ausnahme, dass die einem Dateien schicken.«

»Tja, Father Cochrane bewegt sich da eindeutig in einer anderen Altersklasse«, meinte Louise. »Wenn Sie ihn kennenlernen …«

Mitten im Satz wurde Louise von einem Klopfen unterbrochen.

»Ja?«, rief Nathalie.

Die Tür ging einen Spaltbreit auf, Harold spähte herein. »Miss Ames, hier ist Besuch für Sie. Father Cochrane.«

Nathalie sah Louise verdutzt an. Fast hätte sie »wenn man vom Teufel spricht« gesagt, doch das wäre jetzt irgendwie unpassend gewesen.

»Schicken Sie ihn rein«, bat sie. Aus dem Korridor war Gemurmel zu hören, die Tür ging auf. Herein kam ein Mann, der auch noch für achtundzwanzig hätte durchgehen können. Ein Mann mit mittelblondem welligen Haar, das er etwas länger trug, als sie es von einem Geistlichen erwartet hätte. Genauso unerwartet, aber dazu passend, erschienen der Dreitagebart, ebenso das dunkelgraue T-Shirt und die schwarze Jeans.

»Sie müssen Miss Ames sein«, begann er, nachdem er Louise freundlich lächelnd zugewinkt hatte. »Ich bin Father Cochrane.«

»Father, bitte nehmen Sie doch ... oh, entschuldigen Sie«, sagte sie, als sie sich umsah. »Ich hatte für einen Moment vergessen, dass Sir Theodores Pudel alles in Beschlag genommen haben.«

Der junge Geistliche hob abwehrend die Hände. »Das ist gar kein Problem. Ich kann mich auch gar nicht lange aufhalten, meine Schäfchen wollen noch gefüttert werden.«

»Ihre Schäfchen wollen ... gefüttert werden?«, wiederholte Nathalie verständnislos.

Louise zwinkerte dem jüngeren Mann zu. »Father, Sie sollten es ihr besser sagen, sonst bekommt sie vor lauter Grübelei die ganze Nacht kein Auge zu«, meinte sie lachend.

»Ich besitze eine kleine Schafherde, Miss Ames«, erklärte der Geistliche amüsiert, »sozusagen mein persönlicher Rasenmäher für das Kirchengrundstück. Die Süßen wollen heute noch etwas zu essen serviert bekommen.«

»Oh«, machte Nathalie. »Richtige, echte Schafe. Jetzt verstehe ich.« Sie schüttelte flüchtig den Kopf. »Ein Pfarrer, der Dateien verschicken und intelligente Witze reißen kann – so was hat mir in meiner Jugend wirklich gefehlt. Apropos Dateien verschicken: Was führt Sie zu uns?«

»Ach, mein Computer streikt«, sagte er achselzuckend. »Da Louise angedeutet hatte, dass diese Aufnahme wichtig sei, dachte ich, ich komme mal schnell vorbei und bringe Ihnen das hier.« Während er redete, hielt er einen USB-Stick hoch. »Das ist ein Mitschnitt von der Hundeausstellung, um den Louise mich gebeten hat.«

»Ein Mitschnitt von der Ausstellung?«, fragte Nathalie. »Das ist ja großartig. Wenigstens ist die Kamera keine Attrappe, und wir bekommen etwas von Sir Theodore zu sehen.«

»Da muss ich Sie enttäuschen, diese Kamera *ist* nämlich durchaus eine Attrappe.«

Verständnislos sah Nathalie den Geistlichen an. »Und was ist dann auf dem Stick?«

»Aufnahmen von den richtigen Kameras«, antwortete er. Louise nahm den Stick an sich, zog Nathalies Laptop heran und fuhr ihn hoch, dann schloss sie den Stick an.

»Diese andere Kamera«, fuhr Father Cochrane fort, »dient nur der Ablenkung. Das Dutzend Webcams, das ich im Saal verteilt habe, ist gar nicht zu erkennen. Jeder, der sich im Saal aufhält, aber nicht von der Kamera erfasst werden will, macht natürlich um deren Erfassungsbereich einen großen Bogen und spaziert damit genau vor die anderen Kameras. Das Ganze ist nötig geworden, nachdem bei verschiedenen zweitägigen Ausstellungen nachts eingebrochen worden war und nur die Stände leergeräumt worden waren, die sich außerhalb des Erfassungsbereichs der alten Kamera befanden.« Er sah in die Runde. »So, ich verabschiede mich dann mal. Sie beide werden ja damit erst einmal beschäftigt sein. Falls Sie etwas entdecken, was Sie mir auch anvertrauen dürfen, würde ich mich sehr freuen, eingeweiht zu werden.«

Nachdem er ihnen noch einen schönen Abend gewünscht hatte und wieder gegangen war, drehte Louise den Laptop so, dass sie beide den Bildschirm sehen konnten, und tippte auf das Symbol für den Player. »Dann wollen wir mal sehen, wer da dem guten Sir Theodore etwas untergeschoben hat.«

Die erste Kamera zeigte den Tisch von schräg vorn,

der Saal war zu der Zeit noch leer. Parallel dazu lief die zweite Aufnahme mit, die den Tisch von schräg hinten erfasste. »Ich spule vor«, murmelte Louise. Es wurde heller im Saal, dann kamen die ersten Teilnehmer herein, manche setzten ihre Hunde auf den Tisch, andere ließen ihre wesentlich größeren Tiere allein auf den Tisch springen.

»Da ist Sir Theodore«, sagte Nathalie. »Und da sind seine drei Pudel, alle noch makellos weiß.«

Sir Theodore stellte einen Pilotenkoffer auf einen Beistelltisch, öffnete ihn und holte fast ein Dutzend Sprühflaschen heraus, die er nach einer ganz exakten Reihenfolge sortierte. Es folgten verschiedene Kämme und Bürsten, und dann begann eine schier unendliche Prozedur, bei der nacheinander jede der Flaschen zum Einsatz kam, während Sir Theodore mal hier, mal da dem Fell mit einem Kamm oder einer Bürste zu Leibe rückte.

Auch die anderen Teilnehmer gingen mit diesem Eifer ans Werk. Zumindest bei dieser Draufsicht auf die Tische war nicht zu erkennen, dass sich Konkurrenten miteinander unterhielten. Jeder blieb in seinem Bereich, niemand lief zu einem der anderen Tische. Hin und wieder eilte jemand aus dem Saal, nur um kurz darauf mit irgendeinem Gegenstand oder einem Behältnis zurückzukehren.

»Das sind wohl die Leute, die was in ihrem Wagen vergessen haben«, sagte Louise und zeigte auf einen der Teilnehmer, der soeben in die Halle kam und zu seinem Tisch eilte.

»Würde ich auch annehmen«, stimmte Nathalie ihr zu. »Sir Theodore scheint da gründlicher zu sein als die anderen. Jedenfalls sieht es so aus, als hätte er alles griffbereit.«

»Gleich müssten wir auftauchen«, stellte Louise fest,

als sie auf die eingeblendete Zeit sah. »Und bislang hat sich niemand an Sir Theodores Sachen oder seinen Pudeln zu schaffen gemacht. Wenn da nicht bald etwas geschieht, muss ihm der Farbstoff untergeschoben worden sein, noch bevor er in den Saal gekommen ist.«

»Vielleicht sogar schon bei ihm zu Hause«, gab Nathalie zurück. »Oder jemand hat den Händler bestochen, damit er ihm das falsche Mittel verkauft. Wenn das der Fall sein sollte ...«

»Dann werden die drei uns allen noch lange Gesellschaft leisten«, fügte Louise an. »Ah, da kommen wir herein.« Sie deutete auf den Bildschirm, wo sie zusammen mit Nathalie zu sehen war, wie sie gemeinsam den Saal betraten.

»Sir Theodore sieht schon wieder auf die Uhr«, stellte Nathalie fest. »Warum ist er auf einmal so nervös?«

»Weil es gleich darauf ankommt, eine gute Figur zu machen, um die Juroren zu beeindrucken.«

Nathalie schüttelte irritiert den Kopf. »Er kämmt noch immer hier und da ein bisschen herum, aber ansonsten scheint er fertig zu sein. Und trotzdem ... da, schon wieder ein Blick auf die Uhr.«

»Jeder verarbeitet Nervosität auf seine Weise, Nathalie. Wenn er dafür immer wieder auf die Uhr sehen muss und es hilft ihm, dann ist dadurch niemandem ein Schaden entstanden«, erklärte ihr die Köchin, stutzte dann aber und fuhr den Mitschnitt um ein paar Minuten zurück. »Was macht er denn da?«

Es war deutlich zu sehen, dass Sir Theodore auf einmal in den Pilotenkoffer griff, eine weitere Sprühflasche herausholte und deren Inhalt sorgfältig auf dem gesamten Fell seiner drei Pudel verteilte. Dann stellte er das Behältnis zurück in den Koffer und sah wieder auf die Uhr. Danach geschah lange Zeit nichts, da Sir Theodore so wie die meisten anderen Teilnehmer nur noch darauf wartete, dass die Ausstellung eröffnet wurde und die Juroren sich auf den Weg von Tisch zu Tisch und von Hund zu Hund machten.

In der rechten oberen Ecke war ein Teil der Bühne zu sehen, dann waren lautere Stimmen zu hören, und auf einmal ging der Vorhang auf. Mayfields wütende Erwiderung auf Nathalies Bemerkung schallte durch den Saal, und alle drehten sich um. Augenblicke später rief Sir Theodore: »Meine Pudel! Meine Pudel sind blau!«

»Haben Sie das gesehen, Nathalie?«, fragte Louise. »Die Pudel haben sich innerhalb von Sekunden blau verfärbt!«

Nathalie nickte und erwiderte ungläubig: »Und niemand hat die Tiere angefasst! Was ist da passiert?«

»Jemand muss ihm das Mittel vorher untergeschoben haben, oder aber Sir Theodore hat selbst irgendeine verbotene Substanz benutzt, die sich in dieser separat gehaltenen Flasche befand. Und das war eine unbeabsichtigte Nebenwirkung, die durch die tausend anderen Substanzen im Fell seiner Pudel hervorgerufen wurde«, überlegte Louise.

»Und trotzdem hat er sofort angefangen, Mayfield zu beschuldigen«, sagte Nathalie und rieb sich übers Kinn.

»Der Mann wollte ihn schon letztes Mal loswerden, und wenn dann so etwas passiert, ist das von Sir Theodore eine ganz normale Reaktion. Es ist ja auch am wahrscheinlichsten, dass Mayfield irgendwas damit zu tun hat. Natürlich nicht unmittelbar, aber über diverse Helfershelfer, die er darauf angesetzt haben könnte, eines der Pflegemittel gegen irgendeine Substanz einzutauschen, die die Blaufärbung hervorruft.«

Nathalie ließ sich nach hinten sinken und streichelte gedankenverloren zwei Pudel. »Das heißt, diese Aufnahme hilft uns gar nicht weiter, weil wir keinen Hinweis finden können, der ausreichen würde, um Sir Theodores Unschuld zu belegen. Und wir haben auch keine Ahnung, wer der Täter ist.« Missmutig schüttelte sie den Kopf. »Also müssen wir die Familienzusammenführung noch ein wenig verschieben.«

Einer der Pudel hob den Kopf, gab ein leises »Wuff« von sich und legte sich gleich wieder hin.

»Ganz meine Meinung«, murmelte Nathalie an den Hund gerichtet, der die Augen bereits geschlossen hatte.

»Father Cochrane konnte mir noch einen Tipp geben«, sagte Louise. »Der hilft allerdings Sir Theodore nur bedingt weiter, aber immerhin gibt es Belege dafür, dass Mayfield sich bei vielen Leuten unbeliebt gemacht haben muss. Da war zum Beispiel ein gewisser Mr. Bingham aus Sheffield, der schon seit einer Weile versucht, eine eigene Hundeausstellung auf die Beine zu stellen. Mayfield hat alles unternommen, um diese Konkurrenzveranstaltung zu verhindern. Bingham wollte hier in Earlsraven eine Hundeshow veranstalten, und er hatte Father Cochrane auch ein gutes Angebot für die Saalmiete gemacht. Aber als Mayfield davon Wind bekam, hat er damit gedroht, sich mit allen Veranstaltungen aus unserem Saal zurückzuziehen, und das sind immerhin zwölf im Jahr.«

»So viele? Was veranstaltet er hier denn alles?«, fragte Nathalie erstaunt und setzte sich wieder gerader hin.

»Die Briefmarkentage, die Bierbörse, die halbjährliche Katzenausstellung, die Antikmesse und noch jede Menge mehr«, antwortete Louise. »Wenn das nicht stattfindet, entgeht unserer Gemeinde einiges an Steuereinnahmen, und die Kirche muss ohne die Saalmieten auskommen. Um das nicht alles auf einen Schlag zu verlieren, musste Father Cochrane das eigentlich bessere Angebot von Mr. Bingham ablehnen.«

»Hm«, machte Nathalie. »Dann würde Bingham ein toter Mayfield zugutekommen.«

»Ihm und einigen anderen Leuten, weil Mayfield eigentlich in Manchester zu Hause ist, solche Veranstaltungen aber überall im Land fest in seiner Hand sind … oder besser gesagt waren. Das ist ja jetzt möglicherweise hinfällig, wenn er keinen Nachfolger haben sollte.«

»Und Father Cochrane konnte mir auch noch von einer anderen schlechten Angewohnheit berichten, mit der sich Mayfield erst recht Feinde gemacht hat. Sicherlich noch mehr als mit diesem Quasi-Monopol für Hundeausstellungen und Co.«, fuhr Louise fort. »Ich weiß nicht, wie viele Immobilien dieser Mann besessen hat, jedenfalls hat er immer wieder Umbauarbeiten oder Renovierungen an diesen Gebäuden in Auftrag gegeben. Dann hat er das Gebäude an eine seiner Unterfirmen verkauft, diese Unterfirma ist pünktlich zur Fertigstellung in Konkurs gegangen, und die Handwerker wurden dann ohne Geld davongejagt. Er hat danach sein eigenes Gebäude für einen Spottpreis zurückgekauft, von dem dann nur noch ein paar Pfund an die Handwerksbetriebe gingen, sofern die nicht durch diese Aktion selbst schon das Handtuch geworfen hatten.«

Nathalie kratzte sich am Kopf. »Da kommen bestimmt Dutzende Geschädigte zusammen, denen nichts lieber wäre als ein toter Mayfield. Aber das ist eine Nummer zu groß für uns und unseren Constable. Unsere Erkenntnisse helfen zwar Sir Theodore, der damit definitiv nicht länger als einziger Verdächtiger dasteht, aber das genügt nicht als Argument, um ihn aus der Haft zu entlassen.«

Plötzlich kam Unruhe auf, da die drei Pudel sich

gleichzeitig zu strecken begannen. Verschlafen schauten sie sich um, gähnten zwei- oder dreimal und ... drehten sich dann auf die andere Seite, um gleich wieder einzuschlafen.

»Wenn ich es nicht besser wüsste, würde ich ja vermuten, dass die drei in Wahrheit ziemlich groß geratene Katzen mit Dauerwelle sind«, sagte Louise amüsiert. »Solche Schlafhunde habe ich noch nie erlebt.«

»Vergessen Sie nicht, wie lange wir mit den dreien heute unterwegs waren«, gab Nathalie zu bedenken. »Und es gab so viel Neues zu sehen und so viele fremde Gerüche und Geräusche zu verarbeiten. Da wundert es mich nicht, dass sie jetzt so müde sind. Meine Befürchtung ist nur, dass sie dadurch heute Abend um elf Uhr wieder so putzmunter sind, dass sie die gleiche Runde noch einmal gehen wollen.« Sie zuckte unschlüssig mit den Schultern. »Oder sie bekommen Heimweh und werden die ganze Nacht nur bellen und mich und alle Gäste bis zum Morgengrauen wach halten.«

»Wir haben jetzt kurz vor sechs«, entgegnete die Köchin. »Ich tippe darauf, dass die drei spätestens um acht wieder putzmunter sind. Dann machen wir mit ihnen noch einen nicht ganz so ausgedehnten Spaziergang, und dann werden sie für den Rest der Nacht Ruhe geben.«

»Ihr Wort in Gottes Ohr – oder wer auch immer dafür zuständig sein mag.« Nathalie stand auf, da sie zumindest für den Moment nicht unter irgendwelchen Hundebeinen begraben lag, und ging zur Küche. »Ein Glas Wein?«, fragte sie Louise.

Die nickte dankbar. »Gern. Ich muss mich zwar auch noch mal irgendwann um die Küche kümmern, anstatt mich heute nur bedienen zu lassen ...«

»Morgen ist auch noch ein Tag, Louise«, sagte Nathalie und verschwand durch die Tür, um Minuten später mit einer Flasche Rotwein und zwei Gläsern ins Wohnzimmer zurückzukehren. Sie schenkte den Wein ein und setzte sich wieder zwischen die Pudelmeute, die ihr ihren Platz freundlicherweise frei gehalten hatte.

»Mir ist gerade eben noch etwas eingefallen«, begann Nathalie, nachdem sie einen Schluck Wein getrunken hatte. »Als ich Mayfield auf der Bühne auf dieses illegale Beruhigungsmittel ansprechen wollte, da erwiderte er, ich solle nicht auch so anfangen wie meine Tante. Das war eine direkte Reaktion auf das Problem mit dem Medikament, aber es hörte sich danach an, als hätte Tante Henrietta nur einen Verdacht gehegt, über den sie mit ihm reden wollte. Ich hatte das unerfreuliche Glück, diesen Dreck für meinen Fantasiehund regelrecht angeboten zu bekommen, aber meiner Tante war wohl nur etwas in der Richtung zu Ohren gekommen.«

Louise hob die Hände an und zog eine bedauernde Miene. »Ich wünschte, ich wüsste etwas darüber, aber sie hat mich nicht in diese Sache einbezogen. Und falls sie etwas zu mir gesagt hat, dann muss es eine so vage Andeutung gewesen sein, dass ich in dem Moment nicht geschaltet habe, um was es ihr wirklich ging.« Louise machte eine vage Geste und fügte hinzu: »Ich meine, wir haben ganz sicher nicht über jedes Detail geredet, das sich in ihrem und in meinem Leben abgespielt hat. Ich kann nur vermuten, dass sie nichts gesagt hat, weil sie selbst nichts Konkretes wusste. Vielleicht wollte sie erst noch selbst ein paar Fakten zusammentragen, bevor sie damit zu mir gekommen wäre.«

»Ja, das passt zu meiner Tante«, stimmte Nathalie ihr zu. »Ich frage mich nur, warum sie sich dann überhaupt an Mayfield gewandt hat.«

»Wahrscheinlich ein Bluff, um den Mann aus der Reserve zu locken«, überlegte die Köchin. »Um zu sehen, auf welcher Seite er stand. Wenn er bei Ihnen so heftig reagiert hat, weil Sie *auch* mit dem Thema angefangen haben, wird es ihm sicher nicht gefallen haben, dass Ihre Tante ihn auf so etwas ansprach. Für Ihre Tante war damit klar, wo seine Interessen liegen und wer ihm völlig egal ist – nämlich die Hunde.«

Nathalie schürzte die Lippen. »Sie muss sich aber doch irgendetwas dazu notiert haben.«

»Davon bin ich überzeugt, aber ich habe eine solche Notiz nicht gesehen«, beteuerte Louise. »Entweder hat Henrietta sie ohne mein Zutun ins Archiv gebracht und, mit den passenden Schlagwörtern versehen, abgelegt, oder sie hatte irgendwo eine separate Ablage für solche Vorgänge, die sie mit mir nie besprochen hatte.«

»Wir sollten nachsehen«, meinte Nathalie, blieb aber sitzen.

»Ja, das sollten wir«, fand auch die Köchin. »Aber nicht jetzt und auch nicht später am Tag. Der kleine Spaziergang im Regen war zwar harmlos im Vergleich zu den Märschen, die ich in meiner aktiven Zeit zurücklegen durfte, aber da war ich auch noch viel, viel jünger. So allerdings möchte ich den Rest des Abends am liebsten gar nichts tun.«

»Dagegen habe ich eigentlich überhaupt nichts einzuwenden«, pflichtete Nathalie ihr bei. »Aber auch wenn Sir Theodore heute Abend ganz sicher nicht mehr entlassen wird, selbst wenn wir Constable Strutner einen unwiderlegbaren Beweis für seine Unschuld vorlegen würden, sollten wir möglichst bald mit zwei Leuten reden, die uns vielleicht noch einen Tipp geben könnten, wer der wahre Täter ist.«

»Zwei Leute?«, gab Louise verwundert zurück. »Welche zwei Leute?«

»Meine beiden Mitjuroren. Die waren letztes Jahr sehr wahrscheinlich dabei, als Tante Henrietta Mayfield gegenüber das Thema illegale Medikamente angesprochen hat.«

Louise sah auf die Uhr. »Na ja, früh genug wäre es noch, um heute Abend mit den beiden zu reden. Aber … dann müssen wir jetzt noch mal raus?«

Nathalie seufzte leise. »Wir tun es ja für einen guten Zweck. Obwohl … ich hätte da eine Idee. Wir rufen die beiden an und laden sie in den Pub ein, ich spendiere ihnen ein Abendessen. Megan oder Cathy soll die zwei abholen und nachher wieder nach Hause bringen, und wir unterhalten uns mit ihnen über Mayfield und die Hunde und den ganzen Rest.«

»Solange ich keinen Schritt aus dem Haus tun muss, bin ich dabei«, erklärte Louise. »Und ich werde die zwei sogar anrufen, wenn Sie nichts dagegen haben. Ich kenne die schon so lange, da bekomme ich sie vermutlich leichter überredet, falls sie sich zieren sollten.« Eine halbe Stunde später saßen sie mit den beiden Juroren Arthur Heywood und Valery Bentley an einem der hinteren Tische im Pub. Einer der Kellner hatte soeben jedem ein Bier serviert und die Bestellung der zwei Gäste aufgenommen.

»Das ist sehr nett von Ihnen, dass Sie sich so kurzfristig noch Zeit nehmen konnten«, sagte Nathalie.

»Heutzutage ist das Fernsehprogramm so schlecht, da bin ich froh, wenn ich mal rauskomme und was anderes sehe«, erwiderte Mrs. Bentley, während sie die Speisekarte begutachtete.

»Ich sehe nur noch über das Internet fern«, ergänzte Heywood. »Da bin ich sowieso von allen Zwängen befreit.«

Nathalie nickte und lächelte ihn anerkennend an. »Es

ist bewundernswert, dass Sie so mit der Zeit gehen, Mr. Heywood.«

»Nur so bleibt man jung im Kopf«, erwiderte er. »Man muss den Verstand immer beschäftigen, und zwar mit neuen Dingen, dann bleibt man auch geistig fit.«

»Ich bin auch ohne den Computerkram immer noch geistig fit«, hielt Mrs. Bentley dagegen. »Solange ich mir das Denken nicht von einem kleinen Kasten abnehmen lasse, ist für mich die Welt in Ordnung. Aber kommen wir doch mal zum eigentlichen Thema. Sie wollten mit uns über Mr. Mayfield reden?«

»Ja«, sagte Nathalie und kratzte sich unschlüssig am Kopf. »Sehen Sie, es geht in erster Linie um meine Tante, Henrietta Wilkeson. Sie war ja vor mir Mitglied …«

»Ja, ja, die ›Frau aus dem Volk‹«, murmelte Heywood und sah gleich darauf Nathalie erschrocken an. »Verzeihen Sie, Miss Ames, das war nicht gegen Ihre Tante gerichtet, sondern gegen Mayfield. Nachdem er die Veranstaltung übernommen hatte, war er mit dieser Idee angekommen, den dritten Fachjuror herauszunehmen und stattdessen jemanden ›aus dem Volk‹ zu nehmen.«

»Sein Argument war, dass normale Besucher nicht nachvollziehen können«, fügte Mrs. Bentley hinzu, »wie Bewertungen zustande kommen. Also sollte das Publikum eine Art Bezugsperson bekommen, die genau so urteilte und sagte: *Ach, der Hund sieht aber süß aus.* Dass das Fell aber eine Färbung hatte, die es gar nicht haben durfte, interessierte zwar uns, aber nicht den dritten Juror.« Die Frau verzog missbilligend den Mund.

»Ich kann Ihnen anmerken, dass Ihnen das nicht gefallen hat«, sagte Nathalie verhalten.

»Natürlich nicht«, bestätigte Heywood und legte die Speisekarte zur Seite. »Das ist so, als würde man bei einem Hundertmeterlauf sagen, dass Jimmy Smith zwar der schnellste war, dass Billy Jones aber eleganter gelaufen ist und er deswegen zum Sieger erklärt wird.« Er schüttelte frustriert den Kopf. »Wie gesagt, unsere Verärgerung richtet sich nicht gegen Ihre Tante, die sich übrigens große Mühe gegeben hat, sich bei ihrer Punktevergabe an unsere fachlichen Urteile zu halten.«

»Aber was war im letzten Jahr?«, fragte Nathalie, während Louise nur dabeisaß und zuhörte. »Als ich Mayfield auf dieses Mittel, *EazyDreem*, ansprach, sagte er sehr aufgebracht, dass meine Tante ihn letztes Jahr bereits mit dem Thema genervt hätte. Ich habe gesehen, dass Sie beide mich wohl noch in letzter Sekunde davon abhalten wollten, mit ihm zu …«

»Ja, Miss Ames«, bestätigte Mrs. Bentley. »Wir wollten Sie davon abhalten, das Thema zu erwähnen, weil wir wussten, dass Mayfield dann wieder durchdrehen würde. Nachdem Ihre Tante sich mit ihm angelegt hatte, haben wir alle auffälligen Tiere notiert und die Daten an das zuständige Regionalbüro weitergeleitet, damit dort jemand der Angelegenheit nachgeht.«

»Ich nehme an, da ist bislang aber noch nichts passiert, oder?«, fragte Nathalie.

»Da regiert die Bürokratie wie überall«, sagte Heywood und machte eine hilflose Geste.

»Ihre Tante hatte uns auf ihre Beobachtung aufmerksam gemacht«, redete Mrs. Bentley weiter. »Aber es war eben *nur* eine Beobachtung gewesen, die nicht als Beweis ausgereicht hätte, um den Handel damit zu belegen.«

Nathalie schaute vor sich auf den Tisch. »Verstehe. Und als ich Mayfield darauf ansprach, dachte er wohl, ich würde nur nachplappern, was meine Tante gesagt hatte.«

»Wenn Ihnen eines dieser Mittel tatsächlich angeboten worden ist, hätten Sie wohl besser erst eine Packung gekauft, um Mayfield dann damit zu konfrontieren.«

»Na ja, wenn ich gewusst hätte, dass meine Tante schon einen erfolglosen Versuch unternommen hatte, wäre das vermutlich sinnvoller gewesen«, musste Nathalie einräumen. »Das heißt, mehr als das, was Sie letztes Jahr mitbekommen haben, wissen Sie auch nicht über die Angelegenheit?«

»Nein«, antwortete Heywood, während er und Mrs. Bentley gleichzeitig den Kopf schüttelten. »Wir haben uns notiert, was Ihre Tante beobachtet hatte, und das weitergeleitet.«

»Könnten Sie sich denn vorstellen, wer etwas mit Mr. Mayfields Tod zu tun haben könnte?«, warf Louise ein.

»Auf jeden Fall nicht der arme Sir Theodore!«, erklärte Mrs. Bentley mit Nachdruck. »Für den Mann lege ich meine Hand ins Feuer!«

Louise verkniff sich ein Grinsen, als sie sah, wie entrüstet die alte Dame auf die Unterstellung reagierte.

»Das sehen wir ganz genauso«, machte Nathalie ihr klar. »Aber haben Sie irgendeinen Streit zwischen Mayfield und anderen mitgehört? Hat ihm vielleicht jemand gedroht? Gab es irgendwelchen Ärger, von dem Sie etwas mitbekommen haben? Oder hat Mayfield mal irgendetwas gesagt?«

Beide Juroren starrten nachdenklich vor sich hin und schüttelten schließlich den Kopf.

»Nein, Mr. Mayfield war zwar ganz sicher nicht der sympathischste Mann, den ich je kennengelernt habe«, antwortete Mrs. Bentley, »aber von dieser Szene mit Ihrer Tante abgesehen haben wir nie etwas mitgekriegt. Falls er mit jemandem Ärger hatte, dann ist das alles hinter den Kulissen abgelaufen.«

»Er hat sich auch nie etwas anmerken lassen«, ergänzte Heywood. »Abgesehen von dem Zwischenfall mit Ihrer Tante und seinem … wie sagt man … Ausraster, als Sie ihn auch noch auf die Sache mit den Medikamenten angesprochen haben, war er immer die Ruhe und Freundlichkeit in Person.«

»Hatten Sie denn das Gefühl, dass ihn dieses ›Hundedoping‹ überhaupt beschäftigte?«, wollte Louise wissen. »Oder waren da eventuell auch Eigeninteressen im Spiel – dass er von dem illegalen Handel profitiert hat oder Ähnliches?«

Heywood zuckte mit den Schultern. »Es hat ihn nicht gekümmert, davon bin ich fest überzeugt. Er war nur der Veranstalter, den das Geld interessiert hat. Ob es nun eine Hundeausstellung war oder eine Esoterikmesse, das war ihm einerlei. Ich hatte nie den Eindruck, dass er für Hunde überhaupt etwas übrighatte.«

Nathalie nickte. »Okay, dann danke ich Ihnen, dass Sie sich die Zeit genommen haben …«

»Wir hätten Ihnen gern weitergeholfen«, beteuerte Mrs. Bentley.

»Sie haben uns weitergeholfen, Mrs. Bentley«, beteuerte Louise. »Natürlich ist es immer praktisch, wenn jemand die Namen von drei Verdächtigen zu bieten hat. Aber es hilft auch weiter, wenn man weiß, dass man in eine bestimmte Richtung gar nicht weitersuchen muss. Die Zeit, die man dadurch einspart, kann man woanders umso besser einsetzen. Nochmals danke.«

»Wir haben zu danken«, entgegnete Mrs. Bentley, »nämlich für das, was wir gleich Leckeres essen werden.« Sie lächelte spitzbübisch, als Louise und Nathalie aufstanden, gerade als die Kellnerin an den Tisch kam, um die Bestellung aufzunehmen.

Auf dem Weg zum Büro hatte Nathalie das Gefühl, dass diese Bestellung ziemlich üppig ausfallen würde.

Achtes Kapitel, in dem die Wahrheit über die blauen Pudel ans Licht kommt

»Ich bin fündig geworden«, lauteten Nathalies erste Worte, als Louise am Montagmorgen in ihr Büro kam.

»Ich wünsche auch einen guten Morgen«, gab die Köchin ironisch zurück. »Und den blauen Herrschaften ebenfalls«, fügte sie hinzu und lächelte die Pudel an, die sich vor Nathalies Schreibtisch hingesetzt hatten, um sie aufmerksam zu beobachten. »Haben die Herren schon gefrühstückt?«

»Oh ja, alles bereits erledigt, und heute früh um sechs bin ich mit ihnen Gassi gegangen«, antwortete Nathalie.

»Um sechs? Freiwillig oder …?«, begann die ältere Frau.

»Was glauben Sie denn?« Nathalie zuckte lächelnd mit den Schultern. »Die Jungs haben mich regelrecht aus dem Bett gezerrt, weil sie rauswollten.«

»Sie Ärmste. Dann haben Sie wohl die Zeit danach genutzt, um fündig zu werden.«

»Richtig. Und zwar habe ich einen Ordner entdeckt, der Vorgänge beinhaltet, die meine Tante irgendwann zwischendurch notiert und dann mit dem Vermerk versehen hatte, später mit Ihnen darüber zu reden.«

»Tatsächlich? Wo hat der denn gestanden?«

Nathalie zeigte auf den Aktenschrank gegenüber ihrem Schreibtisch. »Sehen Sie die Lücke da? Da hat er gestanden. Er ist mit *Privat* beschriftet.«

»Aah«, machte Louise. »*Der* Ordner ist das! Dann weiß ich Bescheid. Den kenne ich, aber in den habe ich nie einen Blick geworfen, eben weil er als privat gekennzeichnet ist.«

»Das ehrt Sie, Louise, ganz ehrlich«, versicherte ihr Nathalie. »Und es zeigt, dass meine Tante Ihnen vertraut hat, sonst hätte sie ihn irgendwo in der Wohnung deponiert.« Sie tippte auf den Ordner, der vor ihr auf dem Tisch lag. »Alle diese Vorgänge sind mit einem Vermerk in Rot versehen, wenn es Sie betrifft. Da heißt es *L. fragen, ob* … oder *Mit L. besprechen, sobald* … Soweit ich das überblicken kann, hat sie den Ordner auch regelmäßig auf den neuesten Stand gebracht, denn der einzige Punkt, der akut gewesen wäre, betrifft die Hundeausstellung. Sie hat hier notiert, dass sie vor der nächsten Ausstellung … also der, die jetzt gerade gelaufen ist … mit Ihnen über das Medikament *EazyDreem* reden wollte. Notiert hat sie dazu noch: *Wirkung? Wieso verboten? Schwarzmarkt? Preise?*«

»Und dann hat ihr der Tod in die Suppe gespuckt«, warf Louise ernst ein. »Ja, das klingt nach einem Auftrag für mich. Also war sie an der gleichen Sache dran, auf die Sie jetzt gestoßen sind.«

»Nur dass sie keine konkreten Hinweise hatte, sondern lediglich Andeutungen von einzelnen Teilnehmern der Ausstellung. Sonst hätte sie sicherlich notiert, wen sie im Verdacht hat.«

Die Köchin nickte nachdenklich. »Ja, Henrietta war da wirklich sehr vorsichtig. Sie hat auch nie weitergetragen, was jemand ihr über einen Dritten gesagt hat. Sie hat es im Archiv aufgenommen, damit es dokumentiert ist, und sie hat nur mich darauf angesprochen, ob ich nachforschen könnte, inwieweit an einer Sache etwas dran war oder nicht.« Louise schürzte die Lippen. »Mehr haben Sie nicht gefunden?«

»Jedenfalls nichts, was die Hundeshow an sich betrifft.«

»Sondern?«, hakte Louise prompt nach. »Irgendetwas Interessantes?«

»Interessant ja, aber ob es uns und vor allem Sir Theodore hilft, steht auf einem anderen Blatt«, begann Nathalie, fuhr sich mit einer Hand durch die Haare und begann zu blättern. »Und zwar geht es um Mason Mayfield. Meine Tante hat hier eine dicke Broschüre abgeheftet, die angeblich tausend todsichere Tipps zur Geldanlage enthält. Sie hat darauf notiert, wann sie sie von Mayfield überreicht bekommen hat. Dazu gibt es noch seitenlange Beispielberechnungen, mit wie viel investiertem Kapital welche Gewinne erzielt werden können. Ich bin kein Finanzgenie, aber selbst mir ist klar, dass man nirgendwo dreißig Prozent Zinsen ausgezahlt bekommt. Meine Tante hat hier und da Kommentare an den Rand geschrieben, und ganz obenauf liegt eine Liste mit sechs Namen und dem Hinweis: *L. fragen, wie viel sie investiert und verloren haben.*« Sie zeigte auf die Notiz. »Das hat sie im Januar aufgeschrieben. Vermutlich war das nichts Dringendes, sondern eher etwas Grundsätzliches, sonst hätte Tante Henrietta Sie bestimmt noch im Januar darauf angesprochen, Louise.«

»Und jetzt ist daraus etwas Dringendes geworden«, meinte Louise und stellte sich hinter die geduldig dasitzenden Pudel, um sie abwechselnd zu streicheln. »Wir sollten uns die Namen vornehmen und das herausfinden, was Henrietta wissen wollte.«

»Da werden Sie wohl Ihre Beziehungen spielen lassen müssen«, meinte Nathalie.

»Es geht um angelegte Gelder«, erwiderte Louise auffallend zurückhaltend. »Ehrlich gesagt könnten wir da wohl leichter eine Antwort bekommen, und dazu auch noch eine fachlich fundierte Beurteilung dieser Anlage, wenn Sie ...«

»Glenn?«, fragte Nathalie, als die ältere Frau weiter zögerte.

Louise nickte. »Ich fürchte, ja.«

Nathalie machte eine flüchtige Geste. »Wieso fürchten Sie? Das ist doch nicht schlimm.« Sie lächelte ein wenig wehmütig. »Ich hätte mir zwar gewünscht, frühestens in ein paar Wochen oder Monaten wieder mit ihm reden zu müssen, aber ...«

»Ich würde Ihnen das ja gern abnehmen, Nathalie«, sagte Louise leise. »Aber ich werde ihm erst im Detail erklären müssen, wer ich bin, und dann wird er trotzdem wieder Loretta oder Julia oder was auch immer zu mir sagen. Wir alle mitsamt dem Black Feather sind ihm eigentlich völlig egal, und deswegen glaube ich nicht, dass er sich meinetwegen mit der Sache befassen würde. Ihnen fühlt er sich nach wie vor verbunden, da haben wir bessere Chancen.«

»Ja, ich weiß. Ich glaube aber, dass ich ihm erst eine Mail schicken werde, ob das für ihn okay ist.«

Louise ging in die Hocke, um auf Augenhöhe mit den

Pudeln zu sein, die sie daraufhin interessiert betrachteten und sich weiter streicheln ließen, was sie auch sichtlich genossen. »Und wenn er nicht helfen will, dann werde ich mich umhören, was in der Angelegenheit herauszufinden ist.«

»Wir können auch …«

»Miss Ames, da ist Besuch für Sie«, wurden sie von Cathy Morrow unterbrochen, die in der Tür auftauchte. »Mr. Dinkmore mit Begleitung. Er sagt, Sie wüssten Bescheid.«

»Und damit hat er auch recht«, erwiderte Nathalie. »Sagen Sie ihm, Cathy, dass ich sofort für ihn da sein werde.«

»Alles klar«, rief ihre Angestellte und eilte zurück in den Pub.

»Die Mail an Glenn erledige ich gleich danach«, erklärte Nathalie und stand auf. »Bringen wir erst mal das hinter uns.«

»Richtig, umso schneller sucht Rob Dinkmore wieder das Weite, nicht wahr?«, kommentierte Louise und zwinkerte ihr verschmitzt lächelnd zu.

»Vorsicht, Louise«, ermahnte Nathalie die Köchin des Hauses, konnte sich aber ein Lächeln nicht verkneifen.

An der Tür angekommen, drehte sie sich zu den Pudeln um, die immer noch wie angewurzelt vor dem Schreibtisch saßen, ihr aber hinterherschauten. »Ihr drei benehmt euch«, ließ sie die Tiere wissen. »Ihr fresst keine Unterlagen auf, ihr bringt nichts durcheinander, und kommt ja nicht auf die Idee, euch eine Zigarette anzuzünden. Das da oben ist ein Rauchmelder, der sofort anschlägt, wenn ihr in meinem Büro zu rauchen gedenkt.«

Die Pudel ließen sich von ihren Worten nicht beeindrucken, sie schauten sie einfach weiter an.

»Ich glaube, Sie haben die drei jetzt genug eingeschüchtert«, ging Louise dazwischen und zog die Tür zum Büro hinter sich zu. »Wenn die drei Kerle traumatisiert zu Sir Theodore zurückkehren, bekommen Sie eine Menge Ärger mit ihm.«

Lachend gingen die beiden Frauen nach vorn zum Pub, wo Rob Dinkmore neben einer Frau mit feuerroten hochtoupierten Haaren stand. Beide hatten ihnen den Rücken zugewandt, da sie sich die Wand gleich neben dem Eingang ansahen.

»Guten Morgen, Rob«, sagte Nathalie, woraufhin sich der Mann zu ihr umdrehte und sie mit strahlender Miene und leuchtenden Augen ansah. Sofort fühlte sie sich wieder in seinen Bann gezogen, obwohl er nichts weiter getan hatte, als sie anzuschauen. Die Frau neben ihm war von zierlicher Statur, ihr Gesicht war schmal, der Teint blass, was ihre roten Haare nur noch intensiver leuchten ließ.

»Guten Morgen, Nathalie, Louise«, antwortete er und nickte beiden zu. »Das ist Helen Camp, die Chemikerin, von der ich gesprochen habe. Wir haben uns gerade eben schon mal ein Stück Wand angesehen und … ähm …« Er sah die junge Frau auffordernd an.

»Also, ich müsste erst einmal zur Probe an eine Stelle kommen, die nicht so auffällig ist, und dort die verschiedenen Schichten Farben abtragen, um zu analysieren, wie die sich zusammensetzen«, erklärte sie. »Wenn ich die Zusammensetzung kenne, kann ich eine Lösungsflüssigkeit mischen, die nur diese eine Schicht ablöst, aber alles, was sich darunter befindet, in Ruhe lässt. Mit der nächsten Schicht würde ich dann genauso verfahren, bis wir irgendwann so weit vorgedrungen sind, dass die Lage erreicht ist, auf der sich die Malereien befinden.«

»Sofern die überhaupt da sind«, wandte Nathalie ein.

»Das wird sich dann noch zeigen«, stimmte Helen ihr zu.

»Es gibt aber doch Methoden, so etwas mit einer CT oder einer MRT festzustellen, oder?«, schaltete sich Rob ein.

»Was kein preisgünstiges Vergnügen sein dürfte«, sagte Nathalie.

»Das ist richtig«, bestätigte die junge Frau. »Aber ich kann Ihnen auch noch nicht sagen, wie teuer es kommt, wenn wir die Wände nach meiner Methode freilegen. Das hängt davon ab, wie viele Lagen Farbe da zusammenkommen, wie dick die aufgetragen wurden, wie viel Aufwand damit verbunden ist, die Lösungstinktur zu mischen ... Und wenn natürlich noch die Ungewissheit dazukommt, ob die Malereien überhaupt vorhanden sind ...« Sie hob unschlüssig die Schultern. »Ich würde mich freuen, so etwas in Angriff zu nehmen, weil das wirklich eine Herausforderung wäre, aber ich kann auch verstehen, wenn Sie sich dagegen entscheiden.«

Nathalie stand da und schaute die kahlen Wände an, dabei stellte sie sich vor, wie viel schöner sie mit den Malereien aussehen würde. Dem stand aber vermutlich eine Rechnung gegenüber, die sich womöglich nie rentierte, weil niemand sagen konnte, wie viele Gäste überhaupt davon Notiz nehmen würden.

»Warum machst du ihr nicht den anderen Vorschlag?«, fragte Rob plötzlich.

»Weil das nur so dahingeredet war«, gab Helen zurück.

»Du redest nie nur so dahin«, hielt er dagegen.

»Was für ein Vorschlag?«, wollte Nathalie wissen und beugte sich vor.

Helen schüttelte den Kopf, wodurch ihre Frisur förmlich ins Wanken geriet. »Ich weiß nicht, ob das überhaupt infrage kommt.«

»Lassen Sie das doch einfach mich entscheiden«, schlug Nathalie lächelnd vor.

Helen zierte sich immer noch, woraufhin Rob helfend in die Bresche sprang. »Helen hat neben Chemie auch noch Kunst studiert und hat mir unterwegs erzählt, dass sie diese alten Gemälde problemlos von den Fotos kopieren und hier an den Wänden aufmalen könnte.«

»Ist das wahr?«, fragte Nathalie begeistert.

»Ja … nein … vermutlich«, murmelte Helen, die einen roten Kopf bekommen hatte.

»Von wegen *vermutlich*«, widersprach ihr Rob. »Du weißt, dass du das kannst.«

»Und das würde so aussehen, als wären es Bilder aus dem 19. Jahrhundert?«, hakte Nathalie nach.

»Das ist kein Problem«, erklärte Helen und war wie ausgewechselt, wohl, weil jetzt wieder ihr Fachwissen, aber nicht ihre künstlerische Ader Thema war. »Es existieren Analysen der damals verwendeten Farben, es gibt zahlreiche Farbfotos von gut erhaltenen Motiven, die die genauen Nuancen erkennen lassen.«

»Also gut, dann mache ich Ihnen einen Vorschlag, Helen«, entschied Nathalie spontan. »Sie liefern mir ein Bild, so wie es nachher auch an der Wand aussehen würde, und ich bekomme zwei oder drei Skizzen der übrigen Wandgemälde, die man auf den Fotos nicht mehr so gut erkennen kann. Wenn mir das gefällt, dann können Sie sich als Künstlerin an den Wänden hier austoben. Über den Preis werden wir uns bestimmt einig werden. Was sagen Sie?«

»Ich hoffe, du sagst das Richtige, Helen«, ermahnte Rob sie.

»Natürlich werde ich dafür sorgen, dass die Presse

davon erfährt, auch die überregionale«, versprach ihr Nathalie. »Die Leute sollen schließlich nicht nur Gefallen an den Wandmalereien finden, sondern auch etwas über die Künstlerin erfahren können, die dafür verantwortlich ist.«

Helen winkte verlegen ab. »Als Künstlerin würde ich mich nicht bezeichnen, wohl eher als Kunststudentin, die keine Lust hatte, zur Abschlussprüfung zu erscheinen.«

»Keine Lust?«, wiederholte Louise und zog dabei eine Augenbraue hoch.

»Ja, wirklich«, beteuerte die junge Frau. »Ich hätte die Prüfung bei dem Professor ablegen müssen, mit dem ich mich drei oder vier Semester lang immer nur gestritten hatte. Ich sah keinen Sinn darin, Werke von Künstlern zu interpretieren, die selbst nie ein Wort darüber haben verlauten lassen, was die eine oder andere Arbeit zu bedeuten hat. Und erst recht sah ich keinen Sinn darin, mit einer schlechten Note dazustehen, nur weil meine Interpretation nicht der meines Professors entsprach. Nach dem ständigen Streit mit ihm stand für mich fest, dass er mich bei der Prüfung durchfallen lassen würde.«

»Kann ich gut verstehen«, entgegnete Nathalie mitfühlend, war aber für einen Moment abgelenkt, da sie glaubte, aus dem Flur ein Geräusch zu hören. Sie konnte es nicht zuordnen, da es zu leise war. Außerdem war sie gleichzeitig zu sehr auf das konzentriert, was Helen zu erzählen hatte, zumal sie sich an ihre Schulzeit erinnert fühlte, als sie im Englischunterricht bei Interpretationen von Gedichten und Geschichten auf einen ganz ähnlichen Widerstand gestoßen war.

Plötzlich nahm sie rechts und links von sich huschende Bewegungen wahr. Ehe sie begriff, was es damit auf sich hatte, stellten sich zu ihrer Rechten zwei Königspudel auf die Hinterbeine und stützten sich an der Theke ab. Der dritte zwängte sich links von ihr zwischen sie und Louise, die von der Aktion genauso überrumpelt wurde.

»Was ist denn das?«, fragte Rob verwundert.

»Das … das sind drei Königspudel, die als neue Besetzung für die *Blue Man Group* vorsprechen wollen«, antwortete Louise und grinste breit in die Runde.

Ehe Nathalie die wirkliche Erklärung folgen lassen konnte, sagte Helen in ungläubigem Tonfall: »Das ist doch *mein* Blau! Der Kerl hat die armen Hunde eingefärbt? Das kann doch nicht wahr sein!«

»Ähm … wie bitte?«, entfuhr es Nathalie. »Wieso *Ihr* Blau?«

»Ach, da war so ein Typ«, schnaubte die Rothaarige, »der bei mir ein Mittel bestellt hat, um Haare blau zu färben, allerdings mit einer ›eingebauten‹ Verzögerung – so möchte ich das mal nennen. Als er mit mir darüber redete, hatte ich den Eindruck, dass er irgendwelchen Kollegen oder Verwandten einen lustigen Streich spielen wollte, indem er sie unauffällig damit einsprühte. Nach einer Weile wären dann die Haare blau geworden, ohne dass jemand dahintergekommen wäre, wer dafür verantwortlich sein könnte. Das sollte ein Scherz sein, von der Einfärbung von Tierfellen war nie die Rede gewesen.«

»Wann war das?«, fragte Louise, die so wie Nathalie hellhörig geworden war.

»Ungefähr vor … na, ich glaube, es war vor nicht ganz drei Wochen, als er zu mir kam und mir erklärte, was er haben wollte. Und vor etwas mehr als einer Woche hat er die Lösung dann abgeholt.«

»Hat er Ihnen einen Namen genannt?«, hakte Nathalie nach.

»Ja, ein Mr. …«, begann sie und stöhnte auf. »Mr. Jones. Dass ich darauf hereingefallen bin!«

»Sie konnten doch nicht damit rechnen, dass er Ihnen einen falschen Namen nennt«, widersprach Nathalie.

»Ja, stimmt, aber das hat er nicht gemacht. Er bestellte und holte das Mittel ab, dabei hat er bezahlt. Und das war's. Dann ist er gegangen.«

»Müssen Sie nicht solche Dinge wie seine Adresse notieren?«, wunderte sich Nathalie.

»Nicht, wenn es völlig harmlose Substanzen sind, was für diese Flüssigkeit auch gilt. Sie ist nicht giftig, sie ätzt nicht, sie kann nicht als Grundlage für Sprengstoff verwendet werden.«

»Sie ist also nicht für Menschen gefährlich«, sagte Louise. »Aber was ist mit Tieren? Sie haben sich eben so sehr über die blauen Pudel aufgeregt. Sind sie in Gefahr?«

»Nicht durch mein Spray«, versicherte Helen ihr. »Es geht mir nur darum, dass man so etwas nicht mit einem Tier macht. Das … das *macht* man einfach nicht!«

»Könnten Sie uns diesen Mr. Jones beschreiben?«, fragte Louise. »Wir suchen nämlich ganz dringend nach diesem Mann, der die Pudel eingefärbt hat.«

Helen winkte ab. »Oh Gott, bloß nicht. Wenn ich Robbie Williams für einen Phantomzeichner von der Polizei beschreiben würde, käme E.T. dabei raus.«

»Nicht mal grob? Haarfarbe, Größe … irgendetwas in der Art?«, versuchte Nathalie ihr Glück.

Die junge Frau schüttelte den Kopf. »Ich könnte ihn höchstens selbst zeichnen.«

»Was?«

»Ich könnte ihn selbst zeichnen, dann klappt das«, machte Helen deutlich.

Nur Augenblicke später lagen ein leeres Blatt und ein

Bleistift vor ihr auf der Theke, und sie begann zu zeichnen. Nathalie und Louise, die das Bild die ganze Zeit über nur auf dem Kopf stehend sehen konnten, mussten lange grübeln, wer das sein sollte. Als das Bild seiner Vollendung entgegenging, hatte Nathalie zwar eine Vorstellung davon, wer der Mann sein konnte, aber so richtig glauben wollte sie das nicht, weil es keinen Sinn ergab.

Schließlich war die Phantomzeichnung fertig, die eigentlich mehr ein Porträtbild war, und Helen hob das Blatt hoch, damit die beiden es besser sehen konnten.

»Das ist doch …«, begann Louise, aber dann verschlug es ihr die Sprache.

»Kennen Sie den Mann?«, fragte Helen hoffnungsvoll.

Nathalie nickte bestätigend. »Ja, den kennen wir, und dank Ihrer Zeichnung werden wir ihn sogar überführen können.«

Helen sah Rob an. »Hast du das gehört? Sie werden den Mistkerl erwischen, der die armen Pudel blau eingefärbt hat!«

»Gut«, freute sich Rob. »Wenn du so gut bist, kannst du davon ausgehen, dass deine Bilder für die Wände hier im Pub bei Nathalie auf Zustimmung stoßen dürften.«

»Oh, ist ja wahr!«, rief sie erfreut. »Nathalie, Sie bekommen Ende der Woche von mir ein fertiges Bild und ein paar Entwürfe.«

»Darauf freue ich mich jetzt schon«, erwiderte Nathalie und hielt die Zeichnung hoch. »Wenn ich sehe, was Sie in fünf Minuten aufs Papier kriegen, dann habe ich eine ungefähre Ahnung, wie ein Bild aussieht, an dem Sie drei oder vier Tage gearbeitet haben.«

»Danke für Ihr Vertrauen«, sagte Helen und wurde vor Verlegenheit erneut rot.

»Brauchen Sie uns jetzt noch, oder können wir wieder nach Hause fahren?«, erkundigte sich Rob. »Ich habe nämlich noch einen Termin.«

Nathalie warf Louise einen fragenden Blick zu, die kurz den Kopf schüttelte. »Nein, wir haben erst einmal alles besprochen, besten Dank.«

»Gut, dann machen wir uns auf den Weg«, sagte Rob und nickte Helen zu, die immer noch vor Freude über den unverhofften Verlauf der Ereignisse an diesem Morgen strahlend lächelte.

Nachdem sie sich verabschiedet hatten und zur Tür gingen, wandte sich Nathalie an ihre Köchin: »Und wir zwei sorgen jetzt dafür, dass die Gerechtigkeit siegt.«

Gegen halb elf betraten Nathalie und Louise die kleine Polizeiwache, die in einem der malerischen Häuser am Marktplatz von Earlsraven untergebracht war. Früher war dort einmal eine Filiale der NatWest Bank zu Hause gewesen, was die Wache zu einer der sichersten im ganzen Land machte. Jedes Fenster wies Panzerglas auf, zudem noch die robustere Variante als die, die bei Polizeiwachen normalerweise Verwendung fand. Der Schalterraum war unverändert geblieben und hätte einer Attacke mit Handgranaten mühelos standgehalten. Constable Strutners Büro war der ehemalige Kassenschalter, wo er hinter fünf Scheiben Panzerglas äußerst sicher aufgehoben war.

Als er Nathalie und Louise hereinkommen sah, winkte er ihnen zu und betätigte den Öffner für die Panzertür links vom Schalter, damit sie zu ihm durchgehen konnten.

»Guten Morgen, Ladys«, rief er ihnen zu, als sie um die Ecke kamen. »Wie kann ich behilflich sein?«

»Ronald, ist Sir Theodore noch hier, oder ist er etwa schon abgeholt worden?«

»Der ist noch hier«, bestätigte er. »Bis meine Kollegen herkommen können, um ihn zu übernehmen, wird es noch etwas dauern. Ich kann nur hoffen, dass in der Zwischenzeit in Earlsraven nichts passiert. Ich habe schließlich nur diese eine Zelle, und ich will nicht irgendeinen Schlägertyp zu ihm sperren müssen.«

»Du kannst die Leute gleich wieder abbestellen«, sagte Louise ohne Umschweife. »Wir sind hier, um Sir Theodore rauszuholen.«

»Das muss von einem Vorgesetzten oder einem Richter angeordnet werden, Louise, nicht von dir«, widersprach er etwas unsicher, da er natürlich nicht wusste, was in die Köchin gefahren war. Ihr Tonfall war so militant gewesen, dass sie irgendetwas Wichtiges wissen musste, aber da sie nicht gesagt hatte, worum es ging, hatte er keine Ahnung, was er tun sollte.

»Nicht, wenn wir den Beweis liefern können, dass er es nicht gewesen sein kann«, beharrte sie. »Er hat gar kein Motiv, und selbst wenn er ein Dutzend Motive hätte, würde er niemals etwas tun, was ihn für längere Zeit oder auch nur für ein paar Tage hinter Gitter bringen könnte. Er liebt seine Tiere viel zu sehr, um so ein Risiko einzugehen.«

»Louise, ich habe gehört, wie er Mayfield mit Konsequenzen gedroht hat, weil der seine Pudel blau angestrichen hat.«

»Genau darum geht es ja, Constable«, mischte sich Nathalie ein. »Wir haben den Beweis, dass das Ganze nicht so abgelaufen ist, wie wir alle denken. Bringen Sie uns bitte zu Sir Theodore, damit wir mit ihm reden und die Wahrheit ans Licht bringen können.«

»Ich verstehe nicht …«, erwiderte Strutner.

»Ronald, bring uns zu ihm, lass uns mit ihm reden, und dann wirst du verstehen«, redete Louise auf ihn ein.

»Aber Sir Theodore hat ihm gedroht …«

»Ronald!«, herrschte Louise den Polizisten an, als würde sie jeden Moment die Geduld mit ihm verlieren.

»Schon gut, schon gut! Du musst ja nicht gleich bissig werden!« Er sprang von seinem Platz auf und griff nach dem Schlüssel, dann ging er an ihnen vorbei und eine Treppe runter.

Louise sah kurz zu Nathalie und zwinkerte ihr lächelnd zu, dann folgte sie ihr und dem Polizisten nach unten. Offenbar brauchte Strutner tatsächlich jemanden, der ihm sagte, was er zu tun und zu lassen hatte.

Sie gingen in Richtung Tresorraum. Zwischen Tresor und Treppenhaus befand sich ein Stahlgitter, das aus dem Vorraum eine Zelle für mindestens eine Person gemacht hatte. Dort war Sir Theodore untergebracht, der auf einer Art Feldbett lag und die Augen geschlossen hatte.

»Sir Theodore, Sie haben Besuch«, rief Strutner und schlug mit dem Schlüsselbund gegen einen der Gitterstäbe.

Der ältere Mann schreckte hoch und setzte sich hin. Sein Haar war zerzaust, sein Blick zuckte desorientiert hin und her. »Was? Wo?« Dann erkannte er seine Besucherinnen und atmete gleich etwas ruhiger weiter. »Miss Ames, Miss Cartham, da sind Sie ja! Wie geht es meinen Jungs?«

»Alles in Ordnung«, versicherte ihm Nathalie. »Sie sind zwar immer noch blau, aber sie erfreuen sich bester Gesundheit und bester Laune.«

»Sie sind ein Engel, Miss Ames.« Er sah die beiden Frauen an. »Aber … irgendetwas anderes führt Sie zu mir.«

»Ja, Sie haben recht, Sir Theodore«, bestätigte Louise. »Wir sind hergekommen, um Ihnen zu sagen, dass wir den Täter gefunden haben und dass der Constable Sie jetzt in die Freiheit entlassen kann.«

»Sie haben den Täter gefunden?«, wiederholte der ältere Mann, dessen verständnislose Miene von Herzen kam, da er tatsächlich keine Ahnung hatte, was sie damit meinten. »Aber …«

»Ja, wir haben uns akribisch die Aufnahmen aus dem Gemeindesaal angesehen, außerdem haben wir mit verschiedenen Leuten gesprochen, die uns den Weg zum Täter zeigen konnten«, fuhr Louise fort. »Dadurch war es uns möglich, den exakten Augenblick zu erwischen, als der Täter Ihnen die Sprühflasche mit der Flüssigkeit untergeschoben hat. Es ist alles festgehalten.«

»Und … wer ist es?«, fragte Sir Theodore zögerlich.

»Das würde mich auch interessieren«, warf der Constable ein.

»Na ja, den Namen können wir noch nicht liefern, aber wir haben eine Phantomzeichnung, die wohl als Beweis genügen wird«, sagte Nathalie und holte einen Umschlag aus ihrer Tasche, darin befand sich ein Blatt Papier, das einmal geknickt war. Sie faltete es auseinander und hielt das Blatt Sir Theodore hin. »Erkennen Sie den Mann?«

»Was … was soll das?«, fragte er irritiert.

»Darf ich mal sehen?«, meldete sich Strutner hörbar ungeduldig zu Wort. Als er die Zeichnung zu sehen bekam, legte er den Kopf mal auf die eine, mal auf die andere Seite. »Das ist doch … soll das Sir Theodore sein?«

»Frag ihn doch selbst«, schlug Louise ihm vor.

»Sir Theodore, sind Sie das?«, fragte der Polizist mürrisch.

Ein leises und zerknirschtes »Ja!« kam über die Lippen des Mannes. Er schien zu erkennen, dass er das Spiel verloren hatte. »Woher haben Sie das?«

»Ich nehme an, der Name Helen Camp sagt Ihnen etwas«, entgegnete Nathalie.

Sir Theodore nickte zaghaft. »Wie haben Sie denn Miss Camp gefunden?«

»Gar nicht, sie hat uns gefunden«, antwortete Nathalie. »Der Zufall hat sie in meinen Pub geführt, und der Zufall hat auch dafür gesorgt, dass sie Ihre blauen Pudel gesehen hat. Glücklicherweise ist sie ein Zeichentalent und konnte uns aus dem Gedächtnis den Mann zeichnen, der bei ihr eine Lösung bestellt hat, um Haare mit ein wenig zeitlicher Verzögerung blau zu verfärben und einen Skandal loszutreten.«

Betreten schaute Sir Theodore vor sich hin, während der Constable danebenstand und nicht wusste, was eigentlich los war. »Könnte mir mal irgendjemand erklären, was das alles zu bedeuten hat?«, fragte er ein wenig ungehalten.

Nathalie nickte, sagte dann aber: »Ich glaube, das Geständnis sollte von Sir Theodore selbst kommen, nicht wahr?«

»Das wäre nicht schlecht, Sir Theodore«, stimmte Strutner ihr zu und sah den älteren Mann abwartend an, der dastand und sich an den Gitterstäben festhielt.

»Je eher Sie die Wahrheit sagen, umso eher können Sie sich wieder Ihren Pudeln widmen«, warf Louise als Ansporn ein.

Nachdem er noch einen Moment lang innegehalten hatte, nickte Sir Theodore schließlich. »Ja, Sie haben recht, Miss Cartham«, begann er leise, dann wandte er sich an den Constable. »Sie wissen ja, dass Mayfield im vergangenen Jahr versucht hat, mich zu bestechen, damit ich in diesem Jahr nicht mehr mit meinen Hunden antrete. Natürlich bin ich darauf nicht eingegangen, schließlich lasse ich mich doch nicht von jemandem kaufen, der meint, dass er mit Geld alles erreichen kann. Nachdem ich ihn zum Teufel gejagt hatte, wurde mir aber klar, dass Mayfield in diesem Jahr alles daransetzen würde, dass meine drei Jungs nicht noch einmal gewinnen. Ich wusste nicht, was er machen würde, aber ich war mir sicher, er hätte irgendetwas gegen mich und gegen meine Hunde unternommen. Sie wissen ja, wie leicht ›Unfälle‹ passieren können, und ich durfte nicht riskieren, dass er einem meiner Hunde etwas antut, womöglich sogar etwas, dass meine Jungs nicht überlebt hätten.«

»Warum haben Sie dann überhaupt noch mal teilgenommen?«, wollte Strutner wissen. »Wären Sie zu Hause geblieben, hätte Ihren Hunden und Ihnen nichts passieren können.«

»Weil ich auch meinen Stolz habe, Constable«, machte er ihm klar. »Mayfield hätte seinen Willen bekommen, und er hätte nicht mal dafür bezahlen müssen. Diesen Sieg hätte ich ihm niemals gegönnt, verstehen Sie? Also habe ich mir einen Weg überlegt, wie ich teilnehmen, eine Niederlage vermeiden und gleichzeitig dafür sorgen kann, dass meinen Pudeln nichts passiert – und wie ich bei alledem auch noch Mayfield als den Sündenbock hinstellen kann.«

»Und da kamen Sie auf die Idee mit der Farbe?«

»Ja, Constable. Ich stehe an meinem Stand, jeder sieht, dass ich nur meine Pudel in Bestform frisiere. Niemand würde glauben, dass ich ein speziell zubereitetes Mittel mitgebracht habe, das meine Pudel plötzlich königsblau erscheinen lässt. Es war narrensicher, und das ist es sogar jetzt noch, wenn keiner von Ihnen etwas verrät. Ich habe Mayfield eins ausgewischt und bin ihm damit zuvorgekommen. Ich hatte allen Grund, empört den Saal zu verlassen, nicht wahr?«

Constable Strutner konnte nicht anders, als anerkennend zu nicken. »Das war … genial, möchte ich fast sagen, auch wenn ich mit dem Wort lieber sparsam umgehe. Aber Sie haben dem Mann tatsächlich eins ausgewischt. Ich … ich bin beeindruckt. Nur dass das alles nichts bringt, da der Mann ja nun mal nicht mehr unter den Lebenden weilt.«

»Du könntest Sir Theodore jetzt trotzdem wieder freilassen«, sagte Louise zu Strutner. »Oder hat er irgendetwas Strafbares getan?«

Der Constable zuckte flüchtig mit den Schultern. »Na ja, er hat Mayfield der … ›Sachbeschädigung‹ bezichtigt, auch wenn ich das bei Hunden ungern sage … aber da müsste schon Mayfield Anzeige wegen übler Nachrede erstatten, was der Mann bekanntlich nicht mehr machen kann.« Er schürzte die Lippen und dachte noch einen Moment lang nach, dann schloss er die Zellentür auf. »Sie dürfen rauskommen, Sir Theodore. Ich gehe davon aus, dass Sie keine juristischen Schritte gegen Ihre Festnahme unternehmen werden.«

»Das hatte ich nicht vor, Constable«, versicherte der ältere Mann ihm und ging die Treppe hoch.

»Gut, Sir Theodore, dann habe ich nämlich auch nicht vor, ganz aus Versehen im Pub herumzuerzählen, wer die Idee mit der blauen Farbe wirklich hatte.« Als Sir Theodore sich zu ihm umdrehte, zwinkerte Strutner ihm zu.

Nathalie und Louise konnten sich nur ungläubig ansehen, da keine von ihnen dem Constable eine solch ironische Bemerkung zugetraut hätte.

Nachdem sie Strutner nach oben in sein Büro gefolgt waren, setzte er sich an den ehemaligen Kassenschalter und notierte die Uhrzeit, zu der er Sir Theodore aus der Haft entlassen hatte. »So, dann hat sich mein Hauptverdächtiger also als unschuldig entpuppt«, sagte er ein wenig missmutig, als hätte man ihm sein Lieblingsspielzeug weggenommen. »Damit stellt sich die Frage, wer Mayfields Mörder ist.«

»Was ist eigentlich genau passiert, Ronald?«, fragte Louise. »Du wolltest uns ja nichts sagen, solange Sir Theodore in Haft war. Kannst du uns jetzt vielleicht verraten, wie Mayfield umgekommen ist?«

»Oh, ja, sicher, kein Problem«, antwortete er. »Er ist vor dem Eingang zum Gemeindesaal erstochen worden, aber der Mörder wusste genau, welchen Winkel die Überwachungskamera vor der Halle erfasst. Er hat Mayfield ganz geschickt zur Seite gelotst, um dann auf ihn einzustechen.«

Nathalie stutzte. »Von welcher Kamera reden Sie, Constable?«

»Von der einzigen Kamera, die es da gibt«, antwortete er. »Die Kamera am Vordach, die den Kassenschalter erfasst, damit die Kassiererinnen keine Angst haben müssen, dass sie überfallen werden.«

Nathalie sah zu Louise, die sich bereits in Bewegung setzen wollte. »Denken Sie gerade das Gleiche wie ich?«, fragte Nathalie sichtbar aufgeregt.

»Das können Sie aber glauben, Nathalie!«

Neuntes Kapitel, in dem der Mörder zunächst einmal auf freiem Fuß bleibt

»Das ist die Kamera, von der Constable Strutner gesprochen hat«, sagte Nathalie und deutete auf die klobige Kamera, die unübersehbar auf den Kartenschalter des Gemeindesaals gerichtet war. »Und da drüben« – sie zeigte dorthin, wo das in die Gehwegplatten eingezogene Blut die Stelle markierte, an der Mayfield niedergestochen worden war – »hat sich das Ganze abgespielt. Aber wenn diese Kamera da auch nur ein Ablenkungsmanöver ist wie die im Saal, dann könnte sich der Mörder in falscher Sicherheit gewähnt haben.«

Louise nickte, während sie das Smartphone ans Ohr hielt. »Father Cochrane? Louise Cartham hier. Father, ich habe eine Frage, was die Kamera vor dem Gemeindesaal angeht … ja, genau die … und gibt es noch andere? … Mhm … mhm … es geht um die Nacht, als Mr. Mayfield ermordet wurde … ja … richtig … würden Sie … oh, das ist wunderbar … ja, wir sprechen uns dann … bis später, Father Cochrane.«

Nachdem sie aufgelegt hatte, sah sie Nathalie kopfschüttelnd an. »Und da dachten wir schon, unseren lieben Constable hat die Erleuchtung heimgesucht.«

»Wieso? Was ist?«

»Es gibt noch vier andere Kameras – *funktionierende* Kameras, die den gesamten Bereich vor dem Saal erfassen, und Father Cochrane hat ihn auch darauf hingewiesen und ihm angeboten, sich die Aufnahmen anzusehen, aber Strutner hat sich nur vielmals bedankt und abgelehnt, weil die Tat außerhalb des Erfassungsbereichs der Kamera liegt. Nur ist er von dieser einen Kamera ausgegangen, und er hat nicht begriffen, dass die nur von den echten Kameras ablenken soll.«

»Weiß Cochrane denn, wer der Täter ist? », fragte Nathalie verwundert. »Warum hat er sich dann nicht schon zu Wort gemeldet?«

»Er hatte noch keine Zeit, sich die Aufnahmen anzusehen«, sagte Louise. »Er hätte sich wohl die Zeit genommen, wenn Strutner die Bilder hätte sehen wollen. Cochrane macht im Moment noch im Seniorenheim in Wallaby seine Runde, aber sobald er zurück ist, wird er sich an den Computer setzen und nachsehen, ob er etwas für uns hat.«

»Gut«, meinte Nathalie. »Dann müssen wir also erst mal warten.«

Gegen halb vier betrat Louise Nathalies Büro und hielt mit einem triumphierenden Lächeln auf den Lippen den USB-Stick vor sich ausgestreckt, auf dem sie ihr schon die Aufnahmen von Sir Theodores Stand auf der Hundeausstellung präsentiert hatte.

»Sie haben was gefunden«, sagte Nathalie und legte die Mappe zur Seite, in die sie bis gerade eben verschiedene Belege sortiert hatte.

»So kann man das nennen«, meinte Louise und grinste noch breiter, dann übergab sie ihr den Stick und fragte: »Wo sind denn eigentlich unsere blauen Pudel? »

»*Unsere* blauen Pudel sind *Sir Theodores* Pudel, und Sir Theodore ist geradewegs hergekommen, während wir zum Gemeindesaal gelaufen waren«, erklärte sie, während sie den Stick anschloss und wartete, dass die Aufnahme gestartet wurde. »Er wartete geduldig auf meine Rückkehr, obwohl er seine Hunde theoretisch sofort hätte mitnehmen können. Ein richtiger Gentleman.«

Sie sah auf den Monitor, die Wiedergabe der Aufzeichnung hatte begonnen. Das Bild zeigte den Bereich vor der linken Hälfte des Eingangsbereichs zum Saal. Mayfield stand dort vor der Tür und schien auf jemanden zu warten, der sich womöglich verspätet hatte. Zumindest würde das erklären, warum er fast alle fünfzehn Sekunden auf seine Uhr sah. Laut eingeblendeter Zeit war es kurz vor Mitternacht.

Das Bild war scharf genug, um Mayfields Gesichtsausdruck zu erkennen. »Er scheint sich auf irgendwas zu freuen«, meinte Nathalie. »Es sieht so aus, als könnte er es kaum erwarten, sich mit jemandem zu treffen.«

»Ich vermute, dass eine Frau ihm ein sehr eindeutiges Angebot gemacht hat und er ihr Eintreffen nicht erwarten kann«, sagte Louise. »Allerdings dürfte das nur der Köder gewesen sein.«

Plötzlich betrat ein anderer Mann die Szene, er stand mit dem Rücken zur Kamera. Mayfield erschrak, als er ihn sah, und schaute sich um, als gehe er davon aus, dass dieser Mann nicht allein hergekommen war. Mayfield hob beschwichtigend die Hände und redete sehr hastig auf den Hinzugekommenen ein. Je länger er redete, umso selbstbewusster wirkte Mayfield, und nach der Körperhaltung zu urteilen, schien er damit dem anderen Mann die Angriffslust auszureden. Der fing auch noch an zu nicken, als würde er dem zustimmen, was Mayfield ihm mit ausdrucksvoller Miene und ausholenden Gesten erzählte. Dann hörte Mayfield seinem Gegenüber eine Weile zu und lächelte schließlich sogar, und genau diesen Moment der offensichtlichen Unachtsamkeit nutzte der andere Mann, um Mayfield ein langes Messer in die Brust zu jagen. Mayfield starrte mit aufgerissenen Augen auf die Klinge, die in seinem Körper steckte, dann sackte er in sich zusammen und fiel zu Boden. Der Angreifer bückte sich, nahm das Messer an sich und machte kehrt, um in die Richtung wegzugehen, aus der er gekommen war. Dabei drehte er sich so, dass die Kamera sein Gesicht genau erfasste.

Der blonde Mann wirkte völlig unscheinbar, eigentlich so wie ein beliebiger Familienvater, der eben seine Tochter zur Schule gebracht hatte. Vielleicht ein bisschen übermüdet, ein bisschen mitgenommen, aber eben sehr unscheinbar.

»Hey, das ist doch einer von den Schauspielern«, rief Nathalie verdutzt.

»Was für ein Schauspieler denn?«, wunderte sich Louise.

»Einer aus der Truppe, mit denen Mayfield eine Szene geprobt hat, als ich am Morgen der Hundeshow zu ihm gegangen bin. An sein Gesicht erinnere ich mich noch genau. Die anderen habe ich zu flüchtig gesehen, da sind mir nur noch vage Umrisse im Gedächtnis.«

»Ihr ›Schauspieler‹«, sagte Louise sehr betont, »heißt Gerry Briarson. Bis Anfang des Jahres hat er mit seiner Familie hier in Earlsraven gelebt, dann hat er auf einmal seine Familie verlassen, wenig später hat seine Frau das Haus verkauft und ist mit den beiden Kindern weggezogen.«

»Und wohin ist er gezogen?«

»Weiß ich nicht. Darum darf sich Strutner kümmern. Auf jeden Fall haben wir unseren Mörder.«

»Gerry ... wie?«

»Briarson«, antwortete Louise.

»Briarson«, wiederholte Nathalie nachdenklich. »Moment mal, der Name sagt mir was.« Sie kniff die Augen zu und überlegte angestrengt, wo sie diesen Namen schon einmal gelesen hatte. Plötzlich schnippte sie mit den Fingern. »Natürlich! Das ist es!« Sie griff nach dem Privat-Ordner ihrer Tante, den sie neben dem Schreibtisch hatte stehen lassen.

Sie schlug den Ordner auf, blätterte, bis sie fündig wurde, dann tippte sie mit dem Zeigefinger auf das Blatt. »Da! Da gehört er hin!«

»Was ist das?«

»Ich habe Ihnen doch von dem Vorgang erzählt, den meine Tante angelegt hatte, um Sie irgendwann mal darauf anzusprechen.«

Louise nickte. »Und?«

»Der Vorgang, über den wir heute Morgen gesprochen haben. Der Vorgang, für den ich mich an Glenn wenden will.«

»Ja, ja, und weiter?«

»Gerry Briarson ist einer von den sechs Namen, die meine Tante notiert hatte. Er gehört zu den Leuten, die von Mayfield auf diese angeblich so lukrative Geldanlage angesprochen worden waren.«

Louise zog die Augenbrauen hoch. »Und ausgerechnet Briarson taucht hier auf und bringt Mayfield um? Da hat wohl jemand spät Rache üben wollen. Hm, Strutner wird sich freuen, wenn wir ihm das präsentieren.«

»Das werden wir ihm noch gar nicht präsentieren«, widersprach Nathalie.

»Was? Wir haben den Mörder. Es gibt gar keinen

Zweifel, Briarson kann sich vor keinem Richter der Welt noch herausreden!«

»Das ist richtig«, stimmte Nathalie ihr zu und lächelte geheimnisvoll.

»Was?«, fragte Louise irritiert.

»Halten Sie es für einen Zufall, dass er ausgerechnet nach Earlsraven kommt, um Mayfield zu ermorden? Warum nimmt er sich den Mann ausgerechnet hier vor, wenn er selbst doch gar nicht mehr hier lebt?«

Louise sah sie eine Weile fragend an, dann hellte sich ihre Miene mit einem Mal. »Sie meinen, er könnte das zusammen mit den anderen mutmaßlich Betrogenen geplant haben, damit die ihm ein Alibi geben?«

»Warum nicht? Briarson kennt sich hier immer noch aus, er weiß, wo er sich mit Mayfield treffen muss, um unbeobachtet zu sein, und die anderen behaupten, er war bei ihnen zu Besuch.« Sie zuckte mit den Schultern und sagte seufzend. »Briarson entkommt seiner Verurteilung nicht, dafür sind die Bilder zu eindeutig. Aber wenn der Constable ihn jetzt mit der Aufnahme konfrontiert und festnimmt, können die anderen sich herausreden und behaupten, sie hätten nichts gewusst. Wir müssen sie alle in Sicherheit wiegen.«

»Und wie lange sollen wir das tun?«, fragte Louise. »Wie wollen Sie die anderen dazu bringen, dass sie sich verraten? Mayfield ist tot, sie müssen weiter nichts mehr tun.«

»Ich schreibe gleich Glenn eine Mail, erkläre ihm die Situation, schicke alle maßgeblichen Daten mit, und dann warten wir ab, was wir von ihm bekommen«, erklärte sie. Sie war zwar zuversichtlich, dass Glenn ihr helfen würde, sie war nur nicht begeistert davon, ihn so kurz nach der Trennung um Hilfe zu bitten. Es kam ihr vor wie das typische Verhalten einer zornigen Figur in einer Komödie, die ihrer Wut freien Lauf ließ und alle Anwesenden zusammenstauchte, aus dem Zimmer stürmte und die Tür hinter sich zuwarf, nur um zehn Sekunden später wieder hereinzukommen, »Ich habe meinen Schirm vergessen« zu murmeln und dann ganz leise zu verschwinden. Andererseits ging es hier nicht um etwas, das sie persönlich betraf, und es würde ihr auch zeigen, als wie gute Freunde sie nun wirklich auseinandergegangen waren.

»Gut, dann lasse ich Sie erst mal in Ruhe diese Mail schreiben«, sagte Louise und zog sich zur Tür zurück. »Danach müsste ich mit Ihnen über die Menükarte für die nächste Woche reden.«

Nathalie nickte nur, da sie sich bereits darauf konzentrierte, alle maßgeblichen Fakten zusammenzustellen, damit Glenn – sofern er denn dazu bereit war – ganz gezielt suchen konnte.

Als um Viertel nach drei in der folgenden Nacht eine SMS einging, war Nathalie sofort hellwach.

Du hast eine Mail, lautete der ganze Text, der von einer ihr unbekannten Nummer abgeschickt worden war. Was nach einer plumpen Werbe-SMS aussah, war sehr wahrscheinlich etwas viel Wichtigeres.

Nathalie stand auf und ging ins Wohnzimmer, fuhr den Laptop hoch und rief die Übersicht ihrer Mails auf. Sie überflog die Namen der Absender und die Betreffzeilen, bis sie auf den Allwissenden stieß, der ihr Antworten auf all ihre Fragen versprach. Sie öffnete die Mail und musste lächeln, als sie seine Anrede »Liebe Ratsuchende« las und dann den Text überflog, der sich auf den ersten Blick nicht von einer gewöhnlichen Werbemail unterschied – es sei denn, man war mit den Namen und Begriffen vertraut. Und das war Nathalie.

Sofort speicherte sie die Mail und machte auch noch zwei Ausdrucke, um ja kein Risiko einzugehen, dass der Server von irgendeinem Defekt heimgesucht wurde. Anschließend legte sie sich wieder ins Bett, konnte aber vor Anspannung nicht einschlafen.

»Also«, begann Nathalie, als sie gegen neun Uhr am folgenden Morgen an dem kleinen Konferenztisch in der Polizeiwache von Earlsraven Platz genommen hatte. Constable Strutner saß ihr gegenüber, Louise auf dem Stuhl neben ihr. »Mayfield hat im letzten Jahr im Rahmen der Hundeausstellung mit folgenden Einwohnern von Earlsraven über ein Geldanlagemodell gesprochen: Gerry Briarson, Tomasina Mesher, Gloria und Mark Rosman, James Boore, Richard Head und meiner Tante Henrietta. Er hatte sich ausschließlich die Geschäftsleute im Dorf ausgesucht, um ihnen eine Geldanlage schmackhaft zu machen, die bis zu dreißig Prozent Zinsen abwerfen sollte. Eigentlich ein völlig illusorischer Betrag, aber bei manchen Leuten setzt dann doch manchmal der Verstand aus. Praktischerweise war dann auch noch der Warnhinweis über das hohe Risiko nur in Mikroschrift vorhanden. Meine Tante war die Einzige, die sich dagegen entschieden hat, die anderen sind mit Beträgen zwischen dreißigtausend und hundertzwanzigtausend Pfund eingestiegen. Briarson ist derjenige, der den höchsten Betrag gegeben hat und der dafür einen Kredit über achtzigtausend Pfund aufgenommen hat. Theoretisch würde der sich ja rechnen, wenn man von den dreißig Prozent ausgeht. Aber man muss schon ein ziemlich starkes Kraut geraucht haben, um auf so etwas reinzufallen. Das ist übrigens ein Zitat eines Mannes aus der Finanzwelt.«

»Und dann haben diese schlauen Geschäftsleute alles verloren, richtig?«, warf Strutner ein.

»Ja, und zwar wirklich alles«, bestätigte Nathalie. »Mayfield hatte von vielen Leuten überall im Land Geld gesammelt und etliche Millionen auf einem Konto zwischengeparkt. Dann hat er anfangen, nach und nach Aktien von einem jungen Unternehmen zu kaufen, an dem er mit zehntausend Euro beteiligt war. Durch die plötzliche Nachfrage, die er selbst geschaffen hatte, wurden andere Anleger auf das Unternehmen aufmerksam und wollten auf einmal selbst auch Aktien haben. Die Nachfrage steigerte sich noch weiter, weil jeder glaubte, auf eine Goldmine gestoßen zu sein. Gl... mein Kontaktmann hat mir erklärt, dass in solchen Fällen manchmal ein regelrechter Sog entsteht und die Anleger einfach nur Aktien kaufen, ohne zu wissen, um was es eigentlich geht. Als aus Mayfields zehntausend Euro stolze zwei Millionen geworden waren, stieß er seine Aktien am gleichen Tag komplett ab. Das blieb nicht ohne Folgen, zumal aus einer nie bestätigten Quelle das Gerücht aufkam, das einzige Patent des Unternehmens sei ein Plagiat. Während Mayfield mit zwei Millionen nach Hause ging, stürzte der Kurs komplett in sich zusammen, bis jedes investierte Pfund nur noch fünf Pence wert war.«

»Und die sechs Anleger auf Ihrer Liste waren ihr Geld los«, folgerte der Constable.

»Richtig, wobei es fünf von ihnen noch verhältnismäßig milde traf, weil es ›nur‹ ihr Erspartes war, das sie zum Fenster rausgeworfen hatte. Briarson dagegen besaß nicht nur kein Vermögen mehr, sondern hatte auch noch gut achtzigtausend Pfund Schulden am Hals. Seine Frau warf ihn raus, das Haus wurde von der Bank einkassiert, sie und die Kinder mussten wegziehen.«

Der Constable schüttelte den Kopf. »Es gibt nur wenige Situationen, in denen ich nachvollziehen kann, warum ein Mensch einen anderen tötet. Hier kann ich es nicht. Briarson hat sich selbst durch grenzenlose Dummheit in diese Lage gebracht, und dann geht er hin und rächt sich an Mayfield, der ihn genau genommen nicht betrogen hat. Schließlich hätte Briarson das Kleingedruckte lesen können, dann wäre klar gewesen, auf was er sich einlässt.« Er stand auf und holte sich noch eine Tasse Kaffee. Nachdem er sich wieder hingesetzt hatte, sah er die beiden Frauen an. »Und obwohl alles gegen Briarson spricht, soll ich den Mann noch nicht festnehmen?«

»Richtig«, erkläre Louise. »wenn Briarson Mayfield einfach nur hätte umbringen wollen, hätte er das doch überall machen können. Aber er nimmt sich ein Zimmer drüben in Shamrock Grove und kommt hierher, um den Mann zu töten, der ihm alles weggenommen hat. Damit macht er sich doch eigentlich erst recht verdächtig. Warum tötet er ihn nicht irgendwo anders, wo es keine Verbindung zu ihm gibt?«

Strutner nickte. »Das stimmt allerdings. Wenn ich hier in Earlsraven herumfrage, ob jemand sich vorstellen kann, wer Mayfield den Tod gewünscht hat, würde mich irgendwer früher oder später auf die Sache mit seinem Haus und seiner Frau hinweisen, was mich wiederum zu der Geschichte mit der Geldanlage führen würde.« Der Constable sah verdutzt auf einen sehr weit entfernten Punkt und redete nachdenklich weiter. »Indem er herkommt, macht er überhaupt erst auf sich aufmerksam. Das mit der Kamera war eine Dummheit von ihm, die er nicht einkalkuliert hat. Ohne diese Bilder gäbe es keinen Beweis, und um den Verdacht gegen ihn zu entkräften, muss er schon ein wasserdichtes Alibi haben.«

»Das ihm seine Leidensgenossen sicher bereitwillig

geben, wenn er dafür Mayfield umbringt und damit auch im Namen der anderen Rache übt«, ergänzte Nathalie. »Wenn er nicht von der anderen Kamera gefilmt worden wäre, müssten wir der Gruppe jedes Wort glauben, das sie uns weismachen will. Ich gehe jede Wette ein, dass sie uns erzählen, dass sie sich abends getroffen und bis zum nächsten Morgen durchgemacht haben. Und dass Briarson die ganze Zeit bei ihnen war.«

»Wenn sie uns das erzählen«, sagte der Constable, »können wir sie alle wegen Beihilfe zum Mord drankriegen.«

»Wenn sie schlau sind«, gab Nathalie zu bedenken, »werden sie sich mit einer Formulierung den Rücken frei halten, um sich in letzter Minute aus der Affäre zu ziehen.«

Louise und Strutner sahen sie fragend an. »Na ja«, sagte sie. »Wenn ich von der Polizei befragt werde würde, würde ich ja zumindest die Möglichkeit in Erwägung ziehen, dass die Jungs etwas wissen oder wenigstens ahnen. Anstatt darauf zu beharren, dass Briarson die ganze Zeit über anwesend war und nicht für eine Minute den Raum verlassen hat, würde ich sagen *Soweit ich das sagen kann, war er immer* da oder *Also mir ist nicht aufgefallen, dass er weg war.* Etwas in der Art, damit man mich nicht wegen einer Falschaussage belangen kann und damit man mir auch keine Beihilfe zum Mord unterstellen kann.«

»Wenn sie das machen, ist Briarson als Einziger geliefert, und die anderen kommen ungeschoren davon«, entgegnete Strutner. »Diese Vorstellung gefällt mir gar nicht.«

»Uns auch nicht, Ronald«, stimmte Louise ihm zu. »Deswegen haben wir uns eine Taktik überlegt, wie die

Verhöre ablaufen könnten, um die anderen aus der Reserve zu locken.«

Er sah zwischen den beiden Frauen hin und her. »Ich bin ganz Ohr.«

Zwei Tage später saßen Nathalie und Louise am Konferenztisch der Polizeiwache und hatten den Blick auf den Laptop gerichtet, der vor ihnen stand. Auf dem Monitor war der Nebenraum zu sehen, in dem Gerry Briarson als letzter der sechs Männer saß, denen Mayfield vor nicht ganz einem Jahr viel Geld aus der Tasche gezogen und es so angelegt hatte, dass sie am Ende alles verloren hatten.

»Wie gesagt, ich war den ganzen Abend über bei den Rosmans, wir haben geredet, gegessen, getrunken ... ein bisschen zu viel getrunken, weshalb ich dann auch bei ihnen übernachtet habe«, erklärte er. »Auf den Weg zum Hotel habe ich mich erst nach dem Frühstück gemacht.«

»Okay, Mr. Briarson, das ... ja, das wäre dann wohl alles«, antwortete Constable Strutner und schaltete das Diktiergerät aus. Die Kamera, die das Bild auf den Laptop übertrug, lief unverändert weiter. »Gut, ich bringe Sie dann raus zu Ihren Freunden«, sagte er und stand auf, dann ging er vor Briarson her zur Stahltür, drückte sie auf und ließ den Mann in den Schalterraum zurückkehren. Auf den Stühlen, die früher den Bankkunden zur Verfügung gestanden hatten, saßen die fünf anderen Mayfield-Opfer, die Strutner bereits verhört hatte.

»Sie nehmen bitte noch Platz, ich muss nur noch ein paar Dinge zusammenstellen und vergleichen. Ich gebe Ihnen Bescheid, wenn ich fertig bin.«

»Ja, ist okay«, gab Briarson etwas unschlüssig zurück, als könnte er sich nicht vorstellen, wie noch irgendwelche Unklarheiten bestehen sollten.

Strutner zog die Tür zu und ging rüber in den Schalterbereich, der vom Rest schalldicht abgeteilt und nur durch Lautsprecher und Mikrofone verbunden war. »Sechsmal die gleiche Geschichte«, murmelte er, als er zu Nathalie und Louise kam. »Sechsmal die gleiche Geschichte, sechsmal exakt so vage formuliert, wie Sie es gesagt haben, Miss Ames – damit sie unangreifbar bleiben.«

Er setzte sich zu ihnen und ließ zusammen mit den beiden Frauen seinen Blick über diese Leute wandern, die zwar alle recht viel Geld besaßen, aber nicht genug Verstand, um einen Märchenerzähler wie Mayfield frühzeitig auch als solchen bloßzustellen. Das Licht hinter dem Panzerglas hatten sie ausgemacht und dazu die Rollläden runtergelassen, während vor den Schaltern die gesamte Deckenbeleuchtung brannte und den Raum in grelles Licht tauchte.

Tomasina Mesher war eine attraktive Mittfünfzigerin mit einem straff wirkenden Körper, der diesen Zustand aber wohl eher chirurgischen Eingriffen verdankte als einer sehr ausgewogenen Diät. Das war umso ironischer, da die Ärztin seit Jahren Produkte vertrieb, die für gesunde Ernährung standen – von der sie selbst nur wenig zu halten schien.

Gloria und Mark Rosman waren beide weit über siebzig und gehörten glücklicherweise nicht zu den Leuten, die meinten, jeden neuen Trend mitmachen zu müssen. Sie waren stilvoll gekleidet, nicht zu modisch und nicht zu sehr mit Schmuck behängt, und trotzdem strahlten sie ein gewisses Maß an Eleganz aus. Diese Ausstrahlung war für die beiden in ihrem Beruf tatsächlich unverzichtbar gewesen, da der Handel mit teuren Antiquitäten sie unweigerlich mit potenziellen Käufern zusammengebracht hatte, für die Stil schlicht alles war.

Daneben saß James Boore, ein älterer Mann mit schütterem Haar und Vollbart, der als Universitätsprofessor hätte durchgehen können und als Sachbuchautor offenbar recht gut verdient hatte. Neben ihm Richard Head, ein Mittdreißiger, der mit Webdesign seinen Lebensunterhalt bestritt. Er trug Jeans und T-Shirt, dazu ausgelatschte Halbschuhe. Sein zerzauster Lockenkopf schien mehr Masche als Nachlässigkeit zu sein, so als wollte er den Künstler in ihm präsentieren, der ganz in seinem Wirken aufging und keinen Gedanken an sein Äußeres verschwendete.

»Schon witzig«, meinte Louise. »Wir wissen, dass sie alle lügen, aber nur Briarson wird am Ende verurteilt werden, obwohl sich die anderen nicht viel weniger haben zuschulden kommen lassen.«

»Tja, aber da sie ja alle bei den Rosmans gefeiert haben«, warf Nathalie ein und griff nach dem Becher mit dem mittlerweile deutlich abgekühlten Kaffee, »brauchte Briarson von da bis zum Tatort kein zehn Minuten zu Fuß. Da er nicht lange mit Mayfield geredet hat, war er nach weniger als als zwanzig Minuten zurück. Wenn er schnell gelaufen ist, was in der Dunkelheit kein Problem war, da ihn niemand sehen konnte, kann er auch innerhalb von einer Viertelstunde oder noch weniger wieder am Tisch gesessen haben. Die Zeit reichte aus, um sogar unter realen Umständen nicht aufzufallen, wenn die Gäste sich zum Beispiel zu einer Hälfte im Wohnzimmer und zur anderen Hälfte in der Küche aufhalten. Er kann ja mal für ein paar Minuten vor die Tür gegangen sein, um frische Luft zu schnappen.«

»Das sind genau die Argumente, mit denen sie sich alle aus der Affäre ziehen werden, falls jemand versuchen sollte, sie doch noch in diese Angelegenheit hineinzuziehen«, fügte Constable Strutner an.

»Wenn man diese Leute jetzt so dasitzen sieht, sollte man nicht meinen, dass sie gemeinschaftlich einen Mörder decken«, fand Louise.

»Ja, aber das liegt nur daran, dass sie in Briarson keinen Mörder sehen«, hielt Nathalie dagegen und schob die Tasse weg. »Für sie ist er so was wie ein Racheengel, der begangenes Unrecht wiedergutgemacht hat.« Sie sah Louise an, die nickte, um die unausgesprochene Frage zu beantworten, dann drehte sie sich zu Strutner um. »Constable, ich glaube, jetzt ist der richtige Zeitpunkt gekommen, um diese Leute aus ihrer Selbstgefälligkeit zu holen.«

»Ich warte noch zwei Minuten«, sagte er. »Sollen sie noch ein bisschen schmoren.«

Langsam stand der Polizist auf, nahm einen Block zur Hand, schaltete die Gegensprechanlage ein und ging nach vorn. Alle drehten sich gebannt zu ihm um, als er durch die gepanzerte Tür in den ehemaligen Kundenraum trat. Den Gesichtern war eine gewisse Unruhe anzusehen, so als würde jeder von ihnen angestrengt nachdenken, ob er womöglich irgendetwas anderes als abgesprochen gesagt hatte.

»Wir sind eigentlich so weit durch«, sagte Strutner. »Ich habe lediglich vergessen, eine Formsache zu fragen, mit der ich heute noch vielen Leuten auf die Nerven gehen werde. Die Witwe von Mr. Mayfield hat inzwischen zu Protokoll gegeben, dass aus dem Wagen ihres Mannes ein Koffer mit eineinhalb Millionen Pfund in bar verschwunden sein soll. Falls einer von Ihnen irgendetwas darüber gehört haben sollte ...?«

Die eigentliche Frage ließ er unausgesprochen, weil es offensichtlich war, was er wissen wollte.

Er sah von Gesicht zu Gesicht, jeder schüttelte entweder den Kopf oder verzog verneinend den Mund. »Okay, aber vielen Dank, dass ich das noch ansprechen konnte. Meine Mitarbeiterinnen drucken gleich die Aussagen aus, dann kommen Sie bitte noch mal rein, um sie zu unterschreiben. Danach dürfen Sie dann endgültig gehen.«

Als er hinter den abgedunkelten Schalter zurückkehrte, empfing ihn Nathalie mit den Worten: »Alle starren Briarson an, niemand sagt ein Wort, und Briarson weiß nicht, wie er den anklagenden Blicken ausweichen soll.«

»Ich glaube, er bekommt gerade einen Schweißausbruch«, stellte Louise fest. »Keine gute Reaktion für einen Mann, der gar kein Geld unterschlagen hat. Er müsste die anklagenden Blicke der anderen zur Sprache bringen und ihnen sagen, dass sie ihn in Ruhe lassen sollen.«

»So denken sie jetzt alle, dass er sie um ihren Anteil an diesen eineinhalb Millionen betrügen will«, sagte Nathalie. »Eineinhalb Millionen … genug für jeden von ihnen, um sich das zurückzuholen, was sie durch Mayfield verloren haben, und um noch einen kleinen Bonus einzustreichen.« Sie betrachtete die Gesichter. »Die fangen jetzt innerlich an zu kochen, weil sie wissen, dass sie nichts sagen dürfen, um sich nicht zu verraten. Aber je länger sie da rumsitzen und den Mann ansehen, der sie praktisch ein zweites Mal um ihr Geld bringen will, umso schwieriger wird es für sie, sich zusammenreißen. Sehen Sie nur … das Ehepaar Rosman … die vorwurfsvollen Blicke, die sie ihrem Mann zuwirft, weil er nichts sagt … Seine Hilflosigkeit, weil er weiß, es ist verkehrt. Aber was soll er dagegen tun? Er entlarvt sich als Mitwisser und Mittäter, wenn er jetzt Briarson anspricht.«

»Und Briarson fühlt sich immer unbehaglicher, weil alle denken, dass er das Geld unterschlagen hat«, fügte Louise an. »Ganz bestimmt weiß er auch, dass er völlig schuldbewusst wirkt, was es für ihn nur noch schlimmer macht.«

»Noch ein paar Minuten, würde ich sagen«, warf der Constable ein, dem diese Taktik sichtlich gefiel. »Was glauben Sie, wer als Erster die Nerven verliert, wenn ich reingehe?«

»Mrs. Rosman«, antwortete Louise. »Sie möchte am liebsten ihren Mann auf Briarson hetzen, aber der tut nichts, und wenn wir gleich die Bombe platzen lassen, wird sie sich nicht zurückhalten können und wollen, weil sie keine Lust hat, noch eine Sekunde länger darauf zu warten, dass ihr Mann sich endlich mal wie ein ganzer Mann verhält und mit der Faust auf den Tisch haut ... oder auf Briarsons Nase.«

Nathalie musste unwillkürlich lachen. »Ich würde ja gern dagegenwetten, aber ich nehme auch an, dass sie allen anderen zuvorkommen wird.«

»Und wenn die anderen klug genug sind, den Mund zu halten?«, fragte der Constable.

»Wenn Mrs. Rosman vorprescht und die anderen sagen nichts«, erklärte Nathalie restlos überzeugt, »wird sie nicht als Einzige den Kopf hinhalten, sondern die anderen mit reinreißen.«

Wieder warf Strutner einen Blick auf seine Armbanduhr und kratzte sich am Ohr. »Ich würde sagen, die Kirschen sind reif genug, um gepflückt zu werden.« Dann stand er auf, nahm seinen Notizblock an sich und ging abermals nach vorn.

Briarson sah den Polizisten erleichtert an, als dieser den Warteraum betrat, was Mrs. Rosman nur noch aufgebrachter schnauben ließ. Sie stieß ihren Mann mit dem Ellbogen an, er verzog den Mund und versuchte, zur Seite zu rutschen.

Tomasina Mesher, James Boore und Richard Head saßen alle scheinbar ruhig auf ihren Stühlen, aber auch ihnen war eine gewisse Nervosität anzumerken. Jeder von ihnen brannte darauf, endlich die Wache verlassen zu dürfen, damit sie sich Briarson ungestört vornehmen konnten.

»Mr. Briarson«, sagte Strutner beim Hereinkommen. »Fahren Sie einen weißen Golf Baujahr 1983 mit dem Kennzeichen 8JS 772?«

»Ähm ... ja, wieso?«

»Sie haben den Wagen in der Nähe des Gemeindesaals abgestellt?«

»Auf dem Parkplatz dahinter, ja«, antwortete er. »Wieso fragen Sie?«

»Würden Sie bitte aufstehen?«, forderte der Constable ihn auf.

Briarson konnte sich nicht erklären, was passiert sein sollte, deshalb kam ihm auch nicht der Gedanke, sich auf Gegenwehr einzustellen, um aus der Wache entkommen zu können. Während er aufstand, drehte Strutner ihn herum und legte ihm so schnell die Handschellen an, dass der Mann noch nicht richtig begriffen hatte, was mit ihm geschah, als der Constable ihm bereits erklärte: »Gerry Briarson, ich verhafte Sie hiermit wegen des Mordes an Mr. Mason Mayfield. Meine Kollegen haben soeben in Ihrem Wagen den fraglichen Geldkoffer gefunden, der laut Mrs. Mayfield ...«

Weiter kam Strutner nicht, da sich in dieser Sekunde die Einschätzung von Nathalie und Louise bewahrheitete. Es war tatsächlich Mrs. Rosman, die als Erste aufsprang und mit hochrotem Kopf auf Briarson losstürmte, was sie für ihr Alter mit beachtlicher Schnelligkeit schaffte.

»Du Schwein!«, brüllte sie. »Du verdammtes Miststück! Hast du keinen Funken Anstand im Leib? Du bist ja noch schlimmer als Mayfield! Wir geben dir ein Alibi, damit du dieses Stück Dreck dahinschaffst, wo es hingehört, und dann hast du nichts Besseres zu tun, als einen Koffer voll Geld einzukassieren? Du bist nicht der Einzige, der von Mayfield ausgenommen wurde! Dich sollte man genauso abmurksen wie ihn!«

Vieles von dem, was Mrs. Rosman ihm an den Kopf warf, ging im allgemeinen Lärm unter, da auch Boore, Head und Miss Mesher Briarson mit den übelsten Beschimpfungen bedachten. Dabei versuchten sie, nach dem Mann zu greifen, um ihren Worten Prügel folgen zu lassen, wodurch Strutner gezwungen war, sich schützend vor den Mann zu stellen.

Lediglich Mr. Rosman stand gut zwei Meter hinter der zornigen Gruppe. Sein Gesicht war kreidebleich, und er schüttelte fassungslos den Kopf. Als Einziger hatte er verstanden, was sich hier abgespielt hatte.

Aber noch jemand durchschaute in diesem Augenblick Strutners Taktik. Briarson drehte sich so, dass er die anderen ansehen konnte, dann schrie er sie aus Leibeskräften an: »Wie dumm seid ihr eigentlich? Kapiert ihr nicht, dass euch dieser verdammte Bulle reingelegt hat? Es gibt keinen Geldkoffer! Es hat nie einen Geldkoffer gegeben! Er hat ihn erfunden, um euch gegen mich aufzubringen, damit ihr euch selbst ans Messer liefert! *Es gibt keinen Geldkoffer!*«

Die anderen verstummten und wichen erschrocken einen Schritt zurück, Mrs. Rosman rang nach Atem, als sie den Constable ansah. »Ist das wahr?«

»Sie sind alle wegen Beihilfe zum Mord verhaftet«, entgegnete Strutner nur.

Epilog, in dem womöglich Weichen für neue Beziehungen gestellt werden

»Das war aber ein gewagtes Spiel«, sagte Rob Dinkmore, als sie am Samstag darauf im Black Feather beim Abendessen zusammensaßen. »Und wenn diese Mrs. Rosman sich zurückgehalten hätte? Und es wäre auch kein anderer aufgesprungen?«

»Dann hätten wir einfach Pech gehabt«, antwortete Nathalie. »Briarson wäre allein wegen der Bilder aus der Überwachungskamera schuldig gesprochen worden. Die anderen wären unbehelligt davongekommen, aber das wäre auch der Fall gewesen, wenn wir nichts unternommen hätten. Verlieren konnten wir nicht, wir hatten nur die Chance, die Mittäter zu überführen. Die wollten wir nicht ungenutzt lassen, na ja, und letztlich hat es ja auch geklappt.«

»Aber einen Geldkoffer gab es nicht, richtig?«, vergewisserte sich Rob. »Nicht, dass ich jetzt irgendwas falsch verstanden habe.«

»Nein, der Geldkoffer war nur unser Köder«, antwortete Louise, die zwischen ihm und Constable Strutner saß.

Rob nickte ihr zu. »Finde ich angemessen, immerhin haben die einen Menschen umgebracht, der ihnen, genau genommen, nicht mal etwas getan hatte.« Er schüttelte verständnislos den Kopf. »Dass sogar heute immer noch so viele Menschen auf derartige Versprechen – wie die mit den dreißig Prozent – reinfallen, ist für mich wirklich schwer zu verstehen. Ich meine, die Leute bekommen es doch überall im Radio, im Fernsehen und im Internet mit, wenn davon berichtet wird, wie gering der Zinssatz nur noch ist. Und dann glauben sie solche Zahlen?«

»Die Dummen und die Leichtgläubigen sterben halt nie aus«, meinte Sir Theodore, der ihnen gegenüber den Eckplatz eingenommen hatte, damit seine Pudel neben ihm sitzen konnten, wo sie von Zeit etwas von seinem Teller abbekamen.

»Sie verwöhnen Ihre Dreierbande aber auf einmal sehr«, stellte Louise fest. »Ich dachte, die Herrschaften müssen auf ihre Linie achten.«

»Die Zeiten sind vorbei«, verkündete Sir Theodore. »Diese letzte Hundeshow hat mir die Augen geöffnet, zwar etwas spät, wie ich gestehen muss, aber lieber spät als nie, sage ich mir.« Er sah in die Runde. »Was ich über diese vielen Mittel gehört und gelesen habe, die Leute ihren Tieren unters Essen mischen oder am besten gleich spritzen, das hat mich sehr erschreckt. Ich möchte mit dieser Welt dort nichts mehr zu tun haben, und ich werde mich gegen diese Tierquälerei engagieren.«

»Was halten Sie davon, wenn wir nächstes Jahr selbst eine Hundeausstellung organisieren, Sir Theodore?«, schlug Nathalie vor.

»Und zwar eine alternative Ausstellung«, schloss sich Louise dem Vorschlag prompt an, »bei der die Hunde nicht nach Stammbaum oder Haltung bewertet, sondern nach Natürlichkeit, nach dem treuesten Blick und so weiter. Wir können …«

Während Louise eine Idee nach der anderen zum Besten gab, sagte Rob leise: »Ach, ähm, Nathalie. Als wir uns für heute zum Abendessen verabredet hatten, war ich eigentlich davon ausgegangen, dass nur wir zwei hier sitzen würden, aber nicht noch ein halbes Dutzend Leute mehr.«

»Ich weiß, Rob, ich weiß. Aber dafür ist es noch zu früh.«

»Okay«, erwiderte er und lächelte sie an. »Das kann ich akzeptieren, und ich kann auch warten. Aber … du wirst mir hoffentlich sagen, wenn es auf einmal nicht mehr zu früh ist, oder? Ich will ja den richtigen Augenblick nicht verpassen.«

Sie bewegte abwägend den Kopf hin und her, dann zwinkerte sie ihm zu. »Falls ich es dir nicht sagen sollte, wirst du es schon irgendwie merken.«

»Ich schätze, damit kann ich leben«, flüsterte er ihr zu und widmete sich wieder seinem Teller.

»Gute Idee, ich bin dabei«, gab Sir Theodore begeistert bekannt. »Zwar nicht aktiv als Teilnehmer, aber als Schirmherr oder etwas in der Art. Und als Preise verleihen wir dann den goldenen, den silbernen und den bronzenen Pudel.«

»Oder wir verleihen einfach drei blaue Pudel«, konterte Nathalie grinsend.

Im nächsten Moment drehten sich auf der Terrasse des Cafés viele Gäste zum Black Feather um und wunderten sich, wer wohl für dieses laute Gelächter verantwortlich war.

ENDE

Intermezzo, in dem Nathalie nach einem Blick zurück nach vorn schaut

»Jetzt stehenbleiben und den Kopf um fünfundvierzig Grad nach links drehen«, sagte Louise.

Nathalie kam der Aufforderung nach und entdeckte ihre Köchin an einem Tisch eines Straßencafés mitten in der Fußgängerzone. Sie nahm das Smartphone runter, beendete das Telefonat mit Louise, die sie auf diese Weise zu ihrem Standort gelotst hatte, und bahnte sich zwischen den hin und her eilenden Fußgängern hindurch ihren Weg zu ihr.

Es war Freitagnachmittag, und entsprechend gut besucht war die Innenstadt von Liverpool. Die Sonne schien und sorgte für einen fast schon zu warmen Tag mitten im Juli.

»Ich hoffe, ich habe Sie nicht zu lange warten lassen, Louise«, sagte Nathalie, als sie sich zu ihr an den Tisch vor dem Café setzte.

»Nathalie, seit Sie das Black Feather übernommen haben, haben Ihre Eltern nicht mehr viel von Ihnen gesehen«, erwiderte Louise, nahm die Sonnenbrille ab und legte sie neben ihr Glas Tonic, auf dem eine halbe Zitronenscheibe trieb, »Da werde ich Sie doch nicht zur Eile antreiben, nur weil Sie nicht um Punkt vier Uhr hier auftauchen.« Sie lächelte sie beruhigend an. »Ich habe hier genug Abwechslung. So viele Leute sind in Earlsraven nie unterwegs.«

»Zum Glück«, sagte Nathalie und deutete auf Louise'

Getränk, gerade als die junge Kellnerin am übernächsten Tisch kassierte. Sie nickte kurz und konzentrierte sich wieder auf die anderen Gäste.

»Zum Glück?«, wiederholte Louise erstaunt. »Fehlt Ihnen das denn gar nicht? Die Geschäfte? Der Trubel?«

Nathalie musste lächeln, während sie ihre Handtasche so über die Stuhllehne hängte, dass sie auf jeden Fall darauf aufmerksam werden würde, sollte sich jemand daran zu schaffen machen. »Wissen Sie, Louise, ich kenne das Black Feather und Earlsraven ja noch von früher. Daher wusste ich, wie ruhig es dort ist. Wenn ich meine Tante besucht habe, war ich anschließend immer froh, wieder zurück in Liverpool zu sein, weil es hier alles gab, was da fehlte. Meine Freundinnen, die Geschäfte, die Kinos. Alles hat mir gefehlt, wenn ich in Earlsraven war. Aber jetzt …?« Sie schüttelte nachdenklich den Kopf. »Jetzt bedeutet mir das alles nicht mehr so viel. Ich gehe diese Straßen entlang und sehe das tolle Schuhgeschäft da drüben und die große Buchhandlung gleich gegenüber. Daneben das Sportgeschäft, die Boutique, noch eine Boutique und *noch eine* Boutique. Früher wäre ich von einem Laden zum nächsten gezogen, um erst einen Rock zu kaufen, dazu die passende Bluse, und dann nach nebenan, um eine Stunde lang nach dem einen paar Schuhe zu suchen, das nicht nur perfekt sitzt, sondern auch noch exakt den richtigen Farbton hat, damit ich den Rock dazu tragen kann. Und jetzt?« Sie zuckte mit den Schultern. »Jetzt kann ich mich nicht mal durchringen, mir die Auslage im Schaufenster anzusehen. Es kümmert mich nicht, ob man jetzt eine dreiviertellange Hose trägt, oder ob sie sieben Achtel oder fünf Sechstel lang sein muss, um angesagt zu sein.

Ich brauche weder eine Modefiliale neben der anderen noch alle zehn Meter einen Mobilfunkanbieter, der mir das neueste Smartphone aufdrängen will.« Nathalie seufzte und Louise lächelte sie verständnisvoll an.

Die Kellnerin kam an den Tisch und stellte ihr ein Glas Tonic hin, dann nahm sie das Geld entgegen. »Wissen Sie, ich komme mir hier fehl am Platz vor, dabei sind es noch nicht mal ganz fünf Monate, seit ich nach Earlsraven gezogen bin.«

Louise trank einen Schluck Tonic. »Das ist halt der Lauf der Dinge. Menschen ändern sich.«

Nathalie lächelte flüchtig. Wissen Sie, worauf ich mich freue?«

Louise legte den Kopf ein wenig schräg. »Ich wette, Sie werden es mir gleich sagen.«

Nathalie saß da und schaute einen Moment lang versonnen drein, da sie selbst kaum fassen konnte, was sie gleich sagen würde. »Dass wir gleich zu meinem Wagen gehen und nach Earlsraven zurückfahren können. Und dass ich hiermit nichts zu tun haben muss … okay, einzige Ausnahme sind meine Eltern«, räumte sie ein. »Die fehlen mir, die sehe ich zu selten.«

»Das glaube ich Ihnen gerne. Und was ist mit Ihren Freundinnen? Und den Ex-Kolleginnen, die mal zu Besuch im Black Feather waren?«, wandte Louise ein.

Nathalie trank einen großen Schluck, stellte das Glas auf den Tisch und winkte ab. »Ich hätte mir wirklich nicht träumen lassen, dass ich einen Abstecher in meine alte Heimat unternehme, ohne mich wenigstens mit ein oder zwei von ihnen zu treffen. Aber seit ich die nicht mehr jeden Tag um mich habe, ist mir bewusst geworden, dass sie mir so gut wie gar nicht fehlen. Sie, Louise, und Ronald und all die anderen in Earlsraven sind diejenigen, mit denen ich meine Zeit verbringen will. Was ich hier hatte, war alles nur oberflächlich. Ich sehe es ja daran, wie oft eine meiner Ex-Kolleginnen oder eine meiner Freundinnen mich anruft – nämlich nie. Dieser Besuch in Earlsraven war eine einmalige Aktion gewesen, weil niemand von denen Lust darauf hat, noch einmal quer durchs Land zu fahren, um sich dann die Zeit in einem Dorf totzuschlagen, in dem es ja nichts Interessantes gibt. Dabei ist Earlsraven zehnmal interessanter als das hier. Ehrlich gesagt wüsste ich nicht, über was ich mit ihnen reden sollten, wenn sie jetzt vorbeikämen und sich an unseren Tisch setzen würden. Macht mich das jetzt zu einem schrecklichen Menschen? Halte ich mich für was Besseres?«

»Nein und nein, Nathalie. Sie sehen die Welt jetzt aus einer anderen Perspektive, und Sie haben erkannt, dass es Dinge gibt, die Ihnen wichtiger sind. Ich sage das jetzt nicht, weil Sie meine Chefin sind, sondern weil ich das wirklich so meine: Ich habe Respekt davor, dass Sie sich auf ein solches Wagnis eingelassen haben. Ganz egal, ob man Ihnen Ihre alte Stelle noch eine Weile freihält und das Risiko dadurch etwas erträglicher wird, Ihre Freundinnen und diese Kolleginnen sollten sich für Sie freuen und anerkennen, dass Sie an sich geglaubt haben, das Black Feather in den Griff zu bekommen. Einen Pub führt man nicht mal eben so, da gehört schon mehr dazu.«

»Hören Sie auf, Louise«, war sie lachend ein. »Ich werde noch ganz verlegen.« Als sie nach ihrem Glas griff, stutzte sie und sah sich um. »Himmel«, murmelte sie erschrocken. »Ist das in der letzten halben Stunde noch voller geworden?«

Auch Louise sah in beide Richtungen die Straße entlang. »Sehr viel voller sogar.« Sie warf einen Blick auf ihre Armbanduhr. »Ah, kein Wunder, wir haben kurz nach vier. Jetzt strömen auch noch die Leute aus den Büros auf die Straße, die bis zum Feierabend ausgehalten haben.«

Nathalie hatten sekundenlang das Gefühl, keine Luft zu bekommen, so sehr schienen die vielen Leute sie zu bedrängen. »Sie kennen doch bestimmt ›Waterloo Sunset‹ von den Kinks.« Louise nickte. »Da kommt diese eine Zeile drin vor von den Millionen Menschen, die an der Waterloo Station wie ein Schwarm Fliegen umherirren. Ich kannte den Song durch meine Eltern, aber diese Worte hatten für mich früher nie eine Bedeutung gehabt, weil ich ja nichts anderes kannte als eine Stadt voll mit Menschen. Die Urlaube in Earlsraven zähle ich jetzt mal nicht mit, das war ja immer nur von kurzer Dauer. Aber heute kann ich das Bild so gut nachvollziehen wie noch nie zuvor. Hier sind es zwar keine Millionen, aber immer noch genug, um sich gegenseitig im Weg zu stehen.«

Louise sah nach links und rechts, dann nickte sie zustimmend. »Ja, das Bild ist wirklich ein guter Vergleich«, sagte sie, wirkte aber in keiner Weise beunruhigt.

»Macht Ihnen das nichts aus?«, fragte Nathalie und trank ihr Glas leer. »Diese Menschenmassen meine ich. Sie sind ja schon viel länger an das ruhige Leben in Earlsraven gewöhnt als ich.«

Louise schüttelte den Kopf. »Ich war in der Sahara unterwegs, ich habe in Kalkutta einen Doppelagenten beschattet, von daher macht mir weder das Fehlen von Menschen noch ein Menschenauflauf etwas aus.« Sie machte eine ausholende Geste. »Das alles ist ja nur vorübergehend. In ein paar Stunden stehe ich im Black Feather wieder in der Küche und überlege, was ich morgen früh einkaufen muss, damit es mittags für unsere Gäste was Köstliches gibt. Und dann sind diese Leute hier alle weit von mir entfernt .«

»Hm«, machte Nathalie und schaute sich noch einmal

um. »Eine interessante Haltung, muss ich sagen. So habe ich das noch nie gesehen.«

»Hilft es?«

»Erstaunlicherweise tut es das«, sagte sie und stützte sich auf die Armlehnen ihres Stuhls. »Wollen wir uns auf den Weg machen?«

»Ich hätte Therapeutin werden sollen«, meinte Louise amüsiert und stand noch vor Nathalie auf. »Ich bin bereit.«

»Gut. Sehr gut.« Nathalie nickte zufrieden über die neugewonnene Gelassenheit, die sie ihrer Köchin zu verdanken hatte. Sie deutete nach rechts. »Wenn wir durch diese Gasse gehen, ist das zwar ein kleiner Umweg, aber da kommen wir immer noch schneller voran als in diesem Gewühl hier.«

»Sie sind der Boss, Boss«, gab Louise grinsend.

Nathalie warf ihr über die Schulter einen amüsierten Blick zu. »Alle meine Mitarbeiter sollten ein T-Shirt mit genau diesem Text darauf tragen.«

Am Ende der Gasse angekommen, blieb Nathalie stehen, um sich kurz orientieren.

Ein Mann, der eine ganze Serie von religiösen Pamphleten auf einem Bauchladen präsentierte, nutzte den kurzen Augenblick, den sie innegehalten hatte. Mit zwei Schritten stand er vor ihr und hielt ihr Broschüren hin.

»Hast du dich verlaufen, mein Kind?«, fragte er mit einer sanftmütigen Stimme. »Du wirkst so, als wüsstest du nicht, wohin du willst.«

»Witzig, dass Sie mich das gerade heute fragen«, entgegnete Nathalie freundlich. »Aber ich muss Sie enttäuschen, ich bin nicht vom Weg abgekommen. Ich weiß sehr genau, wohin ich will.« Dann sah sie noch einmal kurz über die Schulter. »Kommen Sie, Louise, Earlsraven und das Black Feather rufen schon nach uns.«

Ellen Barksdale

Tee? Kaffee? Mord!

DER BESUCH DES
LÄCHELNDEN BELGIERS

Prolog, in dem ein grausiges Verbrechen geschieht

»Da wären wir«, murmelte die ältere Frau und zog den Blazer ihres Kostüms glatt. Dann strich sie eine Haarsträhne aus dem Gesicht und schob sie unter den Rand ihres leichten Sommerhuts, der sie vor der Sonne schützte. Sie hatte den Kopf leicht eingezogen und stand ein wenig schief da, als wäre die Wirbelsäule verkrümmt. Die Finger waren wegen beginnender Gicht leicht versteift, was man auch trotz der dünnen weißen Handschuhe erkennen konnte, die von einem Modegeschmack längst vergangener Zeiten zeugten. Trotz Brille kniff sie die Augen zusammen, um so mehr von ihrer Umgebung erkennen zu können.

Sie warf einen Blick auf ihre Armbanduhr. Zwanzig nach zehn. Die ältere Frau nickte beruhigt und schaute über den verwitterten Gartenzaun zum Cottage. Sie griff über den Zaun und hob den Riegel hoch, dann drückte sie das Tor auf. Das alles erledigte sie mit rechts, da sie im linken Arm behutsam etwas trug, das in dicke Decken eingehüllt war.

Sie durchquerte den Vorgarten in Richtung Cottage, einem zwar ungewöhnlich ausladenden, dennoch gemütlich wirkenden Gebäude. Das tief heruntergezogene, mit weinroten Schindeln gedeckte Dach und die kleinen Fenster mit ihren Butzenscheiben, die rot und lila blühenden Chrysanthemen und der Gesang von einem Dutzend verschiedener Vogelarten trugen zu dieser Gemütlichkeit genauso bei wie die Bienen, Hummeln und Schmetterlinge, die auf der Wildblumenwiese von einer Blüte zur nächsten flatterten.

Eine getigerte Katze lag auf einer alten Holzbank rechts von der Eingangstür und döste in der Sonne, was eine Amsel nutzte, um aus der Wasserschale zu trinken, die unter der Bank stand und wohl in erster Linie für die Katze gedacht war. Als die Amsel die ältere Frau näher kommen sah, lief sie leise glucksend davon und versteckte sich zwischen zwei Büschen. Hoch über dieser friedlichen Szene zogen Mauersegler laut kreischend ihre Bahnen am Himmel, um die Insekten zu schnappen, die dort oben unterwegs waren.

Die ältere Dame war am Haus angekommen, sah das »Geöffnet«-Schild, das an der Scheibe in der Tür der Antiquitätenhandlung hing, und trat ein. Hinter dieser Tür erstreckte sich ein zwar großzügig bemessener Verkaufsraum, der jedoch so vollgestellt war, dass das Ganze etwas erdrückend wirkte.

An der niedrigen Decke hing eine alte Lampe neben der anderen, sodass man sich im Slalom einen Weg zwischen ihnen hindurch bahnen musste, um sich nicht bei jedem Schritt den Kopf anzustoßen. Der Raum unter den Lampen war voller antiker Tische, Stühle und Ohrensessel. Schränke säumten die Wände und dienten in unregelmäßigen Abständen auch als Raumteiler. In den Vitrinen der Schränke fand sich eine große Auswahl an Geschirr, Porzellanfiguren sowie Messing- und Zinnbechern. Auf fast jedem Schrank stand eine Uhr, und verschiedentlich waren kleinere Lücken genutzt worden, um Standuhren zu platzieren. Bei einzelnen Schränken waren die Schubladen ein Stück weit herausgezogen worden, um den Blick auf silberne Bestecke freizugeben.

»Guten Morgen«, ertönte eine freundliche Männerstimme. »Wie kann ich Ihnen helfen?«

Die ältere Frau sah sich um und entdeckte den Mann, der sie angesprochen hatte. »Guten Morgen. Sind Sie Mr. Burlington?«

»Stuart Burlington«, bestätigte der Mittfünfziger, dessen schmales Gesicht durch den bereits nach hinten gewanderten Haaransatz wie in die Länge gezogen wirkte. Die lockigen Haare wiesen den gleichen Grauton auf wie der präzise gestutzte Schnauzbart. Burlington trug ein weinrotes Hemd, darüber eine beige Tweedweste und eine Anzughose im gleichen Farbton. Seine Füße steckten in karierten Hausschuhen, die zwar nicht zur übrigen Kleidung passten, aber zweifellos bequemer waren als auf das Gesamtbild abgestimmte Halbschuhe. »Zu Ihren Diensten. Und Sie sind bestimmt … Miss Moneypenny.«

»Maypeny«, korrigierte sie ihn. »Annabelle Maypeny.«

»Oh, verzeihen Sie.«

Sie lächelte ihn an und rückte die Nickelbrille zurecht. »Das stört mich nicht. Allerdings wäre ich heute sicher eine reiche Frau, wenn ich mein Leben lang für jede ›Miss Moneypenny‹ ein Pfund bekommen hätte. Ach, was rede ich? Ein Schilling wäre auch noch genug gewesen, um reich zu werden.«

Burlington nickte amüsiert. »Das kann ich mir vorstellen, Miss *Maypeny*«, stimmte er ihr zu und betonte den richtig ausgesprochenen Namen mit besonderem Nachdruck. »Was kann ich denn für Sie tun? Wenn ich mich nicht irre, hatten Sie am Telefon nichts Konkretes gesagt.«

»Richtig. Ich wollte nur Ihre Öffnungszeiten wissen und hören, ob Sie heute um halb elf Zeit haben«, sagte sie und legte das Bündel auf einen runden Tisch gleich neben Burlington. »Und zwar geht es um diese Vase.« Sie begann das Objekt aus den Decken zu wickeln. »Ich bin nicht mehr die Jüngste, wie unschwer zu erkennen ist, und ich möchte meiner Familie nicht allzu viel Arbeit machen, wenn ich mal nicht mehr bin.«

»Na, Sie haben aber ganz bestimmt noch viele Jahre vor sich, ehe es so weit ist, dass sich Ihre Erben um den Nachlass kümmern müssen«, meinte Burlington.

»Sagen Sie das nicht. Sie können jetzt noch quicklebendig neben mir stehen und trotzdem in zehn Minuten tot umfallen«, warnte sie ihn. »So etwas weiß man nie. Außerdem traue ich meinen Erben ehrlich gesagt nicht zu, dass sie zu schätzen wissen, welche Vermögenswerte ich ihnen hinterlasse. Meine Befürchtung ist, dass sie einen Entrümpelungsdienst kommen lassen, der alles wegschaffen soll, damit sie meine Wohnung übernehmen können.« Sie zuckte mit den Schultern. »Da verkaufe ich lieber jetzt, was ich habe, lasse es mir noch etwas besser gehen als üblich und beschenke ganz gezielt die Verwandten, die ich mag.«

»Eine vernünftige Einstellung«, sagte der Händler.

»Da werden einige Leute aber dann ein dummes Gesicht machen, meinen Sie nicht auch?«

»Genau genommen werden sie ein noch dümmeres Gesicht machen«, antwortete Miss Maypeny und lächelte dabei verschmitzt. »Das dumme Gesicht haben sie nämlich schon von Geburt an.« Sie schlug die letzte Decke zur Seite, zum Vorschein kam eine bauchige Vase, die gut dreißig Zentimeter hoch war. Ein Mosaik in Türkis und Blau bildete den Hintergrund für einen Harlekinkopf, der so realistisch gemalt war, dass er dem Betrachter entgegenzuspringen schien. »Aber wenigstens ist das hier kein dummes Gesicht«, ergänzte sie und zeigte auf den Harlekin.

Burlington schüttelte ungläubig den Kopf. »Das ist eine venezianische Harlekinvase aus der Mitte des 19. Jahrhunderts«, murmelte er. »Die ist … Wissen Sie, dass die ein Vermögen wert ist?«

»Nun, sie ist zumindest mehr wert als die fünfzig Pfund, die mir dieser Betrüger daheim in Manchester geben wollte«, sagte Miss Maypeny. »Das ist ein Erbstück von meinem italienischen Urgroßvater, die Vase war immer in Familienbesitz. Daher habe ich keine Ahnung, ob sie ›nur‹ fünfhundert oder vielleicht sogar tausend Pfund wert ist. Aber ich bin nicht so naiv zu glauben, dass ein Händler nicht mehr als fünfzig Pfund dafür bezahlen kann, weil er selbst höchstens hundert Pfund verlangen kann.« Sie machte mit der Hand eine ausladende Geste. »Sie haben ja wenigstens richtige Antiquitäten, nicht diesen Trödel. Daheim in Manchester gibt es eine Handvoll von diesen Geschäften, aber da habe ich gleich wieder die Flucht ergriffen, weil einem dieser entsetzlich muffige Geruch schon einige Meter vor dem Eingang entgegenschlägt.«

Burlington nickte verständnisvoll. »Ja, ich weiß, das

sind diese Trödler, die einfach alles ankaufen und in große Hallen stellen, die noch nie gelüftet worden sind und die auch nie gelüftet werden. Und dann lagern sie auch noch tonnenweise alte Zeitungen und Bücher. Das alles zieht Feuchtigkeit, und nach kurzer Zeit entsteht dieser Mief, der sich an und in allem festsetzt. Kaufen Sie da mal einen Schrank. Den können Sie monatelang lüften, den Geruch sind Sie dann immer noch nicht los. Von den Büchern will ich gar nicht erst reden. Da liegen manchmal wirklich kleine Schätze rum, aber wer will die kaufen, wenn er sie anschließend einschweißen muss, damit nicht die ganze Wohnung nach einem einzigen falsch aufbewahrten Buch mieft? Diese Räume hier sind klimatisiert, hier wird regelmäßig gelüftet. Da kann so etwas nicht vorkommen, wie Sie ja sicher schon gemerkt oder besser gerochen haben dürften.«

»O ja, das ist ein Unterschied wie Tag und Nacht.«

Er betrachtete wieder die Vase. »Wie sind Sie eigentlich auf mich aufmerksam geworden, wenn Sie aus Manchester stammen?«

»Einer meiner Neffen lebt hier in der Nähe«, erklärte sie. »Wir hatten telefoniert, dabei kam das Gespräch auf das, was bei mir daheim als Antiquitätenhandlung firmiert, und dabei erwähnte er Ihr Geschäft, und er sagte, er sei von Ihnen sehr gut beraten worden und könne Sie nur empfehlen. Er hat mich eben hier abgesetzt und holt mich wieder ab, wenn wir hier fertig sind.«

Burlington schaute erfreut drein. »Es geht halt nichts über zufriedene Kunden. Wir …«

Ein leiser Gong ertönte, dann folgte ein etwas lauterer, irgendwo setzte ein Glockenspiel ein. Burlington hielt den Finger hoch, um Annabelle Maypeny anzuzeigen, dass sie einen Moment warten solle. Gleichzeitig meldeten sich immer mehr Uhren im Verkaufsraum pünktlich zur halben Stunde, manche mit einem einzigen Glockenschlag, andere mit der Melodie des Big Ben, während wieder andere einen kurzen Marsch anstimmten. Nach einer halben Minute kehrte wieder Ruhe ein.

Miss Maypeny zog verdutzt die Augenbrauen hoch. »Das war wohl der Beweis, dass alle Ihre antiken Uhren immer noch auf die Minute genau gehen, wie?«, fragte sie und zwinkerte ihm zu.

Bevor er etwas erwidern konnte, ging die Tür auf, und ein Paketbote kam herein. »Morgen, Mr. Burlington. Hier kommt Ihr Paket.«

Burlington stutzte. »Ich habe doch gar nichts bestellt«, wandte er ein.

»Wenn Sie nichts bestellt haben, dann haben Sie offenbar eine Verehrerin, der Sie fünfzehn Pfund Zuschlag für minutengenaue Lieferung wert sind. Immerhin ist der Inhalt ja auch mit zusätzlich tausend Pfund versichert.«

Der Händler schüttelte den Kopf. »Minutengenaue Lieferung?«

»Ja. Zustellung heute zwischen 10.30 und 10.40 Uhr. Ich musste extra meine übliche Route ändern, um nicht zu früh und nicht zu spät zu sein.« Der Paketbote zuckte mit den Schultern und scherzte: »Im schlimmsten Fall ist da eine Bombe drin, und der Attentäter ist so rücksichtsvoll, nicht meinen Wagen in die Luft jagen zu wollen.«

»Das ist nicht witzig«, knurrte Burlington. »In der heutigen Zeit jedenfalls nicht.«

Der Bote verzog das Gesicht zu einem zerknirschten Ausdruck, der jedoch nicht so richtig zu überzeugen vermochte.

»Sie und Ihre Kollegen tun mir so leid«, warf Miss Maypeny ein, als wollte sie schnell das Thema wechseln.

»Leid? Wieso, Miss …?«

»Maypeny. Annabelle Maypeny«, erwiderte sie und erklärte: »Na ja, Sie werden den ganzen Tag mal hierhin, mal dorthin geschickt, Sie sind immer in Eile, und dann stellt sich wie jetzt heraus, dass der Absender auch noch Termindruck auf Sie ausübt, obwohl der Empfänger nicht mal weiß, dass etwas für ihn unterwegs ist. Da fragen Sie sich doch bestimmt, ob das nicht nur Schikane ist.«

Der Paketbote zuckte beiläufig mit den Schultern. »Ehrlich gesagt, solche Gedanken mache ich mir erst gar nicht. Das würde ohnehin zu nichts führen.« Er hielt Burlington ein Tablet hin, auf dem er ihn mit seinem Stift den Empfang bestätigen ließ. »Schönen Tag noch.« Dann verließ er die Antiquitätenhandlung.

Miss Maypeny deutete auf das Päckchen, das Burlington in der Hand hielt. »Ich nehme an, Sie wollen erst einmal herausfinden, was Ihnen da so Wichtiges geschickt worden ist.«

»Nein, nein«, wehrte er ab. »Bei mir kommt der Kunde an erster Stelle. Wenn diese Paketboten nicht wirklich so in Eile wären, wie sie es nun mal sind, müssten selbst die warten, bis ich mich Ihrem Anliegen gewidmet habe.«

Er ging hinter seinen Schreibtisch, tippte etwas in den Computer ein, dann zog er einen dicken Katalog aus dem Regal zu seiner Rechten und begann zu blättern. Zwischendurch warf er einen Blick auf die Vase, schüttelte wie in Gedanken den Kopf und suchte weiter.

»Haben Sie eigentlich auch Münzen?«, erkundigte sie sich. »Meine Enkelin sammelt nämlich Münzen, und ich überlege, ob wir einen Teil des Werts in Münzen tauschen können. Vielleicht können Sie mir ja ein wenig entgegenkommen.« Sie schaute sich suchend um. »Wenn Sie mir sagen, in welcher Vitrine ich die finden kann, dann würde ich sie mir schon einmal ansehen, während Sie noch das tun … was Sie da tun.«

»Die Münzen sind alle sicher im Tresor verstaut«, antwortete er beiläufig, da er vorrangig damit beschäftigt war, die Informationen zu sichten, die in dem dicken Katalog und im Internet aufgelistet waren.

Miss Maypeny ließ ihn gewähren und ging in die Ecke, in der Burlington alles zusammengetragen hatte, was es in seinem Geschäft an Möbeln und Accessoires aus Fernost zu kaufen gab. Über einer flachen, rot lackierten Kommode hing eine Auswahl Samuraischwerter, von denen sie das zuunterst aufgehängte aus seiner Halterung nahm. Sie betrachtete die makellose Klinge, indem sie sie gegen den Sonnenschein hielt, der durch ein Fenster hinter dem Schreibtisch in den Verkaufsraum fiel.

Burlington räusperte sich, was so klang, als müsste er ihr etwas Unerfreuliches zum Wert der Vase sagen. Etwas Unerfreuliches in dem Sinne, dass sie nicht mal die fünfzig Pfund wert war, die man ihr in Manchester geboten hatte.

»Sagen Sie, können Sie eigentlich nachweisen, dass diese Vase seit Generationen in Familienbesitz ist?«, fragte er schließlich.

»Warum fragen Sie? Gibt es ein Problem?«, wollte sie wissen.

Der Händler winkte ab. »Nein, das ist weiter kein Problem«, versicherte er ihr, klang aber nicht sehr überzeugend. »Erst einmal muss ich den Preis feststellen, und dann müssen Sie auch mit meinem Kaufangebot einverstanden sein, bevor wir uns mit dieser Frage befassen.«

»Ich hätte da einen anderen Vorschlag«, sagte Miss Maypeny.

»Einen anderen Vorschlag?«, fragte Burlington verwundert und wandte den Blick von seinem Monitor ab. Das Letzte, was er bewusst wahrnahm, war das Bild der älteren Frau, die mit einem Samuraischwert nach ihm ausholte. Er spürte, wie die kalte Klinge ihn berührte, dann folgte ein so brutaler Schmerz, dass Burlington das Bewusstsein verlor und auf seinem Stuhl in sich zusammensackte.

Miss Maypeny stand da, wartete ein paar Minuten, bis sie Gewissheit hatte, dass der Mann sich nicht mehr rührte. Sie hängte das Samuraischwert zurück an die Wand, wischte aber das Blut nicht ab. Dann nahm sie den Schlüsselbund, der vor Burlington auf dem Schreibtisch lag, ging nach vorn und schloss die Eingangstür ab. Sie kehrte zum Schreibtisch zurück, trat um ihn herum und ging vor dem alten schwarzen Tresor in die Hocke, der hundert Jahre oder älter zu sein schien und von den alten Möbelstücken umgeben auf den ersten Blick gar nicht auffiel. Der Tresorschlüssel am Bund war schnell gefunden, und genauso schnell hatte sie den Tresor geöffnet. Darin befanden sich mehrere Schmuckschachteln, außerdem zwei Ordner mit Münzen, aber die konnte sie nicht gebrauchen. Schließlich stieß sie auf ein etwas größeres Ledermäppchen. »Das dürfte es sein«, murmelte sie und zog den Reißverschluss auf. Ein Blick in die Mappe ließ ihre Augen aufleuchten. Sie steckte die Mappe in die Vase, wickelte diese wieder in die zahlreichen schützenden Decken ein und ging zur Tür. Dort drehte sie das »Geöffnet«-Schild um, damit es »Geschlossen« anzeigte, schloss nach dem Verlassen des Ladens die Tür hinter sich ab und warf den Schlüsselbund unter die Bank gleich daneben.

Die Katze auf der Bank hob träge den Kopf und sah Miss Maypeny mit zusammengekniffenen Augen an.

»Du solltest heute besser ein paar Mäuse fangen, Schätzchen«, empfahl Miss Maypeny ihr. »So bald wird dir nämlich niemand einen vollen Fressnapf hinstellen.« Die Katze gab ein grimmiges Miauen von sich, wohl weil sie sich in ihrer Ruhe gestört fühlte, dann legte sie sich wieder auf die Bank und streckte sich genüsslich.

Mit der Vase im Arm und vorsichtigen Tippelschritten machte sich die ältere Frau dann wieder auf den Weg …

Erstes Kapitel, in dem Nathalie neue Bekanntschaften schließt und jemand eine grausige Entdeckung macht

»Heute Abend komme ich mit meiner Kamera her, und dann machen wir das Ganze noch mal, dann aber professionell«, sagte Bill Purvis, als er mit Nathalie zusammen vom Black Feather zum Parkplatz ging.

»Meinen Sie wirklich, dass das nötig ist?«, fragte sie. »Auf den Handyfotos sieht man doch ganz gut, um welche Möbelstücke es geht.«

»Genau da irren Sie sich, Miss Ames«, erwiderte der Mann und blieb stehen, um den Wagenschlüssel aus der Hosentasche zu ziehen. »Sie sehen das so, weil Sie diese Möbel kennen. Wenn Sie sich das Foto anschauen, dann sehen Sie in Wahrheit gar nicht das Foto, sondern Sie sehen vor Ihrem geistigen Auge das Bild von Ihrem Schrank, das Sie sich eingeprägt haben. Sie wissen, was auf dem Foto zu sehen ist. Jeder andere sieht nur das Foto, und das zeigt ein paar alte Möbel, die so keiner nehmen wird.«

Nathalie hob abwehrend die Hände. »Sie sind der Fachmann, Mr. Purvis.«

»Sagen wir … um sieben Uhr? Passt Ihnen das?«

»Ja, sieben Uhr klingt gut. Falls etwas dazwischenkommt, rufe ich Sie an«, versprach sie ihm und verabschiedete sich.

Purvis ging zu seinem knallroten Toyota-Pick-up und stieg ein. Nathalie wollte in den Pub zurückkehren, da bemerkte sie aus dem Augenwinkel, dass jemand auf sie zukam. Sie drehte sich um und sah Louise Cartham, ihre Köchin und rechte Hand für alles, was das Black Feather betraf – und noch mehr. Denn als ehemalige Agentin eines nach wie vor namenlosen Geheimdienstes – »es wäre ja kein Geheimdienst mehr, wenn ich Ihnen den Namen sagen würde«, so Louise – verfügte sie über die ungewöhnlichsten Kontakte. Dank dieser Kontakte und dank eines bemerkenswerten Archivs, das Nathalies Tante ihr zusammen mit der Kombination aus Pub, Café und Pension vermacht hatte, war es ihnen beiden in den letzten Monaten gelungen, gleich drei Verbrechen aufzuklären und die Täter zu überführen.

Die Verbrechensbekämpfung und -aufklärung fiel eigentlich in die Zuständigkeit von Constable Ronald Strutner, der von Louise jedoch als »trottelig« bezeichnet wurde. Nathalies Tante hatte an dem Mann aber einen Narren gefressen und ihn bei seiner Polizeiarbeit tatkräftig unterstützt, um zu verhindern, dass er versetzt wurde, sobald einer seiner Vorgesetzten merkte, wie miserabel seine Aufklärungsquote war. Allerdings wurde Nathalie den Verdacht nicht los, dass Strutner gar nicht so begriffsstutzig war, sondern bloß so tat, weil er gemerkt hatte, dass ihre Tante ihm zur Seite stand. Nathalie hatte zwar in dieser Hinsicht deren Nachfolge angetreten, aber langfristig wollte sie schon versuchen, Strutner ein wenig mehr in Richtung Selbstständigkeit zu lenken. Es würde sich dann ja zeigen, ob sie mit ihrer Vermutung richtiglag.

»Louise, was schauen Sie so grimmig drein?«, fragte Nathalie, als die Köchin vor ihr stehen blieb. »Ist Ihnen eine Laus über die Leber gelaufen?«

»Kann man so sagen«, antwortete Louise und zog das schwarze T-Shirt mit dem martialischen Iron-Maiden-Motiv darauf gerade. Verrutscht war es durch ihre Schultertasche, die sie jetzt neben sich abgestellt hatte. Der flotte Kurzhaarschnitt machte Louise trotz ihrer grauen Haare um viele Jahre jünger, und das T-Shirt in Kombination mit einer roten Lederhose ließen jede Schätzung noch mal um zehn Jahre nach unten gehen. »Gollaston ist nicht aufgetaucht.«

»Wahrscheinlich hat ihm Ihre Rockerbraut-Aufmachung Angst gemacht«, gab Nathalie grinsend zurück. »Aber ist elf Uhr morgens nicht sowieso etwas sehr früh für ein Date?«

»Für einen Brunch wäre elf Uhr morgens die perfekte Zeit. Aber ich hatte kein Date mit ihm.«

»Sondern?«, fragte Nathalie.

»Gollaston ist Jimmy Gollaston. Der Kartoffelbauer«, führte Louise geduldig aus. »Er kommt immer dienstags auf den Marktplatz, um Kartoffeln zu verkaufen.«

»Ach ja, stimmt. Dienstags, wenn kein Markt ist«, sagte sie nachdenklich. »Ich habe immer noch nicht verstanden, warum er nicht am eigentlichen Markttag kommt, so wie alle anderen Händler auch.«

Louise rieb sich den Nacken, ächzte leise und nahm die Sonnenbrille wieder runter, die sie nach oben in ihre Haare geschoben hatte. »Weil er am Markttag Standgebühren bezahlen muss, an den anderen Tagen aber nicht. Sie wissen schon, der Fehler in der Gemeindeordnung, auf den er aufmerksam geworden ist.«

»Hat man den Schreibfehler denn nicht inzwischen korrigiert?«, wunderte sich Nathalie.

»Ja, aber Gollaston genießt eine Art Bestandsschutz.« Louise verzog den Mund. »Sowenig das den anderen Händlern gefällt, darf Gollaston an jedem Tag außer am Markttag seine Kartoffeln verkaufen. Nur ausgerechnet heute war er nicht da, obwohl er mir versprochen hatte, diese neue Sorte mitzubringen … also eigentlich eine alte Sorte.«

»Eine alte Sorte?«, wiederholte Nathalie irritiert. »Er verkauft doch keine alte Ware, oder …?«

Louise sah sie erstaunt an. »Natürlich nicht. Es geht um alte Sorten, die vor fünfzig oder hundert Jahren angebaut wurden und die dann durch neue Sorten verdrängt wurden, weil die beispielsweise robuster oder pflegeleichter sind. Das gibt es bei allen möglichen Obst- und Gemüsesorten, vor allem bei Äpfeln. Da werden heimische Sorten von den importierten verdrängt, und nach einer Weile geraten die alten Sorten in Vergessenheit. Haben Sie denn davon wirklich noch nie etwas gehört?«

»Vergessen Sie nicht, ich habe bis vor ein paar Monaten in der Stadt gelebt«, betonte Nathalie. »Da wird regelmäßig alles verdrängt, was von gestern ist. Wer soll da noch etwas von hundert Jahre alten Kartoffelsorten wissen?«

»Das hatte ich tatsächlich schon vergessen.« Sie klopfte Nathalie auf die Schulter. »Da sehen Sie doch mal, wie gut Sie sich schon hier eingelebt haben. So gut, dass mir gar nicht mehr auffällt, dass Sie bis vor Kurzem noch ein Stadtmensch waren.« Louise betrachtete sie voller Stolz. »Sie haben sich wirklich gemacht.«

Ein Hupen ließ sie beide aufhorchen, und als sie sich in Richtung Parkplatz umdrehten, sahen sie, wie Purvis ihnen beim Wegfahren zuwinkte. Nachdem sie beide sekundenlang überlegt hatten, das Thema anzuschneiden, sagte schließlich Louise: »Reden wir doch zur Abwechslung mal nicht von meinem geplatzten Date, sondern von Ihren stattfindenden Dates, die sich offenbar immer dann abspielen, wenn ich das Haus verlasse. Vor Kurzem noch Rob Dinkmore, der das Black Feather restaurieren sollte, und heute Bill Purvis, der mit Gebrauchtmöbeln handelt. Was läuft da wirklich, Miss Ames?«, fragte sie und schlug zum Spaß einen herrischen Tonfall an. »Sie verheimlichen mir doch etwas.«

»Ach, das war alles ganz spontan«, erklärte sie und deutete auf einen freien Tisch auf der Terrasse. »Setzen wir uns doch.« Nachdem sie beide Platz genommen hatten, begann Nathalie zu erzählen: »Purvis kam heute Morgen ins Café, um sich seine Thermoskanne mit Kaffee füllen zu lassen, so wie sonst auch. Allerdings hatte ich gestern Abend noch einen Anruf erhalten …«

»Von wem?«, warf Louise ein.

»Jetzt warten Sie doch, Louise«, bettelte Nathalie und musste lachen. »Sie haben immer die tollen Geschichten aus Ihrer Zeit als … als Staatsdienerin … oder als mutmaßliche Staatsdienerin, so genau weiß ich das noch immer nicht … egal, auf jeden Fall will ich auch mal ein bisschen Spannung in das bringen, was ich zu berichten habe.«

Die ältere Frau nickte lächelnd. »Da haben Sie recht. Ich werde Sie nicht noch mal unterbrechen.«

»Danke. Also, dieser Anruf gestern Abend hat mich die halbe Nacht wachliegen lassen, und als ich heute

Morgen Purvis hereinkommen sah, dachte ich mir, ich frage ihn einfach mal.«

Sie hielt inne und betrachtete Louise, die vornübergebeugt auf ihrem Stuhl saß und es nicht erwarten konnte, endlich die ganze Geschichte zu erfahren.

»Ich wollte von ihm wissen, ob die Möbel meiner Tante noch irgendetwas wert sind oder ob man sie nur rausschaffen und zur Deponie fahren sollte.«

»Die Möbel Ihrer Tante? Sie wollen …?«

»Louise!«, warf sie gedehnt ein.

»Ich habe nichts gesagt, keinen Laut habe ich von mir gegeben«, flüsterte sie hastig.

»Sehen Sie, es hat sich eine Situation ergeben, die von mir in zwei Punkten eine Entscheidung verlangt. Je nachdem, wie meine erste Entscheidung ausfällt, muss ich mir überlegen, was ich mit der Wohnungseinrichtung mache. Ich kann sie behalten, aber ich kann sie auch abholen lassen. Natürlich verbinde ich alles, was in der Wohnung steht, mit meiner Tante, und ich weiß nicht, ob ich nicht das Gefühl bekommen werde, meine Tante aus ihrem Zuhause zu verbannen. Andererseits komme ich mir in ihrer Wohnung vor wie in einem Museum. Ich habe das Gefühl, ein Besucher zu sein, der ja nichts anfassen sollte, weil er sonst vom Museumswächter eins auf die Finger bekommt.«

Als sie etwas länger schwieg, hob Louise die Hand und begann zu reden, als Nathalie zustimmend nickte: »Wenn Sie nicht wissen, ob Sie irgendetwas wegwerfen dürfen, warum stellen Sie sich nicht einfach die Frage, was Ihre Tante gewollt hätte? Glauben Sie, Henrietta hat Ihnen das alles vererbt, damit Sie sich bis in alle Ewigkeit so vorkommen, als wären Sie nur zu Besuch? Denken Sie nicht, Henrietta hätte von Ihnen erwartet, dass Sie das Black Feather als Ihr Eigentum betrachten und auch entsprechend damit verfahren, anstatt einfach nur das Erbe zu verwalten und hier niemals auch nur eine Kleinigkeit zu verändern?«

Nathalie nickte nachdenklich. »Ja, das sage ich mir auch. Ich hatte ja zuerst mit dem Gedanken gespielt, wenigstens das eine oder andere Teil noch für die Pension zu verwenden, aber das konnte ich gleich wieder vergessen. Die Zimmer sind ja alle so ungünstig geschnitten, dass nichts von Henriettas Sachen da oben Platz hätte – außer unsere Gäste sollen über einen Sessel klettern, um ans Bett zu kommen. Deswegen habe ich auch den Schritt gewagt, Purvis anzusprechen, damit er sich die Einrichtung ansieht.«

»Und, wie ist sein Urteil ausgefallen?«

Sie zuckte leicht mit den Schultern. »Es ist nichts, was zur Deponie gebracht werden sollte, denn es ist alles noch in einem guten Zustand, jedenfalls für das Alter der Möbel. Er will die Einrichtung ein paar von seinen Kunden anbieten, aber dazu muss er ihnen gute Fotos zeigen, damit sie sich einen Eindruck davon verschaffen können. Sein Handy reicht dafür bloß nicht aus, deshalb kommt er heute Abend noch mal her und bringt dann seine gute Kamera mit, um professionelle Fotos zu schießen.«

»Das heißt, Sie trennen sich auf jeden Fall von Henriettas Möbeln, und ich soll Sie beim Neukauf begleiten und beraten, richtig?«

»Nein, ich … ich werde die Möbel aus meiner eigenen Wohnung herbringen lassen.«

Louise sah sie ungläubig an. »Sie geben Ihre Wohnung in Liverpool auf? Ich dachte, Sie wollten erst einmal sehen, ob Sie wirklich hierbleiben möchten.« Erfreut lächelnd fragte sie dann: »Was hat Sie zu der Erkenntnis gebracht, dass Sie nicht erst ein Jahr warten müssen, um sicher zu sein, was Sie machen wollen? Wer hat Sie gestern Abend angerufen?«

»Glenn.«

»Ihr Ex-Freund? Der Glenn mit der Landluft-Allergie?«

»Eher eine Landluft-Phobie«, erwiderte Nathalie.

»Und was hat er Ihnen erzählt, dass Sie jetzt endgültig die Flucht ergreifen?«, fragte Louise argwöhnisch.

Nathalie winkte ab. »Ich ergreife nicht die Flucht. Und er hat mir auch nicht irgendetwas Schlimmes erzählt. Er hat einen potenziellen Käufer für meine Wohnung gefunden, der lieber heute als morgen den Kaufvertrag unterschreiben möchte. Das ist *die* Gelegenheit für mich, wer weiß, ob ich jemals wieder so viel Geld für meine Wohnung bekomme.«

»Und da ist kein Haken an der Sache?«

»Jedenfalls nicht für mich. Im Gegenteil: Der Käufer zahlt gut zwanzig Prozent mehr, als ich eigentlich für die Wohnung haben will.«

»Warum?«

»Weil Glenn ein so überzeugender Verkäufer ist«, sagte Nathalie. »Er hatte sogar dreißig Prozent aufgeschlagen und den Käufer handeln lassen. Der freut sich jetzt, dass er einen Nachlass bekommen hat, und ich freue mich, denn ich bekomme mehr für meine Wohnung.«

»Und Glenn? Freut der sich, dass er Sie jetzt los ist, oder …? Ich meine, welche Absicht hat er damit verfolgt?«

»Tja, Louise«, antwortete Nathalie. »Das habe ich ihn auch gefragt, und ich gehe davon aus, dass Sie genauso erstaunt sein werden wie ich. Er wollte mich nicht loswerden, er war bloß zu der Überzeugung gelangt, dass ich ohnehin nicht nach Liverpool zurückkehren würde, und er fand, ich brauche einen Tritt in den Hintern, um jetzt für klare Verhältnisse zu sorgen, anstatt das nur immer weiter vor mir herzuschieben.« Sie seufzte leise. »Als er mir das gesagt hat, wurde mir klar, dass er recht hat. Ich habe diesen Tritt gebraucht, weil ich eigentlich hier hingehöre. Ich brauche keine Wohnung in der Stadt für den Fall, dass ich hier wieder wegwill. Ich will gar nicht mehr hier weg.«

Louise nickte anerkennend und tätschelte Nathalies Hand. »Ich bin beeindruckt, nicht nur von Ihnen, sondern auch von Glenn. Jeder redet bei einer Trennung davon, dass man Freunde bleiben wird, aber das klappt nur selten. Ihr Glenn scheint eine von den seltenen Ausnahmen zu sein. Sie können sich glücklich schätzen.«

Nathalie verzog ein wenig betrübt den Mund. »Das macht es bloß umso schwerer, nicht mehr mit ihm zusammen zu sein. Aber dann sage ich mir, dass wir vielleicht dazu bestimmt sind, nur gute Freunde zu sein, aber weiter nichts.«

»Wenn Sie das ›nur‹ streichen, stimme ich Ihnen zu, Nathalie«, sagte Louise mit ungewohnt ernster Miene. »Gute Freunde zu haben ist ein Segen. Glauben Sie mir, ich weiß, wovon ich rede. In meinem früheren … Job, da war es überlebenswichtig, wenigstens ein oder zwei gute Freunde zu haben, von denen ich wusste, dass ich mich auf sie wirklich verlassen konnte. Hätte ich damals beim Falschen geglaubt, mich auf ihn verlassen zu können, dann hätte ich womöglich den nächsten Tag nicht mehr erlebt.«

Nachdenklich zog Nathalie eine Augenbraue hoch. »Ich versuche gerade, mir vorzustellen, wie das sein muss, wenn man niemandem vertrauen kann … wenn man nicht weiß, ob der Paketbote tatsächlich der Paketbote ist oder ob er eine Bombe abliefert oder einen erschießt, wenn man die Tür aufmacht … wenn man nicht weiß, ob jemand hinter einem steht, der einem irgendein Gift spritzt, sobald er unbeobachtet ist …« Sie schüttelte bedächtig den Kopf. »Ich glaube, das kann ich nur erahnen, aber hineinversetzen … nein, ich glaube nicht.«

Louise lächelte sie versonnen an. »Wenn Sie sich das nicht vorstellen können, dann werden Sie noch weniger erahnen können, wie es ist, wenn man selbst dieser Paketbote ist … oder wenn man diese Giftspritze in der Hand hält.«

Nathalie erschrak. »Haben Sie etwa …?«

»Ich habe nicht gesagt, dass ich mich in diese Rolle hineinversetzen kann«, sagte Louise, was wieder einmal so klang wie die Antwort eines Orakels – so wie fast immer, wenn Nathalie versuchte, etwas Konkretes aus dieser Frau herauszubekommen.

»Aber …«, begann Nathalie, doch da kam jemand zu ihnen an den Tisch. Es war Miss Beresford, eine ältere Dame aus Earlsraven, die zu den vielen Stammgästen des Black Feather gehörte.

»Ach, wie schön, dass ich Sie beide hier antreffe«, sagte Miss Beresford und begann, in ihrer Handtasche zu wühlen. »Ich habe Ihnen nämlich etwas mitgebracht.«

»Sagen Sie nicht, dass Sie schon wieder einen von diesen netten Briefen erhalten haben«, gab Nathalie zurück und deutete mit einer knappen Kopfbewegung auf den freien Stuhl.

Miss Beresford nahm Platz und legte einen Umschlag auf den Tisch. »Ich habe wieder ein Dankeschön erhalten.«

»Schon wieder? Das ist doch jetzt schon das … sechste Mal«, sagte Louise.

»Das siebte Mal«, korrigierte Miss Beresford sie.

»Und das hier ist für Sie beide, wie ich es Ihnen versprochen habe. Tun Sie wie üblich etwas Gutes damit, oder gönnen Sie sich selbst auch mal etwas.« Sie lächelte verschmitzt in die Runde. »Es wird ja bestimmt nicht der letzte Umschlag sein.«

Nathalie warf einen Blick hinein und sah im Betragsfeld des Schecks eine schwungvoll geschriebene »10.000« stehen. Seit ans Licht gekommen war, dass ausgerechnet der eigene Enkel die ahnungslose Miss Beresford benutzt hatte, um in ihrer Wohnung gestohlene Gemälde zwischenzulagern, wurde mindestens einmal im Monat einer der vielen Käufer aufgespürt, in deren Auftrag die Diebstähle begangen worden waren. Während diese Leute vor Gericht gestellt wurden, kehrten die Gemälde zu ihren eigentlichen Eigentümern zurück, von denen sich einige mit einem großzügigen Scheck bei Miss Beresford bedankten.

Nathalie und Louise hatten darauf beharrt, dass der Betrug nur durch Miss Beresfords gute Beobachtungsgabe aufgefallen war, was allein schon notwendig gewesen war, um den Constable nicht bloßzustellen. Schließlich war dieser lange Zeit der Meinung gewesen, dass die alte Miss Beresford sich das alles nur einbildete und niemand bei ihr irgendwelche Bilder austauschte. Erst durch die Beweise, die Nathalie und Louise zusammengetragen hatten, war er von seiner Haltung abgerückt und hatte sich mit dem Fall eingehender beschäftigt. Dass Miss Beresford nun von den glücklichen Kunstliebhabern mit Geld fast schon überhäuft wurde, war ein gerechter Ausgleich dafür, dass man ihr so lange Zeit kein Wort geglaubt hatte.

Den Anteil, den sie davon aus freien Stücken Nathalie und Louise überließ, leiteten die beiden an eine Tierklinik einige Meilen südlich von Earlsraven weiter, die sich für verletzte Wildtiere engagierte, für deren Behandlung niemand zahlte.

»Wer ist eigentlich der elegante Gentleman da drüben?«, fragte Miss Beresford und deutete mit einer kaum wahrnehmbaren Kopfbewegung auf den Mann am Nebentisch.

Nathalies Blick wanderte ein Stück nach links und erfasste den Mann, der schätzungsweise Mitte fünfzig war, aber so gekleidet war, als wäre er gut ein Jahrhundert früher geboren. Er trug einen hellen graublauen Anzug, zu dem auch eine Weste in der gleichen Farbe gehörte, dazu ein weißes Hemd mit einem Stehkragen, der so gestärkt zu sein schien, dass Nathalie allein vom Hinsehen der Hals wehtat. Die dunkelblaue Fliege saß makellos, so wie auch alles andere an diesem Mann, der seinen hellgrauen Hut bislang nicht abgenommen hatte. Alles musste aus einem sehr leichten Stoff geschneidert worden sein, da dem Mann nicht eine einzige Schweißperle auf der Stirn stand. Das Markanteste an ihm war der kleine Schnauzbart, dessen sorgfältig gezwirbelte Enden nicht ganz bis zu den Mundwinkeln reichten. Dieser Schnauzbart war genauso schwarz wie die buschigen Augenbrauen und die exakt geschnittenen Koteletten – so pechschwarz, dass sie sehr wahrscheinlich gefärbt waren. Fast so auffällig wie der Schnauzbart waren die Schuhe, schwarze Lackschuhe mit … schneeweißen Gamaschen.

Sein wachsamer Blick ging in Richtung Parkplatz, als würde der Mann auf jemanden warten, der von dort kommen musste.

»Gamaschen?«, murmelte Louise verwundert, nachdem sie den Mann unauffällig gemustert hatte. »Das einzige Mal, dass ich irgendwo Gamaschen gesehen habe, war in *Manche mögen's heiß*. Wer um alles in der Welt trägt heute noch Gamaschen?«

»Da sitzt die Antwort auf Ihre Frage«, erwiderte Nathalie amüsiert.

»Wo bekommt man heute überhaupt noch Gamaschen?«, wunderte sich Miss Beresford.

»Ach, ich glaube, in der Savile Row findet sich immer noch irgendein Herrenausstatter, der so etwas beschaffen kann«, antwortete Louise und sah zu Nathalie. »Und wer ist das? Haben Sie eine Ahnung? Findet hier irgendwo vielleicht ein Casting für einen Gangsterfilm statt, der in den Dreißigerjahren spielt?«

Nathalie zuckte mit den Schultern. »Cathy sagt, dass er heute Morgen mit dem Taxi hier angekommen ist und für eine Übernachtung eingecheckt hat. Er scheint nichts erwähnt zu haben, was seine Aufmachung angeht, zumindest hat Cathy dazu nichts gesagt.«

»Wenn das Taxi ein DeLorean war, dann hat er eine Zeitreise unternommen, um herzukommen«, meinte Louise und lachte leise.

»Vielleicht ist er ein bezahlter Killer, der hier auf sein Opfer wartet«, flüsterte Miss Beresford in verschwörerischem Tonfall.

»Kein Profikiller würde sich so auffällig kleiden. Aber er scheint tatsächlich auf jemanden zu warten«, überlegte Nathalie, während der Mann einen Schluck Wasser trank.

Was dann geschah, war ein Stilbruch, den keine von ihnen erwartet hätte. Der Mann warf einen Blick auf die Taschenuhr, die an einer goldenen Kette befestigt war, und schob sie zurück in die speziell dafür vorgesehene Westentasche. Gleich darauf griff er in die Innentasche seines Jacketts, und zum Vorschein kam … ein Smartphone.

Das Ding wirkte in seiner Hand so fehl am Platz, dass Nathalie fast aufgesprungen und an seinen Tisch gestürmt wäre, um ihm das Smartphone aus den Fingern zu reißen. Wie konnte er nur?

»Das ist ja fast so wie auf dem Mittelaltermarkt in Thorpe, wo alles stilecht auf Mittelalter getrimmt wird und dann jeder Selfies schießt«, sagte Louise und schüttelte den Kopf. »Aber vielleicht hat er einen guten Grund, sich so anzuziehen.«

Der Mann tippte auf sein Smartphone, dann hielt er es ans Ohr, aber derjenige, den er erreichen wollte, meldete sich offenbar nicht. Er legte das Telefon auf den Tisch, schüttelte den Kopf und sah wieder in Richtung Parkplatz. Dann öffnete er den kleinen Aktenkoffer, der vor ihm auf dem Tisch lag, nahm eine Aktenhülle heraus und las, was auf dem obersten Blatt geschrieben stand. Wieder schüttelte er den Kopf, während er die dünne Mappe zurück in den Aktenkoffer legte.

»Vielleicht hat ihm ja jemand einen Streich gespielt und ihm gesagt, er soll heute um elf Uhr in dieser Verkleidung hier auftauchen, und dann bekommt er hunderttausend Pfund geschenkt«, gab Miss Beresford zu bedenken. »Wir wissen doch alle, auf welche verrückten Ideen die Leute vom Fernsehen kommen …«

»… und wir wissen, zu welchem Blödsinn sich viele Zuschauer verleiten lassen, wenn sie Geld wittern«, führte Louise den Satz zu Ende.

»Ladys, Spekulationen bringen uns nicht weiter«, erklärte Nathalie. »Dieser Mann hat sich womöglich im Lokal geirrt und weiß es nur nicht. Und möglicherweise sitzt im Final Straw in Bleachgrove die Liebe seines Lebens und fragt sich, wo er bleibt.« Sie stand auf.

»Wollen Sie jetzt etwa Amor spielen?«, fragte Louise amüsiert.

»Wenn schon, dann bitte Amorine«, gab sie zurück und zwinkerte ihrer Köchin zu. Sie überquerte den Mittelgang zwischen den Tischreihen der Terrasse und näherte sich dem Mann mit Hut. »Entschuldigen Sie, Mister …«

Der Gast hob ruckartig den Kopf und sah sie erstaunt an. *»Oui, Mademoiselle?«*

»Ähm … ich bin Nathalie Ames, mir gehört das Black Feather«, redete sie leicht stockend weiter, da der forschende Blick des Mannes sie irritierte, was an den leuchtend blauen Augen liegen musste, die durch die dichten schwarzen Augenbrauen noch stärker betont wurden. »Ich möchte nicht aufdringlich erscheinen, aber mir ist aufgefallen, dass Sie wohl auf jemanden warten. Ich … ähm … na ja, ich habe Sie hier noch nie gesehen, und ich wollte mich nur vergewissern, ob Sie hier auch wirklich richtig sind. Sie verstehen?«

»Oh, oui, Mademoiselle Ames«, antwortete er mit einem unüberhörbaren französischen Akzent. »Isch bin 'ier richtig, das 'abe isch noch einmal überprüft. Aber der Mann, mit dem isch mich 'ier verabredet 'abe, ist seit einer 'alben Stunde überfällig, und isch beginne mir Sorgen zu machen, ob ihm etwas dazwischengekommen ist. Isch kann ihn nicht erreichen, dabei 'aben wir gestern früh noch telefoniert, und da 'at er den Termin bestätigt, aber nun …« Er zuckte mit den Schultern. »Isch werde wohl weiter warten müssen.«

»Tja, dann kann ich Ihnen nur viel Glück wünschen, dass Sie nicht den weiten Weg vergeblich gemacht haben. Ich nehme an, Sie kommen aus Frankreich, richtig?«

»Nicht la France, sondern la Belgique, Mademoiselle.«

»Oh, verzeihen Sie, Mister … oder besser gesagt Monsieur …«, erwiderte sie freundlich lächelnd.

»Peroux«, sagte er, stand auf, nahm ihre Hand, verbeugte sich und gab ihr einen Handkuss. »'ector Peroux.«

»Hector Peroux?«, wiederholte sie verdutzt und bemerkte, dass der Mann in sitzender Pose etwas größer gewirkt hatte. »Für einen Moment dachte ich, Sie würden Hercule Poirot sagen. An ihn erinnern Sie mich nämlich, wie mir jetzt gerade auffällt.« Sie hielt einen Moment inne. »Ich ... ich hoffe, ich habe Sie nicht beleidigt.«

»*Au contraire, Mademoiselle*«, versicherte er ihr und lächelte besänftigend. »Sie 'aben mir vielmehr eine Ähre erwiesen.«

»Eine Ähre?«, fragte sie verdutzt.

»*Une honneur*«, erklärte er. »Das heißt doch Ähre, oder nicht?«

»Ach, Sie meinen eine Ehre«, sagte Nathalie. »Ich muss mich erst an Ihren Akzent gewöhnen, entschuldigen Sie.«

»Eeehre«, wiederholte er und zog die erste Silbe in die Länge, wohl um ein Gefühl für die Betonung zu bekommen. »*Très bien.* Vielleicht können Sie mir ja doch 'elfen. Wissen Sie, wo isch das Geschäft von Monsieur Burlington finde?«

»Burlington? Sie meinen den Antiquitätenhändler?«

»*Oui*«, bejahte er nachdrücklich. »Wir wollten uns 'ier treffen, weil Monsieur Burlington mich von den ... wie sagte er ... von den Vorzügen der britischen Küche überzeugen wollte ...« Er hob in einer hilflosen Geste die Hände. »Isch 'abe keine Ahnung, wie er das anstellen wollte, *mais oui* ...«

Während er redete, hörte Nathalie, dass Louises Telefon klingelte, einen Moment später begann sie, beschwichtigend auf den Anrufer einzureden. Obwohl Nathalie kein Wort verstehen konnte, spürte sie, dass irgendjemandem etwas Schlimmes zugestoßen war. Sosehr sie das auch ablenkte, versuchte sie doch, sich auf Monsieur Peroux zu konzentrieren.

»Ich kann Ihnen zwar erklären, wo sich Mr. Burlingtons Geschäft befindet, aber Sie sind doch mit dem Taxi hergekommen.«

»*Oui*, vom *gare* … vom Bahnhof in … wie 'ieß der Ort noch gleich? Ah, ja, 'esterfield.«

»Dann sind Sie ohne Wagen hier …«, überlegte sie.

»Monsieur Burlington wollte mich mitnehmen. Isch kann 'ingehen, wenn Sie mir den Weg aufzeichnen«, versicherte Peroux ihr.

»Sehen Sie, Monsieur Peroux, sein Geschäft wäre nicht weit entfernt, wenn man auf schnurgeradem Weg hingehen könnte. Aber die Straße verläuft um verschiedene Felder herum, sodass Sie mindestens eine Stunde brauchen würden. Wenn dann sein Geschäft auch noch geschlossen sein sollte, weil er vielleicht krank ist, wären Sie nicht nur diese eine Stunde vergebens unterwegs gewesen, Sie müssten ja auch wieder herkommen. Sie sollten besser ein Taxi nehmen. Das dauert dann aber mindestens zwanzig Minuten, bis der Wagen hier sein wird. Oder … wissen Sie was?«, sagte Nathalie. »Wenn Sie ein paar Minuten warten wollen, dann kann ich Sie hinfahren, und falls Sie dann vor einer verschlossenen Tür stehen sollten, kann ich Sie gleich wieder mitnehmen.«

»Das würden Sie machen?«

»Das würde ich lieber machen, als heute Nacht eine groß angelegte Suchaktion zu starten, weil Sie nicht mehr zurückgekommen sind.«

Peroux lächelte amüsiert. »Da müssen Sie sich keine Sorgen machen, *ma chère*, 'ector Peroux verläuft sich nie.«

»Nun, Hector Peroux hat wahrscheinlich auch noch

nie versucht, sich mitten auf dem englischen Land zu orientieren«, konterte sie und zwinkerte ihm zu. »Keine Angst, ich will nicht Ihren Orientierungssinn anzweifeln, aber mir ist wohler bei dem Gedanken, Sie hin- und zurückzufahren.«

Er nickte zustimmend. »Wenn das so ist, sage ich natürlich nicht *Non.*«

Nathalie drehte sich um und sagte: »Louise, ich fahre mit unserem Gast mal schnell rüber zu Burlingtons Geschäft. Ich bin in einer halben Stunde wieder da, sonst rufe ich an.«

»Dann komme ich mit«, erklärte Louise. Nachdem sie Nathalies fragenden Blick bemerkt hatte, fügte sie hinzu: »Das war gerade unsere Megan. Sie hat eben ihren Onkel tot aufgefunden.«

Nathalia sah sie fragend an. »Ich glaube nicht, dass ich weiß, wer Megans Onkel ist.«

»Stuart Burlington.«

Zweites Kapitel, in dem Nathalie und Louise unerwartete Hilfe bei der Spurensuche bekommen

»Tot sagen Sie?«, fragte Peroux und horchte auf, als hätte man einem Opernfan eine Jahreskarte für die Royal Albert Hall geschenkt. Dann zog er skeptisch die Augenbrauen zusammen. »'atte er einen … *accident?*«

»So viel habe ich aus Megan nicht rausbekommen«, antwortete Louise. »Sie klang ziemlich aufgelöst. Ich vermute, sie denkt nicht mal daran, Ronald anzurufen, damit er sich da umsieht.«

Nathalie bemerkte den irritierten Gesichtsausdruck von Monsieur Peroux. »Stimmt irgendetwas nicht?«, fragte sie.

Der Mann winkte ab. »Nein, alles in Ordnung, Mademoiselle Ames. Es ist nur so, dass ein Toter immer das

Interesse von 'ector Peroux weckt. Aber isch will Sie nicht mit Fragen über'äufen.«

»Wenn Sie uns etwas fragen wollen, dann tun Sie das einfach«, forderte sie ihn mit einem Lächeln auf.

»Isch dachte nur, wenn es ein … *un meurtre* war …«

»Mord? Meinen Sie das?«, hakte Louise nach.

»*Oui, Mademoiselle.*« Peroux nickte bedächtig. »Ein Mord.«

»Wie kommen Sie darauf, dass jemand Burlington ermordet haben könnte?«, fragte die Köchin. »Wissen Sie irgendetwas?«

Er hob abwehrend die Hände. »Isch weiß gar nichts«, versicherte er ihr. »Isch vermute und kombiniere lediglich. Sie müssen wissen, dass Monsieur Burlington im Besitz einer Sache ist, die möglicherweise sehr wertvoll ist. Deshalb wollte er auch meine Expertise 'aben. Und Sie müssen wissen, isch bin eine *expert* auf diesem Gebiet. Ganz zu schweigen davon, dass isch in erster Linie Privatdetektiv bin.«

»Tatsächlich?«, staunte Nathalie. »Dann hat Poirot bei Ihnen ja wirklich einen nachhaltigen Eindruck hinterlassen.«

»*Non, non, Mademoiselle Ames*«, stellte Peroux klar. »Isch war bereits als Privatdetektiv tätig, als isch auf 'ercule Poirot stieß. Er 'at mich sehr beeindruckt. So sehr, dass isch eigentlich seinen Namen annehmen wollte, um seinem Wesen nä'er zu sein. Aber damit waren die Erben von Agatha Christie nicht einverstanden, sie drohten mir mit 'o'en Schadensersatzforderungen, sollte isch als Poirot meine Dienste anbieten. Nach einigem 'in und 'er hat dann der zuständige Richter entschieden, dass 'ector Peroux weit genug von 'ercule Poirot entfernt ist, damit es nicht zu Verwechslungen kommen kann. Sie müssen wissen, dass isch anfangs kein sehr guter Detektiv war, und isch 'abe dann begonnen, all die großen Kriminalautoren zu lesen, um 'erauszufinden, was einen guten Detektiv ausmacht. Poirot war derjenige, der mich am meisten fasziniert 'at … wie man mir deutlich ansehen kann, *oui?*«

»Na ja, wenn Sie auch so gut sind wie Poirot, dann ist das jedenfalls nicht die falsche Inspirationsquelle«, meinte Louise. »Wenn Sie sich Frank Drebin zum Vorbild genommen hätten, sähe das natürlich ganz anders aus.«

»Frank Drebin?«

»Der Polizist, der in *Die nackte Kanone* ermittelt. Haben Sie die Filme nicht gesehen?«

Peroux schüttelte den Kopf. »Das sagt mir nichts.«

Nathalie grinste ihn an. »Wenn es Ihnen nichts sagt, dann sollten Sie das besser auch nicht nachholen. Sonst legen Sie sich noch ein paar schlechte Angewohnheiten zu.«

Der Mann zuckte flüchtig mit den Schultern. »Wenn diese … Sache echt ist, von der Monsieur Burlington sprach, dann ist er … war er im Besitz eines Vermögens. Isch vermute, dass er noch andere Fachleute befragt hat, um sich ganz sicher zu sein, bevor er diese Sache einem Auktionshaus übergibt, und nun wollte er zum Abschluss das Urteil von 'ector Peroux 'ören, um über jeden Zweifel er'aben zu sein.« Er verzog missmutig den Mund. »Wenn sich 'erumgesprochen 'at, was er momentan besitzt, sind einige Leute sicher sehr neidisch geworden und 'aben womöglich versucht, ihm diese Sache zu entwenden. Und dann wäre ein Mord nicht ausgeschlossen.«

»Was für eine Sache ist das?«, wollte Nathalie wissen.

»Isch würde lieber erst überprüfen, ob es tatsächlich so ist, bevor isch … wie sagt man bei Ihnen? Die Pferde schlau mache?«

»Scheu mache«, berichtigte Nathalie ihn.

»*Ah, oui*«, sagte er und nickte ihr zu. »Und wenn Sie die Frage erlauben … wer sind diese Personen … Ronald und Megan?«

»Megan arbeitet für mich hier im Black Feather«, erklärte sie. »Und Ronald ist Constable Ronald Strutner, unser zuständiger Polizist für Earlsraven und Umgebung.« Während sie redete, hörte sie, dass Louise bereits den Constable anrief.

Nachdem Louise das Gespräch beendet hatte, sagte sie zu Nathalie: »Ronald macht sich auf den Weg, aber ich vermute, wir werden vor ihm da sein, wenn wir jetzt zu Burlington fahren.«

»Mr. Peroux, wollen Sie uns begleiten?«, fragte sie den Mann, der von seinem ganzen Erscheinungsbild her hundert Jahre zu spät gekommen zu sein schien.

»Sie fahren zum Tatort?«, fragte er verwundert. »Sind Sie auch Polizistinnen?«

»O nein«, wehrte Louise ab. »Wir unterstützen nur den Constable, wenn Not am Mann ist.«

Nathalie konnte sich ein Lächeln nicht verkneifen, als sie Louise reden hörte. Mit ihrer immensen Sammlung an Daten über alles und jeden hatte Tante Henrietta nicht nur das Werk ihrer Vorgängerin fortgeführt, sondern es noch ausgeweitet. All das hatte sie dann Nathalie vererbt. Damit war mehr als bloße Unterstützung möglich, weil sich anhand der Notizen häufig stichhaltige Beweise liefern ließen, um einen Straftäter zu überführen. Sie sah sich schon in diesem geschickt getarnten Raum im ersten Stockwerk des Black Feather über eine der unzähligen Listen gebeugt sitzen, die einem mit einem ausgeklügelten System helfen würden, alles über Burlington zusammenzusuchen, was jemals in Verbindung mit ihm notiert worden war. Sollte er tatsächlich ermordet worden sein, würden sie dort womöglich den entscheidenden Hinweis finden, um den Täter zu überführen.

»*Ah, bien.* Isch wollte nur vermeiden, dass isch im Weg stehe, während Sie ermitteln.«

»Nein, Mister Peroux, kommen Sie ruhig mit«, versicherte ihm Nathalie. »Ein Augenpaar mehr sieht auch mehr. Außerdem sind Sie ja darauf eingestellt, auf die kleinen Dinge ganz besonders zu achten … so als Detektiv.«

»Vor allem auf die kleinen Dinge, Mademoiselle Ames, *vor allem* auf die kleinen Dinge.«

Eine Viertelstunde später bog Nathalie in den Hof hinter Burlingtons Geschäft ein und ließ den Wagen ausrollen, bis er neben dem Gebäude zum Stehen kam. Als sie ausgestiegen waren, setzte Peroux seinen Hut wieder auf, den er hatte abnehmen müssen, um ihn nicht am Wagenhimmel zu verbeulen.

»So fährt es sich also in einem Dacia … Duster«, sagte er, nachdem er den Schriftzug auf der Heckklappe betrachtet hatte.

»Und, wie fanden Sie's?«, fragte Nathalie grinsend.

»Es war … eine Erfahrung, die man wenigstens einmal im Leben gemacht 'aben sollte«, antwortete er und wurde gegen Ende so leise, dass Nathalie sich nicht sicher war, ob er noch etwas gemurmelt hatte oder nicht.

Sie zog amüsiert eine Augenbraue hoch. »Ihnen ist doch klar, dass ich weiß, dass Sie sich soeben vor einer Antwort auf meine Frage gedrückt haben, nicht wahr, Mister Peroux?«, sagte sie in einem unüberhörbar ironischen Tonfall.

»Isch 'abe eine diplomatische Antwort gegeben, wenn Sie das meinen«, gab der Mann zurück und klang dabei ein wenig pikiert, als würde es ihm nicht gefallen, für seine unterschwellige Kritik von ihr aufgezogen zu werden.

Sie zwinkerte ihm zu. »Sie haben einfach zu viel Poirot gelesen, ist doch logisch.« Mit einer Kopfbewegung deutete sie auf ihren Wagen. »Ich weiß auch, dass das kein SUV von Jaguar oder Mercedes ist, aber das macht mir nichts aus. Wissen Sie, ich habe gemerkt, dass ich hier auf dem Land einen geländegängigen Wagen brauche. Aber ich möchte nicht sechzigtausend Pfund für einen Luxus-SUV ausgeben, wenn ich mit den gleichen morastigen Stiefeln einsteige wie hier und mir dabei den edlen Teppich ruiniere …«

»Nun, man kann eine schützende Matte darüberlegen, dann passiert so etwas nicht«, gab Peroux zu bedenken.

»Richtig, und diese Matte sieht genauso aus wie die, die in meinem Dacia liegt.«

»Aber darunter …«, setzte er an.

»Darunter könnte der gleiche teure Teppich sein«, sagte sie. »Solange Sie ihn nicht sehen, können Sie nicht wissen, ob er da ist oder nicht.«

Peroux hob flüchtig die Schultern an. »Ja, vielleicht 'aben Sie damit ja recht. Isch bin es eben nur nicht gewöhnt, so zu denken, wenn es um mich selbst geht. Isch würde einem Jaguar immer den Vorzug geben, ganz besonders vor einem Dacia.«

Sie nickte kurz und bedeutete ihm dann, ihr zu folgen. »Kommen Sie, wir sollten uns ansehen, was hier passiert ist.«

Louise kam zu ihnen und reichte jedem ein Paar Einweghandschuhe. »Ihnen muss ich bestimmt nicht erst noch erklären, warum wir die tragen müssen«, meinte sie und zwinkerte ihm zu, was Peroux sichtlich irritierte.

»Nein, das müssen Sie wahr'aftig nicht, Mademoiselle, isch …« Er unterbrach sich und zog sein Smartphone aus der Innentasche seines Jacketts, sah auf das Display. »*Oh, excusez-moi.* Ich muss diese SMS umgehend beantworten.«

»Wir gehen schon mal vor«, entschied Nathalie und zog Louise hinter sich her.

»Was für ein komischer Kauz«, meinte die Köchin kopfschüttelnd, nachdem sie das seitliche Tor zum Garten vor dem Geschäft passiert hatten und außer Hörweite waren. »Wie kommt man nur auf die Idee, sich zum Poirot-Doppelgänger zu machen?«

»Na, als Markenzeichen ist es doch eigentlich ganz originell«, fand Nathalie. »Und falls er nicht so gut ist, wie er vorgibt, färbt es auf Poirot nicht ab, weil sie ihm den Namen nicht zugestanden haben. Ah, da ist Megan.«

Die junge Frau saß auf der Bank neben der Eingangstür, die offen stand. Von drinnen war das Schlagen zahlreicher Uhren zur halben Stunde zu hören. Megan spielte mit der rechten Hand mit einer langen roten Haarsträhne, während sie mit links die Katze streichelte, die sich ihr quer über den Schoß gelegt und alle Pfoten weggestreckt hatte. Die Augen kniff sie fest zu, dabei schnurrte sie genüsslich.

Megan, die eine Jeanslatzhose und ein gelbes T-Shirt trug, saß da und starrte vor sich hin. Sie hatte die Ankunft von Nathalie und den anderen noch nicht bemerkt.

Unmittelbar über ihr hatten es sich drei Spatzen auf dem Rand der Regenrinne bequem gemacht, um von dort aus die Katze im Auge zu behalten.

»Hallo, Megan«, sprach Nathalie sie an und hockte sich vor ihr hin. »Wie geht es Ihnen?«

»Ich weiß nicht«, murmelte sie kaum hörbar. »Ich habe so was noch nie gesehen. Wie geht es Leuten, wenn sie so etwas zum ersten Mal sehen?«

»Vermutlich so wie Ihnen«, sagte Nathalie mitfühlend. »Sie sind schockiert und fragen sich, warum so etwas passieren musste, richtig?«

»Ja … und ich frage mich, wer so was macht«, fügte Megan leise hinzu.

Nathalie und Louise sahen sich an. Das klang definitiv danach, dass Burlington nicht bloß tot umgefallen war und irgendwo in seinem Geschäft lag, sondern dass es eindeutige Hinweise auf ein Verbrechen gab. »Megan, Louise und ich würden gern reingehen und nach Ihrem Onkel sehen. Können wir Sie für ein paar Minuten hier draußen allein lassen?«

»Ich bin ja nicht allein«, entgegnete sie. »Oscar passt auf mich auf.«

»Wo ist Felix?«, fragte Louise. »Die zwei sind doch sonst unzertrennlich.«

»Sein Bruder hat sich da drüben unter der Hecke in den Schatten gelegt«, sagte Megan und deutete vage nach rechts. »Ich nehme die beiden dann gleich wieder mit zu mir. Sie waren ja nur hier, um Urlaub zu machen.«

»Ja, machen Sie das, Megan«, stimmte Louise ihr zu. »Ich werde Ihren Freund anrufen, damit er Sie abholt.«

Nathalie wartete, bis Megans Freund Bescheid wusste. »Er sagt, er wird spätestens in einer halben Stunde herkommen«, sagte Louise an die junge Frau gewandt, dann folgte sie Nathalie nach drinnen.

Als sie den hinteren Teil des Ladens erreichten, genügte ein Blick auf Burlington, um zu wissen, dass er tatsächlich einem Mord zum Opfer gefallen war. »Jemand hat ihm die Kehle durchtrennt«, sprach Louise das

Offensichtliche aus. Der Antiquitätenhändler saß auf seinem Stuhl, der Kopf war nach hinten weggekippt, und einzig die Tatsache, dass er ein weinrotes Hemd trug, ließ den Anblick nicht annähernd so blutig erscheinen, wie er eigentlich war.

Louise ging um den Tisch herum, während sie ihre Einweghandschuhe anzog, und betrachtete die klaffende Wunde und die Sitzposition des Mannes. »Entweder hat er den Angriff gar nicht kommen sehen, oder erst so spät, dass er die Hände nicht mehr hochreißen konnte.« Sie stellte sich hinter Burlington, dann rechts neben ihn, schließlich wieder links von ihm. Dabei bewegte sie die rechte Hand mal in die eine, mal in die andere Richtung, als versuchte sie, irgendetwas nachzuvollziehen. Dann nickte sie. »Der Täter hat vor ihm gestanden, da bin ich mir ganz sicher. Hätte er das hinter ihm stehend gemacht, würde dieser Schnitt anders aussehen.«

Nathalie zog skeptisch eine Augenbraue hoch. »Sollte ich Sie jetzt fragen, woher Sie das wissen?«

»Kein Grund zur Sorge«, versicherte die Köchin ihr. »Nicht jeder Agent hat zwangsläufig schon mal jemanden eliminieren müssen.«

Nathalie verkniff sich den Kommentar, dass Louise ihr eigentlich keine konkrete Antwort gegeben hatte. Es gab Dinge, die sie lieber nicht wusste, und so gern sie etwas mehr über die geheimdienstliche Vergangenheit ihrer Köchin erfahren hätte, wollte sie gleichzeitig so wenig wie möglich darüber wissen, ob sie wohl auch eine Lizenz zum Töten besessen hatte und wie oft sie von dieser Lizenz Gebrauch gemacht hatte.

»*Mon dieu*«, ertönte eine Stimme von links.

Nathalie drehte den Kopf zur Seite und sah, dass Peroux zu ihnen gestoßen war. Er stand da und legte den Kopf schräg, während seine Augen hin und her zuckten, um jedes Detail des Toten und seiner Umgebung aufzunehmen.

»'aben Sie ihn bewegt?«, fragte er besorgt.

»Nein, nein, wir haben noch gar nichts angefasst«, sagte Louise in einem Tonfall, der verriet, dass ihr wiederum Peroux' Tonfall nicht gefiel, da etwas Vorwurfsvolles unterschwellig darin mitschwang. »Das ist nicht unser erster Toter, müssen Sie wissen, Mister Peroux. Natürlich dürften Sie einige dutzend Mordopfer Vorsprung vor uns haben, aber wir sind keine Anfänger.«

»Louise hat nur schon festgestellt, dass der Mörder ihn von vorn angegriffen haben muss«, ging Nathalie dazwischen, um den Detektiv von der nächsten spitzen Bemerkung abzuhalten, damit sich da gar nicht erst etwas hochschaukeln konnte.

»Das ist offensichtlich«, sagte Peroux mit einem leicht ungeduldigen Schulterzucken. »Die Frage ist, wo 'at der Täter gestanden? Stand er neben Monsieur Burlington und 'at nach der Tat den Stuhl 'erumgedreht, um uns zu verwirren, oder 'at er auf dieser Seite des Schreibtischs gestanden?«

Nach einem Blick auf die Ausmaße des Tischs schüttelte Nathalie den Kopf. »Dann müsste der Täter schon ein Orang-Utan sein, um über diesen Tisch hinweg mit einer Klinge bis an Burlingtons Hals heranzukommen.«

»Oder«, erwiderte der Belgier, »die Klinge war umso länger. Vielleicht ein Säbel oder …« Er drehte sich um und ließ den Blick durch den Verkaufsraum schweifen, auf einmal sagte er: »Oder eines von diesen dort.«

Louise und Nathalie schauten in die Richtung, in die er zeigte, und sahen die Samuraischwerter, die an der Wand hingen. Nathalie ging näher heran, dann wurde sie auch schon fündig. »Hier. Das dürfte getrocknetes Blut sein.« Sie deutete auf den vorderen Teil der Klinge des Schwerts, das ganz unten hing. Drei ähnliche Schwerter waren darüber an der Wand festgemacht. Sie nahm eines der anderen Schwerter von der Halterung, ging zum Schreibtisch und streckte die Arme aus, um die Klinge auf den toten Mann zu richten.

»Ja, das dürfte passen«, sagte Louise. »Wenn man damit ausholt, kann man eine Person treffen, die sich hier auf der Seite befindet. Vor allem, wenn diese Person so überrumpelt wird, dass sie nicht mehr reflexartig zurückweichen kann.«

»Was machen Sie denn da?«, schallte eine vertraute, aufgeregte Stimme durch das Geschäft.

Constable Strutner war eingetroffen. »Hallo, Constable«, erwiderte Nathalie und hielt das Schwert noch einen Moment länger vor sich ausgestreckt, dann nahm sie es runter. »Das sieht viel leichter aus, als es tatsächlich ist.«

An Strutner gewandt sagte Louise: »Du bist ja schon hier, Ronald.«

»Ja«, kam eine mürrische Antwort. »Ich war wider Erwarten schneller fertig.«

»Das sollte doch eigentlich ein Grund zur Freude sein«, wandte Nathalie ein.

»Nicht, wenn man bei Keepsborough in der Schlange steht und einem ein anderer Kunde die letzten drei Marzipantörtchen wegschnappt«, warf Louise erklärend ein.

»Louise!« Strutner sah sie an, sein Gesicht lief im gleichen Moment vor Verlegenheit und Verärgerung rot an, weil er ertappt worden war.

Nathalie hielt sich dezent die Hand vor den Mund, damit er nicht sah, wie es ihr misslang, sich ein Grinsen zu verkneifen.

»Sie sind ein Bobby?«, fragte Peroux in die plötzlich eingetretene Stille hinein. Louise und Nathalie rissen die

Augen auf und schnappten beide nach Luft, als sie Strutners Blick sahen, der langsam und bedrohlich zu Peroux wanderte.

»Nein, ich bin Constable«, sagte er betont freundlich und betrachtete den Fremden von Kopf bis Fuß. »Und wer sind Sie, dass Sie sich hier am Tatort aufhalten? Dr. Watson?«

»Nein, wäre isch einer der beiden, dann *naturellement* Sherlock 'olmes«, konterte der andere Mann. »Mein Name ist Peroux. 'ector Peroux.«

»Ector?«, wiederholte der Constable.

»Er meint ›Hector‹«, warf Nathalie erklärend ein. »Er ist Privatdetektiv.«

»Jawohl, isch bin Privatdetektiv, wie Mademoiselle Ames soeben ganz richtig gesagt 'at.«

»Wieso können Franzosen eigentlich kein H sprechen?«, wunderte sich der Constable.

»Das müssen Sie schon die Franzosen fragen, isch bin Belgier«, betonte Peroux.

»Aber ... Sie sprechen doch Französisch«, beharrte Strutner irritiert.

»Isch spreche Wallonisch, das ist ein Unterschied.«

»Aber ein H können Sie auch nicht sprechen.«

»Das ist eine Gemeinsamkeit«, machte der Detektiv ihm klar.

»Und wo sind die Unterschiede?«

Peroux winkte ab. »Isch wüsste gar nicht, wo isch anfangen sollte. Gestohlen 'aben sie uns unsere wunderschöne Sprache und daraus das banale Französisch gemacht.« Er schüttelte sich. »'aben Sie schon mal einen Franzosen reden 'ören?«

Strutner überlegte kurz. »Ich habe mal *Willkommen bei den Sch'tis* gesehen.«

»Im Original?«

»Da würde ich ja kein Wort verstehen, und ich wüsste heute noch nicht, um was es da ging.«

Peroux schüttelte den Kopf. »Dann können Sie nicht wissen, wie *terrible* dieses Französisch ist. So *terrible* wie das ganze Land.«

Der Constable hob mahnend eine Hand. »So schlimm ist das gar nicht. Es kommt auch was Gutes aus Frankreich. Die Fritten zum Beispiel.«

»Wir 'aben die Pommes Frites erfunden«, protestierte Peroux aufgebracht. »Wir, die Belgier.«

»Und warum heißen die Dinger dann in den USA French Fries?«, wollte der Polizist wissen.

»Das müssen Sie die dummen Amerikaner fragen, die 'aben sich das ausgedacht«, schnaubte der Detektiv.

Strutner zuckte mit den Schultern. »Okay, okay, Mister Perrot …«

»Peroux, Monsieur, Peroux. 'ector Peroux«, sagte er und unterstrich jede Silbe mit einer Bewegung seines Zeigefingers.

»Peroux«, wiederholte der Constable gedehnt. »Ich lasse Ihnen ja Ihre Fritten, dann haben die Belgier wenigstens auch etwas, worauf sie stolz sein können.«

Peroux schnappte ungläubig nach Luft. »Was 'eißt, dann 'aben wir wenigstens etwas? Wir können auf vieles stolz sein. Jacques Brel war Belgier, wussten Sie das? Der Mann, der *le chanson* neu erfand. *Ne me quitte pas. La mer. Amsterdam.* Ich könnte noch stundenlang seine unvergessenen Lieder aufzählen. 'ergé war Belgier, der Mann, der *Tim und Struppi* erfand. *Tim und Struppi* kennen Sie bestimmt, *n'est-ce pas?* Und der Erfinder der Schlümpfe war auch ein Belgier, wussten Sie das? Kennen Sie Georges Simenon, den Krimiautor? Er war auch Belgier. Er 'at den Commissaire Maigret erfunden …«

»Aber der spielt in Frankreich«, hielt der Constable tapfer dagegen.

»Und ein Belgier 'at ihn erfunden, nur darauf kommt es an!«, machte Peroux ihm klar. »Nur darauf, auf nichts anderes.«

Strutner machte eine vage Geste, die wohl bedeuten sollte, dass es ihm persönlich ziemlich egal war. »Und ein Engländer hat ihn zuletzt gespielt, aber kein Belgier«, legte er nach. »Kennen Sie Rowan Atkinson? Der hat jetzt Ihren Maigret gespielt.«

»Es ist nicht ›mein Maigret‹, sondern der Maigret aller Belgier«, sagte Peroux. »Und einen Monsieur Atkinson kenne isch nicht.«

»Ach, Sie haben bestimmt schon mal *Mr. Bean* gesehen«, warf Louise ein. »Das ist Monsieur Atkinson.«

»Mr. Bean?«, wiederholte der Belgier verwundert. »Was ist das? Mr. Bean. Bean 'eißt doch Bohne. Bohne ist bei uns *'aricot.* Niemand würde auf die Idee kommen, sich Monsieur 'aricot zu nennen. Das wäre ja albern.«

»Jetzt weiß ich immer noch nicht, warum Sie am Anfang das H weglassen«, kehrte der Constable zu seinem ursprünglichen Anliegen zurück. »Warum schreiben Sie überhaupt ein H, wenn Sie es doch nicht mitsprechen?«

»Warum? Weil das Asch am Anfang zum Wort gehört.«

»Das *was?*«, fragte Strutner verdutzt.

»Das Asch.«

Er hob beide Hände ein Stück weit hoch, fast so, als wollte er kapitulieren. »Augenblick, warten Sie mal, Mr. P… Peroux. Sie geben einem Buchstaben, den Sie nicht aussprechen können, auch noch einen Namen?«

Peroux sah ihn völlig verständnislos an. »Wie sollten wir sonst wissen, dass wir diesen Buchstaben meinen?«

Der Constable drehte sich weg und murmelte etwas,

das »Die spinnen, die Belgier« heißen mochte, überlegte Nathalie.

»Wenn wir uns dann nun wieder auf den Fall konzentrieren könnten«, ermahnte Louise die beiden Männer. »Wir brauchen hier keinen Wettkampf Belgien gegen den Rest der Welt oder meinetwegen auch umgekehrt. Jedes Land hat seine Vorzüge, seine Nachteile und seine Besonderheiten, um nicht zu sagen Macken. Wenn das hier …«

Weiter kam sie nicht, da im gleichen Augenblick jemand »O mein Gott, was ist denn d…« rief, mitten im Satz abbrach und ein Höllenlärm folgte.

Drittes Kapitel, in dem ein Paketbote verwirrende Erkenntnisse liefert

Es war ein Lärm, als hätte jemand in einer Küche sämtliche Kochtöpfe gleichzeitig zu Boden geworfen. Als Nathalie sich umdrehte, sah sie noch den letzten Messingbecher einer ganzen Sammlung von einem filigranen Tisch rutschen, der in Schräglage geraten war. Die Becher waren ihr zuvor im Vorbeigehen ins Auge gefallen, weil ihr unwillkürlich durch den Kopf gegangen war, wie viel Arbeit es bedeutete, eine solche Menge zu polieren. Ihre Großmutter hatte Messingfiguren gesammelt, und für Nathalie war es immer eine Gelegenheit gewesen, ihr Taschengeld aufzubessern, wenn sie diese Figuren hatte polieren dürfen. Spaß hatte ihr das nicht gemacht, weil die Politur so seltsam roch und ihr Geruch noch tagelang an den Fingern gehaftet hatte. Außerdem war das Polieren eine mühselige Arbeit gewesen, aber sie hatte sich lieber so etwas dazuverdient, anstatt eimerweise Kohlen aus dem Keller nach oben zu schleppen.

Der letzte Becher landete scheppernd inmitten der anderen, die bereits runtergefallen waren. Was der Grund für diesen Vorfall war und wer da vor Sekunden etwas gerufen hatte, war Nathalie nicht klar. Dann liefen der Constable und Peroux nach vorn und begannen, die Messingbecher zur Seite zu schieben, da offenbar jemand von ihnen verschüttet worden war. Nur Augenblicke später kam ein junger Mann von einem Paketdienst zum Vorschein.

»Was … was ist passiert?«, murmelte er und sah benommen die beiden und danach Nathalie und Louise an, die ebenfalls zu ihm geeilt waren.

Bevor einer von ihnen antworten konnte, machte eine Uhr leise »ping«, und eine Sekunde später setzte eine Kakofonie aus Glockenspielen und Glockenschlägen ein, die jede Unterhaltung unmöglich machte. Als endlich wieder Ruhe eingekehrt war, erklärte ihm Nathalie, was passiert war.

»Sie sind aus irgendeinem Grund ohnmächtig geworden, und beim Hinfallen haben Sie diesen Tisch so weit gekippt, dass die Becher ins Rutschen gerieten und alle auf Ihnen landeten. Sie haben noch etwas gerufen, aber das ging alles etwas zu schnell, ich habe nicht verstanden, was es war.«

»Etwas in der Art von ›O Gott, was ist denn das?‹, würde ich sagen«, ergänzte Louise.

Der Paketbote fasste sich an den Kopf. »Ähm … ach, ja … ich erinnere mich … ich habe Blut gesehen … irgendwas war mit Mr. Burlington, glaube ich.«

»Ja, das ist richtig«, bestätigte der Constable. »Mr. Burlington wurde umgebracht.«

»O nein, dann ist das …« Der junge Mann fuhr sich durch sein volles dunkles Haar und begann nach Luft zu schnappen. »Ich kann kein Blut sehen, da wird mir sofort … ich kann nicht mal drüber nachdenken, was passiert, wenn ich Blut sehe.« Er blickte einen nach dem anderen an. »Dabei hat er gestern noch gelebt. Wer … wer war das?«

»Das wissen wir noch nicht«, sagte Louise und hockte sich neben ihm hin. »Hol mal einen nassen Lappen«, wies sie Strutner an. »Ist Ihnen gestern irgendetwas aufgefallen? Hat sich Mr. Burlington irgendwie seltsam verhalten?«

Der Bote atmete langsam und gleichmäßig, um zur Ruhe zu kommen. »Ich habe ihn nur ein paar Mal gesehen, wenn ich Pakete abgeholt habe. Aber gestern ist mir nichts aufgefallen. Außer vielleicht …«

»Ja?«, hakte Louise nach.

»Na ja, er war nur überrascht, dass ich ihm ein Paket gebracht habe«, sagte er achselzuckend. »Er meinte, er habe nichts bestellt, aber das war auch schon alles.« Er beugte sich ein wenig vor, sodass er die vordere Tischkante sehen konnte. »Ich glaube, das Paket steht sogar noch da. Ganz am Rand. Da hatte ich es hingestellt.«

Strutner kam mit einem nassen Handtuch zurück. Louise nahm es an sich und drückte es dem Boten gegen die Stirn.

»Oh, das tut gut«, hauchte er erleichtert und schloss die Augen.

»Da Sie gestern hier waren«, erklärte der Constable nach einer Weile, als der junge Mann sich sichtlich besser fühlte, »muss ich Sie bitten, sich genau umzusehen und sich insbesondere den Schreibtisch anzusehen.«

»W-warum?«

»Weil wir nicht wissen, ob der Täter irgendetwas mitgenommen hat. Ich weiß, Sie haben nur darauf geachtet, dass Sie das Paket ordnungsgemäß übergeben, aber es kann ja sein, dass Sie aus dem Augenwinkel irgendetwas wahrgenommen haben, das heute nicht mehr da ist.«

»Aber Mr. Burlington …«, begann er zu protestieren.

»Keine Sorge, wir werden ein Tuch über Mr. Burlington legen«, versicherte ihm der Constable und richtete sich wieder auf, um genau das zu erledigen.

Währenddessen stand der Paketbote auf und klopfte sich den Staub von der Kleidung, der sich unter dem Tisch angesammelt hatte.

»Kommen Sie, Mister …?«, rief der Constable.

»Ladbroke, Rick Ladbroke. Ja, ich bin sofort da.« Er richtete sich auf und verzichtete darauf, von einer der hingehaltenen Hände Gebrauch zu machen, um sich hochziehen zu lassen. Dann ging er in Richtung Schreibtisch, spähte um die Ecke und atmete erleichtert auf, als er sah, dass der Tote tatsächlich unter einem Laken verschwunden war. Vor dem Tisch blieb er stehen und sah ihn sich an. Schließlich schüttelte er den Kopf. »Ich wüsste nicht, dass da gestern noch irgendetwas gelegen hätte, was jetzt verschwunden ist.«

»*Non, non, non*«, ereiferte sich Peroux. »So macht man das doch nicht. Sie müssen ihm das alles ’ier *subliminal* zeigen. Verstehen Sie?«

»Sie meinen unterbewusst?«, fragte Nathalie.

»*Oui,* genau das müssen Sie machen!«

»Und wie sollen wir das anstellen?«

Peroux konnte sich nicht davon abhalten, reflexartig die Augen zu verdrehen. »Es ist ganz einfach. Isch werde es Ihnen zeigen. Sie da, Paketmann, ge’en Sie zurück zur Tür, nehmen Sie dieses Paket von ’eute wieder mit, und kommen Sie dann ’erein.«

»Und was soll ich dann machen?«, wunderte sich der junge Mann.

»Das werde isch Ihnen sagen, wenn Sie wieder 'ereinkommen.«

Ladbroke verließ das Geschäft und trat erneut ein. »Und jetzt?«, fragte er.

»Jetzt kommen Sie zu mir, wie Sie gestern zu Monsieur Burlington gekommen sind, um ihm das Paket zu geben. Stellen Sie sich vor, isch wäre Burlington. 'at er 'ier gestanden? Oder an seinem Schreibtisch gesessen?«

»Nein, nein, er stand da, wo Sie stehen«, sagte der Bote und ging auf ihn zu.

»Sehr schön, und jetzt«, gab Peroux zurück, »tun Sie so, als würden Sie auf diesem Gerät 'erumtippen, damit isch den Empfang bestätigen kann, *oui?*«

»Ja, okay.«

»Und jetzt stoppen Sie«, sagte der Detektiv gleich darauf, »aber 'alten Sie den Blick auf das Gerät *imaginaire* gerichtet.«

Ladbroke zog irritiert die Augenbrauen zusammen. »Wozu soll das gut sein?«

»*Patience, mon ami, patience.*« Peroux lächelte ihn an. »Und nun versuchen Sie, sich daran zu erinnern, wie alles um Sie 'erum ausgesehen 'at. Versuchen Sie, jedes Objekt in Ihr Bewusstsein zu 'olen, das Sie gesehen 'aben. Wenn es für Sie leichter ist, stellen Sie sich vor, Sie wollten ein Bild malen. Sie sind ein Künstler, der eine Skizze anfertigt und ein jedes Objekt an der richtigen Stelle platzieren will.«

Der Bote sah konzentriert auf den Scanner, den er reflexartig ergriffen hatte, um den Empfang des Pakets bestätigen zu lassen. Nach einer Weile nickte er, wobei er wie in Trance wirkte.

»Bereit?«, fragte Peroux.

»Ich will es hoffen.«

»*Très bien.* Dann sehen Sie sich jetzt um, und vergleichen Sie, was Sie sehen, mit dem Bild, das Sie eben gemalt 'aben. Sagen Sie mir, was jetzt fehlt oder nicht mehr an seinem Platz steht. Lassen Sie sich Zeit, gehen Sie gründlich vor. Sagen Sie mir auch, wenn Sie sich nicht sicher sind. Jedes Detail kann *très important* sein.«

»Alles klar«, murmelte der junge Mann und sah konzentriert jeden Gegenstand an. Hin und wieder stutzte er, als müsste er sich erst vergewissern, ob das, was er sah, wirklich dort gewesen war.

Alle verfolgten sehr aufmerksam jede Regung des Paketboten, der sich langsam um sich selbst drehte.

»Die Vase«, sagte er plötzlich.

»Die Vase? Welche Vase?«, wollte Louise wissen.

»Die Vase, die auf dem Schreibtisch gestanden hat. Da vorn stand sie.« Er zeigte auf eine Stelle auf dem Schreibtisch und ging näher ran, um den leeren Platz genauer zu betrachten.

»Können Sie die Vase beschreiben? Hatte sie etwas Markantes an sich?«, fragte Nathalie.

»Sie sah so aus«, antwortete der junge Mann und zeigte auf ein großformatiges Buch, das aufgeschlagen vor dem toten Burlington lag.

Peroux, der von ihnen allen am nächsten stand, ging um den Tisch herum und beugte sich über den zugedeckten Toten, um einen Blick auf das ganzseitige Foto zu werfen. »*Mon dieu!* Ist das wahr? Ist das die Vase?«

»Ja, ganz sicher«, beteuerte Ladbroke. »Ich bin kein Spezialist für alten Trödel, aber diese Vase erkenne ich sogar, wenn das Foto auf dem Kopf steht. Sie hat mich sofort an Iron Man erinnert.«

Der Detektiv hob den Kopf und sah den Paketboten an. »Isch verstehe nicht. Wie kann eine Vase mit einem 'arlekin darauf Sie an den Triathlon auf 'awaii erinnern? Isch se'e da keine *connection.*«

»Triathlon?« Ladbroke schüttelte den Kopf. »Ich rede von Iron Man.«

»Ich glaube, er meint den Superhelden Iron Man«, warf Nathalie ein. »Aus den Comics und den Kinofilmen, richtig, Mr. Ladbroke?«

»Natürlich«, bestätigte der junge Mann. »Der Kopf und die Augenpartie dieser Figur sind so markant, nur die Farben sind anders. Blau und Türkis statt Rot und Gold … mit den richtigen Farben könnte das Iron Man sein. Ich möchte fast behaupten, dass da jemand eine schlechte Iron-Man-Kopie auf die Vase gemalt hat.«

Peroux stöhnte unüberhörbar auf und presste die Daumen gegen seine Schläfen, als hätte er starke Kopfschmerzen. »Monsieur Ladbroke, was wir 'ier 'aben, ist eine venezianische 'arlekinvase aus dem Jahr 1845. Das dürfte lange vor Ihrem … Ihrem Super'elden gewesen sein, wenn ich mich nicht sehr irre. Wenn über'aupt jemand etwas kopiert 'at, dann war es der ›Künstler‹, der diesen Superhelden gezeichnet hat.«

»Oh«, machte Ladbroke. »Das hätte ich jetzt nicht gedacht.«

»So lernt man jeden Tag etwas Neues dazu, *n'est-ce pas*, Monsieur Ladbroke?«

»Und Sie sind sich absolut sicher, dass es diese Vase war?«, hakte Louise nach. »Kein Irrtum möglich?«

»Nein, ganz sicher, kein Irrtum möglich«, versicherte Ladbroke ihr. »Ich habe von Kunst null Ahnung, aber das war eindeutig diese Vase.«

»Gut«, sagte Nathalie. »Fehlt sonst noch etwas?«

»Sonst fällt mir nichts auf. Die alte Frau zähle ich jetzt mal nicht mit. Das wäre ja auch zu seltsam, wenn die heute immer noch da rumstehen würde.« Er grinste in die Runde, aber niemand reagierte.

»Was für eine alte Frau?«, wollte der Constable wissen.

»Na, die gestern Morgen hier gewesen ist.«

»Können Sie uns etwas über sie sagen?«, fragte Peroux. »Außer dass sie 'ier gewesen ist und dass sie da gestanden 'at? Eine *description* vielleicht? Wie groß? Wie alt? Besondere Merkmale? 'aarfarbe? Kleidung? Statur? Gesicht?«

»Hm«, machte der junge Mann. »Mal sehen. Also … sie war bestimmt einen halben Kopf kleiner als Sie, Miss.« Er deutete auf Nathalie. »Und sie stand etwas krumm und schief da, als … na ja, als hätte sie schon seit langer Zeit Rückenprobleme. Das Gesicht … das war sehr faltig, aber ich kann Ihnen nicht sagen, ob sie wie siebzig, achtzig oder neunzig ausgesehen hat. Ich kann das nicht gut schätzen. Auf jeden Fall war sie richtig alt. Graue Haare. Ziemlich vornehm gekleidet, so als hätte sie ganz gut was fürs Alter zurückgelegt. Die Nase war ziemlich groß, das weiß ich noch. Und das Kinn war spitz.« Er hob kurz die Schultern an. »Das ist eigentlich schon alles. Ich will mal so sagen: Wenn sie mir noch mal über den Weg laufen sollte, würde ich sie ganz sicher wiedererkennen, aber bei so einer Phantomzeichnung könnte ich Ihnen nicht weiterhelfen. Und ich bin mir sicher, dass ich ihr auf meinen Ausliefertouren noch nie begegnet bin. Aber das hat nichts zu bedeuten. Wenn sie kein Geschäft hat, dann ist es ziemlich unwahrscheinlich, dass sie jemals von uns etwas geliefert bekommt. Wir liefern nur an Unternehmen aus, nicht an Privatpersonen.« Ladbroke kratzte sich am Kopf. »Das ist alles. Mehr fällt mir nicht ein.«

»Ihren Wagen haben Sie nicht zufällig gesehen? Oder sich das Kennzeichen gemerkt?«, fragte Nathalie.

»Oh, nein, nein, sie war nicht mit einem Wagen hier«,

erklärte er überzeugt. »Mit meinem Transporter muss ich hier auf den Hof fahren, weil ich sonst zurücksetzen müsste, aber dann sehe ich nicht, ob auf der Straße jemand unterwegs ist. Der Hof war leer, es stand nur Burlingtons alter Cortina da.«

»Hm«, machte Constable Strutner. »Dann wird sie jemand abgesetzt und später abgeholt haben. Wann waren Sie gestern hier?«

»Um 10.35 Uhr.«

Nathalie sah ihn erstaunt an. »Das wissen Sie so genau?«

Ladbroke nickte eifrig. »Ja, ja, das ist mir im Gedächtnis geblieben, weil die Zustellung zwischen 10.30 und 10.40 Uhr erfolgen musste. Normalerweise soll eine Sendung bis zu einer bestimmten Uhrzeit geliefert werden oder auch erst ab soundsoviel Uhr, weil sonst niemand zu Hause ist. Aber eine so spezielle Zeitangabe habe ich bislang noch nie gehabt. Na ja, und heute das gleiche Spiel. Heute wurde die Uhrzeit auch sehr kurzfristig noch einmal über unsere Website mitgeteilt, und ich sollte unbedingt zwischen 12.45 und 13 Uhr herkommen und … o mein Gott, wir haben ja schon halb zwei! Das sollte bis um eins geliefert werden. Und dabei war ich pünktlich! Jetzt bekomme ich einen Vermerk in der Akte! O nein, nein, nein, wie konnte mir denn so etwas passieren?«

»Mr. Ladbroke, Sie hätten das Paket auch um kurz vor eins nicht mehr zustellen können, weil Mr. Burlington da bereits tot war«, machte Louise ihm klar. »Sagen Sie Ihrem Vorgesetzten, dass der Empfänger verstorben ist. Dann wird man schon verstehen, dass Sie es nicht zustellen konnten.«

»O Himmel, das wird ja immer besser!«, stöhnte der Paketbote. »Ein verspätetes Paket ist schon schlimm, aber ein nicht zugestelltes ist noch viel übler. Da kann ich ja alle Hoffnung auf eine bessere Tour sofort aufgeben.«

»Moment mal«, warf Nathalie ein. »Sie haben doch gesagt, dass das Paket gestern auch zu einer ganz präzisen Zeit geliefert werden sollte. Zwei solche Pakete an zwei Tagen hintereinander – das kann doch wohl kaum ein Zufall sein. Können wir vergleichen, ob die Absender identisch sind?«

»Ja, natürlich«, sagte Ladbroke und hielt das neue Paket neben das vom Vortag. »Beide wurden letzte Woche Montag von der Seniorenresidenz Golden Sunset in Croydon abgeschickt.«

»Beide am gleichen Tag? Und dann wurden sie erst gestern und heute zugestellt?«

»Das ist nichts Ungewöhnliches«, erwiderte der junge Mann. »Sie gehen montags auf Geschäftsreise und wollen jemandem ein Päckchen schicken, von dem Sie wissen, dass er für den Rest der Woche gar nicht im Büro ist, dann geben Sie einfach die gewünschte Zeit für den gewünschten Tag an, und solange bleibt das dann bei uns liegen.«

Nathalie betrachtete grübelnd die Pakete.

»Woran denken Sie, Nathalie?«, fragte Louise, als sie die nachdenkliche Miene ihrer Chefin sah.

Die schüttelte flüchtig den Kopf. »Ich frage mich, ob das ein Zufall ist, dass Mr. Ladbroke das erste Paket genau in dem Moment liefern sollte, als Burlington Besuch von dieser alten Dame hatte, und dass er kurzfristig mitgeteilt bekommt, das zweite Paket heute bis ein Uhr zuzustellen, wenn wir gerade hier sind und Burlington tot aufgefunden haben.«

»Constable«, sagte Peroux. »Fällt es in Ihre Zuständigkeit, das gestrige Paket zu öffnen und den In'alt festzustellen?«

Strutner runzelte nachdenklich die Stirn. »Ich weiß zwar nicht, was das bringen soll, aber Miss Ames hat auch schon darauf hingewiesen, dass die Sache zumindest verdächtig ist. Das genügt mir, um einen prüfenden Blick hineinzuwerfen.« Er holte ein Taschenmesser aus der Jacke und zerschnitt das Klebeband, dann öffnete er den Deckel, und zum Vorschein kam ... ein Bündel Supermarktprospekte, die mit einem Gummiband zusammengehalten wurden.

»Was soll denn das?«, wunderte sich der Constable. »Und das wird mit Eilzustellung verschickt? Die sind ja von letztem Jahr«, stellte er fest, nachdem er das Gummiband abgezogen und den Stapel durchgeblättert hatte. Er zeigte auf das zweite Paket. »Das würde ich mir auch gern ansehen.«

Ladbroke drückte das Paket an sich. »Erst bekomme ich den Empfang quittiert«, machte er dem Polizisten klar.

»Ich beschlagnahme das Paket, wenn Sie es mir nicht freiwillig geben!«

»Dann habe ich eine Abmahnung in meiner Akte!«, gab der Bote aufgeregt zurück. »Ein Paket zu verlieren ist so ziemlich das Schlimmste, was einem passieren kann.«

»Jetzt komm schon, Ronald«, drängte Louise. »Dann unterschreibst du eben und gibst an, dass du es als Nachbar entgegengenommen hast. Was glaubst du, was das für einen bürokratischen Aufwand bedeutet, wenn er das Paket wieder mitnimmt und du es auf dem regulären Dienstweg beschaffen musst.«

»Außerdem könnten sich ja im zweiten Paket Hinweise auf den Täter befinden«, gab Nathalie zu bedenken. »Oder stellen Sie sich vor, da wäre ein Kilo Heroin drin. Wenn Sie das Ihren Vorgesetzten liefern könnten, würde Sie das doch sehr gut dastehen lassen.«

Ladbroke hielt ihm bereits den Scanner so hin, dass er nur noch auf dem Display unterschreiben musste. Dann händigte er ihm das Paket aus, das Strutner auch sofort öffnete.

»Auch nur Prospekte«, murmelte Peroux, als der Inhalt sich auf dem Tisch verteilte. »Der gleiche Prospekt wie im ersten Paket. Wer verschickt so etwas? Was sollte Monsieur Burlington damit machen?«

»Wir werden uns die Prospekte ansehen müssen, ob irgendwo eine Nachricht zu finden ist, vielleicht sogar eine geheime Nachricht«, sagte Nathalie.

»Sagen Sie, Monsieur Ladbroke«, wandte sich Peroux an den jungen Mann. »Könnten Sie wohl feststellen, welcher Ihrer Kollegen die beiden Sendungen vom Absender entgegengenommen 'at? Falls ja, sollte er Kontakt mit dem Constable aufnehmen. Vielleicht kann er uns die Person beschreiben, die ihm die Pakete gegeben 'at.«

Der Bote nickte. »Klar, das kann ich sicher herausfinden. Falls ich Sie nicht erreichen kann, hinterlasse ich im Pub eine Nachricht für Sie, Constable. Miss Ames und Miss Cartham können die sicher an Sie weiterleiten.«

»Auf jeden Fall«, versicherte ihm Nathalie.

»Okay, ich muss jetzt los. Ich will nicht noch mehr Pakete zu spät zustellen«, sagte Ladbroke, verabschiedete sich mit einem kurzen Nicken in die Runde und ging.

Kaum hatte er die Tür hinter sich zugezogen, kam er schon wieder herein. »Ich habe vergessen, Ihnen zu sagen, dass die junge Dame, die draußen gesessen hat, mir gesagt hat, dass ich Ihnen sagen, dass sie mich … ähm … ich … ähm … jedenfalls ist sie vorhin von ihrem

Freund abgeholt worden, als ich hier angekommen bin.« Er winkte kurz und ging wieder raus.

»Also …«, begann Peroux.

Abermals ging die Tür auf, Ladbroke sah um die Ecke. »Und ich soll sagen, dass sie Oscar und Felix mitgenommen hat.«

»Okay, danke«, rief Louise.

Nachdem er erneut gegangen war, standen sie alle da und sahen zur Tür. »Solange ich nicht den Transporter vom Hof fahren sehe, werde ich mich nicht rühren«, erklärte Nathalie und wurde keine halbe Minute später für ihre Entschlossenheit belohnt.

»Ich hatte vergessen zu erwähnen«, rief der Paketbote, als er den Kopf zur Tür hereinsteckte, »die alte Frau hieß Annabelle Maypeny.«

»Das hat sie Ihnen gesagt?«, wunderte sich Louise.

»Sie war ziemlich mitteilungsbedürftig, wissen Sie?«, antwortete er. »So, jetzt bin ich aber wirklich weg.«

»Wer's glaubt«, murmelte Strutner, während die Tür ein weiteres Mal geschlossen wurde, dann endlich hörten sie, wie ein Motor angelassen wurde. Augenblicke später sahen sie den leuchtend roten Lieferwagen vom Hof fahren und auf die Landstraße einbiegen.

»Und was nun?«, fragte Nathalie.

»Nun werde isch etwas nachse'en«, verkündete Peroux und wandte sich dem klobigen Tresor zu, der so antiquiert wirkte, dass er ebenso gut zum Verkauf hätte stehen können.

»Woher haben Sie den Schlüssel?«, wollte Louise prompt wissen, als sie sah, wie der Belgier einen Schlüsselbund aus der Jackentasche holte.

Peroux drehte sich halb zu ihr um. »Den 'at mir Mademoiselle Megan gegeben. Isch 'atte mich noch kurz mit ihr unter'alten, bevor ich zu Ihnen gekommen bin.

Dabei gab sie mir dann den Schlüssel. Sie sagte, das Mäppchen 'ätte draußen unter der Bank gelegen.« Er hob entschuldigend die Hände. »Verzei'en Sie, wenn isch vergessen 'abe, das zu erwähnen. Aber sie selbst 'atte vergessen, den Schlüsselbund dem Constable zu geben, und isch 'ielt es für das Einfachste, ihn mitzunehmen. Isch 'offe, das war nicht verkehrt.«

»Nein, natürlich nicht, Mister Peroux«, versicherte Louise ihm. »Es ist sogar gut, dass Sie das gemacht haben, sonst wäre Megan jetzt mit dem Schlüsselbund daheim, und wir könnten nicht mal abschließen.«

Der Detektiv inspizierte die Schlüssel an dem Bund, während sich Strutner zu ihm stellte. »Constable?«, fragte Peroux ein wenig irritiert.

»Ich will nur gemeinsam mit Ihnen in den Tresor sehen.«

Peroux nickte anerkennend. »Isch 'abe auch nichts anderes erwartet, Constable.« Der richtige Schlüssel war schnell gefunden, nicht ganz so schnell ging das Aufschließen vor sich. »Das muss einer der Originalschlüssel sein«, sagte er. »Der ist in über 'undert Jahren so sehr abgenutzt worden, dass er gar nicht mehr richtig fasst.« Dann endlich war es geschafft, Peroux drückte den Hebel nach unten und zog die Tür auf.

Nathalie und Louise stellten sich zu ihnen und sahen gebannt, was hinter der Tür zum Vorschein kam. In den drei geräumigen Fächern stapelten sich Schachteln, manche in der Größe von Schmuckdosen für Ohrstecker, andere groß wie Schuhkartons.

»Zumindest sieht es so aus, als hätte sich niemand daran zu schaffen gemacht«, sagte Nathalie. »Aber das kann täuschen.«

»Wonach suchen wir überhaupt?«, wollte Louise wissen.

»*Un moment*«, erwiderte Peroux und ging zum Schreibtisch zurück. Er nahm seinen kleinen Aktenkoffer, legte ihn auf einen freien Platz auf dem Tisch und holte ein Buch und mehrere bedruckte Blätter heraus. Er breitete die Blätter vor sich aus und schlug das Buch an einer markierten Stelle auf. »Im Jahr 1630 wurden Dublonen für den spanischen König Felipe IV. geprägt, allerdings stand auf den ersten rund 'undert Münzen eine VI. anstelle einer IV. Natürlich sollten sie sofort eingeschmolzen werden, aber offenbar gab es schon im 17. Jahr'undert den einen oder anderen *collecteur*, der bereit war, für Fehlprägungen viel Geld auszugeben. Die Münzen verschwanden spurlos, und erst um 1700 tauchten angeblich ein paar Exemplare auf. Selbstverständlich kann niemand mit Gewissheit sagen, ob da etwas Wahres dran ist. Verbürgt ist das erst ab 1910, als ein Foto von drei dieser Münzen auftauchte. Seitdem sind immer wieder Exemplare auf Auktionen versteigert worden, aber es kursieren auch viele Fälschungen. Monsieur Burlington war in den Besitz von zwölf Münzen gelangt, die aus einem Nachlass stammen. Die An'äufung von so vielen dieser seltenen Münzen 'at ihn skeptisch werden lassen, des'alb 'at er sich an mich gewandt.«

»Dann sind Sie Experte für diese Dublonen?«, folgerte Nathalie.

»*Oui*, dafür auch«, sagte Peroux und wirkte für einen Moment ein wenig verlegen. »Mein Wissen über Münzen ist so umfassend, dass mir das Institute pour Numismatique an der Sorbonne einen Ehrendoktortitel verlie'en 'at. Isch berate den Vatikan, große Auktions'äuser, private Sammler und manchmal auch 'ändler wie Monsieur Burlington. Isch 'atte das große Glück, einmal eine dieser Dublonen in der 'and 'alten zu dürfen. Das macht es für mich *naturellement* viel einfacher, ihre Echtheit zu bestimmen.«

»Wenn diese Münzen echt sind, welchen Wert haben sie dann?«

»Die letzte Auktion … sie fand vor drei oder vier Jahren statt, wenn isch mich nicht irre … 'at in New York über zwei Millionen Dollar erbracht – für eine einzige Münze«, antwortete er.

»Dann wären das ja vierundzwanzig Millionen«, rief Strutner verblüfft.

»*Au contraire*«, widersprach der Belgier. »Wenn von etwas Seltenem gleich so viele Exemplare auf den Markt kommen, drückt das den Preis, weil es dann gar nicht mehr so selten ist. Es kann durchaus dazu kommen, dass sich der Wert 'albiert. Viel sinnvoller wäre es, abseits von Auktions'äusern nach Interessenten zu suchen, vorzugsweise nach solchen, die vorgeben, nur ein bescheidenes Einkommen zu besitzen. Diese Leute prahlen nicht mit dem, was sie 'aben, sie 'orten das alles in einem Raum, den niemand außer ihnen betreten darf. Wenn Sie zwölf Leuten dieser Art je eine Münze anbieten und sie in dem Glauben lassen, Sie 'ätten nur dieses eine Exemplar, dann können Sie vielleicht an die vierundzwanzig Millionen Dollar erzielen.« Er drehte sich zum Safe um. »Nun, dann wollen wir doch mal se'en, wo Monsieur Burlington sie deponiert hat.«

Eine Viertelstunde später nahm Peroux den Deckel von der letzten noch verbliebenen Schachtel. »*Zut alors!*«, knurrte er. »*Elles sont disparues!* Verschwunden! Die Münzen sind weg!« Frustriert schüttelte er den Kopf und gab die Schachtel an Strutner weiter, der sie wieder in den Safe legte. »*Malheureusement* 'aben offenbar die verkehrten Leute davon … wie sagt man? Luft bekommen?«

»Wind bekommen«, korrigierte ihn Louise.

»Ah, *oui.* Es 'aben die verkehrten Leute davon Wind bekommen, den Mann umgebracht und dann die Münzen geraubt.«

»Aber … wenn sie die Münzen aus dem Safe genommen haben«, überlegte Nathalie, »warum haben sie all die anderen Dinge liegen lassen? Allein diese anderen Münzen werden doch sicher noch einige tausend Pfund wert sein.«

Peroux schüttelte nachdenklich den Kopf. »Isch kann mir kein Urteil über Monsieur Burlington erlauben, aber wenn er ein rechtschaffener Mann war, wird er nichts Illegales ge- und verkauft 'aben. Wenn das der Fall ist, wird er sehr genau Buch geführt 'aben über alles, was in diese *trèsore* liegt. Und er dürfte seine Versicherung auf dem Laufenden ge'alten 'aben. Warum sollten die Diebe das Risiko eingehen, sich mit dem Verkauf einer 'andvoll registrierter Münzen zu verraten, auch wenn die vielleicht zwanzigtausend Pfund einbringen würden?«

»Und die Dublonen waren nicht registriert?«, hakte Nathalie nach.

»Die Dublonen besaß er erst seit ein paar Tagen, und da vermute isch, dass seine Versicherung davon nichts wusste. Selbst wenn er nur einen Wert von zehn Millionen Dollar oder Pfund angegeben 'ätte, wäre eine Prämie fällig geworden, die ihn ruiniert 'ätte.«

»Vielleicht sind sie gar nicht weg«, wandte Louise ein. »Wenn Burlington wusste, welchen Wert die Dublonen haben, und wenn er damit rechnen musste, dass ihm jemand einen Besuch abstatten würde, könnte er sie doch da versteckt haben, wo niemand nach ihnen suchen würde, zum Beispiel in einem der Schränke oder auch dahinter.«

»Das ist gar kein so abwegiger Gedanke«, musste Peroux einräumen, dann ließ er den Blick durch den großen Verkaufsraum wandern. »Allerdings wird es sehr lange dauern, um das alles zu durchsuchen.« Er deutete auf Schränke, Kommoden und Tische. »Zwölf Münzen lassen sich da 'ervorragend verstecken. Wir müssen jede Schublade 'erausziehen und von allen Seiten betrachten, ob irgendwo etwas festgeklebt wurde.«

»Ich hätte da eine Idee«, meldete sich Constable Strutner. »In Durring gibt es doch die Polizeischule, und ich kenne einen der Ausbilder. Bevor wir uns hier Tage und Nächte um die Ohren schlagen, um nach Münzen zu suchen, die vielleicht gar nicht mehr hier sind, lasse ich meinen Bekannten zehn oder zwölf Kandidaten rüberschicken, die für uns alles auf den Kopf stellen. Dann können sie noch Bonuspunkte sammeln, während sie zeigen, ob sie in der Lage sind, wirklich gründlich zu suchen.«

»Das ist eine hervorragende Idee, Ronald«, sagte Louise.

»Wenn diese ange'enden Bobbys 'ier alles auf den Kopf stellen, dann sollten sie auch nach einer sehr kleinen Kamera Ausschau 'alten«, sagte Peroux.

»Nach einer kleinen Kamera?«, wiederholte der Constable verwundert. »Wieso?«

»Nach einer *sehr* kleinen Kamera«, korrigierte der andere Mann ihn. »Nach einer winzigen Kamera, die über das Internet angesteuert werden kann.«

Strutner schaute völlig ratlos drein. »Könnten Sie mir bitte erklären, wovon Sie reden?«

»Earlsraven ist ein kleines Dorf, 'ier kennt doch sicher jeder jeden, *oui?*«

»Das kann man so sagen«, erwiderte Nathalie grinsend, weil sie diese Erfahrung schon hatte machen müssen, gleich nachdem sie das Black Feather übernommen hatte. Menschen, die sie noch nie gesehen hatte, sprachen sie mit ihrem Namen an, obwohl sie erst seit zwei Tagen hier gewesen war.

»Dann kann man auch sagen, dass ein Fremder auffällt?«

»Ja.«

Peroux nickte. »Dann muss der Täter irgendwo in Burlingtons Geschäft eine Kamera versteckt 'aben, um wissen zu können, wann er den Paketboten 'inschicken muss, damit der Mann ganz ›zufällig‹ den Laden betritt, wenn die alte Dame dort ist und wenn die Polizei nach dem Fund des Toten anwesend ist.«

»Aber wie konnte er wissen, wann diese Miss Maypeny Burlington aufsuchen würde?«, wunderte sich Louise.

Peroux lächelte verschmitzt. »Solche winzigen Kameras 'aben oft auch winzige Mikrofone, was bedeuten dürfte, dass er auch ihren Anruf mitge'ört 'at. Er wusste, wann Burlington Besuch erwartet, und dementsprechend konnte er die Paketsendung steuern.«

Nathalie nickte. »Klingt logisch. Aber es muss nicht zwangsläufig ein Fremder sein«, hielt sie dagegen. »Es kann genauso gut jemand sein, der in Earlsraven wohnt und von zu Hause aus zugesehen und dann reagiert hat, als es für den Boten Zeit wurde, die Pakete zu liefern.«

»Selbstverständlich«, stimmte Peroux ihr nach kurzem Überlegen zu. »Das ist oft sogar naheliegender, Mademoiselle Ames.«

»Gut, dann sollen sie auch nach versteckten Kameras suchen«, sagte Strutner, zog das Handy aus der Tasche und wählte die Nummer seines Bekannten. Währenddessen fragte Peroux: »Nehmen Sie mich wieder mit, wenn wir gleich zurückfahren, Mademoiselle Ames?«

»Selbstverständlich, Mister Peroux«, sagte sie. »Wir lassen Sie doch nicht hier allein zurück.«

»Danke. Könnten Sie mich dann in Earlsraven absetzen? Isch würde gern ein wenig die Atmosphäre des Dorfes in mich aufnehmen. Und isch würde gern mit den Leuten reden, um etwas mehr über Monsieur Burlington zu erfahren.«

»Es wäre nur gut, wenn Sie nicht erwähnen, dass Burlington tot ist«, empfahl Louise ihm. »Das hat sich noch nicht herumgesprochen. Ich habe Megan auch gebeten, erst mal kein Wort davon zu sagen.«

»Aus einem bestimmten Grund?«

»Die Leute reden über Tote oft anders als über Lebende. Wenn Sie jemandem erzählen, dass Sie vorhaben, bei ihm eine Wohnungseinrichtung zu kaufen, wird sich vielleicht der eine oder andere zu Wort melden und Sie warnen, dass der Mann ein Betrüger ist«, erklärte sie. »Wenn Sie aber erzählen, dass jemand ihm die Kehle durchgeschnitten hat, werden viele sagen, dass er zwar nicht immer der netteste Mensch war, dass er aber ein solches Ende nicht verdient hat.«

»*Ah, je comprends. Bien, Mademoiselle.* Isch werde diskret ermitteln.« Er lächelte sie und Nathalie an. »Dann se'en wir uns später am Tag, um nach dem Täter zu suchen?«

Louise und Nathalie nickten beide zustimmend. Für sie war klar, dass sie nach der Rückkehr ins Black Feather als Erstes das geheime Archiv von Nathalies Tante durchforsten würden.

Viertes Kapitel, in dem Nathalie lernt umzudenken und Monsieur Peroux auf eine Spur stößt

»Die Liste ist fertig«, verkündete Louise, als sie gegen neun Uhr am Abend Nathalies Wohnung im rückwärtigen Teil des Black Feather betrat. Die Tür war nur angelehnt gewesen, und da Nathalie auf das Klopfen nicht reagiert hatte, war Louise hineingegangen.

»Mhm«, machte Nathalie nur, die mitten im Wohnzimmer stand und auf einen Punkt starrte, der weit außerhalb dieses Raums zu liegen schien.

»Es ist erstaunlich, mit wem Burlington im Lauf der Jahre Streit hatte«, redete sie weiter.

»Mhm.«

Louise sah ihre Chefin forschend an, dann nickte sie verstehend und sagte: »Wussten Sie, dass er sogar Heinrich VIII. zu einem Hamburger-Wettessen herausgefordert hat? Einen König? Zu einem Wettessen?«

»Aha«, kam es von Nathalie.

»Heinrich VIII. hat natürlich verloren«, redete sie langsam und eindringlich weiter. »Und weil er so ein schlechter Verlierer ist, hat er Burlington köpfen lassen.«

Nathalie nickte bedächtig. »Dann ist Heinrich VIII. der Mörder, den wir suchen?«

»Er oder Captain Nemo.«

Auf einmal begann Nathalie zu zwinkern, als würde sie aus einer tiefen Trance erwachen. »Was ist mit Captain Nemo?«, fragte sie und sah Louise verständnislos an.

»Nicht so wichtig«, sagte die Köchin und winkte ab. »Viel wichtiger ist, was mit Ihnen ist, Nathalie.«

»Nichts«, wehrte sie ab.

»Von wegen nichts«, beharrte Louise. »Sie stehen hier und starren Löcher in die Luft, und hören gar nicht, welchen Unsinn ich Ihnen erzähle. Also, reden Sie schon.«

»Ist nicht so wichtig, Louise«, beteuerte Nathalie und ging zum Sideboard links von ihr, um die Weihnachtsteller hin und her zu schieben, die ihre Tante über Jahre hinweg gesammelt hatte.

»Sie wissen, ich werde nicht lockerlassen«, sagte Louise in einem beiläufigen Tonfall. »Es liegt also an Ihnen, wie lange Sie es aushalten, dass ich Sie frage, was mit Ihnen los ist. Wir können das zehn Minuten lang machen, ich kann aber auch heute Nacht um zwei immer noch neben Ihrem Bett stehen und im Minutentakt fragen.«

Nathalie seufzte und ließ die Schultern sinken, dann drehte sie sich um. Louise sah, dass ihr Tränen in den Augen standen. »Jetzt sagen Sie mir bitte nicht, dass Sie vom Black Feather die Nase voll haben und nach Liverpool zurückkehren wollen!«

»Was?«, erwiderte Nathalie schniefend und brachte ein Lächeln zustande. »Ach Quatsch, das würde mir doch im Traum nicht einfallen.«

»Und was ist es dann?«

»Das hier.« Sie machte eine ausladende Geste, die das ganze Zimmer einschloss. An der hinteren Wand des Wohnzimmers stand das Sofa, darüber hingen gerahmte Familienfotos in allen Größen. Ein runder Tisch und zwei Sessel waren davor angeordnet, über deren Rückenlehnen cremefarbene Spitzendeckchen lagen. Die Deckenlampe mit den drei hellbeigen Glaskugeln passte in ihrer Art zum Rest der Einrichtung und sorgte für ein angenehmes Licht. Rechts dominierte ein Schrank aus dunklem Holz den Raum, vor der großen Fensterfront zur Linken stand das Sideboard, das unter anderem einem Teil der umfangreichen Sammlung von Hummel-Figuren Platz bot. »Wie soll ich irgendein Teil von hier weggeben oder wegwerfen? Das hier ist die Welt, in der meine Tante gelebt hat. Wenn ich irgendetwas davon weggebe, dann gebe ich damit auch einen Teil meiner Tante weg. Und wenn hier alles leer ist, dann ist meine Tante überhaupt nicht mehr da. Ich komme mir vor, als würde ich sie aus meinem Leben streichen.« Sie schluchzte leise. »Verstehen Sie, was ich meine?«

»Ich verstehe sehr gut, was Sie meinen, und deshalb kann ich Ihnen auch sagen, dass Sie sich irren«, antwortete die Köchin. »Sie können sich gar nicht vorstellen, wie sehr Sie sich irren.«

»Ich irre mich nicht, was meine Gefühle angeht«, beharrte sie nachdrücklich. »Wenn ich das weggebe, was einem geliebten anderen Menschen wichtig war, dann setze ich mich über diesen Menschen hinweg. Und das … ich weiß nicht, wie ich das machen soll. Ich werde anschließend in dieser Wohnung sitzen und mir wünschen, ich hätte auf meine innere Stimme gehört und alles so gelassen, wie es war.«

Louise fasste sie an der Hand und zog sie hinter sich her zur Couch. »Setzen Sie sich«, sagte sie leise und hielt auch weiter Nathalies Hand fest. »Ich werde Ihnen etwas über Ihre Tante erzählen, Nathalie. Etwas, das Sie noch nicht wissen.«

Nathalie sah sie skeptisch an. »Sie wissen, dass ich meine Tante nicht mehr fragen kann, ob das stimmt, was Sie mir erzählen wollen.«

Louise zwinkerte ihr zu. »Dann bleibt Ihnen nichts anderes übrig, als mir zu vertrauen, nicht wahr?«

Mit einem Schulterzucken fügte sich Nathalie in ihr Schicksal. »Vermutlich haben Sie recht, Louise. Also gut, was haben Sie mir zu bieten, um mich umzustimmen?«

»Henrietta war faul.«

»Was?«

»Ja, sie war faul.«

Nathalie schüttelte den Kopf. »Meine Tante hat den Pub und das Café und die Pension geführt, und sie hat dieses Archiv da oben gehegt und gepflegt. Ich glaube, da kann man nicht von Faulheit sprechen.«

»Na ja, wenn Sie sich umsehen, haben Sie den Beweis für Henriettas Faulheit.« Sie ließ ihre Worte eine Weile wirken, dann erklärte sie: »Natürlich haben Sie recht, dass sie mit dem Black Feather und mit der Fortführung dieser geheimen Datenbank auf Karteikarten mehr als nur gut ausgelastet war. Aber wenn es um diese Wohnung ging, dann lauteten ihre höchstpersönlichen Worte immer wieder: ›Dafür bin ich jetzt zu faul.‹«

»Dafür? Wovon reden Sie?« Gedankenverloren spielte sie mit der Fernbedienung für den Fernseher, der aus einer Zeit stammte, als man mit acht Programmtasten noch mehr als gut bedient gewesen war. Das Gerät hatte einen für damalige Verhältnisse sehr großen Bildschirm, der aber neben einem modernen Flachbildfernseher fast winzig erschien. »Ich rede davon, dass von dem, was Sie hier sehen, eigentlich gar nichts mehr da sein sollte. Hätte Henrietta nicht immer wieder anderen Dingen den Vorzug gegeben, dann wäre schon vor Jahren alles Alte rausgeflogen. Sie hat regelmäßig Prospekte von Möbelhäusern studiert und Tausende Dinge angestrichen, die ihr alle besser gefielen als das hier. Nathalie, Sie können mir glauben, wenn ich Ihnen sage, dass Ihre Tante kein einziges Möbelstück mehr leiden konnte. Aber wenn, dann hätte sie alles zusammen neu kaufen wollen, um die Farben und Formen aufeinander abzustimmen.«

»Aber sie hätte sich doch mal zwei oder drei Tage freinehmen können, um auszumessen, wie viel Platz sie hatte und was sie an neuen Möbeln hätte kaufen können«, wandte Nathalie ein. »So viel Zeit muss doch mal drin gewesen sein, oder nicht?«

»Nicht bei Ihrer Tante. Sie hat wahrscheinlich zu viel Zeit in die analoge Datensammlung da oben im ersten Stock gesteckt, und dann hat es für nichts anderes mehr gereicht.« Louise blickte sie fragend an. »Wenn Sie meine ehrliche Meinung hören wollen …«

»Immer, das wissen Sie genau, Louise«, versicherte sie der älteren Frau.

»Gut, dann sage ich Ihnen ganz offen, dass Sie selbst in die gleiche Richtung tendieren wie Ihre Tante. Sie gönnen sich zu wenig Pausen, Sie sind immer auf Tour.«

»So ein Haus wie das Black Feather managt sich nicht von allein«, gab Nathalie zurück.

»O doch, genau das tut es«, hielt ihre Köchin dagegen. »Die Abläufe sind perfekt aufeinander abgestimmt, die Angestellten harmonieren miteinander, ohne sich bei jedem Detail absprechen zu müssen. Jeder weiß hier, dass er sich selbst nur dann einen Gefallen tut, wenn er sich für den Erfolg des Black Feather engagiert. Wenn Pete vier Teller gereicht bekommt, die zu Tisch drei müssen, und er kann nur drei Teller auf einmal hinbringen, weil auf einem ein Gericht mit sehr viel Sauce ist, dann schnappt sich Cathy den vierten Teller und bringt ihn sofort hinterher. Sie hat nur einen Teller für Tisch sechs, hat also eine Hand frei, während Pete eine dritte Hand gebrauchen könnte. Es ist nicht ihr Tisch, es ist nicht ihr Trinkgeld, sie könnte sagen: ›Der Teller interessiert mich nicht.‹ Aber das tut sie nicht, weil es einfach einen besseren Eindruck auf den Gast macht, wenn alle am Tisch möglichst gleichzeitig das Essen serviert bekommen. Der Gast fühlt sich wohl und kommt wieder, und das bedeutet für das Black Feather Umsatz, von dem wiederum alle profitieren, weil niemand entlassen werden muss.«

»Aber es gibt hier jede Menge Potenzial für Einsparungen«, hielt Nathalie dagegen. »Allein die Laufwege. Wenn ich sehe, wie oft die Mädchen vom Café zur Terrasse laufen und dann mal an den einen, mal an den anderen Tisch gehen, da kribbelt es mir in den Fingern …«

»Nathalie, ich kenne Ihre Vorliebe für Zahlen und Statistiken«, sagte Louise geduldig. »Aber ich bin froh, dass Sie noch immer nicht dazu gekommen sind, diese Ideen umzusetzen, mit denen Sie uns alle gleich am ersten Tag in Angst und Schrecken versetzt hatten.«

»Aber, Louise, es ist unwirtschaftlich …«

»Es mag unwirtschaftlich erscheinen, Nathalie, aber das ist es nicht. Wir haben hier keinen globalen Markt zu bedienen. Wir exportieren nicht vier Container mit Erbsensuppe nach China, wo eine Einsparung von einem Penny pro Portion nicht nur ein kleines Vermögen ergibt, sondern auch noch lästige Konkurrenz auf die Ersatzbank schickt. Wir haben es hier mit Gästen zu tun, mit Menschen aus Fleisch und Blut. Die Wahrnehmung dieser Gäste ist eine völlig andere, wenn die Bedienung mit einem kleinen Tablett nur für diesen Tisch ankommt oder wenn sie mit einem riesigen Tablett vorbeikommt, dem Gast die Kaffeetasse und das Stück Kuchen hinstellt und zum nächsten Tisch geht. Im ersten Fall fühlt sich der Gast persönlich angesprochen, weil die Bedienung nur für ihn gelaufen ist. Im zweiten Fall kommt es dem Gast wie eine Massenabfertigung vor, weil die Bedienung mit zwölf Tassen Kaffee über die Terrasse eilt und diese auf den Tischen verteilt. Natürlich käme kein Gast auf die Idee, sich darüber zu beschweren, weil das eine unterbewusste Wahrnehmung ist. Aber gerade die führt dazu, dass es den meisten Gästen in unserem Café gefällt. Das ist beim Bestellvorgang nicht anders. Ich weiß, Sie wollen dieses System einführen, bei dem die Bedienung am Tisch auf einem kleinen Tablet die Bestellung eintippt und das Gleiche in der Küche auf dem Monitor erscheint, damit wir schneller das Essen an den Tisch bringen können.«

»Es ist ja nicht nur das, sondern das System ist gleichzeitig mit der Kasse und mit den Beständen verbunden«, argumentierte Nathalie. »Die Vorteile …«

»Die Vorteile bestehen darin, dass mir das System Bescheid gibt, wenn nur noch drei Gläser Senf vorhanden sind und Nachschub bestellt werden muss«, sagte Louise. »Das heißt, wenn ich ein Glas Senf aus dem Vorratsraum hole, sehe ich, ob da noch drei oder fünf Gläser stehen, und dementsprechend notiere ich Senf auf der Liste der Besorgungen. Nathalie, den Großteil der Lebensmittel kaufen wir hier bei den Bauern um die Ecke. Aber wir kaufen nicht immer bei den gleichen Bauern.

Wenn ich zum Beispiel Tomaten kaufe, sehe ich mir diese Tomaten an, und wenn die mir bei Higglesby nicht gefallen, kaufe ich sie diese Woche bei den Torysons. Ein automatisierter Bestellvorgang hilft mir nicht weiter, weil ich ohne einen Blick auf die Ware nicht entscheide, was ich nehme. Und abgesehen davon ist der persönliche Kontakt auch von Nutzen, wenn es um den Preis geht. Da wird schon mal ein bisschen mehr in die Kiste gepackt, ohne dass ich dafür bezahle. Oder die Summe wird abgerundet. Per EDV wird das auf das Gramm und den Penny genau erfasst, da gibt es keine Extras mehr.«

Nathalie sah sie missmutig an. »Ist das Ihre ehrliche Meinung?«

»Das ist nicht nur meine ehrliche Meinung, das ist auch die Erfahrung, die ich gemacht habe«, erklärte die Köchin. »Wir sind hier auf dem Land, hier gehen die Uhren anders. Beschränken Sie Ihre Statistik noch eine Weile darauf, die Umsätze und die Kosten zu beobachten. Ich frage Sie, wie Ihnen eine exakte Analyse weiterhilft, die berechnet, welcher Tisch wie viel Umsatz bringt.«

»Wenn man sieht, welches die umsatzschwachen Tische sind, kann man gegensteuern«, antwortete Nathalie und klang wieder so, als wäre sie ganz in ihrem Element.

Louise nickte und sah sie schweigend an, schließlich fragte sie: »Und wie steuern Sie dagegen? Stellen Sie alle Tische nach vorn? Oder schaffen Sie die schwachen Tische ab?«

»Natürlich nicht«, räumte Nathalie ein. »Dann fehlt ja der Umsatz, den der Tisch bringt.«

»Eben. Wir sind kein Konzern, der eine unrentable Filiale schließt, weil es ihm egal ist, was aus den Kunden und den Mitarbeitern wird. Im Black Feather ist das nicht egal. *Ihnen* ist das nicht egal.«

»Ja, Sie haben ja recht, Louise«, lenkte sie ein und ließ sich nach hinten sinken. »Aber das hier ist mir auch nicht egal. Selbst wenn ich die Möbel weggebe ... was mache ich mit all den persönlichen Dingen? Mit der Kleidung? Mit dem Geschirr, mit den Büchern ... mit allem?« Sie verdrehte frustriert die Augen.

Louise legte den Kopf in den Nacken und starrte an die Decke, während sie überlegte, wie sie am besten in Worte fassen konnte, was sie Nathalie sagen wollte. Schließlich holte sie tief Luft und begann: »Nehmen Sie etwas von der Kommode da drüben.«

»Was?«, fragte sie verwundert.

»Nehmen Sie irgendein Teil von den Sachen, die auf der Kommode stehen.«

»Welches denn?«

»Ganz egal. Gehen Sie rüber, packen Sie sich ein Teil, ohne hinzusehen und ohne zu überlegen, und dann setzen Sie sich wieder zu mir.«

»Wozu soll das gut sein?«, wollte Nathalie wissen.

»Das erkläre ich Ihnen schon noch«, sagte Louise lächelnd. »Lassen Sie sich überraschen.«

Zögerlich stand Nathalie auf und ging zum Sideboard.

»Und nicht erst hinsehen!«, ermahnte die Köchin sie und sah zu, wie Nathalie tastend nach etwas griff und zur Couch zurückkam.

»Und?«

Nathalie machte die Hand auf und betrachtete die Clownsfigur, die sie erwischt hatte: eine gut fünfzehn Zentimeter große Figur, die einen Mann in bunter, viel zu weiter Kleidung und mit viel zu großen Schuhen zeigte, mit Halbglatze und einem Haarkranz aus knallroten Locken, mit roter Plastiknase und einem aufgemalten, überdimensionierten Lachen im Gesicht. Nathalie verzog unwillkürlich den Mund.

»Scheußlich, nicht wahr?«, fragte Louise.

»Na ja, scheußlich würde ich nicht gerade sagen, aber ... aber meiner Tante hat er gefallen.«

»Gefällt er Ihnen, Nathalie?«

Nathalie sah sie betrübt an. »Ganz ehrlich?«

»Ganz ehrlich.«

»Er ist scheußlich.«

Louise nickte zufrieden. »Sehr gut. Aber Sie wissen auch, dass es außer Ihrer Tante noch andere Leute gibt, die diesen Clown süß und hinreißend finden. Was denken Sie, was Henrietta lieber gewesen wäre: dass Sie den Clown behalten, ihn aber in einen Karton packen und in den Keller stellen, weil Sie ihn am liebsten niemals wiedersehen wollen? Oder dass Sie einen kleinen privaten Flohmarkt auf dem Parkplatz veranstalten, wo sich früher oder später ein Sammler einfinden wird, der diesen Clown haben will und der Ihnen gern fünf oder sogar zehn Pfund dafür gibt, wenn Sie ankündigen, dass alle Einnahmen ohne Abzug an das örtliche Tierheim gespendet werden?«

»Ja, ich verstehe, was Sie meinen«, sagte Nathalie einsichtig. »Aber das da drüben sind alles Erinnerungsstücke, die kann ich doch nicht anderen Leuten überlassen.«

»Das sind aber alles Erinnerungen Ihrer Tante, nicht Ihre Erinnerungen, Nathalie. Suchen Sie sich die Dinge heraus, die Ihnen gefallen oder die bei Ihnen eine bestimmte Erinnerung an Henrietta wecken. Und dann trennen Sie sich von dem Rest, egal ob es um Kleidung geht oder um Geschirr oder um diesen Stuhl dahinten.«

»Eigentlich haben Sie recht, Louise ...«

»Habe ich doch immer«, warf sie schmunzelnd ein

und brachte Nathalie damit zum Lachen. »Wenn Sie Henriettas Kleider der Kleiderkammer überlassen, können sie von anderen Frauen weiterhin getragen werden, die sich nichts Neues leisten können. Genauso das Geschirr und die Kochtöpfe, das Besteck, die Küchengeräte. Andere freuen sich darüber, und Sie sind Ballast los, der Sie nur unnötig runterzieht, weil Sie nicht wissen, wohin mit allem.« Dann fügte sie noch hinzu: »Und was die Kleiderkammer bekommen soll, wird sogar von den Mitarbeitern hier bei Ihnen abgeholt. Sie müssen keinen Finger rühren. Nur den Flohmarkt vor dem Pub müssen Sie selbst organisieren, aber da helfe ich Ihnen gern.«

»Das könnten wir ja auf der Website ankündigen«, überlegte Nathalie und war mit einem Mal von neuem Tatendrang erfüllt. »Und dann …«

Ein Klopfen an der Wohnungstür ließ sie mitten im Satz abbrechen. »Ja?«

»'ector Peroux, Mademoiselle«, war von der anderen Seite der Tür eine längst vertraute Stimme mit einem ebenso vertrauten Akzent zu hören. »Darf isch so spät noch stören?«

Nathalie sah auf die Wanduhr und wunderte sich, wo die Zeit geblieben war. Schon Viertel nach zehn. »Ja, kommen Sie ruhig rein, Mister Peroux.«

Er trat ein und nahm den Hut ab, dann nickte er beiden Frauen zu. »Isch wünsche einen guten Abend.«

»Bonsoir, Monsieur Peroux«, antwortete Louise lächelnd.

»Haben Sie etwas erreicht?«, wollte Nathalie wissen. »Hat jemand etwas erzählt, was uns weiterhilft? Irgendeine Beobachtung?«

Der Detektiv hob abwehrend die Hände. »Sehr viele Leute 'aben mir sehr viel erzählt, über die Lebenden und die Toten. Aber isch muss diese Dinge alle erst einmal in meinem Kopf sortieren. Das wird noch eine Weile dauern, und da isch für gewöhnlich spätestens um zehn Uhr zu Bett ge'e, wäre es mir recht, wenn wir morgen früh über meine Erkenntnisse reden könnten. Wenn isch nicht ausgeruht bin, dann arbeitet mein scharfer Verstand nicht so, wie es nötig ist.«

»Ja, natürlich, Mister Peroux«, erwiderte Nathalie. »Wir haben auch schon ein paar Dinge zusammengetragen, dann können wir gemeinsam überlegen, wer unter Verdacht stehen könnte. Wenn es Ihnen recht ist, gleich morgen früh um neun auf der Terrasse, dann ist es da vorn noch nicht so warm.«

»*Très bien. Bonne nuit,* die Damen.«

Nachdem er wieder gegangen war, meinte Louise: »Seltsamer Kauz. Wie kommt man bloß auf die Idee, sich Hercule Poirot zum Vorbild zu nehmen?«

»Als Miss Marple wäre er ein noch seltsamerer Kauz«, gab Nathalie lachend zurück. »Kommen Sie, setzen wir uns in den Pub und trinken noch was.«

»Einverstanden«, meinte die Köchin. »Aber nur, wenn wir uns an den umsatzschwächsten Tisch setzen, um seine Position zu verbessern.«

»So viel Cider könnte ich nicht trinken, um den Tisch aus den roten Zahlen zu holen«, sagte sie.

»Cider? Habe ich Sie etwa auf den Geschmack gebracht?«, erkundigte sich Louise interessiert.

»Kann man so sagen, Louise«, gestand Nathalie ihr ein. »Ich hab den zwar ein paar Mal auf Getränkekarten gesehen, aber mir nie Gedanken darüber gemacht, was das ist und wie es schmeckt.« Sie stand auf und stellte den Clown zurück auf das Sideboard. Als sie sich auf dem Weg zur Tür umsah, nahm sie das Wohnzimmer ihrer Tante auf einmal völlig anders wahr. Was sie nun sah, erschien ihr nicht länger wie ein gigantischer Klotz am Bein, sondern es war jetzt zu einer Aufgabe zusammengeschrumpft, die sich bewältigen ließ. Zuversichtlicher als zuvor ging sie mit Louise nach vorn in den Pub.

»Hm«, machte Louise, als sie auf ihr Smartphone sah und es zurück auf den Tisch legte. »Ich hätte gedacht, dass ein Monsieur Peroux pünktlich ist. Vor allem, wenn er von seinem Zimmer bis zum Treffpunkt keine neunzig Sekunden braucht.«

»Vielleicht war der gestrige Abend für ihn anstrengender als erwartet«, gab Nathalie zu bedenken. »Wenn er ein paar Bier zu viel getrunken hat …«

»Unmöglich«, widersprach Louise. »Wenn er von zu Hause Bier gewöhnt ist, dann muss ihm unser Bier wie Spülwasser vorkommen. Die Belgier haben Hunderte Sorten Trappistenbier, das in den Abteien gebraut wird. Das Zeug ist zum Teil so stark, dass sogar trinkfeste Leute nach zwei Gläsern aufhören müssen. In London gibt es ein Geschäft, da können Sie Bier aus aller Welt kaufen. Wenn ich das nächste Mal da bin oder wenn ich von jemandem Besuch bekomme, lasse ich für Sie eine Flasche mitbringen.«

»Jetzt haben Sie mich neugierig gemacht«, sagte Nathalie und strich sich die Haare aus der Stirn, die vom Duschen noch etwas feucht waren. Die Sonne war schon vor einer Weile über dem Horizont aufgestiegen, aber noch sorgten die Strahlen für eine angenehme Wärme. Eine kurze Jeans und T-Shirt und dazu Sandaletten waren genau die richtige Kombination für dieses Wetter. »Ach, übrigens«, fügte sie dann noch an. »Ich habe heute Morgen mit Megan telefoniert, um zu hören, wie es ihr geht. Sie hat ziemlich schlecht geschlafen, weil ihr die Bilder ihres Onkels nicht aus dem Kopf gehen wollen.«

»Das heißt, ich nehme sie erst einmal vom Dienstplan, richtig?«, vergewisserte sich Louise.

»Ganz richtig. Ich habe ihr empfohlen, einen Psychologen aufzusuchen«, redete Nathalie weiter. »Und ich habe mit ihr vereinbart, dass sie sich wenigstens für ein paar Tage bei ihrer Schwester in Dover einquartiert. Ihr Freund muss für drei Wochen auf Montage nach Schottland, und ich fände es nicht gut, wenn sie ganz allein zu Hause wäre.«

Die Köchin nickte zustimmend. »Eine gute Lösung. Einen Psychologen findet sie da schließlich auch.«

»Genau. Aber noch viel wichtiger ist, dass ihre Schwester vor ein paar Wochen Mutter geworden ist, und wenn Megan ihr mit den Zwillingen hilft, ist das meines Erachtens die beste Form von Abwechslung, die sie bekommen kann.«

»Sie haben nicht zufällig …«

»… gefragt, ob sie uns etwas über ihren Onkel sagen kann?«, führte Nathalie die Frage zu Ende. »Doch, das habe ich. Aber sie sagt, dass sie ihren Onkel eigentlich nur selten besucht hat. Von irgendwelchen illegalen Aktivitäten ist ihr nichts bekannt, sie weiß nur, dass ihre Eltern mit ihm seit Jahren nichts mehr zu tun hatten. Es muss da einen Streit gegeben haben, aber Details kennt sie nicht.«

»Wir sollten ihre Eltern fragen«, schlug Louise vor.

»Sollten wir, können wir aber nicht. Die befinden sich seit zwei Monaten auf einem Selbstfindungstrip in Indien, und die nächsten zwei Monate sind sie für niemanden zu sprechen, weil auch niemand weiß, wo genau sie sich aufhalten.«

»Zu dumm«, murmelte die Köchin und zuckte mit den Schultern. »Aber dann scheiden die Eltern zumindest als Täter aus.« Wieder sah sie auf die Uhr. »Wo bleibt denn bloß dieser …«

»*Bon matin, Mademoiselle Cartham, Mademoiselle Ames*«, wurde Nathalie von einer bekannten Stimme unterbrochen.

Sie drehte sich um und entdeckte Peroux, der sich vom Dorf aus kommend ihrem Tisch näherte. Heute trug er einen lindgrünen Anzug, den gleichen Hut wie gestern und dazu mittelbraune Halbschuhe, die ein paar Schrammen abbekommen hatten.

»Guten Morgen. Woher kommen Sie denn, Mister Peroux? Wir sitzen hier und haben die Tür im Blick, durch die Sie kommen müssten, und jetzt stehen Sie auf einmal hinter uns?«

»Isch 'abe einen Spaziergang gemacht«, erklärte er. »'ector Peroux macht jeden Morgen einen Spaziergang. 'atte isch das nicht erwähnt? Das 'ilft mir beim Nachdenken.«

»Wie früh sind Sie denn aufgebrochen?«, wollte Louise wissen. »Ich war die ganze Zeit über in der Küche. Wieso habe ich Sie nicht vorbeigehen sehen? Oder haben Sie sich abgeseilt?«

Peroux begann von Herzen zu lachen, dann zeigte er auf seinen Anzug. »Isch glaube nicht, dass isch das geschafft 'ätte, ohne meinen Anzug zu besudeln. *Non, non.* Aber ernsthaft: Als isch um sechs Uhr rausgegangen bin, war die Küche noch geschlossen.«

»Unmöglich, ich mache die Küche immer um sieben Uhr auf, damit … Augenblick mal, was haben Sie da gerade gesagt, wann Sie vorbeigekommen sind?«

»Um sechs Uhr. Vielleicht war es auch zwei Minuten nach sechs, aber sicher nicht später.«

Louise sah ihn ungläubig an. »Sie unternehmen um sechs Uhr morgens Ihre Spaziergänge?«

»*Oui*«, bestätigte Peroux. »Dann kann isch am besten nachdenken. Zudem ist es 'ier so wunderschön und so ru'ig und so idyllisch.«

»Sie sind drei Stunden durch die Gegend spaziert?«, fragte jetzt auch Nathalie. »Und dabei wirken Sie, als wären Sie nur einmal um das Haus herumgegangen.«

»Nun, isch wäre pünktlich wieder 'ier gewesen, wenn isch gewusst 'ätte, dass da ungefähr ein Kilometer Strecke über eine schmale Straße verläuft, die zu beiden Seiten von einer 'o'en Mauer gesäumt wird.« Er schüttelte sich bei dem bloßen Gedanken an dieses Erlebnis. »Es ist eine sehr kurvenreiche Strecke, und ständig ist man der Gefahr ausgesetzt, von einem um die nächste Kurve kommenden Wagen erfasst zu werden. Isch musste einen großen Umweg machen, um dieses kleine Stück Straße zu umgehen, und nur deshalb bin ich zu spät.«

»Zu spät sind Sie genau genommen ja gar nicht«, sagte Louise und deutete auf den freien Stuhl. »Wir hatten ausgemacht, dass wir ab neun Uhr hier sind, und jetzt sind Sie ja da.«

»*Oui, c'est vrai.* Isch bin jetzt 'ier.« Er nahm Platz und legte den kleinen Aktenkoffer vor sich auf den Tisch.

»Der ist wohl immer Ihr treuer Begleiter, wie?«

»*Oui,* irgendwo muss isch mein Tablet und meinen Notizblock und die Kamera und alle anderen *accessoires* unterbringen, um meine Arbeit zu erledigen.« Er klappte den Koffer auf und holte den erwähnten Notizblock heraus, dann sah er der Reihe nach Louise und Nathalie an. »Wer fängt an?«

»Ehrlich gesagt bin ich viel zu neugierig, um selbst anzufangen«, gestand Louise. »Ich möchte einfach zu gern wissen, was Sie mit Ihrer Art zu ermitteln herausgefunden haben.«

»*Très bien*«, antwortete er. »Isch war in verschiedenen

Geschäften rund um den Marktplatz, und isch 'abe auch diesen Pub aufgesucht. Den mit dem seltsamen Namen. Jim's Old Chair. Isch 'abe vorgegeben, bei Burlington ein Gemälde kaufen zu wollen, aber erst einmal seine ›Nachbarn‹ zu fragen, welchen Eindruck sie von dem Mann 'aben. Isch 'abe erklärt, dass isch einen 'ändler zuerst einmal danach beurteile, wie er sich als Mensch verhält. Ist er ein schlechter Mensch, dann ist er auch ein schlechter 'ändler.«

»Ein überzeugendes Argument«, fand Nathalie. »Das weckt bei niemandem Misstrauen.«

»*Merci*«, sagte er lächelnd und zwirbelte eine Seite seines Schnurrbarts. »Was isch bekommen 'abe, ist ein sehr ... wie soll isch sagen ... ein sehr gemischtes Bild, sehr unein'eitlich. Einige Bewohner von Earlsraven 'alten ihn für *très sympathique.* Einige 'aben keine Meinung zu ihm, weil sie mit ihm noch nie zu tun 'atten. Und dann gibt es einige Personen, die ihn mindestens nicht mögen, aber in sehr unterschiedlicher Intensität. Isch lasse erst einmal alle diejenigen weg, die ihn bloß als unfreundlich und Ähnliches bezeichnen. Isch mag auch nicht jeden Taxifahrer, der mich durch die Gegend fährt, aber ich bringe nur des'alb noch lange keinen von ihnen um.« Er suchte etwas auf seinem Notizblock, dann nickte er flüchtig. »Isch 'abe drei Kandidaten ausfindig machen können, die als Verdächtige infrage kommen könnten. Da wäre zum einen 'arold Jacoby, ein Wein'ändler aus Bluegate, der von Burlington – wie er selbst sagte – über den Tisch gezogen wurde. Isch musste erst nachfragen, um zu verstehen, dass das so viel wie ›betrogen‹ 'eißt. Jacoby 'atte vor etwa drei Jahren bei einer Geschäftsauflösung eines Konkurrenten sehr günstig drei Kisten mit kalifornischem Wein erstanden, die Burlington ihm für zwei'undert Pfund abgekauft 'atte. Erst später stieß Jacoby bei einer Internetauktion auf einen Anbieter, der eine Flasche von exakt diesem Jahrgang für fast tausendneun'undert Pfund versteigert hatte. Er begann zu recherchieren und fand 'eraus, dass das Weingut in Napa Valley drei Tage nach dem Versand dieser Kisten einer Feuersbrunst zum Opfer gefallen war, die von einem benachbarten Wald auf das Anwesen übergesprungen war. Die übrigen Kisten wurden ein Raub der Flammen, und damit besteht der letzte Jahrgang aus diesen drei Kisten oder sechsunddreißig Flaschen. Burlington 'at damit ein kleines Vermögen verdient, und Jacoby war fest davon überzeugt, dass der Antiquitätenhändler schon beim Kauf der Kisten wusste, um was für einen Schatz es sich 'andelte. Natürlich hat er sich geweigert, den Kauf rückgängig zu machen, und genauso 'at er Jacoby auch nicht an seinen Einnahmen teilhaben lassen, von denen Jacoby bis 'eute vermutet, dass er die Flaschen privat verkauft hat, um keine Steuern zahlen zu müssen.«

»Ja, das wäre nachvollziehbar, dass Jacoby eine Gelegenheit gesucht hat, um sich zu rächen und um sich das entgangene Geld zu holen«, überlegte Nathalie. »Aber ob das ein Mordmotiv ist ... ich weiß nicht.«

»Laut Monsieur Jacoby hat Monsieur Burlington keine Gelegenheit ausgelassen, um ihn damit aufzuziehen«, ergänzte Peroux. »Er soll ihn immer wieder gefragt 'aben, ob er nicht mal wieder ein Sonderangebot für ihn 'at.«

Louise nickte bestätigend. »Jacoby haben wir auch auf unserer Liste, genau wegen dieser Sache mit dem Wein. Dass Burlington später immer wieder gestichelt hat, ist mir allerdings neu. Das macht ihn gleich etwas verdächtiger.«

»Das se'e isch auch so«, sagte Peroux.

»Nummer zwei?«, fragte Nathalie.

»*Numero deux* sind die Geschwister Rosie und Pete Waycroft, die einzigen Verwandten von 'elen Waycroft. Als 'elen vor zwei Jahren starb, lösten ihre Kinder ihren 'aus'alt auf, da sie beide als Wissenschaftler in Cambridge tätig sind. Burlington nahm alle Möbel mit, einen Teil davon verkaufte er, den Rest ließ er als Sperrmüll entsorgen«, sagte Peroux. »Erst Wochen später tauchte ein Testament auf, in dem Madame Waycroft ent'üllte, dass der Schreibtisch aus dem späten 19. Jahr'undert über mehrere Ge'eimfächer verfügte, in denen ihre Eltern im Zweiten Weltkrieg das von deren Eltern geerbte Gold versteckt 'atten. Sie selbst 'atte das Ge'eimnis erst aus dem Testament ihrer Eltern erfahren, es war verbunden mit der Auflage, das Gold nur im Notfall zu verkaufen und selbst auch nur im Testament etwas zu verraten.«

»Aber der Schreibtisch war bereits bei Burlington, und der wollte ihn nicht herausgeben?«, fragte Nathalie, die sich mit den Funden von Louise absichtlich noch nicht vertraut gemacht hatte, um sich das Ganze unvoreingenommen anzuhören.

»Schlimmer, Mademoiselle Ames«, erwiderte er ernst. »Der Schreibtisch war bereits von der Müllabfuhr abgeholt worden. Burlington behauptete, das 'olz sei so verrottet gewesen, dass der Schreibtisch beim Abladen auf seinem 'of auseinandergebrochen sei. Er 'abe ihn dann in seine Einzelteile zerlegt, aber dabei kein Gold gefunden. Natürlich 'aben die Waycrofts ihm kein Wort geglaubt, aber das Gegenteil konnten sie ihm auch nicht mehr beweisen.«

»Und der Schreibtisch war bereits geschreddert worden, um ihn für Pressholz wiederzuverwenden«, fügte Louise hinzu. »Spätestens beim Schreddern wäre das Gold entdeckt worden, also befand es sich zumindest nicht mehr in irgendwelchen Teilen des Tischs, als er bei Burlington abgeholt wurde. Wann es aus den Verstecken geholt wurde oder ob es überhaupt jemals in irgendwelchen Fächern deponiert worden war, lässt sich nicht mehr nachvollziehen.«

Peroux nickte zustimmend. »Es ist auch denkbar, dass die Eltern von Madame Waycroft das Gold wieder entnommen und einfach vergessen 'atten, dass im Testament davon die Rede war. *Bien*, kommen wir zu *numero trois*«, sagte er und hielt drei Finger hoch. »Die achtzehn Jahre alte Simone Cook ist an einem Abend vor vier Jahren gegenüber der Einfahrt zu Burlingtons Grundstück aus unerklärlichen Gründen mit ihrem Motorroller gegen einen Baum gefahren und 'at sich dabei so schwer verletzt, dass sie noch an der Unfallstelle verstarb. Untersuchungen ergaben, dass sie nach dem Zusammenprall mit dem Baum noch mindestens zwei Stunden gelebt 'at und wohl auch bei Bewusstsein war. Niemand konnte Burlington etwas nachweisen, aber alle sind davon überzeugt, dass er an dem Abend mit seinem Wagen aus der Einfahrt auf die Straße geprescht kam, was er wohl regelmäßig gemacht 'aben muss. Mademoiselle Cook wollte ihm ausweichen, 'at die Kontrolle über ihren Roller verloren und wurde gegen den Baum geschleudert. Burlington 'at das gese'en, ist zurück auf sein Grundstück gefahren, ins 'aus zurückgekehrt und 'at den Abend da'eim verbracht, während schräg gegenüber eine junge Dame vergebens um ihr Leben kämpfte, das er 'ätte retten können. Allerdings wäre dann auch seine Beteiligung an dem Unfall ans Licht gekommen, und man 'ätte ihn wegen Körperverletzung belangen und ihn auf Schadenersatz verklagen können.«

»Das ist natürlich nur die Mutmaßung der Cooks«, fügte Louise hinzu. »Es klingt alles sehr schlüssig, aber es gibt nicht den kleinsten Hinweis darauf, dass es sich tatsächlich so zugetragen hat. Es kann auch sein, dass Simone einen Fahrfehler begangen hat und niemanden sonst eine Schuld trifft.«

Peroux nickte zufrieden. »Dann 'abe isch unab'ängig von Ihnen die gleichen Verdächtigen ermitteln können, obwohl isch erst seit gestern in Earlsraven bin.«

Louise und Nathalie lächelten ihn anerkennend an. »Sie sind wirklich gut, Mister Peroux. Dann sollten wir jetzt …«

»Warten Sie bitte, Mademoiselle Cartham«, unterbrach der Belgier sie. »Isch kann Ihnen noch ein *encore* bieten.«

»Ein *encore?*«

»Ja, wie sagt man … ein ›Wir wollen mehr‹ … eine Zugabe, *oui,* eine Zugabe.«

Nathalie und Louise sahen sich ratlos an. »Was sollen wir darunter verstehen?«, wollte Nathalie wissen.

»Nun, sehen Sie, isch 'abe gestern Abend eine gewisse Madame Ritchie kennengelernt …«

»Elinor Ritchie«, warf Louise ein. »Verwitwet, leitet den Kirchenchor.«

»Als isch im Pub Madame Ritchie zuerst ansprach, sagte sie, sie könne mir nicht be'ilflich sein, weil sie mit Burlington noch nie zu tun ge'abt 'abe. Als sie sich später auf den 'eimweg machte, ließ sie scheinbar zufällig ihren Schlüsselbund genau neben meinem Stuhl fallen. Wir bückten uns beide, und sie flüsterte mir zu, isch solle in zehn Minuten in die Gasse neben dem Juwelier kommen. Dann verließ sie den Pub. Isch ließ einige Minuten verstreichen und tat dann so, als müsste ich unbedingt nach draußen gehen und frische Luft schnappen. Draußen war alles verlassen, da es bereits nach Geschäftsschluss war. In der besagten Gasse wartete Madame Ritchie auf mich und konnte mir Folgendes berichten …«

Unwillkürlich beugten sich Louise und Nathalie gebannt vor.

»Vor ungefähr zwei Wochen 'at sich Madame Ritchie mit einer Engelsstatue auf den Weg zu Monsieur Burlington gemacht, um sie ihm zu verkaufen oder um sie zumindest schätzen zu lassen. Dort angekommen, wurde sie Zeugin eines heftigen Streits zwischen einer Mademoiselle Brinkley und Monsieur Burlington. Mademoiselle Brinkley brüllte ihn an, dass er ›das‹ noch teuer bezahlen werde. Er erwiderte, e'er werde er sie umbringen, bevor sie auch nur eine Chance 'ätte, noch einmal in seine Nä'e zu gelangen. Sie stürmte nach draußen, während Madame Ritchie im Laden stand und nicht wusste, was sie tun sollte. Nachdem Mademoiselle Brinkley abgefahren war, sah Burlington sich den Engel an und sagte zu Madame Ritchie, er könne ihr neunzig Pfund dafür geben. Und dann fügte er noch 'inzu, dass sie lieber annehmen solle, bevor Mademoiselle Brinkley ihre Drohung wahrmache und ihn umbringe.«

»Steph Brinkley? Die ist für uns immer noch ein unbeschriebenes Blatt«, sagte Louise. »Und zwar in jeder Hinsicht. Sie ist hier in Earlsraven noch nie aufgefallen, und sie ist hier auch noch nie angefeindet worden.«

Eine Kellnerin brachte Peroux eine Tasse Kaffee und ein Sandwich mit Erdbeerkonfitüre, außerdem ein gekochtes Ei. Er bedankte sich und begann das Ei zu pellen.

»Mister Peroux, entschuldigen Sie die Frage, aber ich weiß absolut sicher, dass Sie nichts bestellt haben, seit Sie sich zu uns an den Tisch gesetzt haben. Wieso bringt Jackie Ihnen ein Frühstück?«

Der Belgier lächelte sie an. »Vielleicht ist es Zauberei,

vielleicht Telepathie? Nein, weder noch. Es ist nichts weiter als ein Notizzettel auf der Kuchentheke, auf dem die Bitte steht, mir diese Dinge zu bringen, sobald ich mich 'ier auf der Terrasse zu Ihnen gesetzt 'abe.« Während er redete, fielen am Nebentisch zwei Kohlmeisenpärchen über die Überreste einer Scheibe Marmorkuchen her, die ein ganz früher Gast zum Frühstück bestellt, aber nur zu etwas mehr als der Hälfte gegessen hatte. Die gelb-schwarzen Vögel umschwirrten sich gegenseitig und zeterten unentwegt. Dabei schien der Kampf um das Essen wichtiger zu sein als das Essen selbst, denn schließlich war das Stück noch so groß, dass sie zu viert nebeneinander hätten sitzen können, um sich das buchstäbliche Stück vom Kuchen zu sichern. Auf dem Dach des Black Feather stolzierten unterdessen zwei Krähen auf dem First umher und untersuchten jede Ritze auf Essbares.

»Und mehr hat Mrs. Ritchie nicht gesagt?«, fragte Nathalie, um zum eigentlichen Thema zurückzukommen.

»Nein. Außer, dass sie Angst 'at. Angst um ihr Leben.«

»Warum hat sie sich nicht an unseren Constable gewandt?«

»Das 'abe ich sie auch gefragt«, erwiderte der Detektiv. »Darauf sagte sie, die Polizei könne ohne'in nichts unternehmen, solange die andere Seite nicht schon irgendetwas getan 'abe. Darum 'at sie mir das auch alles in dieser Gasse erzählt, wo uns niemand beobachten konnte. Zumindest 'offe ich das für Madame Ritchie. Isch 'abe dann die Gasse in Richtung Marktplatz verlassen, während sie in die andere Richtung losgeeilt ist. Isch nehme an, sie ist nach 'ause gelaufen. Ich bin zum Pub zurückgeschlendert und 'abe mich wieder an meinen Tisch gesetzt, um noch ein Glas von dem zu trinken, was ihr Engländer so gern als ›Beer‹ bezeichnet, was aber mit einem richtigen Bier nichts zu tun hat. Isch 'ätte gern einen der anderen Gäste gefragt, ob jemand mehr über den Streit zwischen Mademoiselle Brinkley und Monsieur Burlington weiß ... ob jemand etwas über die 'intergründe weiß ... aber isch 'abe dann davon doch wieder Abstand genommen, weil isch befürchtete, dass jemand den Zusammenhang zu Madame Ritchie hergestellt 'ätte. Mit Blick auf die Ängste, die diese Frau aussteht, wäre das unverantwortlich gewesen.«

»Dann sollten wir Miss Brinkley mit auf unsere Liste setzen, damit Ronald sie auch befragt«, murmelte Louise, gerade als ihr Handy klingelte. Sie sah aufs Display und grinste: »Na, wenn man vom Teufel spricht ... Ronald, was gibt es?«

»Wir sind hier bei Burlington«, sagte er ohne Vorrede. »Wenn ihr Zeit habt, dann kommt gleich mal rüber. Es gibt hier was zu sehen.«

»Was denn? Habt ihr die Münzen schon gefunden?«

»Nein«, antwortete der Constable. »Aber das ist auch sehr ... interessant.«

Fünftes Kapitel, in dem ein überraschender Fund das Opfer in ein neues Licht rückt

»Eine unserer Polizeianwärterinnen kam – als Einzige von zwölf jungen Damen und Herren, möchte ich betonen – auf die exzellente Idee, die Bodenbretter nach Hohlräumen abzusuchen«, erklärte Strutner, als sie zwanzig Minuten später auf den Parkplatz neben der Antiquitätenhandlung gefahren waren, wo der Constable sie bereits erwartete. »Darf ich vorstellen? Frances Aldwood, die Frau mit dem sechsten Sinn.«

»Ich würde sagen, sie hat sich damit um genügend Bonuspunkte verdient gemacht, dass ihr ein Arbeitsplatz sicher ist, oder, Constable?«, fragte Nathalie und nickte der jungen Frau mit dem schwarzen Bob zu, die ein wenig verlegen dreinschaute.

»Meine Empfehlung bekommt sie auf jeden Fall.«

»Und was genau 'at die junge Dame entdeckt?«, wollte ein sichtlich ungeduldiger Peroux wissen. »Welche …

wie sagt man … Leichen 'at Monsieur noch im Keller neben all den unschönen Dingen, von denen isch bislang ge'ört 'abe? So sagt man das doch, das mit den Leichen, oder nicht?«, fragte er irritiert, als er sah, wie Strutner leicht zusammenzuckte.

»Ja, das sagt man so«, bestätigte der Constable und bedeutete den dreien, ihm in einen kleineren Nebenraum zu folgen, in dem Burlington eine beachtliche Auswahl an alten Schreibmaschinen zusammengetragen hatte, die auf langen stabilen Werkbänken aufgereiht standen. Eine Werkbank war leer geräumt worden, um sie zur Seite schieben zu können. Mehrere Bodenbretter hatte man herausgelöst und neben dem entstandenen Loch abgelegt. Dann zeigte er in den Hohlraum unter dem Boden und ergänzte: »Nur ist das mit den Leichen normalerweise nichts weiter als eine Redewendung.«

Sie machten noch einen Schritt nach vorn, der genügte, um einen Blick in das Loch im Fußboden zu werfen. Zwei Menschen lagen dort unten, umhüllt von einer Plastikfolie, unter der sie aussahen, als würden sie lediglich schlafen. »'at man die zwei vakuumverpackt? Oder liegen die erst seit drei Tagen da unten?«, wollte Peroux wissen, der die beiden bis zur Taille freigelegten Toten mit unübersehbarer Neugier betrachtete.

»Das sind die Howletts«, erklärte Louise und ging um das Loch im Boden herum, damit sie mit der Taschenlampe an ihrem Smartphone den Bereich ausleuchten konnte, der noch von Brettern bedeckt war. »Jonathan und Gillian Howlett. Beide sind vor über zehn Jahren nach Australien ausgewandert. Jedenfalls offiziell. Burlington hatte ihnen den Hof abgekauft, und sie wollten das Land verlassen. Sie haben damals noch eine große Abschiedsparty gegeben, und am nächsten Morgen sind sie sehr früh zum Flughafen gefahren. Es gab noch eine Ansichtskarte für ein paar Freunde, was später bekannt wurde, als sich viele Leute zu wundern begannen, warum sie gar nichts mehr von den Howletts hörten.«

»Ja, ich erinnere mich, dass ich von vielen aus dem Dorf angesprochen wurde«, meldete sich der Constable zu Wort, »ob ich nicht jemanden bei der australischen Polizei auf die Suche nach den beiden ansetzen könnte, weil es nie wieder ein Lebenszeichen von ihnen gegeben hat. Die Kollegen da unten nahmen zwar die Daten auf, aber sie machten mir erst gar keine Hoffnung, dass sie sich in absehbarer Zeit bei mir melden würden. Schließlich gab es keinen konkreten Anhaltspunkt für eine Gefahr für ihr Leben, außerdem ist es nicht ungewöhnlich, dass Auswanderer sich nie wieder bei den Leuten aus ihrem alten Umfeld melden, auch wenn sie das vorher hoch und heilig versprochen haben. Viele schließen komplett mit dem alten Leben ab und konzentrieren sich ganz auf das neue.« Nach einer kurzen Pause fügte der Constable hinzu: »Und mir wurde auch gesagt, dass Australien nun einmal zu großen Teilen äußerst lebensfeindlich sei, auch wenn das viele nicht wahrhaben wollen. Eine Reifenpanne irgendwo mitten im Outback kann zu einer tödlichen Falle werden, und je nachdem, wo der Wagen gestrandet ist, kommt da wochenlang niemand vorbei, und dann ist es längst zu spät.«

»Wenn von dort Ansichtskarten an ein paar Leute geschickt wurden, ist auf jeden Fall irgendjemand in Australien angekommen«, folgerte Peroux. »Also 'at jemand an ihrer Stelle das Land verlassen. Jemand, der gesucht wurde. Auf den vielleicht sogar eine Belohnung ausgesetzt war. Jemand, den eine lange Gefängnisstrafe erwartete.«

»Jemand von diesem Schlag, ganz richtig«, stimmte

Louise ihm zu. »Und ich möchte wetten, dass Burlington sich das auch noch gut hat bezahlen lassen.«

»Es sei denn, jemand hatte bei ihm noch etwas gut«, gab Nathalie zu bedenken. »Aber ich möchte bezweifeln, dass wir das noch aufklären können.«

»Darüber können wir uns später immer noch Gedanken machen«, fand Peroux. »Es ist e'er unwahrscheinlich, dass nach zehn Jahren jemand auf die Idee kommt, Burlington zu töten, um einen Mitwisser auszuschalten. Immer'in 'ätte der Mann zehn Jahre lang jedem erzählen können, wen er anstelle der 'owletts außer Landes geschafft 'atte. Das würde einen Mord zu einem sinnlosen Unterfangen machen.«

»Mord muss nicht immer einen Sinn haben, Mister Peroux«, betonte Nathalie.

»Wem sagen Sie das, Mademoiselle?«, seufzte der Belgier und beugte sich über das Loch im Boden. »Sie sind tatsächlich luftdicht verpackt, *n'est-ce pas?* Wer 'at eine Maschine zur 'and, mit der man einen Menschen in Folie verpacken und einschweißen kann?«

»Burlington«, antwortete Strutner und deutete mit dem Daumen über seine Schulter. »Die Howletts haben früher Rind- und Schweinefleisch aus Hausschlachtung verkauft, und in der hinteren Halle steht die ganze Maschinerie zur Verfügung. Es war für Burlington ein Leichtes, die beiden zu erschlagen und einzuschweißen, um sie dann da zu verstecken.«

»Ein gut durchdachtes Verbrechen«, sagte Peroux fast lobend. »Niemand vermisst die Opfer, niemand kommt auf die Idee, sie könnten *la Royaume-Uni* über'aupt nicht verlassen 'aben.«

»Wen haben sie nicht verlassen?«, fragte Strutner. »Laro… was?«

»*La Royaume-Uni*«, wiederholte Peroux. »Ihre 'eimat,

Constable. Ihren Arbeitgeber, wenn Sie so wollen. Das Vereinigte Königreich.«

»Oh«, machte der Constable, verzog dann aber den Mund. »Wie heißt das in Frankreich?«

»Belgien«, warf Peroux offenbar reflexartig ein.

»Ja, oder Belgien. Wie heißt das?«

»*La Royaume-Uni*«, sagte Peroux noch einmal.

»Lieber Himmel, da hat man ja nachher einen Knoten in der Zunge«, stöhnte Strutner.

»Und die Münzen? Was ist damit?«, wollte Nathalie wissen, um zum Thema zurückzukommen.

Der Constable zuckte mit den Schultern. »Weil wir hier ganz systematisch vorgehen und nichts übersehen wollen, setzen wir die Suche erst fort, wenn die beiden Toten abgeholt worden sind und die Spurensicherung ihre Arbeit erledigt hat.« Er sah auf die Uhr. »Zehn nach elf. Das kann noch dauern.«

»Constable?«

»Ja, Mike?«, fragte Strutner den jungen Mann, der damit beschäftigt war, Fotos vom Schreibtisch und von allem zu machen, was sich darauf befand. Er hatte offenbar soeben damit begonnen, den Stapel Papiere auf der rechten Seite Blatt für Blatt zu erfassen.

»Wussten Sie, dass der PC noch eingeschaltet ist?«

»Der PC?«

»Ja, der Computer war wohl auf Stand-by. Ich weiß nicht, ob das interessant ist, was hier zu sehen ist, aber das ist die Website der Polizei.«

Der Constable sah Nathalie und Louise an. »War der PC gestern an oder aus?«

»Keine Ahnung«, sagte die Köchin. »Der Bildschirm war dunkel.«

»Ich habe auch nichts gesehen«, bestätigte Nathalie. »Aber ich war auch nicht in die Nähe der Maus oder der

Tastatur gekommen. Wenn der Computer gestern noch eingeschaltet war, dann war er da schon auf Stand-by gegangen, weshalb uns auch nichts auffallen konnte.«

Sie gingen um den Schreibtisch herum, der Polizeianwärter zeigte auf den Monitor, dann widmete er sich weiter seiner Aufgabe, die Dokumente zu erfassen.

»Das ist ja die Vase«, stellte Louise verwundert fest. »Wieso ist die auf der Website der Polizei?«

»Weil jemand sie als gestohlen gemeldet hat.« Der Constable scrollte ein Stück weit nach unten, dann stieß er einen leisen Pfiff aus. »Der Eigentümer bietet eine Belohnung in Höhe von zwanzigtausend Pfund. Was ist das verdammte Ding denn dann wert?«

»Wenn es keine Fälschung ist, mindestens zweiein'alb Millionen«, antwortete Peroux. »Diese Vase dort ist eines von mehreren Objekten, nach denen isch schon seit Jahren Ausschau 'alte. Dass sie jetzt und 'ier einem 'ändler wie Monsieur Burlington angeboten wird, ist sehr seltsam, und es ergibt eigentlich keinen Sinn.«

»Wieso ergibt es keinen Sinn?«, wollte der Constable wissen.

»Weil Monsieur Burlington kein *expert* für solche Objekte ist, Constable Strutner. Der Dieb würde sich mit dieser Vase an einen Spezialisten wenden, der zum einen den wahren Wert kennt und der auch auf An'ieb sagen kann, ob er eine Fälschung vor sich 'at oder nicht. Zum anderen hätte dieser Spezialist Kontakte zu wohl'abenden Sammlern, die eine solche Vase in ihrem 'aus in einen Raum stellen würden, zu dem niemand sonst Zutritt hat, um ganz für sich allein die Schön'eit dieses Kunstwerks bewundern zu können.«

»Und wenn diese alte Frau – diese Miss Maypeny – zufällig an die Vase gelangt ist?«, gab Louise zu bedenken. »Angenommen, ihr Mann war Kunstdieb oder Hehler, und er hat die Vase für eine Weile bei sich im Keller zwischengelagert, um sie von der Bildfläche verschwinden zu lassen. Dann kommt er bei einem Verkehrsunfall ums Leben, die Frau entrümpelt den Keller und entdeckt die Vase. Sie hat keine Ahnung, was die wert ist, also sucht sie eine Antiquitätenhandlung auf und hofft, ein paar Pfund dafür zu bekommen.«

»Theoretisch wäre das zwar denkbar«, gestand Peroux ihr zu. »Aber Monsieur Burlington 'at zunächst seinen Kunstkatalog 'inzuzie'en müssen, um festzustellen, was er da überhaupt vor sich 'at. Der Katalog 'at ihn erst auf den aktuellen Schätzwert aufmerksam werden lassen, und dabei muss ihm eine … wie sagt man … eine Lampe aufgegangen sein …«

»Ein Licht aufgegangen, sagt man«, korrigierte ihn Louise.

»*Oui, oui.* Ein Licht«, murmelte er. »Erst durch den Katalog ist er darauf gestoßen, welchen Wert das Objekt vor ihm auf dem Schreibtisch ge'abt 'at. Und erst darauf'in wird er sich die Website der Polizei angesehen 'aben, wo er abermals auf die Vase gestoßen ist.«

Nathalie ließ sich gegen eine Werkbank sinken und überlegte: »Diese Website könnte der Grund dafür sein, dass Burlington ermordet worden ist. Wenn diese Miss Maypeny mitbekommen hat, dass er der Polizei den Fund der Vase melden wollte, musste sie das verhindern und hat …« Sie hielt inne und schüttelte den Kopf: »Nein, das passt nicht zusammen. Wenn die Frau so aussieht, wie der Paketbote sie beschrieben hat, dann ist sie zu klein und auch zu schwach, um mit einem Samurai-Schwert dem Mann auf der anderen Seite des Schreibtischs die Kehle zu durchtrennen. Sie müsste viel zu viel Schwung geholt und zu weit über den Tisch gereicht haben, um bis an Burlington heranzukommen. Und wenn sie dann ihr Ziel verfehlt hätte, wäre sie gegen Burlington wohl chancenlos gewesen.«

»Wir haben doch gar keine Gewissheit, dass die Frau tatsächlich allein war«, hielt Louise dagegen. »Es kann sich eine zweite Person hier aufgehalten haben, die sich zurückgezogen hatte, um vom Paketboten nicht gesehen zu werden.«

»Was, wenn der Paketbote selbst diese Person war?«, warf der Constable ein. »Wenn er selbst über sein Smartphone als angeblicher Absender den Zustellungstermin so angegeben hat, dass er mit seiner Komplizin in der Gestalt von Miss Maypeny gemeinsam hier auftaucht, kann er Burlington ermordet haben und … ähm …« Strutner geriet ins Trudeln, als hätte er den Faden verloren.

Aber Louise schüttelte bereits den Kopf. »Warum sollte er sich so etwas ausdenken? Welchen Sinn hätte eine solche Aktion? Vor allem, wenn auch noch eine gestohlene Vase dabei eine Rolle spielt? Nein, den Paketboten halte ich nicht für verdächtig.«

»Vielleicht ist diese alte Frau in Wahrheit in Kunstdiebstähle verwickelt«, meinte Nathalie. »Angenommen, sie gehört zu einer Bande von Kunstdieben und geht zu den Händlern, um sich als arme alte Frau hinzustellen, die keine Ahnung von Kunstschätzen hat. Die Frau wirkt völlig harmlos und naiv, sie verwickelt den Händler mit ihrem angeblichen Dachbodenfund in eine ausschweifende Unterhaltung. Die lenkt sie dann geschickt in die Richtung, dass der Händler hingeht und den Tresor öffnet, um ihr zu zeigen, welche Schätze er in seinem Geschäft hat – und dann zeigt sie ihr wahres Gesicht, indem sie ihren Komplizen, oder auch mehrere, dazuholt, die dann den Tresor ausräumen.«

»Und dann muss der Händler sterben, weil er die Gesichter gesehen hat und die Täter beschreiben kann«, ergänzte Louise und nickte, stutzte aber gleich darauf. »Dann hätte er aber doch versucht, dem Schwert auszuweichen. Und damit gäbe es Abwehrverletzungen, die Burlington nicht aufweist.«

»Nicht unbedingt«, hielt Nathalie dagegen. »Burlington kann so auf die Recherche dieser Vase konzentriert gewesen sein, dass er um sich herum gar nichts mehr wahrgenommen hat. Als ihm auf einmal auffiel, dass die alte Frau mit irgendetwas herumfuchtelte, hat er den Kopf gehoben, und dann hat ihn auch schon die Klinge getroffen.« Sie zuckte mit den Schultern. »Das kann so schnell geschehen sein, dass er nicht mal mehr die Zeit hatte, um reflexartig die Hände hochzureißen.« Nathalie rieb sich übers Kinn. »Allerdings muss sie einen Komplizen gehabt haben, denn die Frau konnte nicht wissen, ob es ihr gelingen würde, Burlington zu töten. Hätte er früher reagiert, wäre es für ihn vermutlich ein Leichtes gewesen, die Frau zu überwältigen, wenn sie das allein hätte durchziehen wollen.«

»Da stellt sich die Frage, ob dieser Komplize zum Kreis unserer bereits verdächtigen Personen zählt oder ob wir den Kreis erweitern müssen«, sagte Louise.

»Apropos verdächtige Personen ...« Peroux sah ein wenig ungehalten in die Runde, was womöglich daran lag, dass er sich übergangen fühlte. Immerhin war er beziehungsweise sein Vorbild Poirot derjenige, der sich mit dem Spekulieren und Kombinieren befasste, aber in den letzten Minuten hatte er nur zuhören können. »Wir sollten damit beginnen, uns mit den Verdächtigen zu befassen.«

»Außer den Cooks haben wir niemanden, den wir in Earlsraven befragen können«, sagte Louise. »Die Geschwister Waycroft leben in Cambridge. Jacoby hat seine

Weinhandlung in Bluegate geschlossen und die eigentliche Filiale in Knightsbridge zum neuen Haupthaus gemacht.«

»Wir könnten aber mit Steph Brinkley reden«, überlegte Nathalie. »Vielleicht können wir sie ein wenig aus der Fassung bringen, wenn wir sie auf Burlington ansprechen.«

»Wenn isch einen Vorschlag machen dürfte«, warf Peroux ein. »Isch denke, wir sollten zuvor noch einmal in Ruhe mit Mademoiselle Ritchie reden. Sie 'at mir den Zwischenfall nur in aller Eile geschildert, und e'e isch wusste, wie mir geschah, war sie auch schon verschwunden. Isch konnte sie weiter nichts fragen, und isch würde gern noch mehr von ihr erfahren, was Mademoiselle Brinkley angeht. Isch gehe gern möglichst umfassend vorbereitet in eine solche *conversation*, ohne mein Gegenüber davon etwas merken zu lassen. Man erfährt oft mehr über den anderen Menschen, wenn man ihn über sich reden lässt, anstatt ihm gezielte Fragen zu stellen. Gezielte Fragen machen nichtsahnende Leute misstrauisch.«

Der Constable nickte zustimmend. »Ich bin ja noch eine Weile hier beschäftigt. Wenn Sie, Nathalie, mit Mister Peroux in meinem Auftrag mit den Cooks und Mrs. Ritchie und danach mit Miss Brinkley reden könnten, wäre ich Ihnen wirklich sehr dankbar. Wir haben zwar bislang Burlingtons Tod verschwiegen, aber Sie dürfen das jetzt erwähnen, natürlich ohne ins Detail zu gehen.«

»Constable, es wäre mir eine … Eeehre«, erwiderte der Belgier und schüttelte Strutner die Hand. Dann sah er Nathalie an. »*C'est correct, n'est-ce pas?*«

»*Oui*«, antwortete sie und zwinkerte ihm zu.

»Gut, wenn wir uns dann auf den Weg machen könnten«, sagte Louise. »Das Kochen erledigt sich nicht von allein.«

»Sie haben doch einen guten Koch an Ihrer Seite, Louise«, entgegnete Nathalie und winkte ab. »Der hat die Küche im Griff, und ich wette, der Mann wird nicht nachlässig, nur weil Sie mal nicht da sind.«

»Das nicht, aber ich will ja auch noch unser Archiv konsultieren, um etwas mehr über die Howletts herauszubekommen.« An den Constable gewandt ergänzte sie: »Kommst du heute Abend zum Pub, damit wir bereden können, was wir bis dahin hoffentlich herausgefunden haben?«

Strutner nickte eifrig. »Auf jeden Fall. Es sei denn, wir finden hier noch mehr Leichen.«

»Wundern würde es mich nicht«, meinte Nathalie und gab Louise und Peroux ein Zeichen, damit sie ihr zum Wagen folgten.

»Ich kann nicht behaupten, dass es mir leidtut, von Burlingtons Tod zu hören«, sagte Philippa Cook. »Vielleicht halten Sie mich für einen schlechten Menschen, wenn ich das jetzt so sage, aber ich hoffe, dass sein Tod sich genauso in die Länge gezogen hat wie das, was meine Tochter durchmachen musste.«

»Mrs. Cook, auch wenn ich keine Kinder habe und nicht von mir behaupten möchte«, entgegnete Nathalie, »dass ich wirklich nachempfinden kann, was Sie durchmachen mussten und immer noch durchmachen, würde ich Sie wegen dieser Äußerung nicht für einen schlechten Menschen halten. Es ist nur eben so, dass niemand weiß, ob Burlington seinerzeit von dem Drama wirklich etwas mitbekommen hat.«

»Meine Tochter musste ausweichen, weil er mal wieder aus der Einfahrt gerast kam«, erklärte die Mittfünfzigerin, die durch die schulterlangen grauen Haare älter wirkte, als sie tatsächlich war. »Und dann ist sie gegen den Baum geschleudert worden, und dieses ... dieses Scheusal hat sich schnell wieder auf seinem Grundstück verkrochen, um so zu tun, als hätte er mit dieser Tragödie gar nichts zu tun.« Sie schniefte einmal heftig. »Ich weiß, ich habe es nicht gesehen. Niemand hat es gesehen, nur meine Tochter und Burlington, und da meine Tochter nicht mehr lebt, kann sie auch nicht mehr sagen, was passiert ist. Aber alles spricht dafür, dass es so passiert ist. Ich wäre selbst einmal fast in seinen Wagen gefahren, als er vom Grundstück geschossen kam, ohne nach links und rechts zu sehen.«

»Wir bedauern den Verlust Ihrer Tochter, Madame Cook«, sagte Peroux mit ernster Miene. »In solchen Augenblicken kann einen das Gefühl der Machtlosigkeit wütender machen als die Tatsache, dass ein Unglück gesche'en ist. Man möchte einfach dieser Wut freien Lauf lassen und etwas zerschlagen.«

Philippa Cook nickte. »Ich sehe, Sie können sich in meine Lage hineinversetzen, Mister Perron.«

»Peroux, 'ector Peroux«, korrigierte er sie pikiert. »*Oui*, das kann isch tatsächlich, weil isch in meiner *profession* allzu oft weiß, ich 'abe den Täter vor mir, aber mir fehlt der eine entscheidende Beweis, und das weiß der Täter auch. Das ist ein Moment, in dem man am liebsten selbst zum Mörder würde.«

»O ja, Sie könnten das gar nicht besser ausdrücken.«

»Dann 'aben Sie Monsieur Burlington umgebracht?«

»Ich ... was?« Mrs. Cook stockte der Atem. »Wie kommen Sie darauf, mir so etwas zu unterstellen!«

Peroux hob beschwichtigend eine Hand. »*Excusez-moi, Madame*. Isch wollte Sie nicht verärgern, isch musste mich lediglich vergewissern, dass Sie die Wahr'eit sagen.«

»Indem Sie mir etwas unterstellen?«

»Nein, sondern indem isch Ihre Emotionen die Kontrolle übernehmen ließ«, erklärte er. »Diese Wut, die Sie für Burlington empfinden, 'atte Sie für einen Moment so im Griff, dass Sie unweigerlich die Tat gestanden 'ätten. Sie 'ätten wutentbrannt erklärt: ›Natürlich 'abe ich den Schweine'und umgebracht, weil er gar nichts anderes verdient 'at.‹«

Sie kniff die Augen leicht zusammen. »Das ist aber ein ganz mieser Trick, Mr. Perlot.«

»Peroux«, berichtigte er sie reflexartig. »Es ist ein völlig legitimer Trick.«

Philippa Cook strich die graue Bluse glatt, die farblich auf die dünne Sommerhose abgestimmt war. Überhaupt schien die Welt, in der sie mit ihrem Mann lebte, nur noch in Grautöne getaucht zu sein. Die Polstergarnitur war grau, der Teppich präsentierte sich als wilde Mischung aus allen möglichen Grau-Schattierungen, die Vorhänge passten zur Polstergarnitur, die Tischdecke zu den Vorhängen. Es war so, als wäre sämtliche fröhliche Farbe aus dem Leben dieser kleinen Familie gewichen. Dabei schien es so, als hätten sie das ganze Wohnzimmer erst vor Kurzem neu eingerichtet. Vermutlich hatten sie nach dem Tod der Tochter nichts Farbenfrohes mehr sehen wollen. Das erklärte wohl auch den Zustand des Gartens rund um ihr Cottage, der praktisch nur grün war und in dem nichts blühte, wenn man von ein paar Gänseblümchen auf dem Rasen absah, deren Saat der Wind herübergetragen hatte.

»Wissen Sie, wie oft ich mir ausgemalt habe, dass ich diesen Burlington in seinem verdammten Laden aufsuche und ihn unter einem seiner zentnerschweren Schränke begrabe, natürlich lebend?«, flüsterte die Frau, während in ihren Augen ein bedrohliches Feuer loderte. »Als man meine tote Tochter fand, da waren ihre Finger drei Zentimeter von ihrem Handy entfernt. Drei Zentimeter, und sie hätte noch selbst Hilfe holen können. So hätte ich ihn gern unter seinen verdammten Möbeln begraben, dazu verdammt, das Telefon sehen zu können, das ihm das Leben retten könnte, aber unfähig, sich von der Stelle zu rühren.« Sie sah Nathalie an. »Können Sie mir sagen, ob er wenigstens ein bisschen gelitten hat?«

»Ja, das 'at er. Nicht lange, aber er 'at«, antwortete Peroux und schaute so ernst drein, als wäre er Augenzeuge des Geschehens gewesen.

Philippa Cook lächelte schwach. »Danke, das ist immerhin ein kleiner Trost«, hauchte sie, während ihr Tränen über die Wangen liefen.

»Glauben Sie wirklich, dass Burlington gelitten hat?«, fragte Nathalie, nachdem sie das Haus der Cooks verlassen hatten und zu ihrem Wagen zurückkehrten. Die Cooks wohnten am äußersten Rand von Earlsraven, ihr Grundstück reichte bis an einen kleinen Bach heran, dessen Namen sie sich nach all den Monaten noch immer nicht merken konnte. Aus einem unerfindlichen Grund hatte der Name sie schon beim ersten Hören an den Namen Holly Golightly aus *Frühstück bei Tiffany* erinnert, dabei war er grundlegend anders.

»*Non*, jedenfalls nicht lange genug, um zu begreifen, was mit ihm geschah. Als die Klinge ihn traf, wird das einen so 'eftigen Schmerz ausgelöst 'aben, dass er dadurch ohnmächtig geworden sein dürfte. So reagiert das menschliche Ge'irn nun mal, es schützt sich davor, vor Schmerz wahnsinnig zu werden, indem es den Körper in ein künstliches Koma versetzt, eine sogenannte Ohnmacht. Burlington ist während dieser Ohnmacht verblutet und nicht wieder zu Bewusstsein gekommen. Der Mörder 'at es mit ihm offenbar gut gemeint.«

»Dann kann Mrs. Cook nicht die Mörderin sein, und ihr Mann wohl auch nicht«, sagte sie. »Ich kann mir nicht vorstellen, dass sie Burlington so gnädig hätte davonkommen lassen.«

»Das se'e isch ganz genauso, Mademoiselle Ames«, stimmte Peroux ihr zu. »Beide 'ätten zweifellos das gemacht, was sie gesagt 'at: ihn unter einem der unmenschlich schweren Schränke begraben, das Telefon außer'alb seiner Reichweite platziert und ihn dann ohne Aussicht auf 'ilfe sich selbst überlassen.«

»Zwar grausam, aber irgendwie auch nachvollziehbar«, meinte Nathalie. »Tja, dann wollen wir doch mal sehen, ob wir Mrs. Ritchie noch etwas mehr über diese Steph Brinkley entlocken können.«

»Wie weit ist es von 'ier bis zu Mrs. Ritchie?«, fragte der Detektiv.

»Das ist das gleiche Problem wie mit der Entfernung zwischen dem Black Feather und Burlingtons Geschäft«, antwortete sie. »Luftlinie sind es nur ein paar hundert Yards, die man bequem zu Fuß zurücklegen könnte, sofern man in der Lage wäre, meterhohe Mauern und Stacheldrahtzäune mühelos zu überwinden. Also bleibt einem nur wieder die Straße, und da sind es dann gleich stolze vier Meilen.«

»Warum ist das so? Warum muss man sich durch die Landschaft schlängeln, obwohl 'ier alles fast eben ist? In den Alpen kann isch ja noch verstehen, dass durch die Serpentinen jede Strecke schnell fünfmal so lang ist. Aber 'ier?«

Mit der Fernbedienung entriegelte sie den Wagen, dann stiegen sie ein. »Das dürfen Sie mich nicht fragen,

Mister Peroux. Ich bin in der Stadt aufgewachsen, wo die meisten Straßen halbwegs gerade angelegt sind. Ich vermute, dass die Bauern hier in der Gegend sich nie auf eine Umverteilung ihrer Grundstücke einigen konnten und die Trampelpfade an den Ackerrändern einfach zu Straßen ausgebaut wurden – mit jeder Kurve und jedem Knick. Es macht an vielen Stellen keinen Spaß, mit dem Auto zu fahren, weil man nicht weiß, ob einem irgendein Verrückter entgegenkommt, der die Kurve schneidet. Mit dem Motorrad oder Fahrrad möchte ich hier schon gar nicht unterwegs sein.«

»Dann werden Sie verste'en, warum mein Spaziergang länger ausgefallen ist«, erwiderte Peroux. »Isch bin kein ängstlicher Mensch, müssen Sie wissen, aber isch ge'e auch keine unnötigen Risiken ein, und auf solchen Straßen zu spazieren fällt für mich eindeutig in die Kategorie der unnötigen Risiken.«

»Ja, das kann ich sehr gut verstehen«, bestätigte Nathalie. »Ich habe das einmal gewagt, und das hat mir gereicht, als mir in einer sehr engen Rechtskurve der Linienbus entgegenkam und der Platz zwischen dem Bus und der Mauer am Straßenrand bedenklich schmal wurde.«

Nach gut zehn Minuten hatten sie das kleine Cottage von Elinor Ritchie erreicht, das zusammen mit vier fast gleichartigen Häusern so etwas wie ein Dorf im Dorf mit einem winzigen Marktplatz in der Dorfmitte bildete.

»Sehr *romantique*«, befand der Belgier, als sie angehalten hatten. »Fast könnte ich neidisch werden.«

»Wieso nur fast?«, fragte Nathalie, nachdem sie ausgestiegen waren. »Was fehlt denn noch, um wirklich neidisch zu werden?« Sie sah sich die Türschilder an und winkte den Detektiv zu sich. »Hier ist es.«

Er kam zu ihr. »Was 'ier fehlt, ist *la Belgique,* Mademoiselle Ames. Meine 'eimat. Wäre das 'ier irgendwo in meiner 'eimat, würde ich sofort versuchen, eines dieser köstlichen 'äuser zu erwerben. Aber hier ...«

»Ist Belgien wirklich so schön?«, wollte sie wissen, während sie die Türglocke betätigte.

»Das ist wie überall auf der Welt«, antwortete er und seufzte. »Es 'ängt immer davon ab, wo genau man sich befindet. Praktisch jede Stadt, jede Kleinstadt, jedes Dorf ist das schönste und das 'ässlichste zugleich. Es ist alles eine Frage der Perspektive. Nehmen Sie Bruxelles. Ein Moloch. Umgeben von einem Autobahnring, der die Fahrt in die 'ölle wie einen Sonntagsausflug erscheinen lässt. Autos ohne Ende, Fußgängerströme, die sich morgens von den Bahn'öfen und U-Bahn-Stationen zu den Büro- und Regierungsgebäuden wälzen und sich abends in die entgegengesetzte Richtung bewegen. Und trotzdem können Sie sich irgendwo in der Stadt in einem Park auf eine Bank setzen und das Gefühl 'aben, am schönsten Ort der Welt zu sein.« Er machte eine ausholende Geste. »Auf der anderen Seite 'aben Sie einen Ort wie Earlsraven, der so idyllisch erscheint wie kein zweiter auf der Erde. Aber was haben Sie 'ier auch noch? Menschen, die anderen brutal die Kehle aufschlitzen. Menschen, die Unfallopfer am Straßenrand ihrem Schicksal überlassen. Und das sind nur die Dinge, von denen isch inner'alb von ein paar Stunden erfahren 'abe. Isch will das gar nicht 'ochrechnen, aber isch liege doch sicher richtig, wenn ich davon ausge'e, dass das nicht die beiden einzigen Verbrechen waren, die sich in diesem Jahr ereignet 'aben. Vielleicht die beiden einzigen, die als Verbrechen offensichtlich sind, aber ganz bestimmt nicht auch die einzigen begangenen Straftaten.« Er zog betont die Schultern hoch. »Bruxelles mag ein Sündenpfuhl sein, 'inter dem sich ein Paradies verborgen 'ält. Earlsraven erscheint wie das Paradies, aber 'inter dieser Kulisse lauert ein Sündenpfuhl.«

»Sie ist nicht zu Hause«, sagte Nathalie, nachdem sie nur kurz bestätigend genickt hatte. Sie wollte lieber nicht eingehender darüber nachdenken, was Peroux soeben gesagt hatte, weil sie dadurch auf eine erschreckende Tatsache gestoßen worden war: Daheim im Liverpool war sie außer beim Falschparken nie mit der Polizei in Berührung gekommen. Sie war nie Zeugin einer wie auch immer gearteten Straftat gewesen, zum Glück auch niemals das Opfer einer solchen. Hier dagegen ... es war wirklich beängstigend, aber innerhalb kürzester Zeit war das nun schon das vierte Mal, dass sich in ihrer unmittelbaren Umgebung ein Verbrechen ereignet hatte.

»Eigentlich«, redete der Belgier weiter, »könnten Sie Ihren Kellnerinnen im Café sagen, dass sie ihre Gäste bei der Bestellung nicht ›Tee? Kaffee? Heiße Schokolade?‹, sondern ›Tee? Kaffee? Mord?‹ fragen. Die Wahrscheinlichkeit, dass Sie Ihren Gästen einen Mord oder ein Mordopfer servieren können, ist doch recht 'och.«

»Haben Sie gehört? Mrs. Ritchie ist nicht da«, sagte sie etwas nachdrücklicher, um Peroux endlich auf ein anderes Thema zu bringen.

»Das ist bedauerlich.« Er deutete nach unten. »Die Milch, die wohl heute früh gebracht worden ist, steht noch da. Der Briefkasten ist heute noch nicht geleert worden. Entweder hat sie das Haus noch nicht verlassen, oder aber sie ist so früh am Morgen aufgebrochen, dass sie noch vor dem Milchmann unterwegs gewesen ist.« Er seufzte leise. »Das ist wirklich bedauerlich. Umso länger müssen wir warten, bevor wir uns an Mademoiselle Brinkley wenden können.«

»Notfalls fahren wir direkt zu ihr und reden mit ihr«,

schlug Nathalie vor, klingelte noch einmal und klopfte, aber wieder rührte sich nichts.

Sie gingen zum Wagen zurück, da wurde zwei Häuser weiter die Tür geöffnet, ein älterer Mann mit Halbglatze kam nach draußen und ging nach zwei recht zügigen Schritten deutlich langsamer weiter, ganz offenbar, um nicht zu früh an der Mülltonne vor dem Haus anzukommen, für die der prallvolle Plastikbeutel gedacht sein musste, den er in einer Hand hielt. Die Kombination aus weißem Unterhemd, Anzughose und Pantoffeln deutete darauf hin, dass er sich hastig die Hose übergestreift hatte, um noch rechtzeitig aus dem Haus zu kommen und sie auf dem Rückweg zum Wagen abzupassen.

»Guten Tag«, sagte der Mann, der zumindest so tat, als wollte er schon wieder ins Haus zurückkehren. »Sie sind doch Miss Ames, richtig?«

Nathalie nickte. »Ja, die bin ich, Mister …«

»Brascombe«, antwortete er. »Jamie Brascombe. Ich bin ein guter Bekannter von Miss Beresford.«

»Ah, freut mich, Sie kennenzulernen, Mr. Brascombe. Das ist übrigens Hector Peroux.«

»Angenehm«, sagte der Mann im Unterhemd und hielt Peroux die Hand hin, mit der er eben noch die Mülltonne angefasst hatte. Peroux zog nur bedeutungsvoll eine Augenbraue hoch und bedachte die Hand mit einem vernichtenden Blick.

Der Belgier beließ es bei einem Nicken, woraufhin der andere Mann sich wieder Nathalie zuwandte. »Ich wollte Ihnen schon seit Langem dafür danken, dass Sie die Sache mit den Bildern aufklären konnten. Miss Beresford hat mir immer so leidgetan, weil niemand ihr glauben wollte, und ich konnte auch nichts tun, weil ich mir keinen Reim darauf machen konnte. Ich hatte wirklich schon befürchtet, dass mit ihr irgendetwas nicht stimmt.« Er nickte zufrieden und fand wohl, dass er genug Smalltalk betrieben hatte. »Und was führt Sie zu Mrs. Ritchie?«

»Nichts allzu Wichtiges«, antwortete Nathalie ausweichend. »Wir hatten uns neulich über Rezepte unterhalten, aber dann waren wir leider durch einen Lieferanten gestört worden, und dann hatte ich keine Zeit mehr für sie … na ja, das wollte ich jetzt nachholen.« Mit dem Daumen zeigte sie über die Schulter hinter sich. »Aber offenbar ist sie nicht zu Hause. Wissen Sie zufällig, wann ich sie am besten erreichen kann?«

»Warten Sie … heute ist Mittwoch, da geht sie spätestens um halb zwölf aus dem Haus, um zeitig im Gemeindesaal zu sein und mit dem Chor zu proben. Freitags ebenso, samstags ab drei Uhr nachmittags, sonntags ist sie dann ganz früh in der Kirche und kommt am frühen Nachmittag nach Hause. Normalerweise geht sie montags und donnerstags einkaufen. Samstags kommt nachmittags ihre Tochter zu Besuch.« Mr. Brascombe stutzte, da ihm wohl erst jetzt auffiel, dass er sich wie ein Spitzel anhören musste, der seine Opfer genauestens im Blick hatte. »Zumindest … erzählt sie mir das immer, wenn wir uns sehen. Ich habe das schon so oft zu hören bekommen, dass ich es inzwischen wohl tatsächlich auswendig kann.« Er lachte, als fände er das amüsant, klang dabei aber so nervös, dass man ihm seine Belustigung einfach nicht abnehmen konnte.

»Danke, das hilft uns schon weiter«, antwortete Nathalie freundlich, während sie sich wünschte, niemals einen solchen Mann zum Nachbarn zu haben. »Aber heute ist sie nicht zufällig früher weggegangen? Ich meine, da steht ja schließlich noch die Milch vor der Tür. Das würde ja bedeuten, dass sie schon vor sechs Uhr das Haus verlassen haben müsste.«

»Nein, sie ist seit ... ähm, nicht dass ich wüsste, aber ich müsste ja auch den ganzen Tag hinter der Gardine stehen und aufpassen, was sich hier bei uns abspielt. Die Milch hat nichts zu besagen, die vergisst sie regelmäßig, wenn sie nicht aus dem Haus geht, und wenn sie die Hintertür in der Küche nimmt, dann fällt ihr die Milch nicht mal beim Weggehen auf. Heute Morgen habe ich allerdings einen Jogger gesehen, der sie besucht hat.«

»Ein Jogger? Jemand, den Sie kannten?«

»Noch nie gesehen«, kam die prompte Antwort, die einen abweisenden Unterton hatte. Brascombe schien betonen zu wollen, dass er seine Nachbarschaft nicht unentwegt im Auge behielt, auch wenn genau das vermutlich der Fall war.

»Können Sie den Jogger beschreiben?«, hakte Peroux nach. »Seine Größe? Seine Statur? Die 'aarfarbe? Irgendein Detail?«

Brascombe schüttelte flüchtig den Kopf. »Schwer zu sagen. Der hatte einen Trainingsanzug aus so einem dünnen Flatterstoff an, die nur so an einem rumschlabbern. Da sieht man nicht viel von der Statur, muss ich sagen.« Er verzog den Mund. »Die Kapuze hatte er hochgeschlagen, das Gesicht konnte ich nicht sehen. Ich kann Ihnen nicht mal sagen, ob das ein Mann oder eine Frau war.«

»Und dieser Trainingsanzug?«, fragte Nathalie. »Welche Farbe hatte der?«

»Bunt. Der hatte alle möglichen Farben. Kann ich gar nicht beschreiben. Einfach nur bunt eben.«

»Bekommt sie sonst auch noch von anderen Joggern Besuch?«, wollte Peroux wissen.

»Nicht dass ich wüsste.« Brascombe zuckte beiläufig mit den Schultern, als wäre es das uninteressanteste Thema, das er sich vorstellen konnte.

»Mr. Brascombe, Sie könnten mir einen Gefallen tun«, sagte Nathalie. »Wenn Sie Mrs. Ritchie sehen, richten Sie ihr doch bitte aus, dass sie mich anrufen soll. Und wenn Sie mir dann vielleicht auch noch direkt Bescheid geben könnten, sobald sie zurück ist? So wie ich Mrs. Ritchie einschätze, geht das zum einen Ohr rein und zum anderen wieder raus.«

Der Mann begann zu lachen. »Oh, da sagen Sie was Wahres. Sie glauben nicht, wie oft ich ihre Mülltonne am Abfuhrtag nach vorn zur Straße rolle, damit sie auch ganz sicher geleert wird. Ich kann sie abends noch daran erinnern, sie soll an die Tonne denken, und trotzdem steht sie am Morgen immer noch vor dem Haus.«

Während der Mann redete und redete und gar kein Ende mehr finden wollte, notierte Nathalie zusätzlich auch noch ihre private Handynummer auf der Visitenkarte. »Hier, sehen Sie, unter irgendeiner von den Nummern erreichen Sie mich immer.«

»Die Karte werde ich gut verwahren«, versprach Brascombe ihr. »Und grüßen Sie im Gegenzug Miss Beresford von mir.«

»Das werde ich machen«, erwiderte Nathalie, dirigierte Peroux in Richtung ihres Wagens und sagte zu ihm: »Kommen Sie, wir fahren zurück zum Pub. Es wird Zeit, dass wir zu Mittag essen.«

»Eine 'ervorragende Idee«, sagte der Belgier und stieg in Nathalies Wagen ein.

Sechstes Kapitel, in dem Louise gegen ihren Willen einen alten Kontakt bemühen muss

»Und, Mister Peroux, wie hat Ihnen mein Stargazy Pie geschmeckt?«, fragte Louise, als sie nach dem Essen auf die Terrasse vor dem Pub kam. Anders als die Caféterrasse war diese Seite zum Parkplatz und damit zur Schnellstraße hin ausgerichtet, die unmittelbar am Black Feather vorbeiführte. Das Lokal wurde vor allem von Fernfahrern angesteuert, die auf dem Weg zum südlichsten Zipfel des Landes waren oder von dort kamen. An den Wochenenden kehrten viele Familien ein, die einen Ausflug aufs Land unternahmen.

»Sehr interessant«, lautete Peroux' knappe Antwort. »Die englische Küche ist zweifellos besser als ihr Ruf.«

Nathalie sah, dass Louise zufrieden nickte, und

musste unwillkürlich lachen. »Louise, Ihnen ist doch hoffentlich klar, dass unser lieber Meisterdetektiv Ihre Frage eigentlich gar nicht beantwortet hat, oder?«

Louise sah sie verdutzt an. »Wieso? Er hat doch gesagt, dass die englische Küche besser ist als ihr Ruf.« Ihr Blick wanderte zu Peroux. »Das haben Sie doch so gesagt, nicht wahr?«

»*Oui.* Meine genaue Wortwahl war ›zweifellos besser‹.«

»Okay, dann also zweifellos besser. War das irgendwie ironisch gemeint?«

»*Non.*«

»Na bitte«, sagte sie zu Nathalie. »Das war doch positiv gemeint.«

Nathalie warf Peroux einen fragenden Blick zu. »Darf ich … oder wollen Sie …?«

»Nach Ihnen, Mademoiselle«, forderte er sie lächelnd auf und trank einen Schluck Wasser.

»Also, Louise«, begann sie. »Zunächst einmal hat er Ihre Frage, wie es ihm geschmeckt hat, mit einem ›interessant‹ beantwortet. Das sagt absolut nichts aus. Es kann interessant sein, dass ein Curryhuhn nach eingeschlafenen Füßen schmeckt oder ein Pfeffersteak wie ein Stück Holz. Es kann auch interessant sein, dass ein Koch in der Lage ist, aus den simpelsten Zutaten ein völlig ungenießbares Gericht zu zaubern.«

»Oh«, machte Louise und verzog ein wenig missmutig die Mundwinkel. »Ich dachte, das sei nett gemeint. Und was genau war ›interessant‹?«

»Moment, Louise«, ging Nathalie dazwischen. »Da war ja auch noch der Satz über die englische Küche.«

»Was stimmt damit nicht?«, knurrte die Köchin.

»Ach, der Satz war schon in Ordnung, aber Mister Peroux hat nichts darüber gesagt, was *er* von *Ihrer* englischen Küche hält. Der Ruf der englischen Küche kann so verheerend sein, dass selbst ein Schinkenbrot schon besser als dieser Ruf ist. Das war eine Floskel, die alles und nichts bedeuten kann.«

»Hm.« Louise sah mit finsterer Miene zwischen den beiden hin und her. »Ihr zwei habt das vorher abgesprochen, wie?«

»Nicht im Detail«, betonte Peroux. »Ich wollte Mademoiselle Ames lediglich vorführen, wie leicht man der Versuchung erliegen kann, das zu 'ören, was man 'ören möchte. Es ist wichtig, sich das immer vor Augen zu 'alten, wenn man Zeugen oder Verdächtige befragt.« Er deutete auf den Teller. »Aber lassen Sie mich Ihnen sagen, dass dieser Stargazy Pie 'ervorragend geschmeckt 'at. Sie 'aben sich selbst übertroffen. Isch gebe zu, dass isch zunächst gewisse … nun, eigentlich sehr große Vorbe'alte 'atte, als mir die junge Mademoiselle die Schüssel hinstellte, aus der mir vier Fischköpfe entgegenblickten. Da isch aber davon ausge'en konnte, dass man mir weder verse'entlich noch vorsätzlich eine Portion Fischabfälle vorsetzen würde, 'abe ich meinen Widerwillen … isch möchte nicht Ekel sagen, weil das eine starke Übertreibung wäre, aber isch musste schon die Fischköpfe aus der Schüssel zie'en und mit meiner Serviette bedecken, um weiteressen zu können … nun, auf jeden Fall 'at es gut geschmeckt. Ist das Ihre Kreation?«

Louise musste nun doch lachen. »Nein, ich käme beim besten Willen nicht auf die Idee, Fischköpfe in eine Pastete zu stecken und das Ganze zu backen. Das Gericht geht zurück auf eine Legende aus Cornwall, wo ein mutiger Fischer sich einem verheerenden Sturm stellte und zum Fischen auf See hinausfuhr, weil es im Dorf sonst eine Hungersnot gegeben hätte. Es heißt, dass er genug Fisch für alle Bewohner mitbrachte, und als der zu Pastete verarbeitet wurde, ließ man die Köpfe aus dem Teig ragen, um zu beweisen, dass tatsächlich Fisch in der Pastete war, und nichts anderes.«

Peroux zog eine Augenbraue hoch und ließ sich ihre Erklärung durch den Kopf gehen, schließlich sagte er in einem Tonfall, der feine Ironie mitschwingen ließ: »Ich denke, wir können diesem Mann dankbar sein, dass er für seine Leute Fische gefangen hat, aber keine Rinder erlegen musste. Dann wäre es in der Schüssel eng geworden.« Er sah, wie beide Frauen mit einem amüsierten Lächeln reagierten, und fügte an: »Es war köstlich. *Seulement superb.*«

Louise sah zu Nathalie. »Das war jetzt aber ein Lob«, sagte sie und grinste ihre Chefin an.

»Würde ich auch so sehen«, meinte Nathalie, trank einen Schluck von ihrem Weißwein und richtete den Zeigefinger auf Peroux: »Da fällt mir ein … Sie wollten sich doch eigentlich Hercule Poirot nennen, aber die Christie-Erben hatten etwas dagegen einzuwenden.«

»Richtig.«

»Und dann hat man Ihnen den Hector Peroux erlauben müssen, weil der Richter keine Verwechslungsgefahr mehr gesehen hat.«

»Richtig.«

Nathalie sah ihn abwartend an. »Wenn Sie ein so großer Fan von Poirot sind, dass Sie selbst als Detektiv Fälle lösen, sollten Sie eigentlich wissen, welche Frage als Nächstes kommen wird.«

»Auch richtig.«

»Also?«

Peroux schüttelte den Kopf. »Man sollte nie auf die Frage antworten, von der man annimmt, dass sie einem gestellt wird, sondern immer erst die konkrete Frage abwarten. Alles andere kann fatale Folgen 'aben.«

»Wieder was gelernt«, seufzte Nathalie. »Wie heißen Sie wirklich?«

»'ector Peroux.«

»Den Namen meine ich nicht, Mister Peroux.«

»Der Name steht aber in meinem Pass«, beharrte er.

»Als Künstlername«, konterte sie. »Sonst hätten Sie sich ja umtaufen lassen müssen. Und weil es ein Künstlername ist, haben Sie Ärger mit den Erben bekommen. Ich will aber den Namen wissen, den Sie davor getragen haben.«

»Antoine Jean-Claude Fabrice de Sainte Emette-Débarrieux.«

Nathalie saß da und sah zu Louise. »Haben Sie sich merken können, was nach dem Antoine kam?«

»Ich bin mir nicht mal sicher, ob ich überhaupt einen Antoine herausgehört habe«, murmelte Louise. »Können wir das noch einmal hören? Vielleicht etwas langsamer?«

»*Bien sur.* Antoine … Jean-Claude … Fabrice … de Sainte Emette … Débarrieux.«

»Dürfen wir Sie weiter Mister Peroux nennen?«, fragte Nathalie, nachdem sie sich das Wortungetüm einen Moment lang durch den Kopf hatte gehen lassen … oder es zumindest versucht hatte, denn jeder Versuch, sich außer dem Antoine noch wenigstens einen weiteren Namen zu merken, führte nur dazu, dass ihr die Namen immer weiter entglitten.

»Gern«, bestätigte er, dann trank er noch einen Schluck Wasser. »'atten Sie Gelegenheit, noch ein wenig zu recherchieren?«, fragte er und war mit einem Mal völlig ernst, so als wäre der kurze Spaß schon eine Ewigkeit her.

»Ja, leider nicht so viel, wie ich gern gewollt hätte«, antwortete Louise. »Hier war ja zeitweise der Teufel los, da bin ich nicht zu allem gekommen, was ich mir vorgenommen hatte. Den Damen Ritchie und Brinkley ist das große Durchleuchten damit erst einmal erspart geblieben«, fügte sie grinsend hinzu. »Aber das hole ich natürlich noch alles nach. Fangen wir mit dem Opfer an. Die Howletts haben damals verlauten lassen, Burlington habe zwei Millionen Pfund für den Hof bezahlt, was mehr als ein Drittel über dem Preis lag, den sie sich vorgestellt hatten ...«

»*Un moment, Mademoiselle Cartham*«, unterbrach Peroux sie. »Sagten Sie ›ein Drittel *über* dem Preis‹? Oder 'abe isch mich ver'ört?«

»Sie haben sich nicht verhört, Mister Peroux. Die Howletts konnten es selbst nicht fassen und haben sofort zugesagt, weil sie so ein Angebot ganz sicher nicht noch einmal bekommen hätten.«

»Nachvollziehbar«, fand Nathalie. »Aber auch seltsam.«

»Wenn Monsieur Burlington so sehr an dem Grundstück interessiert war, muss es für ihn eine besondere Bedeutung gehabt 'aben«, überlegte der Belgier.

»Den Bauernhof wollte er jedenfalls nicht fortführen«, sagte Louise und sah auf ihre Notizen. Sämtliches Vieh hat er noch von den Howletts verkaufen lassen, um sich damit gar nicht zu belasten, und es war von Anfang an die Rede davon, dass er eine Antiquitätenhandlung eröffnen wollte.«

»Eine Antiquitäten'andlung ist ein guter Ort, um Schmuggelware aller Art umzuschlagen«, überlegte Peroux. »Ihm werden alte Möbel gebracht, andere kaufen seine alten Möbel. Es herrscht ein Kommen und Ge'en, und niemand kann sagen, ob in einer alten Engelsfigur womöglich ein Kilo 'eroin versteckt worden ist.«

»Na ja, wenn Burlington gut mit Zahlen umgehen

konnte, wäre auch so etwas denkbar«, warf Nathalie ein. »Wenn er von Anfang an vorhatte, die Howletts umzubringen, dann lässt er sich von ihnen die zwei Millionen Pfund quittieren, die seine Investitionen darstellen. Anschließend tötet er sie, nimmt sein Geld wieder an sich und versteckt die vakuumverpackten Leichen unter dem Fußboden. Alle gehen davon aus, dass die Howletts sich auf den Weg nach Australien gemacht haben und ihr Geld natürlich mitgenommen haben. In der Zwischenzeit zahlt Burlington mit den Einnahmen aus dem Antiquitätenverkauf das Darlehen zurück, das er aufgenommen hat, um den Howletts das Land abzukaufen. Bei seiner Steuererklärung macht er diese Rückzahlungen und die Zinsen geltend. Dagegen setzt er Einnahmen, die er ganz nach Belieben steuern kann, um immer einen kleinen Gewinn zu erzielen, der sich beim Finanzamt gut macht, der sich aber immer nur in einer Größenordnung bewegt, in der noch keine Steuern anfallen. Alles, was er darüber hinaus verkauft, kann er schwarz kassieren. Wenn er behauptet, dass sich ein gekaufter Schrank als von Holzwürmern befallen erwiesen hat und nicht mehr gerettet werden kann, dann kann ihm keiner das Gegenteil beweisen, weil er längst Brennholz aus dem Schrank gemacht hat.«

»Damit hätte er schon mal doppelt kassiert«, überlegte Louise. »Und sogar dreifach, wenn er zwischendurch auch mal Drogen oder Diebesgut durchschleust.«

Peroux nickte. »Und er könnte auch noch ein viertes Mal kassiert haben.«

»Womit?«

»Natürlich mit den Papieren der 'owletts. Er wird wohl kaum dem Nächstbesten diese Einwanderungsunterlagen gegeben haben, damit der sich mit seiner Freundin als E'epaar 'owlett in Australien umsieht.« Peroux tippte mit den Fingerspitzen auf den Tisch. »Mit den richtigen Kontakten können ihm diese Papiere sehr viel Geld eingebracht 'aben. Wenn jemand aus dem organisierten Verbrechen sieht, dass sich die Schlinge um seinen Hals zuzieht, weil die Ermittlungen der Polizei gute Fortschritte machen, dann wird er versuchen, das Land zu verlassen. Für jemanden von diesem Schlag ist die Möglichkeit, mit echten Papieren unter falschem Namen das Land zu verlassen und anschließend am anderen Ende der Welt untertauchen zu können, mit Gold kaum aufzuwiegen.«

»Wenn Burlington tatsächlich Kontakte zum organisierten Verbrechen hatte, könnte sein Mörder dort zu suchen sein«, fügte Louise an. »Vielleicht konnte er den Hals nicht vollkriegen und wollte noch ein bisschen Nachschlag kassieren, immerhin hätte er den Behörden anonym ja sehr genau sagen können, wer sich wohin abgesetzt hatte.«

»Und da sich das organisierte Verbrechen nicht erpressen lässt«, folgerte Peroux und nickte zustimmend, »'at es den Erpresser mundtot gemacht, bevor er seine Dro'ung wahrmachen konnte. *Oui,* das wäre durchaus denkbar.«

Louise legte das oberste Blatt zur Seite. »Mehr gibt es zu Burlington nicht zu berichten, was seine Verbindung zu den Howletts angeht. Das andere hatten wir ja bereits zusammengetragen.«

»Die Cooks können wir auf jeden Fall von der Liste dieser anderen streichen«, sagte Nathalie.

»Haben die ein Alibi?«, wollte Louise wissen.

»Ja, in Gestalt des alles be'errschenden Verlangens, Burlington unter Qualen und sehr, sehr langsam sterben zu sehen.«

»Das soll ein Alibi sein, Monsieur Peroux?« Louise

sah ihn verwundert an. »Das klingt eher nach einem klassischen Mordmotiv.«

Nathalie musste unwillkürlich grinsen. »Grundsätzlich hast du recht. Jemanden sterben sehen zu wollen, klingt sogar sehr nach einem Mordmotiv. Aber Burlington ist dafür zu schnell tot gewesen. Er war tot, bevor er begreifen konnte, was eigentlich passierte. Die Cooks hätten ihn mindestens die zwei Stunden leiden lassen, die ihre Tochter hatte ertragen müssen. Sie hätten dafür gesorgt, dass er wusste, sein Ende war gekommen, und zwar zwei Stunden lang. Oder länger.«

Louise schaute einen Moment nachdenklich drein, dann sagte sie: »Ja, das passt alles zusammen. Okay. Um mit den Waycrofts zu reden, muss erst mal jemand nach Cambridge fahren, und ob Harold Jacoby überhaupt noch ein Geschäft in London hat, muss erst noch recherchiert werden. Die müssen noch warten.« Sie sah wieder auf ihre Liste. »Elinor Ritchie ist ein komplett unbeschriebenes Blatt, sie hat sich offenbar nie etwas zuschulden kommen lassen.«

»Was ihre Äußerungen über Mademoiselle Brinkley umso glaub'after macht«, fand Peroux. »Sie wären sicher ganz und gar aus der Luft gegriffen, wenn Sie 'erausgefunden 'ätten, dass Madame Ritchie eine notorische Lügnerin wäre.«

»Und was wissen wir über Miss Brinkley?«, erkundigte sich Nathalie.

»Nicht viel. Sie ist vor sechs Jahren von Canterbury nach Earlsraven gezogen«, berichtete Louise. »Auffällig ist aber, dass vor rund zehn Jahren gegen sie ermittelt wurde. Es ging um einen Kunstraub, bei dem mehrere Zeichnungen von da Vinci aus einem Museum entwendet wurde. Miss Brinkley war von der Polizei vernommen worden, weil sie die Freundin eines Wachmanns war und mit ihrem Alibi etwas nicht zu stimmen schien. Aber schließlich stellte man die Ermittlungen gegen sie ein, weil sich keinerlei Beweise finden ließen.«

»Was nicht 'eißen muss, dass sie unschuldig ist«, überlegte Peroux. »Alte Kunstwerke passen gut zu dem, was ein Antiquitäten'ändler in seinem Angebot 'at. Und wenn man bedenkt, dass Monsieur Burlington mindestens zwei Menschen auf dem Gewissen 'at, wäre der 'andel mit gestohlenen Kunstwerken fast schon so etwas wie ein Kavaliersdelikt. Außerdem wäre es sicher nicht das erste Mal, dass man in solchen Kreisen 'andgreiflich wird, weil der eine sich vom anderen um sein Geld gebracht fühlt.«

»Also sollten wir Miss Brinkley einen Besuch abstatten und ...«, sagte Louise.

»Aber erst, wenn ich eine riesige Portion Hot Pot gegessen habe«, fiel ihr eine Männerstimme ins Wort.

»Ronald, jetzt sag bloß, deine eifrigen Anwärter haben schon alles auf den Kopf gestellt«, wandte sie sich an den Constable, der sich zu ihnen an den Tisch setzte.

Er winkte die Kellnerin zu sich, gab seine Bestellung auf, dann nahm er die Mütze ab und sah in die Runde. »Meine Anwärter«, begann er, »haben bislang nur an der Spitze des Eisbergs gekratzt ... Eis ... o ja, ich könnte ein Eis gebrauchen. Jackie«, rief er der Kellnerin hinterher, »bringst du mir bitte auch noch ein großes Schokoladeneis mit Sahne?« Sie nickte, er wandte sich wieder den anderen zu. »Nach dem Fund der beiden Leichen haben sich alle ein Beispiel an der jungen Anwärterin genommen, die die Howletts gefunden hat. Sie suchen jetzt überall nach Hohlräumen, und zwei von ihnen sind bereits fündig geworden. Jeder von ihnen hat ein Versteck hinter der Wandvertäfelung entdeckt und ebenfalls etwas Vakuumverpacktes zutage gefördert.«

»Noch mehr Leichen?«, fragte Nathalie zögerlich.

»Nein, aber bündelweise Bargeld. Pfundnoten, Dollarnoten, quer durch die gesamte Stückelung«, antwortete der Constable und grinste zufrieden. »Einer von den Jungs kam auf die Idee, mal einen Blick in die Scheune zu werfen, und da ist er auf ein Versteck gestoßen, in dem mehrere gut verpackte Gemälde liegen.« Strutner zuckte mit den Schultern. »Ich bin kein Fachmann für alte Meister, aber danach zu urteilen, dass die Bilder gut versteckt waren und das Versteck nur auffallen kann, wenn man ganz bewusst nach etwas sucht, dürften das wohl halbwegs wertvolle Gemälde sein.«

»*Mon dieu,* da müssten Sie ja beina'e Burlingtons Mörder einen Finderlohn dafür zahlen, dass er Sie auf diese Spur gebracht 'at«, meinte Peroux beeindruckt. »Und diese jungen Leute … das werden sicher einmal gute Polizisten, wenn sie die Aufnahmeprüfung schaffen.«

Strutner lächelte weiter vor sich hin. »Die werden mir alle noch lange dankbar sein, dass ich sie für diese Aufgabe angefordert habe.«

»Wieso?«, fragte Louise. »Haben die drei anderen jetzt auch schon eine Zusage?«

»Das zwar nicht, aber nach dem Fund der Banknoten und der Gemälde hat die ganze Truppe jetzt bei ihrem Ausbilder einen so großen Stein im Brett, dass sie sich schon etwas wirklich Dummes leisten müssten, um nicht übernommen zu werden. Zum Beispiel das Vernichten von Beweisen«, fügte er hinzu. »Deshalb gehen sie jetzt sogar besonders behutsam vor, um ja keinen Schaden anzurichten. Wir müssen die Gebäude Meter für Meter durchsuchen und genau festhalten, wo was gefunden wird. Wenn jeder jetzt einfach irgendwo Verkleidungen von der Wand reißt oder Löcher in den Boden schlägt, werden womöglich Spuren vernichtet, die uns zu Burlingtons Hintermännern führen, die der Mann ganz sicher haben musste, wenn er in dieser Größenordnung tätig gewesen ist.«

»Das heißt, die liefern sich jetzt keinen Konkurrenzkampf auf Kosten der Ermittlungen, nur weil jeder meint, er müsse jetzt noch einen spektakuläreren Fund machen«, sagte Louise. »Das ist gut.«

»Das ist *sehr* gut. Das bedeutet nämlich, dass ich nicht den ganzen Tag danebenstehen und aufpassen muss, damit niemand im Übereifer etwas kaputtmacht«, erwiderte er erleichtert. »Die jungen Leute wissen jetzt, dass sie alles genau dokumentieren müssen, wenn ihre Funde anschließend noch zu irgendetwas gut sein sollen.« Er unterbrach sich, um einen Schluck von dem Bier zu trinken, das die Kellnerin ihm soeben gebracht hatte. »Was war das mit Miss Brinkley? Hat sie sich zu irgendetwas geäußert?«

»Bei ihr waren wir noch nicht«, erklärte Nathalie. »Wir haben mit Mrs. Cook gesprochen, aber sie und ihr Mann wären höchstens dann verdächtig gewesen, wenn Burlington vor seinem Ende stunden- oder tagelang Qualen hätte ertragen müssen.«

»Wegen der Tochter«, sagte der Constable und nickte flüchtig. »Ja, das passt. Die beiden wären mit mehr Erfindungsreichtum ans Werk gegangen. Burlington kann so gesehen sogar von Glück reden, dass die beiden offenbar keine Mordpläne gehegt haben. Und Miss Brinkley weiß noch nicht, dass sie womöglich aufgefallen ist?«

»*Non*, Constable«, antwortete Peroux. »Isch möchte erst von Madame Ritchie mehr Details erfahren. In groben Zügen 'at sie mir zwar erzählt, was vorgefallen ist, aber isch könnte mir vorstellen, dass sie es noch etwas genauer schildern wird, wenn wir unter vier beziehungsweise sechs Augen mit ihr reden. Madame Ritchie war aber nicht zu 'ause, als wir sie aufsuchen wollten. Ein … nun, sagen wir 'ilfsbereiter Nachbar will ihr Bescheid geben, dass sie sich bei uns meldet, wenn er sie nach 'ause kommen sieht. Und er 'at uns auch zugesichert, uns sofort zu informieren, wenn er sie sieht.« Er lächelte ironisch. »So 'at er zur Abwechslung wenigstens einen offiziellen Grund, seine Nachbarn zu beobachten.«

Während sie sich unterhielten, war der Wagen eines Paketdienstes auf den Parkplatz gefahren. Nathalie musste die Augen zusammenkneifen, weil ihr die Sonne trotz des Schirms über dem Tisch genau ins Gesicht schien. Sie erkannte den Mann, der aus dem Wagen stieg und ihr zuwinkte, kaum dass er sie entdeckt hatte. »Allmählich glaube ich, dass man das Black Feather nie verlassen und stattdessen einfach nur lange genug warten muss, denn früher oder später kommt doch jeder her, den man sprechen möchte«, sagte sie.

Ladbroke kam zu ihnen an den Tisch und grüßte die Anwesenden mit einem Nicken und einem Lächeln. »Na, das trifft sich ja gut, dass Sie alle hier versammelt sind. Ich habe meinen Kollegen sprechen können, den, der die beiden Pakete abgeholt hat.«

»In Croydon«, ergänzte der Constable.

»Irrtum«, erwiderte der Kurierfahrer. »Das ist zwar die Adresse, die auf beiden Paketen als Absender angegeben ist, aber die hat mit der Abholadresse wenig zu tun. Außer dass es sich auch um eine Seniorenresidenz handelt, die in einem Stadtteil mit C liegt. Crescent Park in Chelsea.«

»Hat das Ihren Kollegen nicht stutzig gemacht?«, wollte Peroux wissen.

»Nein, weil das nicht ungewöhnlich ist. Es kommt auch häufig vor, dass Angestellte uns ihre privaten Päckchen und Pakete mitgeben, da hat die Abholadresse auch nichts mit dem Absender zu tun. Und wenn derjenige, der ein Paket zu verschicken hat, mit uns verabredet, dass er um eine bestimmte Uhrzeit in einer Hotellobby oder vor einem Krankenhaus auf uns wartet, holen wir das Paket dort ab und verschicken es.«

»Das heißt, wir haben keine Ahnung, wer die beiden Pakete an Burlington abgeschickt hat«, murmelte der Constable.

»Das würde ich nicht unbedingt sagen«, gab der Bote zurück und verzog den Mund. »Meinem Kollegen ist schon im Gedächtnis geblieben, wie die Versenderin aussah, weil er von ihr fünfzig Pence Trinkgeld bekommen hat, verbunden mit dem wohl ernst gemeinten Ratschlag, er solle sich davon einen Kaffee gönnen.«

»Einen Kaffee für fünfzig Pence?«, wiederholte der Constable und musste lachen. »Das kann ja nur eine Bewohnerin dieser Residenz gewesen sein, die sich daran erinnern kann, wie viel sie vor dem Ersten Weltkrieg für einen Kaffee bezahlt hat.«

»Es war tatsächlich eine ältere Dame«, bestätigte Ladbroke. »Und der Punkt irritiert mich, denn nach der Beschreibung meines Kollegen zu urteilen, scheint es sich um die gleiche Frau zu handeln, der ich im Antiquitätengeschäft begegnet bin. Diese Annabelle Maypeny.«

»Was?«, rief Strutner. »Das ergibt doch keinen Sinn!«

Der Paketbote nickte. »Finde ich auch, deshalb glaube ich ja, dass sie nur so ähnlich ausgesehen hat, aber … na ja, mein Kollege hat sie beschrieben, ohne dass ich ihm irgendwie auf die Sprünge helfen musste, und das, was von ihm kam, passte sehr genau auf diese Miss Maypeny. Sie hat bei ihm zwar ihren Namen mit Mrs. Smith angegeben, aber das wird ja bei der Abholung nicht überprüft.« Er legte einen Zettel auf den Tisch. »Das sind die exakten Angaben, um wie viel Uhr die Pakete abgeholt wurden. Vielleicht hilft Ihnen das ja weiter.«

»Falls wir noch Fragen haben, rufen wir an«, versicherte ihm Nathalie. »Erst mal vielen Dank für Ihre Nachforschungen.«

»Gern geschehen«, sagte Ladbroke und verabschiedete sich, ging zu seinem Wagen zurück und fuhr ab.

»Zu schade, dass wir kein Foto von dieser Frau in Chelsea und von der haben, die Burlington besucht hat«, seufzte Nathalie.

»Na ja …«, begann Louise unschlüssig, so als wüsste sie nicht, ob sie wirklich das zur Sprache bringen wollte, was ihr auf der Zunge lag.

»Louise?«, fragte Nathalie argwöhnisch. »Wollten Sie etwas sagen?«

Sie räusperte sich gleich zweimal, ehe sie antwortete: »Es wäre … möglich, dass wir eine Aufnahme von dieser Frau bekommen könnten … sofern sie so gestanden hat, dass eine der Kameras sie erfasst hat.«

»Aha.« Mehr sagte Nathalie nicht, stattdessen musterte sie die Köchin aufmerksam.

»Es ist nur so … ich … ich müsste jemanden um diesen Gefallen bitten, den ich … den ich lieber nicht anrufen würde«, erklärte sie.

Das ließ den Constable aufhorchen. »Augenblick mal, reden wir hier über den guten alten Sergej?«

»Wer ist der gute alte Sergej?«, wollte Nathalie wissen.

»Ein alter Bekannter«, kam die ausweichende Antwort.

Nathalie sah das schelmische Grinsen, das der Constable sich nicht verkneifen konnte und wohl auch nicht wollte.

»Nur ein Bekannter?«, hakte sie nach.

»Ja, ja.«

»Sag es ihr schon, Louise«, warf Strutner amüsiert ein. »Du weißt, wie hartnäckig sie sein kann, wenn sie etwas herausfinden will. Ist jetzt ohnehin nur noch eine Frage der Zeit, bis sie es erfährt.«

»Bis ich was erfahre?«, fragte Nathalie und beugte sich vor, da sie es nicht erwarten konnte, endlich mal eines der vielen Geheimnisse in Erfahrung zu bringen, die ihre Köchin so gewissenhaft hütete.

»Sergej ist ein alter Freund …«

»… und Verehrer«, ergänzte Strutner und zwinkerte Nathalie zu.

»So? Ein Verehrer?«, wiederholte sie und zog eine Augenbraue hoch, um ihre Neugier zu bekunden.

»Das ist lange her, und außerdem war es eine rein dienstliche Angelegenheit, wie man unschwer daran erkennen kann, dass der Mann Sergej heißt«, gab Louise in einem schicksalsergebenen Tonfall zurück. »Ich denke, der Vorname sagt genug über seine Herkunft aus, wenn Sie gleichzeitig in Erwägung ziehen, wer zu der Zeit mein Arbeitgeber war.«

»Ach, ein bisschen mehr Informationen zur Person können nicht schaden«, sagte Nathalie und zwinkerte Louise zu, um ihr zu zeigen, dass sie es nicht ganz so ernst meinte.

»Später … vielleicht«, gab Louise zurück. »Jedenfalls ist es so, dass Sergej zum Vorstand der Gesellschaft gehört, die die Crescent-Park-Häuser betreibt. Wenn er die Anweisung gibt, dass jemand im Haus in Chelsea die Aufnahmen der Überwachungskameras heraussuchen und mir zuschicken soll, dann kann ich davon ausgehen, dass ich eine Stunde später Fotos oder einen Filmschnipsel vorliegen habe.«

»Na, das wäre doch perfekt«, fand Nathalie. »Worauf warten Sie noch?«

»Der Haken an der Sache ist der«, fuhr die Köchin fort, »dass ich bei ihm nichts mehr guthabe. Wenn ich ihn jetzt um die Bilder bitte, hat er bei mir was gut, und ich weiß genau, womit er dann wieder bei mir ankommt, nämlich mit einer Einladung zum Essen, das in einem so teuren Restaurant stattfinden wird, dass es in keinem Verhältnis zu dem steht, worum ich ihn gebeten habe.« Sie verdrehte die Augen. »Und alles nur, weil ein Paketbote aufgrund der Beschreibung von einem Kollegen vermutet, dass die gleiche Frau zwei Pakete an den Laden geschickt hat, in dem er sie gesehen hat.«

»Kommen Sie, Louise, Sie wollen doch auch wissen, was dahintersteckt, oder etwa nicht?«, köderte Nathalie sie. »Stellen Sie sich vor, wir überführen so den Mörder. Dann wäre es das alles doch wert, oder nicht?«

»Ja, das schon, aber …«

»Kein Aber, Louise«, ging Strutner dazwischen. »Du weißt, was passiert, wenn du die Ermittlungsarbeit der Polizei behinderst, und das auch noch vorsätzlich und aus niederen Beweggründen.«

»Aus niederen Beweggründen?«, wiederholte Louise ungläubig.

»Natürlich«, meinte er grinsend. »Du willst einen Mörder ungestraft davonkommen lassen, nur weil dich ein uralter, fetter Russe zum Essen einladen könnte.«

»Er ist weder uralt noch fett«, protestierte sie so energisch, dass ihr selbst auffiel, wie verräterisch sie sich soeben verhalten hatte.

»Na, dann kann es doch nicht so schlimm sein«, sagte der Constable triumphierend.

»Ist ja gut, ich werde ihn anrufen«, erklärte die Köchin sich bereit, zog ihr Smartphone aus der Tasche und stand auf, dann ging sie um die Ecke, damit der Lärm der vorbeifahrenden Wagen sie nicht störte.

»Isch bin schon sehr gespannt, wie sich das Ganze auflösen wird«, sagte Peroux, der das gesamte Hin und Her rund um Sergej schweigend mitverfolgt hatte. »Das Interessante ist, dass man sich manchmal sicher ist, alle Verdächtigen festgestellt zu 'aben, und wenn man dann damit beginnt, die unwahrscheinlichen von den wahrscheinlichen Tätern zu trennen, kommt auf einmal ein neuer Name ins Spiel.«

Der Constable nickte. »Wir sollten zumindest ausschließen können, dass es bloß ein Raubüberfall war, der ein böses Ende genommen hat. Es muss schon etwas sehr genau Geplantes gewesen sein.«

»Vermutlich ja, aber manchmal neigen wir Ermittler auch dazu, zu viel in einen Vorgang 'ineinzuinterpretieren. Dann konzentrieren wir uns auf Kleinigkeiten und glauben, in ihnen etwas Bedeutungsvolles zu sehen, das eigentlich gar nicht da ist. Beides ist gefährlich, weil es uns den Blick auf das versperrt, was tatsächlich zu sehen ist«, warnte Peroux den anderen Mann.

Während Strutner und der Belgier sich weiter unterhielten, fiel Nathalies Blick auf einen Mann, der soeben aus dem Pub auf die Terrasse kam und sich umschaute. Er war auf jeden Fall über zwei Meter groß, aber der Wust aus orangeroten Rastalocken ließ ihn noch viel größer erscheinen. Er trug eine Designerbrille mit einem roten und einem blauen Bügel und einer leuchtend gelben Fassung. Die Gläser hatten den gleichen Farbton wie seine Haare. Das Hemd war mit Motiven des Zeichners M.C. Escher bedruckt, dessen optische Illusionen von aufwärtsströmenden Flüssen und endlosen, immer nur nach oben führenden Treppen nichts für zart besaitete Augen waren. Die Hose wies ein verwirrendes Spiralmuster auf, das sich auf den Laufschuhen fortsetzte. Wie alt der Mann sein mochte, konnte sie unmöglich sagen, da von einem verlebten Zwanzigjährigen bis zu einem topfitten Siebzigjährigen alles denkbar war.

»Ich suche eine Nathalie Ames«, sagte er, als er sich ihrem Tisch näherte.

»Das bin ich«, antwortete sie und stand von ihrem Stuhl auf. »Was kann ich für Sie tun?«

»Bill Purvis hat mir gesagt, dass Sie Möbel verkaufen möchten.«

»Oh, ach, Mr. Purvis schickt Sie?«, fragte sie mehr reflexartig, weil die Frage völlig überflüssig war. Dabei fiel ihr ein, dass Purvis noch gar nicht vorbeigekommen war, um die versprochenen Fotos zu machen. Deren Sinn und Zweck wäre es ja gewesen, solche Besuche zu vermeiden, die unweigerlich eine Besichtigung der Wohnung nach sich zogen.

Der Mann reagierte nicht, wohl weil er ihre Erwiderung ebenfalls für verzichtbar hielt. Dennoch wäre ein kurzes »Ja« sicher nicht zu viel verlangt gewesen. »Tja, ähm, das kommt jetzt etwas unverhofft, aber … puh … na ja, wenn Sie jetzt schon hier sind … Es wäre nicht verkehrt gewesen, vorher einmal anzurufen, ob ich überhaupt im Haus bin.«

»Aha«, war alles, was der Mann herausbrachte.

Nathalie musste den Kopf in den Nacken legen, um dem Mann ins Gesicht zu sehen, aber wohin er genau blickte, konnte sie nicht erkennen, da die Brillengläser wie verspiegelt wirkten.

»Gut, dann kommen Sie bitte mit«, sagte sie, da ihre höfliche Ader die Oberhand gewann. Schließlich wollte sie die Wohnungseinrichtung so komplett wie möglich verkaufen, und dafür musste sie nun mal freundlich sein, auch wenn es dem potenziellen Käufer an jeglichen

Manieren fehlte. Sie ging in den Pub und von dort in den Korridor, der das Lokal vom Café trennte. Am Ende des Korridors befand sich die Tür zu der Wohnung, in der jetzt Nathalie wohnte, die früher aber ihrer Tante Henrietta gehört hatte.

Der Mann mit den orangenen Rastalocken folgte ihr bis in die Wohnung. Nachdem er einen Schritt hinein gemacht hatte, ließ er seinen Blick mal nach links, mal nach rechts wandern. Immer wieder kam ein leises »Hm« über seine Lippen. Nach einer Weile sagte er etwas, das sich nach »Das steht also alles nebeneinander« anhörte, das aber auch etwas ganz anderes hatte sein können.

Nathalie wartete geduldig, während der Rastalockenmann sich nur schweigend umsah und nach einiger Zeit mit beiden Händen zu fuchteln begann. Dabei bewegte er die Finger zeitweise so, als würde er mitten in der Luft Bauklötze stapeln oder hin und her schieben.

Nachdem Nathalie einen Blick auf die Uhr geworfen und dabei festgestellt hatte, dass inzwischen fast zehn Minuten vergangen waren, ohne dass dieser Mann irgendetwas gesagt hatte, meinte sie kurz entschlossen: »Okay, das war's, die Führung ist zu Ende.« Dann packte sie ihn an den Ellbogen – wofür sie nach oben greifen musste – und schob ihn vor sich her aus ihrer Wohnung, durch den Korridor bis in den Pub und dann durch den Pub bis nach draußen auf die Terrasse. »Wenn Sie noch eine Führung mitmachen wollen, kostet Sie das zehn Pfund. Aber melden Sie sich mindestens drei Tage im Voraus an, dann kommt der Kinderchor her und tut was gegen die Stille. Und jetzt wünsche ich Ihnen eine schöne Heimfahrt«, rief sie ihm über die Schulter zu, während sie zu Strutner und Peroux zurückging. Fast am Tisch angekommen, klingelte ihr Smartphone.

»Ja?«

»Bill Purvis hier, Miss Ames?«

»Ja, ich bin's«, sagte sie. »Erzählen Sie mir bitte, dass Sie jemanden gefunden haben, der mich auf einen Schlag von allen Möbeln meiner Tante befreit.«

»Vielleicht ja. Da ist jemand zu Ihnen unterwegs, der sich gern ansehen würde, was in der Wohnung versammelt steht.«

»Noch einer?«, stöhnte sie auf. »Gerade eben hat sich hier schon ein Typ umgesehen.«

»Ein Typ? Was für ein Typ?«, fragte Purvis erschrocken.

»Ich habe keine Ahnung, weil ich vergessen habe, ihn nach seinem Namen zu fragen«, antwortete sie. »Aber wenn ich diesen Kerl mit seinen orangenen Rastalocken noch mal zu sehen bekomme, dann ...«

»Er war schon da?«, rief der Gebrauchtmöbelhändler dazwischen. »Aber ... deswegen rufe ich doch an, damit er angekündigt ist.«

»Da war der schräge Vogel wohl schneller als Sie«, gab sie achselzuckend zurück. Das konnte Purvis zwar nicht sehen, aber das war ihr im Moment auch egal, weil sie noch immer viel zu aufgebracht war.

»Man muss wissen, wie man ihn handhabt«, sagte Purvis. »Er ist etwas schwierig ...«

»Er ist nicht ›etwas schwierig‹«, konterte Nathalie. »Ich habe ihn rausgeschmissen!«

»Was? Nein! O Gott, nein, das kann doch nicht wahr sein!«, rief Purvis voller Entsetzen. »Wissen Sie denn nicht, wer das war?«

»Er hielt es nicht für nötig, sich bei mir vorzustellen.«

»Das war Orin Batsetakis!«

Nathalie atmete tief ein und aus, während sie überlegte, ob sie den Namen irgendwo schon mal gehört hatte, aber ihr kam nichts in den Sinn. »Und wer ist dieser Orin Batse… egal. Wer ist das?«

»Der Filmemacher Orin Batsetakis. Er dreht Arthaus-Filme, er ist ein Star in dieser Szene, und er ist bekannt dafür, sehr verschwenderisch zu sein, was Gagen und Kulissen angeht. Seine Filme gehen an den Kinokassen regelmäßig durch die Decke. Haben Sie *Dialog mit einem Schrank* gesehen?«

»Ich habe ja noch nicht mal den Titel irgendwo gelesen.«

»Oder *Das Ballett der Einbeinigen?*«

»Klingt nach Monty Python«, sagte sie. »Ist mir auch kein Begriff.«

»Egal. Seine nächste Produktion wird von einem großen Studio mitfinanziert, und dann kann er noch mehr ausgeben, auch für eine Wohnungseinrichtung wie die, die Sie verkaufen wollen«, redete Purvis auf sie ein. »So eine Gelegenheit kommt nie wieder. Halten Sie ihn auf, holen Sie ihn zurück. Sagen Sie ihm, das alles war nur ein Missverständnis.«

»Er hat sich mir nicht vorgestellt, er hat weder einen guten Tag gewünscht noch mir die Hand gegeben. Er ist die Unhöflichkeit in Person«, beharrte sie. »Vielleicht denkt er ja, dass er ein paar dumme Dorfbewohner vor sich hat, mit denen er so was machen kann, aber dann ist er bei mir an der falschen Adresse.« Sie sah, wie der Filmemacher den Parkplatz überquerte, in einen wartenden Jaguar einstieg und dem Fahrer mit einer ungehaltenen Geste bedeutete, er solle endlich losfahren. »Außerdem ist er gerade abgefahren, Mr. Purvis. Ich warte auf den nächsten Interessenten, so eilig ist das Ganze dann auch wieder nicht.«

Sie hörte den Mann am anderen Ende der Leitung

laut seufzen. »Na gut, dann kann man nichts machen. Ich melde mich bei Ihnen, wenn sich etwas tut.«

Nathalie bedankte und verabschiedete sich, dann nahm sie auf ihrem Stuhl Platz und bemerkte die fragenden Blicke der beiden Männer. »Ist Louise noch nicht zurück? Telefoniert sie jetzt schon seit einer Viertelstunde mit diesem Sergej?« Beiläufig nahm sie wahr, dass vor dem Constable ein benutzter, leerer Teller stand. Offenbar hatte er innerhalb einer Viertelstunde die bestellte riesige Portion Hot Pot verputzt.

»Es muss sehr unangenehm für sie sein, mit diesem aufdringlichen Mann zu reden«, meinte Peroux und lächelte verschmitzt. »Isch 'offe, Mademoiselle Ames, Sie sind sich der Tatsache bewusst, dass Sie allein die Verantwortung für diese Misere tragen.«

»Ja, und ich bin schon jetzt untröstlich«, gab sie grinsend zurück.

»Wenn sie endlich wieder auftaucht, wird sie auf den Mann schimpfen und sich aufregen, dass der Kontakt jetzt wieder zustande gekommen ist, wo sie doch nichts mehr mit ihm zu tun haben wollte«, ergänzte der Constable in einem leiernden Tonfall.

Weitere zehn Minuten vergingen, dann kehrte Louise an den Tisch zurück. Sie versuchte, eine finstere Miene zu machen, aber nach dem Lächeln zu urteilen, das ihre Mundwinkel immer wieder leicht zucken ließ, musste dieser Sergej sie mit Komplimenten überhäuft haben.

»Und?«, fragte Nathalie.

»Was und?«, erwiderte ihre Köchin.

»Wird er es machen?« Als ihr ein verständnisloser Blick zugeworfen wurde, formulierte sie die Frage neu: »Wird er Ihnen die Aufnahmen der Überwachungskameras zuschicken?«

»Oh, das meinen Sie«, sagte Louise. »Ja, ich …

ähm … ich muss noch mal schnell nachfragen, ob ich ihm auch das richtige Datum durchgegeben habe. Bin gleich wieder da.« Mit diesen Worten stand sie auf und verschwand wieder um die Ecke, um in Ruhe telefonieren zu können.

Nathalie, Strutner und Peroux sahen sich an, dann sagten sie alle drei gleichzeitig: »Sie hat Sergej überhaupt nicht nach den Bildern gefragt.« Das anschließende Gelächter war so laut, dass Nathalie aus dem Augenwinkel sehen konnte, wie Louise um die Ecke spähte, um dem Lärm auf den Grund zu gehen.

In der Nacht träumte Nathalie von einer ganzen Armee aus großen Männern mit orangenen Rastalocken, die zur Tür und durch alle Fenster in ihre Wohnung gequollen kamen, um jedes einzelne Möbelstück an sich zu reißen und wegzuschaffen. Aus einem unerfindlichen Grund wuchs jeder Schrank und jeder Sessel sofort nach, sobald die Männer ihn von der Stelle bewegt hatten, sodass gleich die nächsten nachrückten, um auch wieder einen Schrank oder einen Sessel nach draußen zu tragen.

Sie war heilfroh, dass ihr Telefon klingelte und sie aus diesem Traum riss. Es kam selten vor, dass sie wusste, wann sie träumte, doch immer, wenn das geschah, wollte es ihr einfach nicht gelingen, daraus zu entkommen. Umso dankbarer war sie dem Anrufer.

Als sie auf dem Radiowecker sah, dass es Viertel vor drei in der Nacht war, stutzte sie. Louise hatte ihr zwar versprochen, ihr sofort Bescheid zu geben, sobald die Bilder der Überwachungskameras eingetroffen waren, die hoffentlich die rätselhafte alte Frau zeigten. Allerdings hatte Sergej Louise erklärt, dass er das vor dem nächsten Morgen nicht würde erledigen können, und damit hatte er sicher nicht Viertel vor drei gemeint.

Die angezeigte Nummer war ihr nicht bekannt, dennoch nahm sie den Anruf an. Womöglich hatte jemand etwas Wichtiges im Fall Burlington gehört, das keinen Aufschub erlaubte.

»Ja?«

»Miss Ames, hier ist Jamie Brascombe … der Nachbar von Mrs. Ritchie!«

»Mhm, ja, ich erinnere mich«, murmelte sie immer noch schlaftrunken. »Was … ähm … was?«, fragte sie, unschlüssig, was sie eigentlich fragen wollte.

»Sie müssen sofort herkommen! Irgendwas stimmt mit Mrs. Ritchie nicht! Sie liegt nur da!«

Siebtes Kapitel, in dem eine kostbare Münze an einem unerwarteten Ort auftaucht

Es regnete in Strömen, als sie eine halbe Stunde später vor dem Haus von Mrs. Ritchie anhielten. Louise war noch so lange mit den Vorbereitungen der Tageskarte für die nächste Woche beschäftigt gewesen, dass sie auf Nathalies Angebot eingegangen war, auf der Couch im Wohnzimmer zu übernachten. Normalerweise hätte sie ein freies Zimmer genommen, aber Zimmer waren in dieser Nacht Mangelware, nachdem ein Reisebus aus Lettland fast genau gegenüber vom Black Feather liegen geblieben war und die über vierzig Touristen an Bord sich vehement geweigert hatten, die Nacht in dem warmen, stickigen Bus zu verbringen, bis ein Ersatzfahrzeug eintraf. Das hatte zwar zunächst nur gut drei Stunden gedauert, aber selbst das war der lettischen Reisegruppe zu viel gewesen, weshalb man gemeinschaftlich ausgestiegen war und die Terrasse des Black Feather in Beschlag genommen hatte, um die Zeit mit kalten Getränken und Eis zu überbrücken. Die angekündigten drei Stunden waren noch längst nicht um gewesen, da hatte der Fahrer berichtet, dass vor drei Uhr in der Nacht kein Ersatzbus zur Verfügung stehen würde. Die Letten hatten daraufhin die Rezeption gestürmt, weil jeder versucht hatte, vor allen anderen ein Zimmer zu ergattern, um nicht Gefahr zu laufen, am Ende ohne Bett dazustehen. Nathalie hätte ein kleines Vermögen verdienen können, weil die Touristen sofort anfingen, sich gegenseitig zu überbieten, um bevorzugt behandelt zu werden. Doch sie hatte lediglich zur Bedingung gemacht, dass sich notfalls auch zwei Reisende ein Zimmer teilten, die nicht zusammengehörten, und dass sie damit einverstanden waren, ein oder zwei Klappbetten ins Zimmer gestellt zu bekommen. Ihre Worte hatte man mit Begeisterung und Jubel aufgenommen, und sie hatte nur mit Mühe und unter Hinweis auf die niedrigen Decken verhindern können, dass man sie auf Schultern umhertrug.

»Gut, dass keiner von den Letten beschlossen hat, auf der Wiese neben dem Pub zu schlafen«, sagte Louise und verzog den Mund angesichts des Lärms, den der aufs Wagendach prasselnde Regen verursachte. Sie machte die Beifahrertür auf, stieg aus und ging gemächlich zum Haus von Mrs. Ritchie, während Nathalie an ihr vorbeieilte und unter dem kleinen Vordach Schutz suchte.

»Macht Ihnen das gar nichts aus, bis auf die Haut nass zu werden?«, fragte sie.

Louise zuckte mit den Schultern. »Nicht, wenn es so warm ist wie in der ganzen letzten Woche. Ist doch eine angenehme Abkühlung.«

»Also, in der Stadt sehe ich kaum jemanden, der freiwillig mitten durch den Regen geht.«

»Tja, Städter sind halt verweichlicht«, fand Louise und grinste sie breit an. »Außerdem: Wer mal Gelegenheit hatte, in einen Monsunregen zu geraten, der kann nur milde lächeln, wenn er die paar Tropfen sieht.«

»Hm, ich hätte gedacht, dass unser werter Mister Peroux mindestens so abgehärtet ist wie Sie«, wunderte sich Nathalie, als sie sah, dass er seinen Platz auf der Rückbank noch immer nicht verlassen hatte. »Ob er wartet, dass der Regen nachlässt?«

»Dann wird er lange warten müssen«, sagte Louise. »Laut Wetterbericht wird erst am Vormittag Wind aufkommen, der diese Wolken da oben vertreiben kann.«

»Kommen Sie schon, Mister Peroux«, rief Nathalie ihm zu. »Oder wollen Sie sich mit dem begnügen, was wir Ihnen anschließend erzählen? Stellen Sie sich vor, wir verheimlichen Ihnen ein wichtiges Detail. Wollen Sie das wirklich riskieren?« Sie sah, wie der Mann sich einen Ruck gab und die Tür öffnete. »Hätte mich auch sehr gewundert, wenn ein Genauigkeitsfanatiker wie er nicht den Tatort sehen will.«

Während Peroux den Weg zum Haus tänzelnd zurücklegte, um in keine der vielen Pfützen zu treten, klopfte Louise an der Haustür. Die wurde Augenblicke später geöffnet, Constable Strutner nickte ihnen zu. »Ah, da seid ihr ja«, sagte er und hielt ihnen sofort Einweghandschuhe hin. »Die Kollegen werden so bald nicht hier auftauchen, da dürfen wir nicht alles anfassen. Den Arzt habt ihr übrigens verpasst, der ist vor ein paar Minuten abgefahren.« Aus dem Wohnzimmer kam Strutners grauer Zwergschnauzer Colonel Jackson angelaufen, um die Neuankömmlinge zu begrüßen. Sein Stummelschwanz wippte aufgeregt hin und her, während Colonel Jackson sich aufrichtete und sich dann mit den Vorderpfoten zuerst an Nathalies und danach an

Louises Bein abstützte, um sich von beiden Frauen ausgiebig kraulen zu lassen.

»Und warum trägt Colonel Jackson keine Handschuhe?«, fragte Louise mit einem Zwinkern.

»Ganz einfach«, antwortete der Constable. »Weil er ein Rund-um-die-Uhr-Alibi hat, schließlich ist er entweder mit mir unterwegs, oder er ist zu Hause und die Tür ist abgeschlossen.«

Der Schnauzer ließ von Louise ab und lief an den beiden vorbei zum dritten Neuankömmling.

»*Mon dieu*, ein nasser 'und!«, rief Peroux, als er triefend nass ins Haus kam und die Tür hinter sich schloss. »Isch wusste nicht, dass Madame Ritchie einen 'und 'at.«

»Hat sie auch nicht, Mister Peroux. Colonel Jackson ist mein Hund«, erwiderte Strutner.

»Colonel Jackson?«, wiederholte der Belgier, der sich um sich selbst drehte, um den Hund davon abzuhalten, dass er ihn ansprang. Der Schnauzer schien diese hektischen Bemühungen allerdings so zu deuten, dass Peroux mit ihm spielen wollte.

Nathalie beobachtete die beiden eine Weile und musste schmunzeln. Peroux alias der unaussprechliche Belgier hatte sich so sehr in die Rolle des peniblen und etwas verschrobenen Privatdetektivs hineingesteigert, dass er sich sogar eine Abneigung gegen Hunde angeeignet hatte. Die mochte auf andere Menschen einen überzeugenden Eindruck machen, aber Hunde ließen sich nichts vormachen, und Colonel Jackson war der Beweis dafür, dass der wahre Mensch hinter dem Künstlernamen Peroux ein ganz anderer Typ war.

»Constable, pfeifen Sie bitte Ihre Bestie zurück«, drängte der Privatdetektiv.

»Jackson, lass den Herrn in Ruhe«, sagte Strutner

amüsiert, woraufhin der Hund sofort zu ihm zurückkam und sich neben ihn stellte.

»Danke«, murmelte Peroux und schüttelte sich, was aber nicht dem Hund zu gelten schien, sondern dem Umstand, dass der Regen mit seinem dünnen Sommeranzug leichtes Spiel gehabt hatte und der Mann bis auf die Haut nass geworden sein musste. Lediglich der kleine Aktenkoffer, den er auch jetzt wieder mit sich herumtrug, hatte dem Wetter trotzen können. »Kann isch jetzt Madame Ritchie se'en? Dafür sind wir doch 'ergekommen, nicht wahr?«

»Alle mitkommen«, sagte der Constable und ging vor der Gruppe her ins Wohnzimmer. Elinor Ritchie lag zwischen Schrank und Couchtisch auf dem hellen Teppich, an der Schläfe war etwas Blut zu sehen.

Peroux schob sich an Nathalie, Louise und dem Constable vorbei, machte einen Schritt über den Schnauzer hinweg und hockte sich neben die Tote. Er betrachtete die Wunde, zog die Einweghandschuhe an, die Strutner ihm auch gegeben hatte, und drehte den Kopf der Frau zur Seite. Schließlich stand er wieder auf. »Diese kleine Platzwunde an der Schläfe ist unmöglich die Todesursache. Wenn isch mir ihr Gesicht so ansehe, würde isch eigentlich vermuten, dass sie erwürgt wurde, aber ihr 'als weist keine Würgemale auf. Isch kann auch keine Spuren von einem Klebeband oder etwas Ähnlichem an den Lippen oder rund um den Mund erkennen.«

»Richtig, der Schlag auf den Kopf hat sie nicht umgebracht«, bestätigte der Constable. »Zu dem gleichen Schluss ist der Doc auch gekommen. Aber er hat genügt, um sie bewusstlos werden zu lassen. Und dann hat der Täter sie tatsächlich erstickt, allerdings weder mit den Händen noch durch irgendeine andere äußerliche Einwirkung.«

»Isch glaube, momentan kann isch Ihnen nicht folgen, Constable.« Peroux zog die Augenbrauen zusammen. »'ätte er ihr ein Gift gespritzt, das ihre Atmung lähmt, könnte der Doktor das noch nicht wissen, weil dazu erst eine Blutuntersuchung durchgeführt werden muss.«

»Der Mörder hat ihr das hier in den Rachen gedrückt«, erklärte Strutner und hielt eine kleine durchsichtige Plastiktüte hoch, in der sich eine Goldmünze befand. »Der Doc hatte Schwierigkeiten, dieses Ding aus ihrem Hals zu bekommen, was bedeutet, dass Mrs. Ritchie es auf keinen Fall hätte schaffen können, wäre sie noch aus ihrer Ohnmacht erwacht. Aber danach zu urteilen, wie wir sie hier vorgefunden haben, hat sie von dieser widerwärtigen Tat gar nichts mitbekommen. Der Körper konnte einfach nicht mehr mit Sauerstoff versorgt werden. So brutal dieser Akt war, ihr die Münze in den Hals zu rammen, hat der Täter zugleich doch gnädig gehandelt.«

»Vielleicht aber auch nur aus purer Dumm'eit«, gab Peroux zurück. »Womöglich 'at der Mörder erwartet, dass Madame Ritchie aus ihrer Ohnmacht erwacht, wenn sie merkt, dass sie keine Luft mehr bekommt, und er 'at ge'offt, ihren Erstickungstod beobachten zu können.« Er deutete auf den Plastikbeutel, den Strutner zwischen Daumen und Zeigefinger hielt. »Sie wissen, womit der Täter sie umgebracht 'at?«

»Ich habe eine Ahnung«, antwortete der Polizist. »Und ich gehe davon aus, dass Sie mir gleich sagen werden, ob ich mit meiner Ahnung richtigliege.«

»Lassen Sie mal sehen«, sagte Nathalie und betrachtete die Münze genauer. »Ist das eine von den Dublonen?«

»*Exactement*«, antwortete der Belgier. »Entweder ist

der Mörder so ahnungslos, dass er nicht weiß, was für eine Münze er ihr in den 'als gesteckt 'at … oder er wollte 'ier ein Exempel statuieren. Vielleicht ist es ein Zeichen, eine Warnung, sich nicht mit ihm anzulegen.«

»Das wäre aber eine teure Warnung«, fand Louise.

»Vielleicht 'at Madame Ritchie mit Burlingtons Mörder gemeinsame Sache gemacht, und dann wollte sie einen größeren Anteil an der Beute haben«, überlegte Peroux und zuckte flüchtig mit den Schultern. »Es gibt viele Möglichkeiten, die jemanden zu so einer Tat treiben können. Oder eben pure Dumm'eit, weil der Täter die alten Münzen für wertlosen Tand ge'alten 'at.«

»Wie lange ist sie schon tot?«, wollte Nathalie wissen.

»Mindestens vierundzwanzig Stunden, aber genauer kann der Doc das noch nicht eingrenzen«, sagte der Constable.

»Dann war sie schon tot, als wir hier geklopft und geklingelt haben?«, fragte Nathalie erschrocken.

»Das ist ziemlich sicher der Fall gewesen«, bestätigte Strutner, »aber deswegen müssen Sie keinen Schreck bekommen, Miss Ames. Sie hätten schon zu nachtschlafender Zeit herkommen müssen, aber selbst dann hätten Sie sie vermutlich nicht retten können. Wie gesagt, der Doc musste mit zwei Zangen ran, um die Münze zu fassen zu bekommen. Und abgesehen davon hat er sie auch erst auf den zweiten Blick dort bemerkt.«

»Gibt es Spuren eines Einbruchs?«, fragte Peroux und nahm ihm den Beutel aus der Hand, um die Münze noch genauer zu betrachten.

»Mir ist bislang nichts aufgefallen«, erwiderte der Constable. »Alles spricht im Augenblick dafür, dass sie ihrem Mörder die Tür geöffnet hat und auf dem Weg hierher ins Wohnzimmer von ihm niedergeschlagen wurde. Das muss alles so unverhofft gekommen sein, dass sie einfach zusammengesackt und hingefallen ist. Wenn ich mir die Haltung der Arme ansehe, muss sie so schnell bewusstlos geworden sein, dass nicht mal mehr der Reflex einsetzen konnte, die Hände auszustrecken und den Sturz zu bremsen.«

»Sie sind ein guter Beobachter, Monsieur Strutner«, sagte Peroux lobend.

»Das verdanke ich Ihnen, Mister Peroux.«

Peroux lächelte erfreut. »Isch inspiriere Sie? Isch sporne Sie dazu an, sich selbst 'erauszufordern? Das … *eeehrt* mich, das ist ein großes Lob, müssen Sie wissen.«

Als Nathalie den unschlüssigen Gesichtsausdruck des Constable bemerkte, sagte sie: »Das war ein Kompliment von Mister Peroux. Nehmen Sie es an, Constable.« Mit einem schelmischen Grinsen fügte sie hinzu: »Davon verteilt er nicht allzu viele, also dürfen Sie sich doppelt geehrt fühlen.«

»Danke«, antwortete Strutner, schien aber immer noch nicht so recht glauben zu wollen, dass der Belgier das wirklich ernst meinte. Dann räusperte er sich. »Dann werden wir wohl als Nächstes mit Miss Brinkley reden müssen. Immerhin haben Sie von Mrs. Ritchie gehört, dass sie sich mit Burlington gestritten hat und dass Mrs. Ritchie vor ihr Angst hatte. Womöglich hat Miss Brinkley von dem Gespräch zwischen Ihnen beiden erfahren und Mrs. Ritchie zur Rede gestellt.«

»Es würde zumindest erklären, warum Madame Ritchie ihren späteren Mörder – oder vielleicht auch ihre spätere Mörderin – ins 'aus gelassen 'at«, überlegte Peroux.

»Wenn sie aber vor Miss Brinkley Angst hatte, warum hat sie sie dann hereingelassen?«, hakte Nathalie nach.

»Weil sie ihr diese Angst nicht zeigen wollte«, erwiderte Peroux achselzuckend. »'ätte sie das getan, wäre Mademoiselle Brinkley klar gewesen, dass sie etwas weiß und dass sie das womöglich jemandem erzählt 'at. Also 'at sie sich ahnungslos gegeben und Mademoiselle Brinkley ins 'aus gebeten – mit den fatalen Folgen, die wir jetzt vor uns se'en.«

Der Constable nickte. »Klingt überzeugend«, fand er. »Mal sehen, was Miss Brinkley dazu zu sagen hat.«

Doch Louise schüttelte den Kopf. »So einfach kannst du das nicht machen. Du kannst nicht zu ihr gehen und ihr unterstellen, dass sie Burlington und Mrs. Ritchie auf dem Gewissen hat. Wir müssen erst mal die Ergebnisse der Spurensicherung abwarten. Außerdem … da war doch noch von einem Jogger die Rede, von dem Mrs. Ritchie gestern besucht worden ist.«

»Ja, aber dazu kann nur Mr. Brascombe von nebenan etwas sagen«, erwiderte Nathalie. »Er hat ihn offenbar gesehen, dann wird er ihn hoffentlich auch beschreiben können. Wenn wir die Beschreibung haben, können wir im Dorf herumfragen, ob ihn noch jemand gesehen hat. Vielleicht führt diese Spur ja zu Miss Brinkley.« Sie überlegte kurz, dann fügte sie an: »Und es gibt ja auch noch das Rätsel der beiden Pakete aus der Seniorenresidenz in London, die so seltsam gezielt zugestellt werden sollten. Und die alte Dame, diese Miss Maypeny, die eine Millionen Pfund teure Vase durch die Gegend trägt, um sie ausgerechnet Burlington zum Kauf anzubieten.«

»Und nichts davon werden wir in den nächsten fünf bis sechs Stunden klären können«, warf Louise ein und musste ausgiebig gähnen. »Ich schlage vor, wir gehen jetzt alle wieder zurück ins Bett, und am Morgen können wir uns gemeinsam eine Strategie überlegen, wie wir mit all diesen merkwürdigen Dingen verfahren, die vielleicht oder vielleicht auch nicht etwas mit dem Mord an

Burlington zu tun haben.« Sie sah in die Runde. »Höre ich irgendwelche Einwände?«

»Ich werde mich hüten«, entgegnete Nathalie und musste ebenfalls gähnen.

»Ihr könnt ja auch alle zurück ins Bett«, sagte Strutner und gab ihnen ein Zeichen, sich in Richtung Tür zu bewegen. »Ich muss auf die Spurensicherung warten, sonst kommt noch jemand auf die Idee, sich hier reinzuschleichen und Beweise zu vernichten oder falsche Beweise zu platzieren. Ich komme am Vormittag ins Black Feather, wenn hier alles erledigt ist.«

Nathalie öffnete die Haustür. »Oh, es hat aufgehört zu regnen«, stellte sie erfreut fest.

»Das 'ätte es auch schon vor einer Stunde tun können«, grummelte Peroux und ging zu Nathalies Wagen, um einzusteigen und darauf zu warten, dass er zum Black Feather zurückgefahren wurde.

»Sie waren heute Nacht etwas ... wie soll ich sagen ... ungehalten, Louise«, sagte Nathalie, als sie am Morgen ein Tablett mit frischem Kaffee und Croissants von der Küche ins Wohnzimmer trug und auf dem Tisch abstellte.

Ihre Köchin sah verdutzt auf das Tablett. »Frühstück? Das wäre doch nicht nötig gewesen.«

»Doch, das war nötig«, gab sie zurück und fügte grinsend an: »Oder wollen Sie lieber mit vierzig oder fünfzig Letten in einem Saal frühstücken, die sich eine aufgebrachte Diskussion mit dem Busfahrer liefern?«

»Ach, das ist der Lärm da draußen. Die Letten hatte ich schon ganz vergessen. Ähm ... über was diskutieren die denn so aufgebracht?«

»Tja, zu meiner Schande muss ich gestehen, dass ich mein Lettisch schon lange nicht mehr aufgefrischt habe«, erwiderte Nathalie ironisch. »Wäre das nicht eher Ihre Zuständigkeit?«

»Wenn die noch zur Sowjetunion gehören und Russisch reden würden …« Louise nickte bedächtig und schaute noch immer etwas verschlafen drein. »Ja, dann würde ich zumindest in groben Zügen wissen, um was es geht. Aber Lettisch …«

»Wenn ich raten soll, würde ich sagen, dass der Ersatzbus noch eine Weile länger auf sich warten lässt. Was genau los ist, werden wir spätestens erfahren, wenn die noch eine Übernachtung dranhängen … was ich nicht hoffen will. Wir haben gestern schon ein paar Fernfahrern sagen müssen, dass wir komplett belegt sind. Wir haben sie auf dem Parkplatz in ihren Wagen übernachten lassen und ihnen heute Morgen Frühstück gebracht.« Sie schenkte sich und Louise Kaffee ein und stellte den kleinen Korb mit den aufgebackenen Croissants, einen kleinen Teller mit Butter und ein Schälchen Erdbeermarmelade auf den Tisch. »Und?«

»Und was?«, fragte Louise.

»Und warum waren Sie so ungehalten?«

Louise starrte auf den Teller, auf den Nathalie soeben ein Croissant legte. »Weil ich mich geärgert habe.«

»Über wen oder was?«

»Über unseren ehrenwerten Constable Ronald Strutner«, sagte sie und strich ein wenig Marmelade auf das eine Ende ihres Croissants.«

»Es war aber Brascombe, der uns aus dem Schlaf gerissen hat.«

»Brascombe und sein nächtlicher Anruf sind nicht das Problem, auch wenn ich finde, er hätte erst mal einen Rettungswagen anfordern sollen. Schließlich konnte er nicht wissen, dass Mrs. Ritchie tot war. Indem er erst uns angerufen hat, hat er fünfzehn bis zwanzig Minuten nutzlos verstreichen lassen. Diese Minuten hätten fehlen können, wenn Mrs. Ritchie bei unserem Eintreffen noch gelebt hätte und der Rettungswagen erst dann von uns angefordert worden wäre. Aber das ist ein anderes Thema. Nein, es geht mir um Folgendes: Ich gebe ja zu, dass Ronald nicht der trottelige Polizist ist, für den ich ihn immer gehalten habe«, antwortete die Köchin und musste wieder gähnen. »Jedenfalls *nicht ganz so* trottelig. Es wird mir immer mehr bewusst, dass ein Teil seiner Unfähigkeit nur vorgetäuscht war, weil er gemerkt hatte, dass Henrietta und ich ihm immer dann unter die Arme griffen, wenn es etwas zu recherchieren gab oder wenn mögliche Zeugen befragt werden mussten. Das sind lästige Arbeiten, und ich muss ihm auch zugestehen, dass es zeitweise für einen einzelnen Polizisten zu viel ist, was er alles erledigen soll. Aber dieser Poirot-Verschnitt hat einen schlechten Einfluss auf Ronald.«

»Einen schlechten Einfluss?«, wiederholte Nathalie überrascht. »Aber Peroux hat doch selbst gesagt, dass der Constable sich von ihm inspirieren lässt.«

»Ich weiß, und das hätte sich Mister Peroux erst recht verkneifen sollen.«

»Tut mir leid, Louise, aber im Moment kann ich Ihnen nicht folgen. Wo ist das Problem, wenn Peroux eine inspirierende Wirkung auf den Constable hat?«

Louise biss von ihrem Croissant ab. »Das klingt jetzt vermutlich gemeiner als beabsichtigt, aber wenn ein Achtjähriger eine Galerie besucht und von einem besonders interessanten Gemälde von Matisse dazu inspiriert wird, selbst zu malen, dann wird er nicht am nächsten Tag von den Medien als der neue Matisse gefeiert. Wenn er zum Malen inspiriert wird und zu malen beginnt, dann werden Jahre vergehen, bis er die nötige Reife erlangt hat, um etwas Eigenständiges auf die Leinwand zu bringen. Und genauso wenig wird ein mittelmäßiger Polizist innerhalb von drei Tagen zum genialen Kombinierer, Beobachter, Fragensteller und Ermittler, nur weil er sich von einem Mann inspirieren lässt, der selbst nichts Besseres zu tun hat, als sich auf den Namen Hercule Poirot umtaufen zu lassen, was nur am Einspruch der Christie-Erben gescheitert ist. So führt sich Ronald jetzt aber auf.«

»Na ja, zumindest kommt er mir im Moment etwas entschlussfreudiger vor als üblich«, wandte Nathalie ein.

»Dagegen ist auch nichts zu sagen, aber wenn er wie heute Nacht losstürmen will, um Steph Brinkley zu befragen und am liebsten auch gleich noch festzunehmen, dann ist seine Entschlossenheit fehl am Platz. Wir sollten natürlich mit ihr reden, aber es darf nicht so bei ihr ankommen, als hätten wir sie bereits zur Hauptverdächtigen erklärt.«

»Ich weiß schon, was Sie meinen«, sagte Nathalie. »*Wir* sollten mit ihr reden, damit es so aussieht, als hätte er die nicht so wichtigen Befragungen uns übertragen, während er sich um die wirklich Verdächtigen kümmert.«

»Richtig«, bestätigte Louise und nickte zufrieden, dann biss sie wieder von ihrem Croissant ab. Ein leises Ping machte auf eine eingehende Mail auf ihrem Smartphone aufmerksam. Sie wischte sich mit der Serviette die Finger ab, dann öffnete sie die Mail.

»Ah, Sergej schickt mir was«, murmelte sie.

»Ja, Liebesgrüße aus Moskau«, meinte Nathalie und lachte immer noch, als Louise ihr längst mit einem giftigen Blick zu verstehen gab, dass das gar nicht lustig war. »*Ich* finde es trotzdem lustig.«

»Es ist ein Film«, redete Louise leise weiter, da sie darauf konzentriert war, den Anhang zu öffnen und ihn sich anzusehen. »Das muss das Foyer der Seniorenresidenz sein … und da steht die Frau …«

»Lassen Sie mal sehen.«

»Warten Sie, ich leite die Mail an Sie weiter, dann können wir uns das auf Ihrem Computer im Büro ansehen«, sagte Louise, tippte etwas ein und verkündete Sekunden später: »So, das ist erledigt. Das schauen wir uns besser auf dem großen Bildschirm an.«

Nathalie ging zu ihrem Smartphone. »Dann werde ich jetzt Mr. Ladbroke anrufen, damit er sich diese Frau auch ansehen kann.«

Achtes Kapitel, in dem der Fund einer weiteren Münze einen bestehenden Verdacht erhärtet

Eine Stunde später betrat der Constable Nathalies Büro, in dem außer ihr auch Louise und Peroux saßen und auf ihn warteten. »Hallo zusammen«, grüßte Strutner in die Runde. »Was haben Sie herausgefunden?« Sein Blick wanderte zielstrebig zu dem Belgier, so als könnte nur er diese Frage beantworten, stellte Nathalie ein wenig irritiert fest.

»Se'en Sie mich nicht an, Constable, isch bin so ahnungslos wie Sie«, erwiderte Peroux.

»Sergej hat sich selbst übertroffen und mir die Aufnahmen von allen Kameras geschickt, die das Foyer zeigen«, erklärte Louise und nickte Nathalie zu, die auf ihrem Laptop etwas anklickte, dann tauchte auf dem

Monitor der Eingangsbereich des Crescent Park auf. Eine ältere, leicht gebeugt dastehende Frau hielt sich in der Nähe der Tür auf und schien auf jemanden zu warten. Einen Moment später näherte sich ein Kurierfahrer dem Gebäude, die Frau ging auf ihn zu, redete kurz mit ihm und gab ihm dann zwei Pakete mit. Auf dem Handscanner unterschrieb sie offenbar den Auftrag, der Bote kehrte mit den Paketen zu seinem Wagen zurück und fuhr ab.

»Das Gleiche sehen wir noch aus vier anderen Perspektiven, und dazu gibt es noch je eine Aufnahme, auf der zu sehen ist, wie sie zuerst aus dem Parkhaus auf der anderen Straßenseite kommt, in einer Hand einen Beutel mit den beiden Paketen, und nach der Übergabe an den Paketboten kehrt sie dorthin zurück. Kurz darauf verlässt zwar eine dunkle Limousine das Parkhaus, aber wegen der großen Entfernung ist weiter nichts zu erkennen. Weder die Marke kann man bestimmen, noch ist das Kennzeichen zu entziffern. Und wer den Wagen fährt, lässt sich auch nicht sagen. Ob der Wagen etwas mit der alten Frau zu tun hat, weiß kein Mensch. Sie kann genauso gut auf der anderen Seite das Parkhaus verlassen haben.«

»Inwieweit bringt uns das denn weiter, wenn wir sehen, dass diese Frau da tatsächlich die zwei fraglichen Pakete abgeschickt hat?«, wollte der Constable wissen. »Hat irgendjemand in der Residenz ihren Namen notiert?«

»Nein, niemand«, antwortete die Köchin. »Sergej hat noch herumgefragt, ob jemand etwas zu dieser Frau sagen kann, aber niemand hat sie auch nur bemerkt.«

Peroux zuckte mit den Schultern. »Isch dachte, es gäbe eine entscheidende Entwicklung in diesem Fall. Stattdessen 'aben wir jetzt ein Bild von der Unbekannten, die Monsieur Burlington zwei Pakete geschickt hat, ohne dass wir ihren Namen oder sonst etwas über sie wüssten. Das ist nicht sehr ermutigend.«

»Ganz im Gegenteil«, sagte Nathalie. »Wir haben vorhin die Aufnahmen Mr. Ladbroke gezeigt, dem Kurierfahrer.«

»Und?«, fragten die Männer gleichzeitig.

»Und er konnte diese Frau identifizieren. Das da ist Annabelle Maypeny.« Nathalie ließ eine Pause folgen und musterte den Constable und den Belgier, die kopfschüttelnd dasaßen.

»Aber Annabelle Maypeny ist die alte Frau, die mit dieser Vase bei Burlington war«, wandte Strutner ein.

»Richtig, aber sie hat auch die beiden Pakete abgeschickt«, betonte Nathalie. »Ein Zweifel ist ausgeschlossen. Wir haben uns vorhin von Ladbroke noch einmal bis ins Detail das Aussehen der Frau und ihrer Kleidung beschreiben lassen und ihm dann erst diese Bilder gezeigt. Es ist ein und dieselbe Frau. Sie sieht genauso aus, sie ist identisch angezogen. Das ist Annabelle Maypeny.«

»Verdammt«, murmelte der Constable. »Welchen Sinn ergibt denn das, zwei Pakete abzuschicken, die nur alte Prospekte enthalten, und dann den Kurierdienst so zu steuern, dass ein Paket ankommt, wenn die Absenderin selbst anwesend ist, während das zweite genau dann geliefert werden sollte, nachdem wir Burlingtons Leiche entdeckt hatten? Das passt doch nicht zusammen.«

»Es ergibt überhaupt keinen Sinn«, sagte Nathalie. »Nur dadurch, dass der Paketbote die erste Sendung ablieferte, als Miss Maypeny im Geschäft war, haben wir überhaupt erst von ihrem Besuch erfahren. Hätte sie diese Pakete nicht abgeschickt, wüssten wir nichts von ihrer Existenz. Warum macht sie sich selbst zu einer Verdächtigen?«

»Weil es eine *déviation* ist … ein … wie sagt man? Ein Ablenkungsmanöver«, warf Peroux ein und nickte nachdenklich. »Wir sollen uns auf die alte Frau konzentrieren. Wir sollen uns fragen, warum sie das alles so gemacht hat, wie sie es gemacht hat. Wir sollen rätseln, wie sie an diese Vase gekommen ist … ob die Vase echt ist … warum sie sie zu Burlington bringt … Fragen über Fragen, die uns den Blick auf das Wesentliche verstellen. Womöglich 'at sie sogar gewusst, dass sie von den Überwachungskameras in Chelsea gefilmt wird, und darauf gebaut, dass Sie, Constable, versuchen, an diese Bilder zu gelangen. Wenn Sie dann se'en, dass es die gleiche Frau ist, die die Pakete abgeschickt hat, beginnen Sie zu grübeln, warum sie das getan 'at. Dieses Verwirrspiel ist genau das – ein Verwirrspiel.« Er hob den Zeigefinger, um seinen Worten mehr Nachdruck zu verleihen. »Diese Frau da ist ganz sicher eine Komplizin von demjenigen, der Monsieur Burlington und Madame Ritchie auf dem Gewissen 'at, aber *mehr* als eine Komplizin ist sie wiederum nicht. Sie soll uns vom eigentlichen Täter ablenken, und womöglich ist ihr das bereits gelungen.«

»Wie meinen Sie das?«, fragte der Constable.

»*Très simple,* Constable Strutner. Wir 'aben viel Zeit und Mü'e investiert, um dieser Frau auf die Spur zu kommen, und das könnte der Täter genutzt 'aben, um entweder alle belastenden Beweise beiseitezuschaffen oder um sich abzusetzen.«

»Dann … wäre Elinor Ritchie auch so ein belastender Beweis?«, warf Louise ein.

Peroux nickte nachdrücklich. »*Oui,* so scheint es zu sein. Vielleicht kannte sie diese Madame Maypeny, und es musste ver'indert werden, dass sie deren wahre Identität preisgab. Oder sie 'atte durch einen dummen Zufall deren wahre Identität erfahren und wurde dadurch für den Mörder zu einem unkalkulierbaren Risiko. Würde Madame Ritchie noch leben, könnte sie uns vermutlich sagen, wer 'inter der ganzen *affaire* steckt.«

»Wäre dann Steph Brinkley nicht die falsche Fährte, auf die wir gelenkt werden sollen?«, gab Nathalie zu bedenken. »Immerhin hat Elinor Ritchie Ihnen von ihr erzählt.«

»*Correct*, aber niemand weiß davon, dass Madame Ritchie sich mir anvertraut hat, und damit ist Mademoiselle Brinkley für uns eigentlich über'aupt keine Fährte. Wir 'ätten keine Veranlassung, sie als Mörderin von Monsieur Burlington und Madame Ritchie und als Diebin der Dublonen auch nur in Erwägung zu ziehen. Falsche Fährten ergeben nur dann einen Sinn, wenn eine Person bereits grundsätzlich zum Kreis der Verdächtigen gehört. Wenn es keinerlei Verbindung gibt, wird kein Ermittler auf die Idee kommen, solche Personen zu befragen. In diesem Fall wären wir nicht auf die Idee gekommen, Mademoiselle Brinkley zu verdächtigen.«

Nathalie zog die Augenbrauen zusammen. »Ich muss gestehen, dass ich auf halber Strecke den Faden verloren habe, Mister Peroux. Ich habe zwar das Gefühl, dass sich Ihr Argument im Kreis dreht, aber … ich weiß im Moment beim besten Willen nicht, wo ich ansetzen sollte, um das zu widerlegen.«

»Meine Argumente drehen sich nie im Kreis, Mademoiselle Ames«, entgegnete der Belgier selbstbewusst. »Meine Argumente mögen komplex sein, und es mag sein, dass sie sich nicht auf zwei kurze Sätze zusammenstreichen lassen, doch das lässt sich nun einmal nicht ändern.«

»Und wenn man sagen würde, dass Miss Brinkley nur deshalb unter Verdacht steht, weil sie eigentlich nicht unter Verdacht steht?«, schlug Louise vor.

Peroux dachte über ihre Worte nach, schließlich stimmte er ein wenig zögerlich zu: »*Oui*, das wäre die sehr spartanische Fassung, aber im Großen und Ganzen ist das die Essenz meiner Ausführungen.«

»Und was schlagen Sie vor?«, wollte Nathalie wissen.

»Dass wir nicht länger zögern und Mademoiselle Brinkley aufsuchen, um sie festzunehmen«, antwortete er.

»Ich soll sie festnehmen? Einfach so?«, fragte der Constable verwundert. »Dafür müssen wir erst mal stichhaltige Beweise haben.«

»Wir erlauben uns einen Bluff«, erklärte Peroux.

»Unser Bluff ist die Aussage von Madame Ritchie, der zufolge sie gestern Morgen von Mademoiselle Brinkley besucht und niedergeschlagen wurde. Als sie später aus ihrer Ohnmacht erwachte, merkte sie, dass etwas in ihrem 'als feststeckte, das ihr das Atmen fast unmöglich machte – aber nur fast«, erklärte er. »Es ist natürlich nur ein Versuch, aber wenn sie den Köder schluckt, wird sie sich 'erausreden wollen, damit man ihr keinen Mord an'ängen kann.«

»Dann tischen Sie ihr eine Lüge auf, um sie zum Reden zu bringen«, stellte Nathalie fest.

Peroux nickte und wandte sich an Strutner. »Was sagen Sie, Constable? Fahren wir 'in und nehmen sie fest?«

Der Constable war von den Worten des Belgiers sichtlich mitgerissen worden. Seine Augen leuchteten, was auch Louise nicht entging, die daraufhin Nathalie einen skeptischen Blick zuwarf.

»Wir kommen mit«, erklärte die Köchin und stand auf, dabei nickte sie Nathalie zu.

»Wir müssen nicht zu viert anrücken«, sagte Strutner. »Mister Peroux und ich werden mit dieser Frau schon fertig.«

»Um Miss Brinkley mache ich mir weniger Sorgen, Ronald«, erwiderte sie. »Ich will bloß mit dabei sein, um dich vor dir selbst zu beschützen.«

»Vor mir selbst?«, wiederholte der Constable verwundert. »Was soll das heißen?«

»Das soll heißen, dass ein Polizist bei seiner Arbeit einen kühlen Kopf bewahren sollte. Du bist aber gerade Feuer und Flamme, diese Frau festnehmen zu können, und meine Befürchtung ist, dass du dabei etwas zu forsch vorgehen könntest.«

Strutner schüttelte verständnislos den Kopf. »Meinetwegen. Dann komm halt mit. Ich werde dich nicht daran hindern.«

»Das könntest du auch gar nicht, Ronald«, sagte Louise und strich ihm über die Wange. »Selbst wenn du es wolltest.«

»Dazu haben Sie kein Recht!«, beschwerte sich Steph Brinkley energisch, als der Constable ihr Handschellen anlegte, kaum dass sie auf sein energisches Klingeln hin die Haustür geöffnet hatte. Der Bluff sollte schließlich perfekt sein, um die Frau zum Reden zu bewegen.

Steph war eine schlanke, elegante Frau von Anfang vierzig, die durchaus als ehemaliges Model hätte durchgehen können. Die rotblonden Haare trug sie zu einem langen Zopf geflochten, wodurch ihr anmutiges Gesicht noch stärker betont wurde. Das eng anliegende, kurze Kleid betonte ihre Figur und dabei vor allem ihre langen Beine.

»Doch, das habe ich«, widersprach ihr Strutner. »Ein Mord und ein Mordversuch geben mir das Recht, Sie festzunehmen. Sie stellen eine Gefahr für die Bevölkerung dar, und lieber sperre ich Sie ein, ehe ich das Risiko eingehe, übermorgen irgendwo auf das nächste Opfer zu stoßen!« Er schob sie in Richtung Tür vor sich her.

»Mord? Mordversuch? Was reden Sie da?«, wollte Steph wissen. »Wen soll ich ermordet haben?«

»Das wissen Sie ganz genau«, gab der Constable zurück. »Ihr Pech, dass Ihr zweites Opfer überlebt hat.«

»Welches zweite Opfer?!«, rief sie aufgebracht. »Ich will meinen Anwalt anrufen! Nehmen Sie mir diese verdammten Handschellen ab!«

»Den können Sie später immer noch anrufen«, knurrte Strutner. »Wer direkt mit dem Anwalt droht, hat sowieso meistens irgendwas zu verbergen. Überlegen Sie sich gut, wann Sie worauf bestehen. Kooperieren Sie lieber mit uns, das stimmt auch den Richter meistens etwas gütlicher.«

»Ich habe nichts getan, verdammt!« Die Frau war außer sich vor Wut, konnte sich aber nicht gegen Strutner behaupten. »Sie sollen mich loslassen!«

Unter lautem Protest schob er sie vor sich her aus dem Haus. Ein paar Minuten später war er wieder da. »So, nun kann sie auf der Rückbank weiter schimpfen und toben«, sagte er. »Wir sehen uns jetzt erst mal hier um.«

»Brauchen wir dafür nicht einen Durchsuchungsbefehl?«, fragte Louise ein wenig ironisch.

»Wir durchsuchen ja nichts. Ich will nur sicherstellen, dass sich nicht ein paar von ihren Komplizen hier irgendwo versteckt haben und das Weite suchen, wenn wir wieder gehen. Wenn wir dabei irgendetwas sehen, das als Beweis für Miss Brinkleys Schuld zu werten ist, umso besser.«

»Und davon werden wir sicher mehr als genug finden«, ergänzte Peroux, der gut reden hatte, wie Nathalie fand.

Wenn sich diese Aktion als Schuss in den Ofen entpuppen sollte, würde der Constable als Einziger die Konsequenzen tragen müssen, und die würden umso gravierender ausfallen, wenn er sich bei seinen Erklärungsversuchen auf Peroux berufen sollte. Es war schon schlimm genug, wenn ein Polizist glaubte, das Recht selbst in die Hand nehmen zu dürfen. Aber wenn er sich von einem Dritten auch noch dazu anspornen ließ …

»Was macht Miss Brinkley eigentlich von Beruf?«, fragte Nathalie, als sie sich mit Louise zusammen im Schlafzimmer umsah. Das war genauso stilvoll wie der Rest des Hauses, das Steph Brinkley hatte bauen lassen. Von außen wirkte es wie ein etwas zu groß geratenes, aber trotzdem altmodisches Cottage, dessen wahre Ausmaße sich erst offenbarten, wenn man sich im Haus befand. Durch dichten Baumbestand zu beiden Seiten konnte man außer der Frontpartie kaum etwas vom Gebäude sehen und damit auch nicht erkennen, wie weit es sich nach hinten erstreckte. Die gesamte in Beigetönen gehaltene Einrichtung war vom Feinsten, aber kein Teil hatte irgendetwas Protziges oder Prahlerisches an sich. Um einschätzen zu können, wie viel Steph für diese Möbel ausgegeben hatte, musste man schon mit dem Marktwert des jeweiligen Designers vertraut sein. Ansonsten sah man in ihnen einfach nur schlichte, funktionale Möbelstücke.

»Sie hat vor Jahren mit geerbtem Vermögen an der Börse spekuliert und dieses Vermögen vervielfachen können«, antwortete Louise. »Jedenfalls ist das die offizielle Version ihrer Vergangenheit. Ob es noch eine andere gibt, kann ich nicht sagen. Gehört habe ich davon jedenfalls noch nie.«

Nathalie stutzte. »War da gerade ein Geräusch?«

»Was für ein Geräusch?«, fragte ihre Köchin.

»Ich weiß nicht. Als hätte jemand eine Tür hinter sich zugemacht, würde ich sagen.« Sie zeigte auf eine Tür zwischen den zwei riesigen Regalen, die bis zur Decke reichten und mit Büchern vollgestellt waren. »Was ist dahinter?«

»Das muss das Badezimmer sein«, sagte Louise.

Nathalie ging hin und öffnete die Tür, dann stand sie in einem komplett in blassem Türkis gehaltenen Bad, das nur sehr spartanisch dekoriert war. »Bingo«, murmelte sie und ging zur zweiten Tür, durch die man zurück in den Flur gelangte. Der war verwaist, da der Constable und Peroux sich im Erdgeschoss umsahen.

»Constable? Mister Peroux? War einer von Ihnen gerade eben im Badezimmer hier oben?«

Nur mit Sekundenbruchteilen Abstand kam von beiden ein »Nein«.

»Okay«, rief sie nach unten und wandte sich erneut dem Badezimmer zu. Die Ansammlung an größeren und kleinen Flaschen, Tiegeln, an Seifen und Shampoos war beeindruckend, zumal auch hier alles von ausgesuchten Herstellern kam, die man weder in einem Supermarkt noch in einem herkömmlichen Drogeriemarkt kaufen konnte.

Nathalies Blick fiel auf eine Plastikflasche, die sich deutlich dadurch vom Rest abhob, dass sie viel zu billig wirkte. Dank der Einweghandschuhe konnte sie bedenkenlos die Flasche anfassen und in Augenschein nehmen. »Spezialleim für Latexmasken. Besonders hautverträglich«, las sie leise vor. »Eigenartig.« Sie stellte die Flasche zurück und wollte schon das Badezimmer wieder verlassen, als sie auf einmal stutzte und stehen blieb. Da war irgendwas gewesen, irgendetwas, das ihrem Unterbewusstsein aufgefallen war, ohne allerdings Alarm zu schlagen.

Dann sah sie, was sie beim ersten Mal nicht richtig wahrgenommen hatte. Auf dem kleinen Abfalleimer, der für gebrauchte Wattepads und benutzte Kosmetiktücher gedacht war, lag etwas, das aussah wie … wie Fleisch. Nathalie nahm die Dinger herunter und legte sie auf den Marmortresen, in den die beiden Waschbecken eingelassen waren.

Sie brauchte einen Moment, ehe sie begriff, dass es sich nicht um blasse Stücke Hühnerbrust handelte, sondern um geformten Latex, der richtig angeordnet nach einem Kinn, einer Nase und zwei Wangenknochen aussah.

Unwillkürlich gingen ihr die Bilder der alten Frau durch den Kopf, die die Überwachungskameras im Seniorenzentrum in Chelsea aufgenommen hatten. »Das darf doch nicht wahr sein«, flüsterte sie, da hörte sie von unten den Constable aufgeregt rufen: »Kommt mal schnell runter! Das müsst ihr euch ansehen!«

Louise kam zu ihr ins Badezimmer. »Haben Sie gehört, Nathalie?«

»Ja, aber hier gibt es auch etwas zu sehen«, erwiderte sie.

»So? Was denn?«

Sie zeigte auf die Latexteile. »Das da.«

»Was ist das?«, fragte Louise.

Nathalie hob den Zeigefinger. »Warten Sie.« Sie nahm die Nase und das Kinn und hielt sich beides vors Gesicht, ohne dabei ihre Haut zu berühren.

Louise bekam einen Moment lang den Mund nicht mehr zu, als sie begriff, wen sie jetzt vor sich hatte. »Das ist ja …«, setzte sie an.

»Mir ist genau das Gleiche durch den Kopf gegangen«, sagte Nathalie und nickte bestätigend, während sie die Maskenteile in ein Kosmetiktuch wickelte.

»Scheint so, als wüssten wir jetzt, wer Annabelle Maypeny in Wahrheit ist.«

»Wenn wir das den beiden da unten zeigen, werden die sich bestimmt gegenseitig auf die Schulter klopfen, dass sie ja sooo recht gehabt haben, Miss Brinkley zu verhaften«, meinte Louise und zwinkerte ihr zu. »Na ja, lassen wir ihnen den Spaß. Mister Peroux wird nicht ewig hierbleiben.«

Als sie nach unten kamen, hielt Strutner triumphierend etwas Rundes, golden Schimmerndes hoch. »Seht euch an, was wir gefunden haben.«

»Das 'aben Sie ganz allein gefunden, Constable«, stellte Peroux klar, dem es nichts auszumachen schien, nicht im Rampenlicht zu stehen.

»Ist das etwa noch eine von den Dublonen?«, fragte Louise. »Ich dachte, diese Dinger seien so unglaublich wertvoll.«

»Das sind sie auch, Mademoiselle Cartham«, versicherte ihr der Belgier. »Ihr werter Constable 'at sie dort 'alb unter der Couch liegend entdeckt. Isch vermute, dass ein Komplize von Mademoiselle Brinkley in aller Eile die Münzen zusammengepackt und durch die Tür zum Garten die Flucht angetreten 'at, als wir vor'in geklingelt 'aben. Womöglich 'ält er sich jetzt noch immer irgendwo da'inten versteckt und wartet, dass wir wieder ge'en.«

»Aber selbst wenn der Komplize das Weite gesucht haben soll, kann er diese eine Münze verschmerzen«, sagte der Constable. »Er hat ja immer noch zehn Stück.«

»Vielleicht wird Miss Brinkley ja etwas redseliger, wenn sie hört, dass ihr Kompagnon sich mit einem Vermögen aus dem Staub gemacht hat«, überlegte Nathalie. »Aber ich habe da oben auch etwas Interessantes entdeckt.« Sie hielt ihren Fund hoch.

Beide Männer brauchten ein paar Sekunden, ehe sie verstanden, dass es sich um Teile einer Maske handelte. »Damit hat sie sich in die alte Frau verwandelt?«, fragte Strutner erstaunt.

»Sie selbst oder vielleicht ihr Komplize«, erwiderte sie. »Das müsste man am lebenden Objekt testen, ob Steph Brinkley sich so klein machen kann, dass sie für eine schmächtige alte Dame durchgeht.«

Der Constable zog einen kleinen Plastikbeutel aus der Tasche und hielt ihn auf, damit Nathalie die Latexelemente hineinfallen ließ. »Hervorragend, einfach hervorragend«, sagte er erfreut. »Ich glaube, das alles reicht, um Miss Brinkley für zweifachen Mord vor Gericht zu stellen. Mindestens aber für eine Beteiligung an zwei Morden. Und mindestens Beteiligung an einem schweren Raub. Sie wird für eine ganze Weile hinter Gitter wandern.«

Peroux nickte zufrieden und pflichtete Strutner bei. »Von der Beteiligung wird sie sich nicht freisprechen können, aber isch 'offe, dem Staatsanwalt gelingt der Beweis, dass sie diese Taten auch begangen 'at.«

»Sie könnte allerdings einen Handel versuchen, wenn sie dem Staatsanwalt ihre Komplizen nennt«, gab Louise zu bedenken. »So was kommt ständig vor.«

»Ja, isch weiß«, grummelte der Belgier. »Es ist eine Schande, dass sich Kriminelle zumindest zum Teil von ihrer Schuld freikaufen können. Auf diese Weise können sie ihren Komplizen eine viel größere Beteiligung an einem Verbrechen zuschreiben und ihre eigene Rolle kleinreden, um mit einer geringeren Strafe davonzukommen.«

»Tja, jedes System hat seine Vor- und Nachteile«, sagte der Constable. Er deutete auf die Haustür. »Kommen

Sie, Mister Peroux, wir bringen jetzt unsere Doppelmörderin zur Wache.«

»Mit dem größten Vergnügen, Monsieur Strutner.« Er tippte an seinen Hut. »Die Damen.« Dann folgte er dem Constable nach draußen.

Nathalie und Louise verließen ebenfalls das Haus und sahen Strutner und Peroux hinterher, wie sie mit Steph Brinkley wegfuhren. »Wie seltsam unspektakulär sich das Ganze aufgeklärt hat«, sagte Nathalie.

»Ja, das ist eigenartig«, stimmte Louise ihr zu. »Ich war davon überzeugt, dass das eine falsche Fährte ist und dass Miss Brinkley mit der Sache nichts zu tun hat.«

»So kann man sich täuschen«, meinte Nathalie.

In diesem Moment klingelte Louises Smartphone. Sie nahm den Anruf an und schaltete auf Lautsprecher. »Cartham hier.«

»Miss Cartham, hier spricht Constable Farouk«, meldete sich eine junge Frauenstimme. »Ich habe versucht, Constable Strutner zu erreichen, aber da geht nur die Mailbox ran. Und laut seiner Ansage soll man in dringenden Fällen Ihre Nummer wählen.«

»Ja, das ist richtig. Wie kann ich Ihnen helfen?«

»Ich glaube eher, dass ich Ihnen helfen kann«, erwiderte die Polizistin. »Constable Strutner hat heute Vormittag ein Video an einen größeren Mailverteiler verschickt, das eine alte Frau zeigt, die zwei Pakete an einen Kurierfahrer übergibt.«

»Ja, richtig. Was ist damit?«

»Nun, wir stehen momentan am Bahnhof von Whitehill und nehmen einen Unfall auf«, erklärte Constable Farouk. »Dabei sind wir auf etwas gestoßen, das diese … Frau betrifft.«

»Können Sie das etwas genauer erklären?«, fragte Louise.

»Nun, Miss Cartham … ich glaube, Sie sollten sich das lieber ansehen. Vielleicht können Sie sich ja einen Reim darauf machen.«

Louise zog irritiert eine Augenbraue hoch. »Whitehill, am Bahnhof, sagten Sie?«

»Ja, auf dem Pendlerparkplatz.«

»Gut, ich komme rüber. Das wird aber ungefähr eine Stunde dauern.«

»Kein Problem, wir laufen in der Zwischenzeit nicht weg«, gab die Polizistin gut gelaunt zurück.

Nachdem das Gespräch beendet war, sah sie Nathalie an. »Ich nehme an, Sie …«

»Natürlich will ich dabei sein«, antwortete Nathalie. »Wir nehmen meinen Wagen, das ist einfacher. Sie müssen mir nur den Weg erklären.«

»Das ist der Wagen«, erklärte Constable Farouk und zeigte auf den weinroten Ford Sierra, der einen ziemlich ramponierten Eindruck machte. Nathalie nahm das Aussehen des Wagens aber nur beiläufig zur Kenntnis, da sie sich immer noch wunderte, wie eine so zierliche, kleine Frau wie Constable Farouk es in den Polizeidienst geschafft hatte. Sie war bestenfalls einen Meter sechzig groß, und die Dienstmütze, die einen Polizisten normalerweise größer und auch ein bisschen einschüchternder wirken ließ, sorgte in Farouks Fall dafür, dass sie unter dieser Mütze völlig zu verschwinden schien.

»Der Herr in dem SUV da drüben ist rückwärts von diesem Stellplatz dort gefahren und hat mangels Sicht nach hinten den Sierra gerammt. Die Folge war dieses stark eingedrückte Heck, während der SUV mit zwei kleinen Schrammen davongekommen ist«, redete sie weiter. »Als wir hier eintrafen, war der Kofferraumdeckel zwar noch geschlossen, aber nicht mehr verriegelt.

Wir haben ihn geöffnet, um eventuell vorhandene Wertgegenstände sicherzustellen, damit niemand sich hätte bedienen können. Dabei haben wir das entdeckt.« Gleichzeitig klappte sie den Kofferraumdeckel hoch.

Louise und Nathalie warfen einen Blick in den Kofferraum und wollten ihren Augen nicht trauen. »Aber das ist ja …«, begann die Köchin.

»Durch den Zusammenstoß muss wohl dieser Pilotenkoffer umgekippt und aufgegangen sein«, erklärte die Polizistin. »Darum dieses Durcheinander.«

»Wem gehört der Wagen?«, wollte Nathalie wissen.

»Wir haben bereits eine Halterfeststellung vorgenommen, herausgekommen ist dabei das hier.« Die junge Frau hielt ihnen ein Tablet hin. »Ist Ihnen diese Person bekannt?«

»Ja, die haben wir schon mal gesehen«, bestätigte Louise. »Sehr interessant, wirklich hochinteressant. Das war gut, dass Sie mich angerufen haben. Das da«, sie zeigte in den Kofferraum, »kommt uns nämlich wie gerufen.«

Nathalie stieß sie an und sagte: »Louise, sehen Sie sich den SUV mal genauer an.«

Louise drehte sich um und betrachtete das schwarze Ungetüm. »Was ist damit?«

»Das Kennzeichen.«

»Das Kennzeichen?«, wiederholte die Köchin, dann stutzte sie, sah Nathalie an, und dann mussten beide Frauen lauthals lachen.

»Was ist mit dem Kennzeichen?«, wollte die Polizistin wissen.

»Das ist eine lange Geschichte«, antwortete Louise amüsiert. »Wenn der Fall abgeschlossen ist, sind Sie herzlich nach Earlsraven ins Black Feather eingeladen. Dann werden wir Ihnen die Geschichte gern erzählen.«

»Darauf bin ich jetzt schon gespannt«, sagte Constable Farouk und deutete auf den Sierra. »Den kann ich wohl sicherstellen lassen, oder?«

»Auf jeden Fall«, bestätigte Louise und zog ihr Smartphone aus der Tasche. »Aber erst muss ich noch ein paar Fotos machen, sonst wird Constable Strutner mir das nicht glauben wollen.« Sie fotografierte den Wagen und ließ sich von der Polizistin die Halterauskunft auf ihr Smartphone schicken. »Okay, dann können wir uns auf den Rückweg machen.«

Als sie zu Nathalies Wagen gingen, sagte sie zu Louise: »Ich weiß nicht, ob Ihnen schon eine Taktik vorschwebt, aber mir ist eben eine Idee gekommen, wie wir vorgehen könnten.«

»Ich bin ganz Ohr.«

Neuntes Kapitel, in dem die Karten neu gemischt werden

Am nächsten Morgen saßen Nathalie, Louise und Peroux auf der Terrasse und feierten nachträglich ihren Ermittlungserfolg mit einem Glas Champagner. Peroux gab Anekdoten aus seiner langen Karriere als Privatdetektiv zum Besten und erzählte voller Stolz, mit welchen Methoden er die Täter überführt hatte.

Er war gerade mitten in einer seiner Geschichten, als Constable Strutner mit seinem Wagen auf den Parkplatz des Black Feather fuhr, Colonel Jackson aussteigen ließ und dann mit dem Hund zu ihnen an den Tisch kam.

»Constable, isch freue mich, Sie zu se'en«, begrüßte Peroux ihn, lüftete kurz seinen Hut und gab ihm die Hand. »Isch 'offe, Ihr Vorgesetzter 'at Ihnen bereits angekündigt, Sie für eine Beförderung vorzuschlagen.«

Strutner winkte ab. »Ach, ich will gar keine Beförderung, wissen Sie? Die bedeutet eine Gehaltserhöhung, aber die ist für die Planstelle hier in Earlsraven nicht vorgesehen, und das würde bedeuten, dass man mich versetzen müsste. Aber das möchte ich gar nicht.« Er zuckte mit den Schultern. »Außerdem kann ich froh sein, dass ich überhaupt noch bei der Polizei bin, nachdem ich mir diesen Schnitzer geleistet habe.«

»Einen Schnitzer?« Peroux stutzte. »Welchen Schnitzer haben Sie sich denn geleistet?«

»Na, die Festnahme von Steph Brinkley natürlich«, sagte der Constable und sah betreten in die Runde. »Sie wird wohl von einer Klage gegen die Polizei absehen, allerdings muss ich mich noch in aller Form bei ihr entschuldigen.«

Peroux schüttelte den Kopf. »*Excusez-moi*, Constable, aber isch fürchte, isch kann Ihnen nicht folgen. Was ist mit Steph Brinkley?«

»Na ja, sie ist unschuldig.«

»Was?«, rief der Belgier. »Wer be'auptet denn so etwas?«

»Ihr Bruder Brian. Er hat gestern von der Verhaftung erfahren, und zwei Stunden später ist er mit seinem Anwalt zur Polizei gegangen und hat sich gestellt.«

»Aber …«, begann Peroux und verstummte gleich wieder.

»Seine Schwester war die letzten zwei Wochen im Urlaub auf Ibiza, sie war erst gestern nach Hause gekommen«, erklärte der Constable. »An dem Alibi gibt es nichts zu rütteln. Es war Brian, der sich bei ihr heimlich einquartiert und die Morde begangen hat. Er hat bereits alles gestanden.«

Der Belgier saß da und starrte Strutner an, als würde er zwar jedes Wort hören, aber nicht ein einziges verstehen. Er presste Daumen und Zeigefinger auf den Nasenrücken, so als wollte er gegen plötzlich auftretende

Kopfschmerzen ankämpfen oder ein Schwindelgefühl unterdrücken.

»Ist Ihnen nicht gut, Mister Peroux?«, fragte Nathalie besorgt.

»Isch … isch bin einfach nur verwirrt, wie isch so falschliegen konnte«, flüsterte er und atmete wiederholt tief ein und aus. »Das ist so … so peinlich.«

»Ach, kommen Sie, Mister Peroux«, versuchte Strutner ihn aufzumuntern. »Es hätte noch viel peinlicher werden können.«

Peroux zuckte ratlos mit den Schultern. »Und wie?«

»Stellen Sie sich vor, die Münzen waren gar nicht echt«, antwortete er und fügte breit grinsend hinzu: »Da sieht man mal, was für ein Fachmann dieser Burlington war. Unser Spezialist für Münzen, Henry Hattersfield, hat nicht mal richtig hinsehen müssen, um es ein bisschen überspitzt auszudrücken. Sie hätten sich schwarzgeärgert, dass Sie für so einen billigen Mist die Reise hierher unternommen haben. Hattersfield hat sich vor Lachen gekrümmt, als er sich letzte Nacht die beiden Münzen angesehen hat, die wir gefunden haben …«

»*Non, non, non*«, widersprach ihm Peroux mit Nachdruck, während Strutner schadenfroh zu lachen begann. »Die Münzen sind echt. *Alle* sind echt!«

»Bedaure, Mister Peroux, aber Hattersfield ist eine Koryphäe, und wenn er eine falsche Münze oder einen Schein hingehalten bekommt, dann sieht er das auch schon auf fünf Meter Entfernung. Dieser Mann ist ein Genie. Als ich ihm die beiden Münzen zeigte, sagte er, ich solle doch schon mal die Alufolie abmachen, dann könnten wir den Schokoladentaler unter uns aufteilen.« Sie brachen alle in ausgelassenes Gelächter aus, nur Peroux verstand die Welt nicht mehr.

»Das muss ein Irrtum sein, Constable!«, protestierte

der Belgier. »Diese Münzen sind echt! Es sind die falsch geprägten Dublonen!«

»Mister Peroux, finden Sie sich damit ab«, meinte Nathalie gönnerhaft. »Selbst den größten Genies unterläuft schon mal ein Fehler.«

»Henry sagt«, fiel Strutner ihr prustend ins Wort, »dass man schon ein blutiger Anfänger sein muss, wenn man solche Münzen für echt hält. Da blättert die Goldfarbe ab, wenn man mit dem Fingernagel drüberkratzt. Henry sagt …«

»Ihr verdammter Henry ist ein hirnverbrannter Idiot! Dieser Mann ist unfähig hoch drei!«, polterte Peroux mit hochrotem Kopf los und sprang von seinem Stuhl auf. »Ihr Kollege sollte seine Augen und seinen Verstand untersuchen lassen! Diese zwölf Münzen sind die echten Dublonen! Ich habe jede einzelne von ihnen …« Abrupt verstummte er, presste die Lippen zusammen und stand einfach nur da, während die Zornesröte auf seinem Gesicht zu einer kränklich wirkenden Blässe wechselte.

»Was wollten Sie gerade so wunderschön akzentfrei und mit allen H-Wörtern korrekt ausgesprochen sagen, Mister Peroux? Sie haben jede einzelne Münze begutachtet, die Sie aus dem Safe geholt haben, nachdem Sie Mister Burlington mit dem Samuraischwert die Kehle durchtrennt hatten? War es das, was Sie sagen wollten, Mister Peroux?«, fragte der Constable. »Oder darf ich Sie Craig Gregory nennen?«

Peroux atmete laut seufzend aus und nickte wie ein Mann, der erkannt hatte, dass ihm nichts anderes mehr übrig blieb, als sich seinem Schicksal zu fügen. Eine Weile starrte er vor sich hin, dann sah er der Reihe nach Nathalie, Louise und den Constable an. »Verraten Sie mir, was ich falsch gemacht habe?«

»So ungern ich das als Polizist sage, Mister Gregory«,

antwortete Strutner, »muss ich Ihnen trotzdem attestieren, dass Sie nichts falsch gemacht haben und dass Sie fast mit zwei Morden und den zehn verbliebenen Münzen davongekommen wären. Sie hatten einfach nur Pech, dass Ihr Wagen auf dem Pendlerparkplatz am Bahnhof von Whitehill von einem anderen Fahrzeug gerammt wurde und meine dortigen Kollegen einen Blick in Ihren Kofferraum werfen konnten. Interessante Sammlung, die sie da gefunden haben. Die angeblich so seltene Harlekinvase, die in Wahrheit eine Fälschung ist, wenngleich auch eine gute. Die komplette Kleidung der ›alten Frau‹, der Gipskopf, der Ihre Gesichtszüge trägt, die Latexteile, mit denen Sie sich eine spitze Nase, ein spitzes Kinn und hohe Wangenknochen verpasst haben.«

»Diese Verkleidung an sich spricht ja schon für ein gewisses Können, aber als gelernter ehemaliger Maskenbildner besitzen Sie das schließlich auch«, meldete sich Louise zu Wort. »Was aber wirklich beeindruckend ist, das ist Ihre körperliche Verwandlung. Wenn man nicht weiß, dass Sie es sind, würde man niemals etwas anderes denken, als dass man eine alte, etwas gebrechliche Frau vor sich hat, die froh ist, dass es heute mit dem Gehen mal etwas besser klappt als an anderen Tagen. Diese kleine ›Wampe‹, die Sie unter Ihrem Hemd zur Schau tragen, dürfte wohl nur ein Polster sein, das Sie nach Belieben ablegen können …«

»… wenn Sie zum Beispiel als Jogger bei Mrs. Ritchie auftauchen, die Sie wiedererkennt und Sie ins Haus lässt«, ergänzte Nathalie, »wo sie dann von Ihnen bewusstlos geschlagen wird, damit Sie ihr die Münze in den Hals drücken können. Den Jogginganzug können Sie davor und danach mühelos in Ihrer kleinen Aktentasche verstauen, die Sie immer bei sich tragen und in der

Sie ganz sicher auch die Münzen versteckt haben – genau vor unserer Nase. Dass Sie Mrs. Ritchie tags zuvor im Jim's Old Chair begegnet sind, das entspricht auch der Wahrheit, aber die Geschichte vom Streit zwischen Miss Brinkley und Mr. Burlington war eine Erfindung von Ihnen, um den Verdacht auf Miss Brinkley zu lenken.«

»Und als wir bei ihr im Haus waren, hatten Sie leichtes Spiel, die Münze unter dem Sofa zu deponieren und diese Teile Ihrer Maske in Miss Brinkleys Badezimmer zu schaffen«, sagte der Constable. »Miss Ames hatte nämlich Sie im Badezimmer gehört und daraufhin nach unten gerufen, ob einer von uns gerade eben oben gewesen war. Sie hatten mich in den Keller gehen sehen und wussten, Sie würden Zeit genug haben, in den ersten Stock zu laufen.«

»Überhaupt war die Aktion mit der alten Frau tatsächlich nur ein Verwirrspiel, wie Sie selbst gesagt haben«, fügte Nathalie an. »Sie haben uns alle geschickt auf irgendwelche Fährten gelenkt und sind ihnen selbst auch noch eifrig nachgegangen, obwohl Sie wussten, dass nichts dabei herauskommen konnte – und alles nur, um Steph Brinkley zwei Morde anzuhängen.«

»Momentan wird Ihre Wohnung in Manchester durchsucht«, ergänzte Strutner. »Nach der ersten Rückmeldung, die ich von den Kollegen bekommen habe, sind Sie der Trickbetrüger, der als ›das Chamäleon‹ sein Unwesen treibt. Allerdings werden Ihnen bislang nur Taten zugeschrieben, bei denen Sie Ihre gutgläubigen Opfer um Geld oder Waren erleichtert haben, aber noch nie eine Gewalttat und erst recht kein Mord. Wieso morden Sie jetzt zweimal und schieben die Schuld einer Frau in die Schuhe, zu der allem Anschein nach keine Verbindung besteht?«

Gregory nahm den Hut ab und zog den falschen Schnauzbart von der Oberlippe, er legte die Jacke ab, knöpfte das Hemd auf und schnallte den falschen Bauch ab, den er neben sich auf den Boden legte. »Unter dem Ding schwitzt man brutal.« Er atmete schnaubend durch. »Constable, Miss Ames, Miss Cartham, ich möchte Ihnen gratulieren, dass es Ihnen gelungen ist, mich zu durchschauen, auch wenn Ihnen das nur durch den Fahrfehler eines Unbeteiligten ermöglicht wurde, wenn Sie mir diese kleine Spitze erlauben. Dass Sie keine Verbindung zwischen Steph Brinkley und mir herstellen können, ist auch richtig, jedenfalls dann, wenn es um ›Steph Brinkley‹ geht. Vor zehn Jahren kannte ich sie als Trixi Bennett, sie gehörte zu einer Gruppe von sechs Leuten, der auch ich angehörte. Wir zogen einen Goldraub durch, der für uns alle bedeutete, für den Rest unseres Lebens nie wieder arbeiten zu müssen.«

»Welcher Goldraub war das?«, fragte der Constable sofort und zückte Block und Stift, um Notizen zu machen.

Gregory winkte ab. »Sie werden nichts über den Raub finden, weil das Opfer ihn nie angezeigt hat.«

»Wer lässt sich so viel Gold rauben, ohne zur Polizei …«, begann Louise, winkte dann aber ab. »Verstehe.«

»Der Mann, der damals um unsere Hilfe bat, weihte uns nicht in die wahren Dimensionen des Betrugs ein, den wir für ihn vorbereiten sollten. Er hatte sich bei der Anzahl der Millionen, die dabei auf seine Konten flossen, ein wenig … sagen wir, er hatte sich verkalkuliert, denn statt sieben Millionen wurde die Versicherung um siebenhundert Millionen erleichtert … was die Versicherung im Übrigen auch nie öffentlich bekanntgegeben hat, weil diese Millionen an den Finanzbehörden vorbei erwirtschaftet worden waren. Wer zeigt schon den Diebstahl seiner schwarzen Kasse an? Und welche Versicherung zahlt schon für so etwas? Wir wollten natürlich einen größeren Anteil für uns herausholen, weil der Auftraggeber uns eine prozentuale Belohnung versprochen hatte.« Gregory zuckte mit den Schultern. »Was soll ich sagen? Er wollte nicht zahlen, also haben wir uns genommen, was uns zustand. Tja, und dann hat sich Trixi Bennett mit meinem Anteil und dem Anteil eines … Kollegen aus dem Staub gemacht. Ich wollte sesshaft werden, ich hatte ein Haus gekauft, das ich mit meinem Anteil bezahlen wollte. Aber mein Anteil war weg.«

Nathalie schüttelte den Kopf. »Aber Sie müssen doch gewusst haben, wo Sie sie finden konnten. Sie haben ja immerhin gemeinsam den Plan ausgearbeitet, um sich Ihren Anteil zu beschaffen.«

»Sehen Sie, Miss Ames«, erklärte Gregory geduldig und gelassen. »Wenn ich mit jemandem zusammenarbeiten soll, dann erkundige ich mich über ihn, um einschätzen zu können, ob ich demjenigen vertrauen kann oder nicht. Miss Brinkley hatte ganze Arbeit geleistet und speziell für diesen Auftrag die Figur der Trixi Bennett erschaffen, deren Identität sie annahm. Alle Nachfragen und Recherchen ergaben, dass Trixi Bennett vertrauenswürdig war.«

»Nur war sie das leider nicht«, fügte Louise an.

»Nicht nur das. Nachdem sie mit drei von sechs Anteilen an der Beute untergetaucht war, blieb sie auch untergetaucht. Trixi Bennett hörte im gleichen Moment auf zu existieren. Niemand wusste, wer sie wirklich war. Ich habe Jahre gebraucht, um hinter ihre wahre Identität zu kommen. Das lag vor allem daran, dass ich ohne Geld dastand und ein Haus abbezahlen sollte. Dadurch fehlten mir die finanziellen Mittel, um den richtigen Leuten die Summe zu zahlen, die sie für Informationen verlangen.«

»Und wie sind Sie dann darauf gekommen, dass sie in Earlsraven ist?«, wollte Nathalie wissen.

»Vor ein paar Monaten wurde über eine Bande berichtet, die dieses Dörfchen hier als Umschlagplatz für gestohlene Gemälde benutzt hat. Was genau hier passiert ist, habe ich dann nicht mehr mitbekommen, weil ich sie entdeckt hatte.«

»Trixi Bennett.«

Er nickte bestätigend. »Sie hatte zwar ihr Aussehen ein wenig verändert, aber sie ist keine Verwandlungskünstlerin. Sie war einfach Trixi Bennett mit anderer Frisur und anderer Haarfarbe, weiter nichts. Ich bin daraufhin ein paar Mal hergekommen, immer wieder anders verkleidet, bis ich dann endlich Trixi entdeckte. Ich fand heraus, wie sie wirklich heißt, wo genau sie wohnt, ich machte mich mit den Gegebenheiten in Earlsraven vertraut, und dann überlegte ich mir einen Plan, wie ich Steph Brinkley alias Trixi Bennett ruinieren konnte, ganz so, wie sie mich ruiniert hatte.«

Louise zog eine Augenbraue hoch. »Dann hatten Sie es nicht auf ihr Vermögen abgesehen?«

»Nein, überhaupt nicht. Ich hatte da bereits die Dublonen im Visier. Ich wusste, wer sie hatte, und ich musste nur mit ein paar wechselnden Identitäten den Besitzer dazu veranlassen, die Münzen zu Burlington zu bringen, damit der für sie einen Käufer finden konnte. Als ich erfuhr, dass die Münzen bei ihm angekommen waren, meldete ich mich ganz zufällig bei ihm. Er nahm mir mein grenzenloses Fachwissen ab, und dann betrat erstmals Miss Annabelle Maypeny die Bühne. Den Rest der Geschichte kennen Sie ja.«

»Da fällt mir ein, einen Fehler haben Sie ja doch gemacht«, sagte Nathalie. »Sie sind auf Ihren eigenen Trick hereingefallen, einen Verdächtigen so wütend zu machen, dass er die Beherrschung verliert und sich dann selbst verrät.«

Gregory nickte anerkennend. »Sie haben gut aufgepasst, Miss Ames. Sie alle haben das gut gemacht.«

Louise sah den Constable an. »Ein Lob von einem Verbrecher. Kommt so was oft vor?«

Strutner lächelte sie an. »Leider passiert das viel zu selten.«

»Tja, das war es dann wohl«, murmelte Gregory. »Könnten Sie, wenn Sie mich jetzt festnehmen, mich meinem Vorbild entsprechend würdevoll abtreten lassen, also ohne Handschellen?«

Der Constable lächelte ihn an. »Erstens, lieber Mr. Gregory, könnte ich das nicht guten Gewissens machen, weil Sie Ihr großes Vorbild missbraucht haben, um hinter der Fassade des ehrenwerten Gentlemans zwei brutale Morde zu begehen. Zweitens war das Chamäleon landesweit tätig und ist damit ein Fall für Scotland Yard. Die beiden netten Herren am Nebentisch werden Sie nach London bringen. Natürlich auf Staatskosten.«

Gregory drehte sich zum besagten Tisch um und sah die beiden Männer dort sitzen, einen ziemlich untersetzten Typ und seinen ziemlich schmalen Kollegen, der neben dem deutlich übergewichtigen Mann fast unterernährt wirkte.

»Na großartig«, seufzte er. »Hercule Poirot wird von Laurel und Hardy verhaftet. Was für eine Ironie. Das größte Genie unter den Detektiven und die beiden trübsten Tassen im Schrank.«

»Ich wüsste ja etwas, das noch viel ironischer ist«, sagte Nathalie und konnte sich ein Grinsen nicht verkneifen.

»Und das wäre?«

»Der Wagen, der beim Ausparken Ihren Wagen gerammt hat … wissen Sie, woher der kam?«

Gregory zuckte mit den Schultern. »Ich habe keine Ahnung.«

»Aus Belgien.«

Wieder musste er seufzen. Lautes Gelächter verfolgte ihn, als die beiden Männer von Scotland Yard ihm Handschellen anlegten und ihn zu ihrem Dienstwagen brachten.

Epilog, in dem eine unerwartete Wendung Nathalie hilft, das Andenken ihrer Tante in Ehren zu halten

Als nach der Mittagszeit die Hektik im Pub deutlich nachließ, kam Louise ins Büro, wo Nathalie gerade damit befasst war, die Eingangsrechnungen zu kontieren und mit Kostenstellen zu versehen, damit die Kosten auch tatsächlich dem Bereich zugerechnet wurden, der sie verursachte.

»Lassen Sie den Buchhalter eigentlich auch noch irgendwas machen?«, fragte sie, als sie Nathalie gegenüber Platz nahm und sich genüsslich streckte. »Ridgeway kassiert doch so viel, da könnte er auch kontieren.«

»Der kassiert nicht mehr lange. Ich habe nämlich feststellen müssen, dass er Rechnungen vom gleichen Getränkelieferanten mal so und mal so verbucht hat. So was geht nicht, weil ich dann keine zwei Werte mehr miteinander vergleichen kann. Aber noch ärgerlicher ist die Art und Weise, wie er die Kosten auf die Kostenstellen verteilt. So kann kein Mensch vernünftig kalkulieren. Ich werde jetzt eine Buchhalterin engagieren, die auf Rechnung arbeitet und nur erfasst, was ich kontiert habe. Das lassen wir drei Monate parallel zu unserer Buchhaltung außer Haus laufen, danach werde ich die Zahlen vergleichen. Wenn die Summen übereinstimmen, weiß ich, dass alles richtig verarbeitet wird, und dann werden wir das nur noch intern erledigen. Das spart uns eine Menge Geld.« Mit einem ironischen Lächeln fügte sie hinzu: »Sollte Ridgeway deswegen von einem 7er- auf einen 5er-BMW umsteigen müssen, wird er das sicher verschmerzen.«

»Davon bin ich überzeugt«, stimmte Louise ihr zu. »Übrigens hat Ronald vorhin angerufen. ›Monsieur Peroux‹ ist sicher in London angekommen. Den sehen wir so bald nicht wieder.«

Nathalie setzte eine skeptische Miene auf. »Da wäre ich mir nicht so sicher. Der bringt es fertig und tauscht im Gerichtssaal mit seinem Anwalt den Platz, um dann unbehelligt rauszuspazieren und wieder zu verschwinden.«

»Tja, wenn er nicht zwei Menschen auf dem Gewissen hätte und fast noch das Leben von Steph Brinkley ruiniert hätte, könnte man ihn für seine Raffinesse eigentlich bewundern. Aber so …«

»Apropos Steph Brinkley. Ronald hat mit Scotland Yard geredet, aber da konnte man nichts über sie finden. Eine Trixi Bennett kennt auch niemand, also kann ihr niemand irgendetwas nachweisen. Da sie Ronald gegenüber vehement bestreitet, jemals an einem Goldraub beteiligt gewesen zu sein, gibt es weder einen Beweis für die Geschichte, die uns Gregory erzählt hat, noch lässt sich belegen, dass sie tatsächlich diese Trixi Bennett ist. Es ist durchaus denkbar, dass Gregory sich das nur eingeredet hat, weil er sich endlich an jemandem rächen wollte und weil sie seiner Meinung nach dieser Trixi so ähnlich sieht.«

Ein Klopfen an der Tür unterbrach sie.

»Ja, bitte?«, rief Nathalie.

Die Tür ging auf, Bill Purvis kam herein. »Die Damen«, sagte er und tippte mit zwei Fingern an seine Stirn.

»Mister Purvis, was führt Sie her?«, fragte Nathalie und fügte im Spaß an: »Ich hoffe, Sie haben nicht einen Käufer für meine Möbel gefunden, der noch heute Abend alles abholen will.«

»Nicht ganz«, sagte er und legte ihr einen gefalteten Zettel auf den Schreibtisch.

Sie nahm den Zettel, faltete ihn auseinander und betrachtete die fünfstellige Zahl. »Was ist das? Soll ich da anrufen?«

»Das ist die Summe, die Sie von Orin Batsetakis bekommen, wenn Sie ihm die komplette Wohnungseinrichtung so überlassen, wie sie da steht«, erklärte er. »Vorbehaltlich der Erinnerungsstücke, von denen Sie sich wirklich nicht trennen wollen.«

»Für so viel Geld?«

»Sie könnten mehr herausholen, Miss Ames«, sagte er und nickte bekräftigend.

»Mehr? Wieso noch mehr?« Sie sah den Entrümpler erstaunt an.

»Weil Batsetakis die Einrichtung als Kulisse für eine vierzigteilige Fernsehserie benutzen wird, die über vier Jahre hinweg laufen wird. Und zwar garantiert. Der Sender hat sich verpflichtet, die Serie komplett zu zeigen, selbst wenn die Quoten nach der dritten Episode im Keller sein sollten. Batsetakis will unbedingt Ihre Einrichtung dafür haben.«

»Ich dachte, ich hätte den Mann verärgert.«

»Ganz im Gegenteil, Sie haben ihn tief beeindruckt«, erklärte Purvis. »Er mag Leute, die ihm ihre Meinung sagen, und das haben Sie gemacht.« Er zeigte auf den Zettel. »Batsetakis will Sie nicht drängen, aber er braucht bis Mittwoch Ihre Zusage oder Absage, weil er sonst anderweitig auf die Suche gehen muss. Da die Produktion in drei Wochen anläuft, muss das alles schnell über die Bühne gehen.«

»Okay, ich ... ich sage Ihnen am Montag Bescheid«, erwiderte Nathalie. »Sie können ihn ja mal durch die Blume wissen lassen, dass ich sehr an den Sachen hänge.« Dabei zwinkerte sie ihm zu.

»Von mir aus gern, dann fällt meine Provision höher aus«, sagte er, »die ich von Batsetakis für die Vermittlung bekomme, nicht von Ihnen.«

»Am Montag telefonieren wir«, wiederholte sie und lächelte ihm zu. »Schönes Wochenende.«

»Danke, Ihnen beiden auch.« Dann zog Purvis die Tür hinter sich zu.

Nathalie hielt den Zettel so, dass Louise den Betrag darauf sehen konnte. »Wow«, machte die nur.

»Finde ich auch. Ein kleines Wow mehr, dann werde ich einschlagen. Nicht dass ich unbedingt noch mehr dafür bekommen muss, immerhin hätte es ja auch sein können, dass ich Purvis noch dafür bezahlen muss, dass die Möbel überhaupt wegkommen. Aber diese Fernsehleute schmeißen das Geld für so viel Mist raus, da können sie hier auch noch ein bisschen großzügiger sein.«

»Richtig so«, fand Louise. »Und das Schönste daran

ist, dass alles so erhalten bleibt und ein Millionenpublikum zu sehen bekommt, wie Henrietta gelebt hat. Ich glaube, das hätte ihr gefallen.« Sie sah auf ihre Armbanduhr. »Oh, ich muss los.«

»Termin?«

»Einladung zum Abendessen«, antwortete Louise knapp.

»Lassen Sie mich raten. Sergej?«

Ihre Köchin nickte und setzte eine finstere Miene auf. »Er lässt nie was anbrennen.«

»Dann hat er ja was mit Ihnen gemeinsam, Louise. Als Köchin lassen Sie auch nie was anbrennen«, sagte Nathalie, die sich diese Bemerkung einfach nicht verkneifen konnte.

»Haha«, machte Louise. »Ich habe auch nur eingewilligt, damit ich das hinter mir habe.«

»Viel Spaß«, rief Nathalie ihr nach. Das Leuchten in Louises Augen hatte ihr deutlich genug verraten, dass diese Frau sich über Sergejs Anruf viel mehr freute, als sie zugeben wollte.

Lächelnd legte sie den Zettel mit Batsetakis' Angebot zur Seite und schaute aus dem Fenster. Die Vogeltränke auf dem Rasen, die wegen der warmen Witterung zweimal am Tag mit Wasser aufgefüllt wurde, war wie an jedem Tag gut besucht und wurde von allen Vögeln, von den winzig anmutenden Meisen bis hin zu den Elstern, angenommen. In diesem Moment war ein Amselmännchen damit beschäftigt, die Tränke als private Badewanne zu benutzen. Unter heftigem Flügelschlagen schoss das Wasser in hohen Fontänen aus dem kleinen Becken. Als das Bad beendet war, flog die Amsel meckernd davon.

»Ich hoffe, das war als Dankeschön gemeint«, murmelte Nathalie amüsiert, »und nicht als Beschwerde, dass es weder Seife noch Handtücher gibt.« Dann widmete sie sich wieder ihrer Arbeit.

ENDE